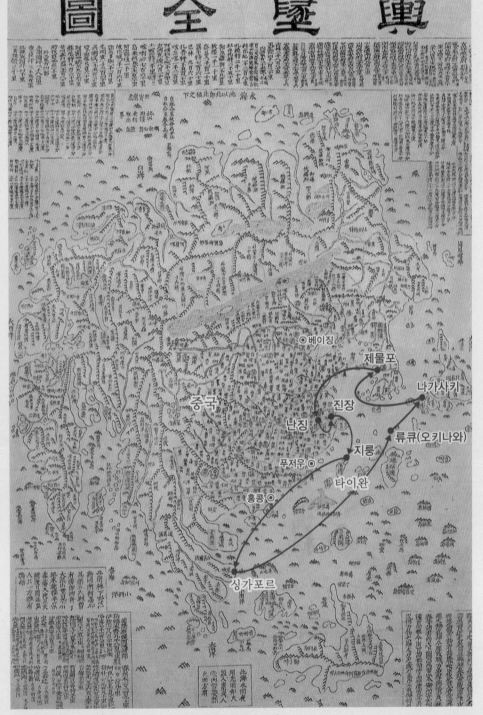

여지전도 목판본, 19세기 전반, 85.5×59cm, 숭실대 박물관 소장.

심청

연
꽃
의

길

국립중앙도서관 출판시도서목록(CIP)

심청·상 / 황석영 지음. — 서울 : 문학동네, 2003
  p. ;   cm

ISBN 89-8281-773-5 04810 : ₩8800
ISBN 89-8281-772-7(세트)

813.5-KDC4
895.732-DDC21   CIP2003001544

심청

연꽃의 길

상

황석영 장편소설

문학동네

차례

1. 환생

몸이 천 길 아래로 끝없이 떨어져간다. 엷은 비단천 위에 누워서 그네를 타듯이 허공으로 흐느적거리며 날아 내려가는 것 같다. 주위는 캄캄할 뿐 엄청나게 드넓은 우물의 구멍 속으로 떨어져내리는 것처럼 무엇인가 돌벽 따위가 사방으로 흘러 지나가고 있다.

아아, 살려줘!

청이의 부르짖음은 목구멍에서 미처 빠져나오지 못한 채 머릿속에서만 메아리치고 있는 느낌이다. 갑자기 텅, 하는 소리가 들리면서 우물 밑바닥의 차가운 물에 닿는가 싶더니 등을 받치고 있던 엷은 천이 청이를 위로 튕겨올린다. 몸이 주위의 돌벽을 아래로 밀어내리면서 서서히 구멍 위를 향하여 솟구치고 있다. 허리가 활처럼 휘어지고 고개는 뒤로 젖혀져 턱이 먼저 하늘 꼭대기에 닿을 것만 같다. 철퍼덕, 하면서 그네는 우물 밖으로 튕겨져나와 어느 구석엔가 콱 처박힌다.

눈을 가늘게 떠보니 벽과 바닥이 온통 나무로 짜여진 방이었다. 그네는 누운 채로 양손을 더듬어 몸 아래 깔린 거칠거칠한 댓잎 돗자리를 매만져본다. 방바닥이 다시 기우뚱하면서 청이는 반대편으로 굴러가 벽에 부딪친다. 맞은편 벽에 문이 있는 게 보였고, 문짝 위쪽의 길고 네모난 구멍이 뚫린 곳으로 바람이 몰려들어오고 있었다. 그네는 비스듬하게 기울어진 벽에 몸을 기대고 거의 기듯이 문 쪽으로 다가가 손잡이에 매달렸다. 손잡이는 동그랗게 깎은 막대기인데 각목에 단단히 박혀 있었다. 손잡이를 잡고 옆으로 밀자 문이 조금은 열렸지만 밖에서 다시 무엇인가 사슬에 매어 자물쇠를 채워둔 모양이다. 방이 다시 반대쪽으로 기우뚱하자 청이는 한 손으로 손잡이를 꼭 쥐고 다른 한 손은 길다란 구멍의 나무 간살을 움켜쥐었다.

그제서야 그네는 구멍을 통하여 바로 앞에 배의 난간을 보았고 뱃전에 부딪친 파도가 물보라를 일으키며 갑판에까지 넘쳐 흘러드는 것을 보았다. 주위는 아직 어두컴컴했지만 검은 구름으로 가득 찬 하늘 가운데 드문드문 좀더 밝은 곳이 보이고는 했다. 아마 새벽이 아니면 초저녁이리라. 방 바깥쪽은 갑판 통로라서 고개를 돌려 좌우를 둘러보아도 뱃전과 나무벽만 보일 뿐 사람의 모습은 보이질 않았다. 허공에서 부서진 파도가 물안개를 이루며 날아와 문 앞쪽은 축축하게 젖어 있었다.

통로 안쪽의 나무벽을 짚고 비틀거리며 두 사람이 다가오고 있었다. 청이는 쥐고 있던 창의 간살과 문 손잡이를 얼른 놓고 방바닥으로 주르르 미끄러졌다. 그리고는 기울어진 방의 구석으로 처박히면서 몸을 웅크렸다. 쇳소리를 내면서 덜컹대는 소리가 들리더니 문이 열리고 바닷바람이 사정없이 비좁은 방으로 몰아쳐들어왔다. 두 사람 중에 앞선 남자가 발등을 머리 위로 쳐들어 방 안을 비춰보

8

더니 뭔가 알아들을 수 없는 말로 뒷사람에게 말했다. 그들은 안으로 들어와서 문을 닫고는 문가에 까치다리로 엉거주춤 쭈그리고 앉았다. 한 남자는 둥근 모자를 쓰고 소매가 좁고 목이 둥글게 파인 푸른 윗도리를 입었고 다른 하나는 그냥 맨상투에 흰 무명 두건을 두르고 있었는데 그가 나직하게 말을 걸었다.

"이제 정신이 좀 들었느냐?"

청이는 그냥 구석에서 말없이 웅크리고 앉아 있었다.

"애야, 나다. 널 데려온 아저씨다."

그네는 등불에 비추인 그의 얼굴을 찬찬히 살폈다. 황주 장터에서 만났던 조선 장사치였다. 옆에 있던 푸른 윗도리를 입은 중국 사람이 다시 뭐라고 중얼거리자 아저씨가 말했다.

"너 옷이 다 젖었구나. 이걸루 갈아입어야겠다."

아저씨가 보퉁이를 청이의 발치에다 던져주면서 말했다.

"우리는 나가 있을 테니 얼른 갈아입어라."

그들은 발등 등불을 문 손잡이에 걸어둔 채 밖으로 나갔다. 청이는 제 옷 주제를 잠시 살펴본다. 하얀 소복을 입었는데 옷이 아직도 축축하게 젖어 있었다. 그네는 옷고름을 풀어 저고리를 벗고 치마끈도 풀었다. 속고쟁이 바람이 되어 가슴은 무릎을 세워 가리고 얼른 보퉁이의 옷을 꺼내어 펼쳤다. 먼저 고쟁이 같은 검정색 바지를 입고 헝겊끈을 조였다. 목까지 깃이 올라온 품이 너른 비단 저고리를 입고 나서 헝겊단추를 채워내려갔다. 간살 사이로 아저씨의 얼굴이 반쯤 나타났다.

"뭘 꾸물거리냐. 얼른 갈아입지 못하고……"

청이가 벗어버린 조선옷을 차근차근 개어서 저고리와 치마를 네모 반듯하게 만들고 있는데, 문이 다시 열리고 안으로 상반신을 성큼 굽힌 중국인이 빼앗듯이 옷을 가져갔다. 나가기 전에 아저씨가 물었다.

"네 이름이 뭐라고 그랬지?"

"청이요."

그네는 기어들어가는 목소리로 말했고 아저씨가 다시 물었다.

"성은?"

"심가예요."

"몇살이냐?"

"열다섯이요."

"명심해라. 네 이름은 지금부터 심청이가 아니니라."

청이는 그럼 나는 누구냐고 그에게 묻지 않았다. 아무 대꾸가 없는 그네를 등불을 쳐든 채로 잠시 내려다보던 아저씨가 말했다.

"새옷 입고 얼른 따라나서거라."

문이 열리고 바람이 한꺼번에 몰려들어왔다가 닫히면서 잠잠해졌고 방 안이 다시 어두워졌다. 발등도 그들을 따라가버렸다. 청이는 문에 매달려 등불 빛이 통로를 따라서 사라져가는 것을 간살 사이로 내다보았다. 그네는 잠깐 망설였다가 창 위에 걸쳐진 덧문 쇠고리를 발견하고 그것을 젖혀서 덧문을 아래로 내려 닫고는 다시 걸쇠를 단단히 걸었다. 이제는 희부염한 빛도 모두 사라졌다. 청이는 다시 멍석 위에 앉아 이리저리 팔을 뻗쳐 더듬는다. 아까 몇 가지 물건을 눈여겨보아두었던 터였다. 댓가지로 짠 베개가 구석에 두어 개 있었고 다시 더듬으니 역시 아까 보았던 왕골 바구니가 손에 잡힌다. 바구니는 나무로 짠 틀 안에 고정되어 있는 것 같았다. 바구니를 더듬어보니 역시 뚜껑이 있고 그 안에 꽉 채워지게 뭔가 쇠붙이가 들어 있다. 그것에도 뚜껑이 있는데 청이는 저도 모르게 중얼거린다.

10

놋요강이야……

그네는 속곳의 끈을 풀고 바지를 내리고는 바구니 위에 올라앉았
다. 깨어나서 여태 잊고 있다가 오줌을 누니까 마치 온몸의 물기가
빠져나가려는 듯이 점점 거세게 쏟아져나왔다. 치마를 입고 있을 적
에는 가릴 수 있던 궁둥이가 그대로 드러나서 보는 이가 없는데도
청이는 두 손으로 궁둥이께를 감싸쥐었다.

청이는 움직일 때마다 바삭거리는 비단천 소리가 어쩐지 거북했
지만 포근하고 따뜻해서 차츰 기분이 나아졌다.

내가 심청이 아니라면 그럼 나는 누구야?

오줌을 누고서 청이는 아저씨를 따라 벽을 짚으며 통로를 지나 선
미 쪽으로 비틀거리며 걸어가 고물 쪽의 제법 넓은 선실로 들어섰
다. 천장에 천갓을 씌운 등이 여러 개 밝혀져 있어 방 안은 무슨 잔
칫집처럼 환했다. 비단포를 입고 원건을 쓰고 긴 변발을 드리운 중
국 장사치 두 사람과 짧은 상의의 선원 셋이 그들을 맞았다. 방의 선
수 쪽 벽가에는 작은 제상 비슷한 것이 차려져 있었다. 양쪽에 붉은
촛불을 꽂은 구리 촛대 한 쌍이 놓였고 간단한 제물이 나무그릇 위
에 차려져 있는데 상 아래에 나지막한 소반이 보였다. 소반 위에 쌀
을 담은 향그릇이 있고 주둥이가 황새 부리처럼 휜 자기 술주전자와
잔이 놓여 있었다. 그들은 무엇을 해야 할지 다 알고 있는 사람들처
럼 아무 말도 없이 일을 진행했다. 조선 장사치와 함께 찾아왔던 중
국인 뱃사람이 청이의 흰옷을 내밀자 다른 선원이 그 옷을 받아 바
닥에 펼쳐놓았다. 그는 벽에 세워두었던 제웅을 펼친 옷 위에 눕혔
다. 제웅은 짚으로 단단하게 팔과 다리를 엮었는데 머리는 큼직한
뒤웅박을 씌워놓고 눈썹과 눈, 코, 입을 그려두었다. 여자임을 표현
하노라고 양뺨에는 붉은 연지를 찍었고 입술은 조그맣게 그려놓았

다. 선원이 제웅의 팔에 저고리를 입히고 치마를 바로 아래에 붙들어매었다. 다리가 짧아서 치마 중간쯤에나 닿았지만 옷을 입히고 눕혀놓으니 제법 사람 꼴이 나 보였다. 조선 사람이 붓을 들어 제웅의 가슴께에서부터 치마에 이르기까지 아래로 주욱 글을 써내려갔다.

海東國黃州某年某月某日某時生十五歲沈淸靈駕
해동국황주모년모월모일모시생십오세심청영가

'해동국 황주에서 아무 날 아무 시에 태어난 십오 세 심청의 넋'이라고 쓰고 그가 물러나자 기다리고 섰던 중국인 장사치가 누런 종이에 붉은 결명주사로 용을 그린 부적을 제웅의 얼굴에 붙였다.

請黃海龍王歆饗
청황해용왕흠향

부적에는 또한 붉은 글씨로 '바라옵건대 황해바다 용왕님 드소서'라고 씌어 있었다. 그들은 청이의 옷을 입힌 허수아비를 제상 앞의 벽에 조심스럽게 반절로 접어서 사람을 앉힌 것처럼 해놓고는 제를 올리기 시작했다. 그맘때에 선장이 불려들어왔고 그는 무릎을 꿇어 세 번 절하고 향을 몇 가닥 두 손에 쥐고 불을 붙여서는 이마 위로 쳐들기를 삼세 번 하고 나서 향그릇에 꽂았다. 선원이 주전자의 술을 따르자 그것을 상 위에 올려놓고 다시 삼배를 했다. 그다음에는 장사치들이 차례로 했고 선원들은 한꺼번에 뒷전에서 따라했다. 제를 마친 그들은 아직도 파도가 거친 갑판으로 나왔다. 선원 하나가 허수아비를 옆구리에 끼고 선미 갑판의 고물 끝으로 걸어나가 머리 위로 쳐들었다. 모두들 두 손을 합장하고 빌면서 머리를 조아리는데 선원이 쳐들었던 허수아비를 어두운 바다로 내던졌다. 허수아비는 가파른 언덕처럼 솟아오른 파도 깊숙이 내리꽂혔다가 날름대는 물결 위로 치솟고는 다시 파도를 넘어가 이내 사라져버렸다.

청이는 어둠 속에서 새벽닭 우는 소리를 들었다.

아, 이 배가 우리 동네 가까이 되돌아간 건 아닌가 몰라.

그러나 그네는 일어나서 덧문을 열고 바깥을 내다볼 엄두를 내지 못했다. 아마도 헛들린 게라고 고쳐 생각했다. 바람이 잦아들었는지 배는 좌우로 천천히 흔들릴 뿐이었다. 청이는 다시 가물가물 졸음이 몰려왔다.

그래 이제 집 떠난 지 사흘이 넘었구나. 우리 동네 복사골을 떠나왔대야 엊그제 일인데 왜 이리 아물거리기만 하고 뚜렷이 보이질 않는 걸까.

눈먼 아버지 심씨가 어두운 방 안에서 콜록콜록 기침하는 소리가 들린다. 그리고 저녁도 짓지 않고 한밤중이 되어서야 돌아온 계모 뺑덕이네가 마루에서 큰 대(大)자로 뻗은 채 코를 고는 소리도 들린다. 뺑덕이네는 굿하고 돌아온 차림새 그대로 색동옷이며 붉은 더그레를 벗지도 않고 신칼과 방울도 신방에 모셔두지 않고 아무렇게나 머리맡에 내던져두었다. 청이는 그네가 굿판에서 얻어온 식은 제물 가운데서 전붙이며 너비아니와 떡과 생선 따위를 가려내고 식은 밥 굳은 떡은 솥 안에 찌고 반찬붙이들은 화롯불에 데워서 아버지의 늦은 저녁 밥상을 차린다. 언제나 아궁이 앞에서 활활 타오르는 솔가지를 들여다보고 있노라면 청이는 저를 낳자마자 돌아가신 엄마 생각이 난다.

엄마는 내가 관음보살님이랬다. 아버지가 언제나 그 말씀만 하셨지.

청이는 자기가 안개 자욱한 하늘 위 구름바다 가운데 떠 있는 걸 본다. 멀리 여러 부처와 보살들이 산다는 궁전의 기와지붕과 높다란 성벽이 솟아 있고 구름바다 아래로는 아득하게 사람세상이 펼쳐져 있다. 그네는 지금 보궁으로부터 쫓겨나오는 참이다. 관음의 형상은 원래가 열한 가지의 얼굴을 지녔으니 석가부처께서 한 형상을 지목해주셨다.

지금 세상에 남녀상열지사가 심히 어지로우매 그것 또한 보살인 너의 죄이니라. 너는 가서 여자로 현신하여 세간을 깨우치라.

석가께서 손으로 한 곳을 가리키자 구름바다 가운데 빛의 길이 생겨난다.

청이는 그때에 나지막한 산 아래 옹기종기 모여 앉은 작은 동네의 구석자리에 있는 초가삼간 집을 향하여 빛의 다리가 놓인 것을 본다. 한 여인이 팔베개를 하고 다리는 웅크리고 잠에 빠져 있다. 그 다음은 청이가 하도 많이 머릿속에 떠올려서 병풍의 그림처럼 눈앞에 선명한 광경이다. 집 주위에 자미화 향내가 가득 차고 채색 구름이 집 주위에 연기처럼 감돌고 있다. 관음의 현신은 빛의 다리를 미끄러지듯 건너와서 잠든 여인의 앞에 나타난다. 그네는 눈부신 금실 은실의 하늘옷을 입고 옷띠를 날리며 머리에는 옥관을 쓴 형상이다. 돌아가신 어머니 곽씨가 삯바느질에 겨워 잠시 일거리를 밀어놓고 초저녁 잠이 들었을 때였다. 청이 태어나기 이전의 관음 형상이 말한다.

소녀는 다른 사람이 아니오라 남해관음(南海觀音)입니다. 제가 죄를 짓고 인간으로 정배하여 댁으로 내려올 제 제불보살 석가님이 온몸을 던져 세상을 공양하라 하셨으니 부디 받아주옵시고 어여삐 여기소서.

이러한 태몽으로 청이는 엄마가 자기를 낳자마자 산후 불순으로 돌아가셔서 눈먼 아버지가 동네방네 안고 다니며 동냥젖을 얻어먹여가며 키워주셨다는 걸 들어서 안다. 엄마는 돌아가실 제 아마도 이리 말씀하셨을 게다.

여보, 우리 부부 늙기까지 백년을 같이 살쟀더니 명이 다한 것은 슬프지 않으나 당신 신세를 어이하나요. 당신은 의탁할 곳이 없어 지팡막대 걸쳐잡고 더듬더듬 다니다가 구렁에도 떨어지고 돌에 채여 넘어져서 신세 자탄하고 우는 모양이 눈에 선해요. 저는 사십 후에 낳은 자식을 젖 한 번도 못 먹이고 죽는다니요. 어미 없는 어린것을 뉘 젖을 먹여 길러내며 봄 여름 가을 겨울 사시절을 무엇 입혀 길러내겠어요. 아가 내 딸아, 하늘도 무심하고 귀신도 야속하구나. 네 진작에 생겼거나 내가 조금 더 살거나, 너 낳자 나 죽으니 죽은 어미 산 자식이 생사간에 무슨 죄더냐. 여보, 내가 잊을 뻔하였어요. 애 이름을 심청이라 불러줘요. 애 주려고 틈틈이 만든 노리개를 농 속에 두었으니 이담에 크거들랑 낭군 만나 시집갈 제 저고리 앞자락에 달아주어요.

청이는 아장아장 걸음마를 뗄 무렵부터 아버지의 지팡이를 잡고 앞에서 걸으며 동냥을 다닌다. 그리고 열 살이 되어서는 건넛마을 무당 뺑덕이네가 초상집에 경 읽으러 갔다가 아버지 심씨를 만나 그대로 집까지 따라와 함께 살게 된다. 청이는 집에 들어앉은 새어미가 있어 읍내 장부자댁의 큰마님 하녀로 일을 다닌다. 그날도 굿하고 돌아와 마루에 뻗은 뺑덕이네를 청이는 힘겹게 부축하여 건넌방에다 자리를 깔고 눕혀주었다.

그러니까 엊그제던가 그그제던가, 청이가 일을 나가려고 안방에 가서 문안인사를 드리려는데 방문이 밖으로 열리면서 트레머리는 부스스한 채로 머릿댕기 풀어진 채로 뺑덕이네가 하품을 하면서 말한다.

　오늘은 일 가지 마라. 우리는 초상집에 굿하러 나가니 너는 집을 봐야겠다.

　아버지두 함께 모시구 가져요?

　그럼, 징 치고 경 읽어야지.

　그러고는 두 양주가 평소처럼 굿하러 나간 뒤에 점심 무렵이나 되어서 뺑덕이네 혼자 핑하니 돌아왔다. 그네는 굿판에서 가져왔는지 어느 장 모퉁이에서 사왔는지 송화가루며 쑥에 버무린 절편 떡을 내민다. 별일도 다 있지, 뺑덕이네가 부엌엘 들어가다니. 그네가 항아리의 물을 솥에다 가득 쏟아붓고는 마른 솔가지를 아궁이 가득 메워 넣고 불을 땐다.

　어머니, 물은 왜 데우셔요?

　너 굿판 구경시켜줄라구 그런다.

　저를요……?

　뺑덕이네는 아무 소리도 없더니 물이 데워지자 함지에 쏟아붓고는 청이를 부른다.

　얼른 이리 와서 머리두 감구 좀 씻어야겠다.

　머뭇거리며 부엌 문전에 섰던 청이를 뺑덕이네가 손목을 덥석 잡아 이끌고 부엌 봉당으로 끌어들인다.

　이것아 부정 타지 않을라문 정갈하게 씻어야 하는 게여.

　청이는 두 팔로 가슴께를 가리고 어깨를 저었으나 뺑덕이네가 손가락을 비틀어 팔을 젖히고 저고리도 억지로 벗기고 치마 끈도 풀었다. 뺑덕이네는 청이의 고개를 숙이게 하고는 외로 땋았던 머리를 풀어 물에 담그고는 벅벅 문지르고, 바가지로 물을 떠서 어깨에서

16

등판까지 끼얹는다. 어디서 구했는지 부드러운 팥비누로 가슴께를 문지르며 뺑덕이네가 처음으로 좋은 소리를 한다.

살결 참 곱구나!

수건으로 몸을 닦아주고 나서 뺑덕이네는 청이의 등을 밀어 방 안으로 넣으며 말한다.

귀한 분을 만나러 갈 테니 새옷으로 갈아입어라.

청이는 농짝 문을 열고 아껴두었던 노랑저고리 다홍치마를 꺼낸다. 지난해에 장부자댁 마님이 추석빔으로 내려주신 옷인데 아끼느라고 한 번도 입지 못했다. 코가 위로 올라온 새 버선도 꺼낸다. 속곳을 꺼내려는데 무엇이 딸려나와 방바닥에 툭 떨어진다. 은으로 만든 작은 원앙 한 쌍 장식에 색실 매듭이 달린 노리개다. 어쩐지 청이는 뜨거운 것이 가슴에 가득 차더니 곧 눈시울이 뜨거워지며 방바닥에 눈물이 몇 방울 떨어진다. 청이는 손에 노리개를 쥐고 만지작거리다가 속곳의 옷끈에 달아매어둔다.

얼른 나오지 않구 무얼 하는 게야.

뺑덕이네가 참다 못하여 방문을 벌컥 열더니 방 한가운데 새옷 차림으로 섰는 청이를 부신 듯이 눈 가늘게 뜨고 아래위를 훑어보며 혼잣말로 중얼거린다.

시집가두 되겠구나. 하긴…… 시집이 뭐 별거라든? 이게 시집가는 게지.

그리고 뺑덕이네를 따라나선 길이 이렇듯 고향 마을과 이별하는 길이 되다니. 청이는 읍내 장터의 후미진 골목 안쪽에 있는 어느 집으로 갔다. 그곳 역시 새어머니 또래의 만신이 사는 집이라 울 안에는 긴 작대기에 기를 꽂아두었다.

이제 아버지하구 나하구 귀한 분을 모셔올 것이니 예서 기다리구 있거라.

청이를 방 안에 들여놓고 뺑덕이네는 어디로 가버렸는지 한번 들여다보지도 않는다. 그 집 무당 아주머니와 낯선 사내가 문을 열고 두어 번 들여다본다.

청이는 가마를 타고 어디론가 길을 떠난다. 앞뒤로 장정이 어깨에 띠를 메고 가마 손잡이를 양손에 쥐고 성큼성큼 걷고 있다. 그래서 가마는 위아래로 끊임없이 흔들린다. 무릎 바로 앞의 남는 자리에 푸르스름한 사기 요강이 있어 멀미를 느낀 청이는 뚜껑을 열고 토한다. 앞뒤로 두런거리는 남자들 말소리가 들리고 아낙의 대꾸하는 소리도 들려온다.

그리고 당도한 곳이 황혼녘의 어느 갯가 주막집이다. 가마꾼들이 청이를 안채의 골방에 들이더니 바깥채로 나가버린다. 방문을 닫고 앉아 있지만 밖에서는 말방울 소리와 노새가 툴툴거리며 입바람을 내는 소리에 왁자지껄한 사내들의 웃음소리와 생선을 굽는지 비릿하고 고소한 냄새가 풍겨온다. 거기까지 따라온 만신 무당이 방문을 열고 들어와 청이의 앞에 마주 앉는다.

니가 이건 알아두어야겠다. 느이 아부지 심봉사 어른 고생이 얼마나 심하신지 너두 잘 알겠구나. 뺑덕네가 모신다구 하지만 촌구석 무당이 돈냥을 벌겠느냐 쌀말을 보태겠느냐. 그저 굿판에서 식은 밥 얻어다가 한끼 두끼 때우는 게지. 생각다 못해 느이 새어미랑 우리가 널 대국에다 시집보내기루 하였구나.

청이는 하도 놀라서 말도 잃고 옷고름을 물고 앉아 방바닥만 노려보는데 눈물이 뚝뚝 떨어져 거뭇하게 놓은 장판지에 떨어진다. 다시 방문이 열리며 아까 읍내에서 얼핏 보았던 장사치 사내가 들어와 만신 아주머니 뒷전에 좀 떨어져 앉는다.

나는 청나라 남경에 장사 다니는 사람이다. 중국 선상들은 옛날부터 뱃길이 험하여 달거리 전인 열다섯 먹은 처자를 사다가 용왕님께 제사를 드려 풍랑을 면하였다더라. 요즘 같은 개명천지에 어찌 생사람을 희생으로 쓰겠느냐. 그저 형식으로만 굿과 제사를 지내고 나서 중국에 당도하여 부잣집에 시집을 가면 되느니라. 남경 상인들이 돈을 추렴하여 이미 네 아비에게 은자 삼백 냥을 주었으니, 딴맘일랑 아예 먹지 말고 우리가 이르는 대로 잘 따라야 한다.

아침 새벽부터 갯가에서 굿판이 벌어지는데 청이는 하얀 소복으로 갈아입고 만신이 정성 들여 얼굴에 화장을 해준다. 분 바르고 연지 곤지 찍고 오색 깃발을 앞세워 뱃사람들과 장사치들이 모두 노와 돛이 달린 조선 야거리배에 오른다. 포구 멀찍이 닻을 내리고 정박한 중국 배가 보이는데 멀리서 보아도 덩치가 우람하여 물에 기와집 여러 채가 떠 있는 것만 같다. 돛이 내려진 채 돛대가 앞뒤와 가운데에 높이 솟아 있다. 뭍에 올랐던 중국 상인들과 조선서 떠나는 상인들이며 무당 잡색들이 모두 함께 조선 배에 오르고 청이는 무당이 시키던 대로 배의 이물칸 널판자에 가서 얌전히 걸터앉아 있다. 여럿이 처연한 소리로 〈배따라기〉를 부른다.

우리는 구태여 뱃놈이 되어
타고 다니는 것은 칠성판이오
먹고 다니는 것은 사자밥이라
입고 다니는 것은 매장포로다
요내 일신 생각하면
불쌍코 가련치 않단 말이냐
배 띄워라 배 띄워라

만경창파에 배 띄워라

어그야디야 아하

어그야디야 아하

천남천북을 아하

오고가는 재물 아하

다 몰아들여라 아하

간다 간다 아하

배 떠나간다 아하

순풍이 분다 아하

돛 달아라 아하

어야어야 어그야디야

어그야디야 어야어야

　야거리배에 돛을 반쯤 올려두고 노를 저으면서, 정박해 있는 본선 근처로 다가들어 주위를 크게 맴돌면서 굿이 시작된다. 무당의 사설과 노랫소리와 잡색들의 제금 치고 깽쇠 때리고 북 장고 치는 소리에 온 바다가 떠들썩하다. 끝으로 온갖 부정한 귀신들인 짚과 탈바가지로 만든 제웅이며, 잡신들을 먹일 제물들을 짚으로 짠 배에 싣고 소복 입힌 청이의 가슴께에 동아줄을 동인 다음 그네를 짚배에 내려준다. 배는 물 위에 떠 있건만 지푸라기와 새끼로 짠 것이라 이내 물이 스며들어오기 시작한다. 청이의 아랫도리는 차가운 바닷물에 흥건히 젖어온다. 타악기의 장단은 점점 빨라지면서 무당이 숨가쁘게 외친다.

　용왕님전 비나니다

이 배에 든 부정

이 배서 나간 부정

모두 잡아 다스리시구

그저 조선 바다 나가실 적에

우리 애기씨 품에 안아

색시루 맞으시구 아낙으루 맞으시구

만경창파 대해중에

천리만리로 순풍을 돋우소사

어허 좋다 애기씨 보내주자

어허 좋다 애기씨 받으신다

짚배가 가라앉자 청이는 두 손을 허우적거리며 물 속으로 빠져든다. 물 속으로 들어가니 머리 위로는 부옇게 수면에 내려앉은 햇빛이 보이고 발장구질하는 다리 아래로는 시퍼런 바다의 끝없는 속이 내려다보인다. 줄을 당겼는지 청이의 몸이 위로 올랐다가 간신히 머리를 내밀어 숨을 내쉬는데 다시 줄이 풀려 아래로 가라앉는다. 바닷물을 몇 번 삼키다가 청이는 옷띠와 소매와 치맛자락을 너울거리며 맞은편 푸른 물 속에서 헤엄쳐오는 여인을 본다. 그네는 두 손을 허우적대며 여인에게로 가까이 가려고 몸부림을 친다.

엄마, 엄마 나 여깄어요!

삼세 번을 물 속에 잠기게 하고 나서 줄이 축 늘어지자 굿하던 사람들은 혼절한 청이를 뱃전으로 끌어올린다. 그들은 굿이 아주 잘 되었다고 서로들 치하하면서 장사치들은 물에 흠뻑 젖은 청이를 들쳐업고 본선에 올라타고 무당 패거리는 야거리를 타고 갯가로 돌아간다.

이제 조선 바다 중국 바다의 굿과 제사를 다 마쳤으니 청이가 평화롭게 잠든다 한들 그 누구라서 깨울 수 있을까.

철커덕, 하는 소리에 청이는 눈을 떴다가 제풀에 놀라서 얼른 일어나 벽에 기대어 앉았다. 문이 열리고 누군가 들어섰지만 청이는 밖에서 쏟아져들어온 햇빛 때문에 그의 검은 몸집만 보일 뿐이었다.

"잘 잤느냐? 이리 좀 나오너라."

청이는 목소리를 듣고 그가 누구인가를 짐작했다. 밖으로 나오자 배는 별로 흔들리지 않았고 하늘에는 뭉게구름 사이로 푸른 하늘이 보였다. 소금기 어린 싱그러운 바람을 깊게 들이마시며 청이는 이제 좋은 일만 일어날 듯한 느낌이 들었다. 갑판 위에서는 선원들이 곳곳에서 작업중이었다. 조선 상인은 그를 데리고 어제 제를 지냈던 고물 쪽의 큰 방으로 데리고 들어갔다. 방 안에는 긴 탁자와 의자가 있고 세 사람이 둘러앉아 차를 마시고 있었다. 왼편에 혼자 앉은 이는 배의 선장으로 붉은 테에 술이 달린 모자를 쓰고 소매가 좁은 윗옷에 조끼 차림이었다. 그 앞에 나란히 앉은 두 사람은 중국 상인들이었다. 하나는 원건 뒤로 땋아 늘인 변발이 회색이고 길게 기른 수염도 회색인데다 소매가 넓고 자락이 긴 비단포를 입고 있어서 더욱 나이가 들어 보였다. 다른 하나는 뻣뻣하고 짧은 수염에 검은 윗옷과 홑바지 차림으로 청이가 어제 갯가 주막에서 얼핏 보았던 사내였다. 청이가 들어서자 그들은 저희끼리의 말을 멈추고 일제히 돌아보았다. 조선 상인이 청이에게 말했다.

"얼른 인사를 올려라."

청이는 얼결에 두 손을 모으고 큰절을 올리려고 다리를 굽혀 주저앉기 시작했다. 조선 아저씨가 그네의 어깨를 잡으며 다시 말했다.

"큰절 말고 반절만 하면 되느니라."

그런 모양을 지켜보던 중국 사람들이 큰 소리로 껄껄 웃더니 저희끼리 한두 마디씩 주고받았다.

"대인, 이번 화물 중에선 인삼보다두 저 아이가 제일 귀한 물건이겠소."

선장이 말하자 늙은이 대신에 중년의 상인이 받는다.

"우리가 난징에서 특별히 부탁받은 일입니다. 그러니 이문을 많이 남겨야겠지요."

늙은 상인이 웃는 얼굴로 대답했다.

"그래 아주 참하게 생겼구나. 용왕제도 치렀으니 새 이름을 지어 줘야겠지."

조선 상인이 말했다.

"대인께서 지어주십시오."

"그래, 뭐라고 할까……?"

늙은이가 찻잔을 입에 갖다대며 생각해보더니 고개를 끄덕인다.

"렌화(蓮花), 렌화라구 하지."

선장이 웃으면서 말했다.

"홍련이오, 백련이오? 붉은 꽃과 흰 꽃은 보기에도 아주 다릅니다."

"그 둘 다요. 그냥 렌화라구 하지. 자네 치부책 물목에다 그렇게 올리게."

늙은이가 곁에 앉은 상인에게 말하자 모두 고개를 끄덕였다. 청이는 그들이 무슨 얘기로 저렇게 웃고 떠드는지 알아들을 수는 없었으나 자기를 두고 하는 말인 것은 눈치로 알았다. 아버지 연배의 어른들이었지만 남정네들 앞에서 이렇듯 오래 마주 서 있기는 처음이라 얼굴이 발갛게 달아올랐다.

"이만 물러가겠습니다."

조선 상인이 말하자 늙은이는 가보라며 꺾은 손목을 밖으로 밀어내는 시늉을 해 보였다.

"좋아 좋아, 이서방이 잘 돌봐주도록 해라."

조선 상인이 눈짓을 하여 청이도 함께 인사를 하고는 그 방에서 나왔다.

"날 따라오너라."

아저씨가 청이를 데리고 통로의 반대쪽으로 돌아 중간쯤에 있는 방으로 갔는데 안에는 긴 널판자를 잇댄 상에 둘러앉아 몇 사람이 밥을 먹고 있었다. 안쪽은 부엌인지 풍로와 그릇이며 솥이 보이고 큰 물동이가 보인다. 식당 안의 사람들은 거의 중국인이었지만 상투머리에 두건을 쓴 사람과 패랭이 쓴 사람도 보여서 청이는 그들이 조선 사람인 줄 알아보았다. 그들은 젓가락질을 하다 말고 모두 청이 쪽을 돌아보았다. 패랭이 쓴 사람이 옆으로 좁혀앉으며 자리를 내고는 손짓하여 그네를 불렀다.

"이리 와서 앉아라."

상인은 문 앞에 그대로 선 채 말했다.

"얘는 렌화라구 하네. 멀미로 속이 안 좋을 터이니 죽을 먹였으면 좋겠는데."

그는 청이의 등을 가볍게 밀면서 턱짓을 했다. 청이가 빈자리에 가서 앉고는 뒤를 돌아다보니 그 조선 상인은 사라졌다. 그래도 낯익은 얼굴이 없어지니 다시 거북해졌다. 상 가운데 찬그릇을 모아놓고 모두들 밥공기를 손에 들고 길다란 젓가락으로 입 안에 퍼넣고 있었다. 어찌나 빠른지 청이가 기다리고 앉은 사이에도 중국 선원 두 사람이 나가고 다시 셋이 들어와서 밥을 먹기 시작했다. 먼저 청이를 불러 옆자리에 앉혔던 패랭이 아저씨가 말을 걸었다.

"나는 마태오라구 한다. 장연 주막집에서부터 너를 봤지."

청이는 수염이 듬성하고 턱이 갸름한 그 아저씨가 어쩐지 착해 보여서 얼른 숫기 좋게 되물었다.

"아저씨두 배에서 이름을 주었어요?"

"아니…… 내 이름은 천주님이 주신 이름이다."

청이는 알아듣지 못했지만 무슨 뜻이냐고 묻지는 않았다. 숙수 선원이 뭐라고 큰 소리로 말하면서 죽그릇과 야채 한 접시를 상 위에 놓아주었고 마태오 아저씨가 말해주었다.

"먹고 모자라면 더 청하라는구나."

청이는 그냥 고개를 숙여 보이고는 잠깐 망설인다. 숟가락도 없이 묽은 죽을 젓가락으로 먹나, 해서였는데 그네는 곧 그릇을 쳐들고 저를 휘저어 한 모금씩 천천히 마셨다. 식당에서 나오자 마태오 아저씨가 두건 차림의 사내에게 말했다.

"구경일랑 내가 시킬 터이니 자넨 일 보게나."

"그럼 방에 넣는 것두 자네가 하게."

마태오 아저씨가 앞장을 서서 선수 쪽으로 가다가 통로 옆의 또다른 널찍한 통로로 꼬부라졌다. 아래층으로 내려가는 계단이 있었다. 계단을 다 내려가니 너른 공간은 칸막이가 되어 있고 천장에는 우물에 쓰이는 도르래와 밧줄이 즐비하게 걸려 있다. 칸막이마다 잘 포장된 화물이 물목별로 빼곡히 쌓여 있었다.

"저쪽 천장을 보아라. 거긴 이물 갑판인데 널문으로 여닫게 되어있지. 짐을 그리로 싣고 내린다. 중국 배는 모두 네 층이나 된다. 맨 위층에 장대 다락이 있고 그 다음에 갑판과 사람이 기거하는 방들이 있고, 여기가 화물칸이고 이 아래가 선복이라구 한단다."

층계를 따라 아래로 내려가니 파와 채소를 심어둔 나무틀이 빼곡히 있고 그 곁의 울타리 안에는 닭이며 오리와 양 서너 마리에 돼지도 두 마리나 먹이고 있다. 청이는 간밤 잠결에 뭍에서 새벽닭이 우는 소리를 들었는데 이제야 그 소리가 어디서 온 것인지 짐작하겠다. 그리고 주전자 꼭지처럼 생긴 물 나오는 주둥이에 나무마개를 막은 네모난 물항아리가 줄지어 놓였다. 큰 나무 함지와 역시 나무의 속을 파낸 바가지 크기의 그릇들이 몇 개 보였다.

"바다에서는 단물이 귀하니라. 여기에 식수를 저장해두고 길어다 먹는다. 우리야 그냥 두레박을 뱃전에서 떨구어 바닷물로 세수 양치를 하지만 널랑은 예서 세수를 하려무나."

마태오 아저씨가 나무마개를 뽑아주자 물이 함지로 쏟아져나온다. 청이는 작은 나무대야에 물을 떠서 손과 얼굴을 씻고 입에 머금어 양치질도 했다. 청이가 젖은 얼굴로 두리번거리는데 아저씨가 소매에서 무명 자락을 꺼내어 건네주었다.

"이거 너 써라. 나는 봇짐에 여분이 많이 있단다."

청이는 얼굴을 닦고 나서 돌려주지도 못하고 엉거주춤 인사를 했다.

"아저씨 고맙습니다."

선복의 가녘에는 양식이며 배에서 쓸 물건들이 용도별로 구분되어 쌓여 있었다. 마태오 아저씨를 따라서 배의 이곳 저곳을 둘러보고 나서 그들은 상갑판으로 올라갔다. 바람을 한껏 받은 세 개의 돛은 앞을 향하여 잔뜩 부풀어 있었고 배는 선수를 치켜들었다 내려갔다가 하면서 파도를 가르며 달리는 중이었다. 청이는 뱃전에서 갑판 난간에 기대어 바다의 먼 곳을 내다보았다. 저 멀리 뾰족한 산봉우리 두엇이 보이는데 작은 섬인 듯하다. 마태오 아저씨가 곁에서 팔꿈치를 뱃전에 얹고 함께 바라보며 말했다.

"저 섬이 보이는 걸루 봐선 낼 아침쯤엔 중국에 닿을 모양이다."

혼잣말처럼 중얼거린 아저씨가 덧붙인다.

"작년 겨울에 갔을 때에도 너만한 조선 처녀가 셋이나 배에 타구 있었다."

"그애들은 다 어디루 갔는데요?"

청이가 묻자 아저씨는 말없이 이마와 가슴 세 군데를 손가락 끝으로 찍고는 두 손을 합장하며 눈을 내리감는 시늉을 했다. 천주교도의 성호를 긋는 동작을 알 리 없는 청이는 잠자코 있었다.

"중국은 아주 큰 나라다. 사람두 많구 저잣거리가 도처마다 있단다. 서쪽에는 더 많은 고장과 나라들이 있다더라. 어떤 어려운 일이 있더라두 천주님을 모시면 살아날 길이 열리게 될 게다."

마태오 아저씨가 하늘에 계신 천주님께 기도하는 법을 가르쳐주었는데 그것은 고향집 뒤뜰의 싸리울 앞에서 물 떠놓고 합장하던 모양과 다르지 않았다.

날이 새자 먼 바다의 수평선 너머로 부옇게 안개가 낀 듯하고 허공에 산봉우리들이 떠 있는 게 보였다. 크고 작은 돛배가 지나가는 것도 눈에 띄었는데 갑자기 빠른 속도로 엄청나게 큰 배가 선수 쪽을 가로질러 지나갔다. 그 배는 여러 조각으로 나뉜 돛을 달고 날개를 활짝 펼친 새처럼 보였고 높다란 뱃전에는 대포의 포구가 수십 개 뚫려 있었다. 선수에는 여신의 상체가 새겨져 있고 높다란 돛대 위에는 여러 색깔의 깃발이 펄럭였다. 그 배가 서양 나라의 상선이라고 누군가 말했지만 청이는 무슨 소리인지 머릿속에 담아두지는 않았다.

아주 가까운 곳에 육지가 있는 듯이 보였지만 한낮이 되어서야 배는 장강의 하구가 시작되는 상하이 어촌에 당도했다. 여러 사람이 노를 젓는 용선들이 다가왔고 배는 잠시 해안에 머물러서 짐을 내리고는 내처 장강으로 접어들어 거슬러올라갔다. 배가 진장(鎭江)에 닿은 것은 하루 종일이 걸려 해가 넘어갈 즈음이었다. 강이 길게 반달 모양으로 휘어져 돌아드는 안쪽에 제법 큰 대처가 보였다. 배가 축대와 나무판자로 이루어진 부두에 대지 못하여 강변에 들어와 돛과 닻을 내리고 정박했다. 포구는 집집마다 저녁 짓는 연기로 구름이 골짜기에 내려앉은 듯했고 작은 거룻배나 용선이나 돛배들은 거의 강변에 묶여 찰랑대고 있었다. 강이라고는 하지만 하구에서 진장까지는 바다가 연이어져 만처럼 너른 곳이라 맞은편 산자락이 아득하게 건너다보였다. 갈매기들은 포구에서 강으로 다시 하구를 향하여 어지러이 날아다녔다.

진장에서는 일부의 짐과 사람들이 내렸고 조선 장사치들도 모두 내렸다. 청이는 강변에 정박한 배에서 하룻밤을 더 묵었다. 이튿날 이른 아침에 배가 다시 출발하여 난징(南京)에 이른 것은 거의 저녁 때가 다 되어서였다. 배에서 보았던 중국 상인들은 청이에게 웃는 얼굴로 대했고 좋은 방에 들게 해주었다. 시중 드는 소녀가 차와 음식을 날라다주어서 청이는 불안한 중에도 며칠 만에 뭍에서의 잠을 푹 잘 수가 있었다. 침상에 누워서도 어쩐지 등뒤가 출렁이는 듯한 느낌이었다.

여각은 강이 내려다보이는 언덕 위에 있었다. 강변의 부두에서 창고가 늘어선 곳을 지나면 큰길 양쪽으로 음식점이며 주루와 상점들이 이어지고, 길이 차츰 오르막이 되면서부터 주택과 여각들이 시작되었다.

방 안에는 탁자와 나무의자가 둘이 놓였고 벽가에 휘장을 드리운 침상이 있었다. 벽에 그림이 걸려 있었는데 비파를 치는 미녀의 채

색화였다. 천을 바른 창을 옆으로 밀면 작은 뜰이 보이고 건너편에 바깥채가 보였다. 침상 옆의 둥근 창을 밖으로 열자 아랫집의 지붕 너머로 강변이 내다보였다. 그네가 타고 왔던 낯익은 범선은 다른 배들 사이에 돛을 내리고 쉬는 중이었다.

점심을 먹고 나서야 청이를 데려갈 가마가 당도했다. 배에서 보았던 좁은 소매 윗옷에 마고자만 걸친 중년의 상인이 소녀를 앞세우고 뜰을 건너와서 문을 열고는 말했다.

"렌화, 이제 가야겠다."

청이는 사내의 중국말을 알아들을 수는 없었지만 그가 손짓으로 바깥을 가리키는 것으로 곧 눈치를 챘다.

그네는 방 안을 한 바퀴 둘러보고는 들어올 때처럼 빈손으로 나선다. 여관의 앞채로 들어서자 음식 냄새며 새소리가 요란하게 들려왔다. 남자들 여럿이 차를 마시며 떠들고 있었는데 창가의 천장에 늘어뜨린 쇠고리에 새장이 여러 개 걸려 있었다. 새들은 푸른 날개에 붉은 털을 가진 놈도 있고, 흰색에 부리만 붉은 놈에, 노란 털과 머리 장식이 모자처럼 치솟은 것도 보였다. 새들이 제각기의 목소리로 노래했다. 상인이 칸막이가 된 자리로 청이를 데려가자 그 자리에는 배에서 보았던 늙은 상인과 다른 장사치 두엇과 역시 길다란 포를 위에 걸치고 원건을 쓴 노인이 보였다. 그들은 말없이 청이를 찬찬히 살펴보았다. 그리고는 제각기 한마디씩 지껄였고 노인이 청이에게 나가자는 시늉으로 손바닥을 펴서 앞으로 내밀어 보였다. 그리고 그네는 여관 앞에 기다리고 있던 가마에 올랐다. 노인이 가마 앞쪽의 발을 내리자, 앞뒤에서 어깨에 멘 사내들의 걸음걸이에 따라 가마가 우쭐거리며 움직여가기 시작했다.

2. 잠

가마는 붉은 기둥과 도금한 현판이 걸린 높다란 대문 앞에 잠시 멎었다. 간편한 옷에 붉은 장식 술이 달린 병사의 모자를 쓴 문지기 둘이 섰다가 가마 앞에 선 집사 노인을 보자 얼른 대문을 열었다. 그 큰 대문이 소리도 없이 열렸다. 문 안에 일렬로 길게 늘어선 벽돌집이 보이고 가운데에 중문이 있었다. 가마는 중문을 지나 왼쪽 길로 돌아서 담장을 두른 본채의 마당으로 들어갔다. 늙은 여자들과 하녀 두 사람이 작은 대문 안쪽에 섰다가 가마를 맞아들였다. 그네들이 가마의 발을 걷어올려 청이의 손을 양쪽에서 잡고 내리도록 도왔다.

청이는 앞서 들어가는 집사 노인을 따라서 본채로 들어갔는데 정면의 안락의자에 머리가 하얗게 센 노부인이 앉았고 머리가 희끗한 남자가 쪽빛 겹저고리에 비단 바지를 입고 곁에 앉아 있었다. 그리고는 할멈들과 하녀들이 주위에 둘러섰다. 집사 노인이 뭐라고 아뢰는 중에 연신 렌화, 렌화라는 말이 들렸다. 방 안의 사람들도 제각기 렌화, 라고 중얼거리는 소리가 입마다 퍼져나갔다. 남자가 물었다.

"수령서는 받아왔느냐?"

"예, 큰서방님. 인삼과 저 아이 값으로 어음을 내주었습니다."

집사는 소매 속에서 종이쪽지를 꺼내어 그에게 올렸다. 큰서방님이 종이를 받아들고 훑어보다가 노부인에게 말했다.

"어머니, 열다섯 살이랍니다. 건강해 보이는데요."

노부인은 부채로 얼굴을 가리고 찌푸린 눈으로 청이를 자세히 살폈다.

"저 커다란 발 좀 봐라. 흉측하게 전족을 하지 않았구나!"

"아버님 보신용으로 쓸 터이니 발이야 무슨 상관이겠습니까."

노부인이 부채를 활활 부치면서 하녀들에게 일렀다.

"어서 렌화를 데려다 목간을 시키고 옷도 갈아입히도록 해라."

곁에 앉았던 큰아들도 한마디 거들었다.

"나이는 어리지만 아버님의 시첩으로 들어온 분이다. 상하 구분하여 잘 돌봐드리도록 해라."

청이는 그들이 주고받는 소리의 높낮이만 느꼈을 뿐이었다. 처음에 그녀를 맞아주었던 할멈과 하녀가 양쪽에서 부축하고 긴 회랑을 지나 본채의 뒤편으로 갔다. 아름드리의 자귀나무가 우거진 모퉁이에 나무마루가 연결된 목욕칸이 있었다. 화덕에 불을 넣던 여자가 그들을 맞이했다. 탈의실로 청이를 데려온 여자들은 스스럼없이 그녀의 헝겊단추를 풀고 상의와 바지를 벗겼다. 청이 바지춤을 잡아당겼지만 할멈은 부드럽게 손가락을 비틀고는 바지를 끌어내렸다. 속곳까지 벗기자 할멈은 옷가지들을 바깥에 섰던 여자에게 내주며 말했다.

"이거 태워버리게."

청은 하녀의 손을 잡고 목욕실의 계단을 내려갔다. 젖은 마루와 김이 서린 벽의 대나무가 미끈거렸다. 화덕에서 데운 물이 도자기의 관으로 해서 쏟아져나와 나무판자로 둥글게 짠 나무물통에 떨어지고 있었다. 욕실 안은 온통 뿌연 김으로 가득 차서 벗은 몸이 부끄러워 상체를 잔뜩 숙이고 있던 청이는 저도 모르게 가슴에서 두 손을 내렸다. 하녀가 손가락을 통 속에 담가보고는 물이 나오는 꼭지의 위쪽에 매달려 있던 나무쐐기를 위에서 아래로 박아넣자 물줄기가 끊겼다. 할멈이 작은 병을 기울여 물통에다 흘려넣자 욕실 안은 재스민 향기로 숨이 막힐 지경이었다. 두 여자는 청이 가마에서 내릴 때처럼 양쪽 겨드랑이를 잡고 번쩍 치켜들어 따뜻한 물 속에 천천히 잠기게 했다.

"청주 가져오너라."

할멈이 말하자 하녀가 밖으로 나가더니 목이 길다란 거위 병을 가지고 돌아왔다. 청은 두 무릎을 세워 쪼그리고 앉아 있었다. 할멈이 도자기의 마개를 열고 물 속에다 부었다. 그리고는 두 팔을 넣고 청의 몸 주위를 휘휘 저었는데 재스민 꽃향내와 술냄새가 서로 어우러졌다. 청은 저절로 다리가 벌어지고 서로 엇갈려 가슴을 가리고 양쪽 어깨를 붙안고 있던 두 팔도 스르르 풀어져서 물 속으로 떨어졌다. 목을 젖히니 물통에 닿았고 그네는 천장을 향하여 고개를 든 채로 눈을 감았다. 몸뚱어리가 연못에 떨어진 수건처럼 흐느적이며 아래로 가라앉았다. 저절로 입이 열렸고 이마와 머리카락 속에서 땀이 솟아 흘러내리기 시작했다. 두 여자는 부드러운 명주수건으로 청의 등과 가슴이며 물에 잠긴 허벅지를 문질러주었다.

얼마나 잤을까. 탈의실에서 잠시 기다리고 있던 두 여자들이 계단을 내려오는 기척이 들렸다. 그들은 벽가에 세워두었던 등나무 평상을 다리가 아래로 가도록 펼쳐두었다. 두 여자가 축 늘어진 청이를 통 속에서 건져내어 상반신과 다리를 들어 평상 위에 눕혔고, 그네는 몽롱한 속에서도 다시 가슴에 두 손을 올렸다. 할멈이 가볍게 투덜대면서 청이의 손을 잡아 옆으로 젖혀서 평상 위에 가지런히 올려놓았다. 두 여자는 머리 쪽과 다리 쪽에서 청의 몸을 잠깐 내려다보았다.

희부염한 수증기 속에서 청의 열다섯 살 된 몸은 비 오는 날 나뭇가지 사이로 얼핏 뵈는 복숭아 같았다. 한 줄 외태로 땋아 늘였던 머리는 댕기가 풀어지자 이마 뒤로 넘어간 채 흐트러지고 뺨에는 열기로 홍조가 피었다. 얼굴과 목덜미와 온몸에 맺힌 물방울들이 물고기의 비늘처럼 반사되어 반짝인다. 어깨는 작고 동그스름한데 가슴께에서 솟아오른 젖가슴이 아직은 채 부풀지 않아서 거무스레한 젖꽃판이 거의 평평하고 꼭지는 분홍색이 선명하다. 사발을 엎어놓은 듯 봉긋하여 앙가슴이 조금 들어간 것처럼 보일 뿐이다. 허리는 가늘지만 배 언저리는 어린 티가 남아 있어서 통통하게 부풀어 있다. 아마 자라면서 키가 늘어나고 옆구리의 골반이 뚜렷하게 튀어나올 것이다. 아랫배에서 두덩이 시작되는 부근에 돋기 시작한 거웃이 몇 오라기 보인다. 그네의 허벅지는 팽팽하고 무릎으로 내려가면서 어린 닭의 다리처럼 바깥쪽에 살이 덜 올라 움푹 팬 듯하다. 매끄러운 정강이와 도톰한 발등이며 짧은 발가락들이 가지런하다.

할멈이 수건으로 청이 몸의 물기를 닦고는 향유를 손에 조금씩 흘려 두 손바닥을 부비고 나서 목덜미에서부터 찬찬히 문질렀고, 하녀는 작은 줄로 손톱에서 발톱까지 다듬었다. 할멈은 청이의 가슴을 문지르고 드러난 갈비뼈와 아랫배를 문지르고는 저절로 주름이 잡힌 두덩 아래의 가랑이 사이로 거침없이 손을 넣었다. 할멈이 손길을 멈추고 하녀에게 손을 내밀자 그네가 뭔가 쥐어준다. 엷게 엿을 바른 고운 모시수건을 건네받은 할멈은 한 손으로 청의 가랑이를 벌리고는 불두덩 위에 수건을 대었다가 재빨리 떼어낸다. 청이 가늘게 비명을 지르면서 다리를 오므렸지만 할멈은 다시 한번 아래쪽으로 수건을 들이밀고 거웃을 떼어냈다. 할멈은 그 자리에 향유를 듬뿍 발라 부벼주었다. 허벅지에 향유를 바르고 발등과 발바닥 발가락에까지 모두 바른 다음, 청의 한쪽 팔을 잡아당겨 돌아눕도록 하고 등줄기에서 볼기와 엉덩이로 문질러내려갔다. 샘에 떠 있는 쪽박같이 위로 쳐들린 엉덩이에서 할멈은 잠시 손을 멈추었다. 작은 엉덩판 안쪽이 딴딴하게 경직되어 있었기 때문이다. 할멈은 곧 청이가 밑살에 힘을 주고 있음을 알았다. 아랫도리로 내려가며 무릎 오금의 부드러운 부분을 문질러주고 종아리를 지그시 움켜쥐며 풀어주었다. 발뒤꿈치의 거친 부분은 하녀가 부석으로 문질러 부드럽게 만들어두었다. 할멈이 골고루 향유를 바르면서 발허리를 꾹꾹 눌러주며 발가락 사이사이를 매만져주고 나자 모든 신체검사가 끝났다.

심청이 비로소 제 몸을 본 것은 자기 방에 돌아와서였다. 앞자락을 여미고 띠로 묶는 비단포를 그네에게 입혀 하녀가 등에 업고 왔다. 목욕칸에서 바로 뒤의 중문을 지나 후원의 서북쪽에 있는 별당이 청의 거처로 정해진 곳이었다. 후원에는 중앙에 너른 연못이 있고 연못을 가로지르는 반월교가 걸려 있는데 숲 사이로 다른 한 채의 별당이 건너다보였다. 두 여자는 문을 열어주며 청이를 집 안으로 들어가게 하고는 밖에서 문을 닫았다. 그네는 어지러워져 문에 등을 기대고 서서 현기증이 지나가기를 기다리며 안을 둘러보았다. 아직 해가 저물지 않았는데도 사방에 붉은 월등이 켜져 있었다. 검은 옻칠을 한 장식장과 의자와 탁자 등속이 모두 새와 화초 문양으로 정교하게 깎은 것들이었다. 벽에는 서화가 빼곡히 걸려 있고 장식장 위에 도자기들과 함께 젓대며 피리며 비파가 세워져 있었다.

오른쪽으로 한 단쯤 높은 곳에 윤이 반들거리는 툇마루와 그 위에 침상이 보였다. 침상은 사방에 붉고 둥근 기둥이 있어 휘장을 둘러쳤는데, 붉은 옻칠 바탕에 오색의 자개가 박히고 당초 무늬를 아로새긴 난간이 있으며, 터진 출입구 쪽에는 비단 휘장이 양편에 가지런히 묶여 있었다. 청이는 비틀거리며 툇마루 앞까지 다가섰다. 침상 안의 맞은편 벽에는 괴석과 꿈틀거리는 소나무와 빨갛게 만개한 모란이 그려진 벽화가 보였다. 두툼한 보료와 자잘한 국화를 수놓은 비단 이불과 붉고 푸른 천을 씌운 두둥달이 배개가 놓였다. 침상은 하나의 방과 같았다. 머리맡에 흰 도자기 타구며, 손수건, 과일 접시, 그리고 이상한 모양의 곰방대와 접시받침 아래 기름이 든 병이 붙은 촛대 비슷한 물건이 있고, 침상 옆에는 의자로도 쓰이는 방석 씌운 도자기 항아리 위에 쟁반이 놓였다. 발치에는 제법 너른 공간이 있어 역시 자기로 장식한 붉은색 옷장과 산수화를 그린 두 폭짜리 가리개가 세워져 있고 용의 머리가 달린 향로가 놓였다. 옷장 문을 여니 비단옷이 가득 걸려 있는데 속곳은 서랍을 아무리 열어봐도 보이질 않는다. 그때 심청은 어깨 높이의 가리개 너머로 사람의 얼굴을 얼핏 보고는 소스라쳤다.

넌 누구야?

넌 누구야, 라고 바로 면전의 얼굴이 되물었다. 청이가 가리개를 밀치고 벽에 다가서자 그네는 선명하고 빛나는 물체에 부딪칠 뻔했다. 청이는 양거울을 처음 보았다. 거울은 작은 상만한 크기였는데 그 속에 낯익은 얼굴이 떠올라 있었다. 물동이 속에서, 하늘거리는 냇물의 수면 위에서, 반질반질 닦은 놋뚜껑의 앞면 뒷면에서, 똑바로, 일그러지게, 길쭘하게, 넓적하게 보이던 바로 그 얼굴은 자기였다. 청이는 두 손으로 볼을 감싸안았다. 맞은편의 렌화도 볼을 감싸안는다.

아, 그래 내가 원래 청이었지……

심청은 멀뚱히 렌화를 바라보다 허리띠를 풀고 비단 홑옷을 벗어 발 아래 떨구었다. 그녀는 태어나서 처음으로 자신의 벌거벗은 몸을 남의 것처럼 바라보았다. 거울 속의 렌화가 말했다.

너는 내가 아니야.

할멈이 청이의 머리를 양갈래로 땋아 뒤로 엮어주었다. 그녀는 할멈과 하녀가 가져온 저녁을 먹고 이어서 차와 과일을 들었다. 그 동안에 할멈은 침상을 정돈했다. 향로의 향을 피우고 자리끼로 마실 냉차를 준비해두고 흡연할 곰방대를 채워두는 일이며 유황 성냥도 빠뜨리지 않았다. 방 안의 월등 가운데 하나만 남기고는 모두 끄고 침상 안에 사방등을 켜두었다. 너른 실내가 어둠침침해지자 침상 안은 더욱 아늑해 보인다.

"잠옷으로 갈아입으셔요."

하녀가 잠옷을 두 손에 받쳐들고 청에게 내밀었다. 붉은 공단에 꽃무늬 수를 놓은 잠옷을 펼치자 팔도 끼워주고 허리띠도 매어준다. 또한 수를 놓은 주머니처럼 생긴 각반을 발에 씌우고 발목을 묶은 다음에 비단신을 신겨주었다. 할멈이 뚜껑을 덮은 자기 찻잔을 쟁반에 받쳐들고 침상 가까이 왔다.

"이건 버섯차요. 몸에 좋으니 어서 마셔요."

두 여자는 청이 한 모금씩 차를 다 마실 때까지 참을성 있게 지켜보다가 조용히 물러갔다.

청이는 침상 안의 요 위에 앉아서 머리맡에 놓인 물건들을 이것저것 만지고 집어보았다. 접시 위에 놓인 실에 꿴 말린 대추 몇 알을 살펴보기도 하고 곰방대와 등처럼 생긴 접시 위에 놓인 새카만 환약 같은 것을 집어 냄새를 맡아보기도 했다. 차츰 온몸이 나른해져서 청이는 그냥 이불을 들쳐놓은 채로 누웠다. 발치에서 은은하게 타고 있는 향냄새 때문에 꽃이 만발한 여름날의 화단에 앉아 있는 듯했다. 차를 마셔서인지 정신은 말짱한데 몸만 나른하고 소리와 색깔에는 예민해졌다. 벽화에 그려진 모란의 붉은색이 어찌나 선명하고 또렷한지 눈이 아플 지경이었다. 소나무의 푸르름은 당장이라도 벽에서 솔가지가 튀어나올 것만 같다.

숨소리가 머릿속에서 폭풍처럼 들끓고 있었다. 눈을 감으면 저 멀리 어둠 속에 길다란 회랑이 보인다. 숨을 들이쉬자 앞쪽에서부터 회랑 양편으로 등불이 차례로 켜지면서 저어 먼 끝까지 한없이 밝아지다가 들숨의 마지막 고비에서 팍, 하면서 커다란 불꽃으로 합쳐지며 터진다. 숨을 내쉬자 불꽃이 사라지고 아득한 저 끝에서부터 타타타타, 하는 소리가 나면서 차례로 등불이 줄을 지어 꺼져오더니 일시에 암흑이다. 아랫배가 뜨거워지며 마치 박하라도 올려놓은 것처럼 싸아하면서 배꼽이 점점 크게 열린다. 등불은 먼 앞쪽의 어둠 속에서부터 몸 안에까지 연이어 켜지고 꺼지기를 되풀이한다.

다시 눈을 뜬다. 붉은 기둥이며 분홍색 휘장이며 난간의 자개 무늬들이 흐느적 흐느적 구불거리며 물처럼 흘러다닌다. 색의 경계는 분명한 대로 모든 선들은 구부러지고 휘어져서 녹아내리는 것만 같다. 그런데 머리도 들 수 없을 만큼 기운이 한 줌도 남아 있질 않다. 손가락을 꼼지락거려본다. 아주 미세하게 움직였을 뿐인데도 엄청나게 길다란 장대처럼 늘어난 손가락이 허공을 가르며 요 위에 떨어진 느낌이다. 격렬하고 예민하게 뒤흔들리던 감각이 팽이가 거칠게 돌다가 일정한 힘으로 곧추서듯이 차츰 평정을 되찾기 시작한다. 숨이 고르게 쉬어지면서 몸은 물 위에 떠가는 배가 된 것만 같다. 찰싹거리는 잔 파도가 뱃전을 흔들 때마다 몸이 가늘게 건들거리며 망망한 바다를 떠가고 있다.

할멈과 하녀의 처소는 별당 옆에 별도로 붙어 있는데 부엌과 찬방과 침소로 나뉘어져 있었다. 전실에서 설렁줄을 당기면 처소의 입구에 매달린 동종이 딸그랑거리고 그들 중의 하나는 얼른 가서 뵈어야 했다. 두 여자는 아직 처소로 들어가지 않고 전실 앞에 나란히 서서 누군가를 기다렸다. 본채의 뒤뜰 쪽에 불빛이 나타나고 별당으로 들어오는 왼쪽 중문이 훤해진다. 하인의 발등을 앞세우고 누군가 천천히 별당 앞 정원을 건너왔다. 풀 속에 박힌 넓적한 징검돌 위로 지팡이 짚는 소리가 들려온다. 이 집의 제일 어른인 첸(陳) 대인이 다가오고 있었다. 그는 문 앞에 읍하고 섰는 하녀들을 보고 헛기침을 한다. 하녀들이 문을 열어주자 노인은 아무 말 없이 안으로 들어선다.

그는 마른 체격인데 배는 좀 나온 편이다. 변발한 머리는 백발이고 살결도 흰 편이며 입술이 노인답지 않게 붉다. 팔순이 넘어 허리가 약간 굽었다고는 하지만 지팡이를 짚을 뿐 느리게 걸을 수 있으며 귀와 눈은 아직 어두워지지 않았다. 그는 칠순이 지나면서부터 양생술로 회춘하는 법을 배워 시행해오고 있었다. 첸 대인은 잠시 안락의자에 앉아 탁자에 차려둔 마른 과일을 안주로 약주 한잔을 들었다.

청이는 누군가 집 안으로 들어온 기척을 알고 있었지만 일어날 수가 없었다. 그건 마치 선잠에서 깨어나기 직전의 몽롱한 상태와도 같았다. 노인이 천천히 침상으로 다가와서 툇마루에 두 손을 짚고

요 위에 반듯이 누워 있는 그네를 내려다보았다. 청의 눈에는 상대가 또렷하게 보이질 않는다. 녹아내린 촛농이나 햇볕을 받은 눈사람처럼 흐물흐물한 물체가 얼굴 위에 떠 있는 듯하다.

챈 대인이 청의 옆에 앉아 옷의 허리띠를 풀고 옷자락을 젖혔다. 청이의 알몸은 펼쳐진 붉은 공단을 배경으로 밝은 분홍빛으로 보였다. 챈 대인은 청의 소매를 차례로 당겨 팔을 빼내고 몸 아래 깔린 옷자락을 서두르지 않고 조심스럽게 뽑아낸다. 청은 게슴츠레한 눈으로 천장 위의 어느 곳을 바라볼 뿐 눈동자에는 초점이 없다. 챈 대인이 청의 알몸을 내려다보다가 자기도 옷을 벗는다. 그의 살은 이미 구겨진 채로 말라붙은 벽지처럼 보이고 뺨에서 목 아래로 가슴팍에까지 검버섯이 피어 있다. 아랫배가 늘어져 배와 허리를 가르는 깊은 주름이 잡히고 음경이 축 늘어진 채 귀두는 이미 오래 전에 익사한 시신의 입술처럼 검푸르게 죽어 있다. 오므라든 가죽의 끝에 간신히 매달린 음낭은 초겨울 바람에 말라붙은 머루알 같다.

노인의 검버섯으로 거뭇거뭇한 주름살투성이의 손이 청의 목덜미에 닿았다가 가슴으로 스쳐내려간다. 그는 그저 쓰다듬어볼 뿐이다. 물처럼 가녀린 허리와 그보다는 탱탱하지만 진흙처럼 부드러운 허벅지 안쪽 살을 만진다. 그리고 하녀들이 거웃을 제거하여 청결하게 만들어놓은 매끄러운 불두덩에 손가락을 댄다. 그의 손가락이 가늘게 떨린다. 노인의 손가락은 곤충이 걸어가듯이 넓적다리를 지나 무릎으로 내려가 잠깐 어루만지고 종아리를 쓰다듬으며 발싸개와 꽃신으로 가려진 발에 이른다. 비단 꽃신을 벗긴다. 전족하지 않은 발이지만 도톰하고 아담하다. 그는 한참이나 주머니 같은 발싸개 위로 소녀의 발을 주무른다.

청이의 몸을 만지는 동안에도 챈 대인의 음경은 꿈쩍도 하지 않았다. 다만 그의 눈 주위가 조금 불그레해졌을 뿐이다. 그리고 손발도 따뜻해졌다. 노인은 이제 무릎을 굽혀 양쪽으로 벌리고 청의 몸 위에 닿지 않도록 두 팔로 버티고는 엎드린다. 그는 숨을 가라앉히고 머리를 숙여 청이의 몸에 입술을 갖다대고는 흡, 하는 소리가 나도록 기를 빨아들이기 시작한다. 노인의 입술이 청의 목덜미에서 뺨으로 입술로 턱으로 가슴으로 내려간다. 입술은 봉긋한 젖가슴 주위를 맴돌다가 젖꽃판으로 올라간다. 숨 들이마시기를 그치고 혀가 조금만 나와 꽃판과 꼭지를 더듬는다. 혀끝의 돌기와 젖꼭지 부근의 돌기가 서로 만난다. 청이 가늘게 한숨을 내쉰다. 노인은 다시 오른쪽 젖가슴으로 옮겨간다. 그는 빨고 들이마시기를 번갈아 하면서 꽃판을 좌우로 옮겨다닌다. 젖꼭지에 핏기가 돌아오며 단단하게 올라선다. 첸 대인의 마른 입술은 청이의 배꼽 주위로 내려간다. 배꼽에서 노인의 입술은 원을 그리며 맴돈다. 그리고 배꼽에 입을 갖다대고 숨을 길게 길게 들이마신다. 양쪽 허리에 이르자 이번에는 혀가 나와서 맛을 본다. 혀는 그대로 불두덩 위에 얹힌다. 길고 가늘어진 혀의 끝이 떨린다. 타액이 매끈한 불두덩에 바른 향유와 만난다. 노인은 청이의 다리를 벌리고 머리를 숙여 입술을 음문에 갖다댄다. 혀는 아직도 떨면서 음문 주위에 부풀어오른 살갗의 맛을 보고 있다. 그의 혀가 금 그어진 중앙에 이르러 음핵의 끝에 닿는다. 이미 물기가 보인다. 그는 입술을 대고 깊은 숨을 여러 번 들이마신다. 청의 온몸은 뜨거워지고 밑살은 홍건하게 젖었다. 노인이 허리를 펴고 머리맡으로 손을 뻗어 접시 위에서 실에 꿰인 마른 대추를 세 알 집어다가 입 속에 넣었다. 그는 청이의 두 다리를 위로 치켜들고 다시 엎드려 혀끝으로 대추를 한 알씩 음문 안으로 밀어넣는다. 세 알을 집어넣고는 이제 손가락으로 마무리를 한다.

첸 대인은 렌화의 두 다리를 내리고 가지런하게 모아주고는 몸 위에 엎드려 이불을 덮는다. 노인은 그네의 배에다 자기 배를 꼭 갖다 대고 좌우로 조금씩 부빈다. 그의 몸도 차츰 뜨거워지고 마른 삭정이 같던 살갗에 부드럽게 땀이 밴다. 그는 이제 움직이지 않고 한참 동안 그 자세로 엎드려 있었다.

첸 대인은 일어나 잠옷을 걸치고 차가운 차를 한 잔 마시고 나서 접시 화로에 불을 붙이고 환약처럼 조그맣게 뭉친 아편을 얹어 데운다. 데워진 아편을 곰방대에 담고는 옆으로 눕는다. 노인은 천천히 아편을 태우며 기를 가라앉혔다. 나른한 피로감과 평화로운 잠이 완만한 해변으로 물이 들어오듯 발끝에서부터 차츰 차츰 올라온다. 그는 사방등의 등피를 들치고 불을 껐다. 주위가 어두워졌다.

심청은 자고 있던 게 아니었다. 찰랑대는 파도를 타고 흘러가는 배 위에 누웠던 느낌이더니 구름 한 덩이가 내려와 그네를 감싸고 돌았다. 상대가 만지기 시작했을 때 살갗의 솜털들이 초여름의 부드러운 바람에 흔들리는 보리처럼 출렁이다가 나중에는 거센 바람에 미친 듯이 눕고 일어서기를 반복했다. 들판의 먼 끝에서부터 보리 물결이 일어나 가까이 다가왔다가 뒤로 멀어져가곤 했다. 구름이 몸을 덮더니 그 끝자락이 줄처럼 늘어져서 젖가슴을 간질이자 청이의 가슴은 위로 부풀어 하늘로 솟구쳐올라가는 듯했다. 견딜 수 없는 안달에 허리가 반월교처럼 휘어져오르고 청은 매끄러운 구멍 속으로 한없이 빨려들어갔다. 이제 아랫도리가 열리기 시작했다. 사타구니가 새큰하고 철렁, 하면서 궁둥이가 한없이 부풀더니 일시에 터지면서 뜨거운 기운이 몸 안으로 들어와 가득 차며 허벅지를 타고 발가락 끝에까지 뻗쳐내려갔다. 그런 느낌이 계속해서 아랫배와 허벅지를 타고 몇 번이나 되풀이해서 흘러나갔다.

다시 어둠 속에서 눈을 뜬다. 휘장 사이로 전실의 월등 불빛이 새어들어 침상 안이 희미하게 보인다. 그네의 목구멍 깊숙한 속에서 비명이 들려온다. 서로 다른 목소리의 계집아이들이 제각기 말을 건다.

넌 나가란 말야. 여긴 내 몸이야.

아니 이건 내 꺼야.

자세히 들어보면 계집아이들의 목소리는 낮고 높은 것이 서로 섞여 있을 뿐 같은 소리로 들린다.

나는 청이야. 넌 누구니?

나는 렌화라니까. 넌 이미 귀신이야.

누구 귀신?

예전에 벌써 죽은 귀신.

청이의 감긴 눈꺼풀 안쪽 부연 어둠 속에서 벌거숭이 두 계집아이의 모습이 뚜렷하게 떠올랐다. 한쪽은 외로 땋은 머리를 늘어뜨리고 다른 하나는 양갈래로 땋은 머리를 엮어서 뒤통수 위로 틀어올렸다. 둘은 서로 뒤엉키더니 그림자가 합쳐지듯 흐릿하게 하나가 되었다. 벌거숭이 계집아이의 사타구니가 점점 커지면서 거대한 음문이 나타났다. 두 다리는 양쪽으로 벌어져서 주름이 사라지고 삼각형의 모습도 없어져 다만 벌어진 살갗 사이로 음핵이 팽팽해진 채로 빼꼼히 솟아나와 있었다. 상처 자국 같은 입구가 벌어지며 그 어둠 속으로 빨려들어갔다. 사방은 그저 아무것도 없는 어둠인데 가뿐 숨소리만이 주위에 가득 차 있었다. 청이는 잠시 까무룩한 어둠 속에 빠졌다가 서서히 되살아났다. 사지가 녹아버린 것처럼 꼼짝할 수도 없이 몸통만 남은 듯했다.

곁에서는 노인의 나직하게 코 고는 소리가 들려왔다. 그의 숨은 가늘게 드나들다가 가끔씩 끊기고는 했고 그럴 때마다 몇 번씩 끅끅

거리는 소리와 함께 목구멍 속에서 숨이 길게 터져나오곤 했다. 청이는 손가락을 꼼지락거려본다. 바로 곁에 누운 사람의 살을 손가락으로 더듬는다. 살은 무르고 부드러운 가죽처럼 늘어난다. 그네의 손가락은 더 안쪽으로 움직였고 노인의 다리 사이에 멈추었다. 손가락은 옴칠했다가 다시 움직인다. 그네가 엄지와 검지로 살짝 잡았던 살덩이는 너무 부드러워서 조금만 힘을 주면 물큰하면서 뭉개질 것 같았다.

날이 밝아 잠을 깬 첸 대인이 침상에서 일어났을 때 청이는 아주 깊은 잠에 빠져 있었다. 노인은 상반신을 일으켜 모로 누운 계집아이의 얼굴을 내려다보았다. 머리는 베개에 눌려 흐트러졌고 뺨에는 홍조가 퍼져 있었으며 입술은 조금 벌어져 있었다. 그는 이불을 들치고 나뭇가지처럼 구부러진 손으로 아이의 봉긋한 젖가슴과 꽃판 주위와 젖꼭지를 만져보았다. 문득 항문 주위에 찌릿하는 느낌이 들었지만 노인의 음경은 그대로 맥없이 매달려 있었다. 그는 청의 도톰한 음문을 쓰다듬다가 손가락을 안으로 천천히 밀어넣었다. 그리고는 실을 잡아당겨 매끄러운 질 속에서 대추를 꺼냈다. 딱딱하고 쭈글쭈글하던 대추의 껍질은 불어서 표면이 팽팽해졌고 부드러워졌다. 노인은 대추를 차례로 실에서 빼내어 하나씩 입 안에 넣고 씹었다. 청이는 다시 다리를 오므리고 돌아누웠다. 노인은 침상에서 나와 잠깐 안락의자에 앉았다가 별당을 나섰다.

청이 일어난 것은 해가 높직하니 떠올라 연못의 수면을 빛조각으로 가득 채웠을 즈음이었다. 그네는 젖혀진 이불자락 사이로 자신의 벗은 몸을 내려다보고는 얼른 이불을 목까지 끌어올렸다. 가리개 뒤로 가서 옷을 입으면서도 양거울을 똑바로 쳐다보지 못했다. 햇빛은 종이를 바른 창문마다 환하게 들어와서 실내의 먼지까지도 보일 정도였다. 청이는 침상에서 내려와 멍하니 탁자 앞에 앉아 있었다. 문이 조금 열리더니 누군가가 안을 들여다보는 듯했다. 그네는 혼잣말처럼 중얼거렸다.

"누구세요……?"

문이 열리고 한 사내가 천천히 안으로 들어섰다. 그는 휘장이 젖혀진 침상 쪽을 한 번 힐끗 보더니 실내 중간쯤에 와서 멈추고는 청이를 찬찬히 살펴보았다. 그는 소매 좁은 비단 겉옷을 맵시 있게 걸치고 옆으로 트인 포의 한쪽 자락을 허리띠에 걸쳤다. 변발은 어깨 앞쪽으로 넘겼는데 땋은 머리 끝에 금장식을 달고 있었다. 허리띠 왼쪽에 반짝이는 금고리에 걸린 짧은 칼이 보였다. 사내는 팔짱을 끼고 빙긋이 웃음을 지은 채로 청이를 바라보고 서 있었다. 몸은 마른 편이었지만 어깨가 단단해 보였고 목덜미에서 등까지 곧게 일직선으로 퍼진 체격이 다부지고 힘찬 모습이었다. 그는 눈꼬리가 길고 볼에 살이 없으며 턱이 갸름하여 나이보다는 훨씬 젊어 보였다. 청이는 저도 모르게 벌어진 옷깃을 가다듬었다. 사내가 벽에 걸린 비파를 보더니 서슴지 않고 떼어내어 가슴에 안고는 침상 앞 툇마루에 걸터앉았다. 그는 몇 번 줄을 다듬어보다가 손가락 끝으로 뜯기 시작했다. 영롱한 이슬이 물 위에 무수하게 떨어지는 듯한 소리가 들린다. 그가 말없이 비파 줄을 뜯고만 있더니 굵고 잔잔한 음성으로 노래를 부르기 시작했다.

날아가는 새들을 올려다보며
크건 작건 쌍 지은 걸 부러워하네
인생사란 어긋남이 하도 많아
오래도록 내 님만을 기다리노라

44

밖에서 신 끄는 소리가 들리더니 문이 열리고 할멈이 들어섰다. 그네는 보를 덮은 쟁반을 들고 있었다. 할멈은 사내를 보자 깜짝 놀라서 하마터면 쟁반을 떨어뜨릴 뻔했다.

"작은서방님, 여기가 어디라구 들어오셨습니까?"

사내는 비파를 자르릉, 하는 소리가 나게 손가락 전체로 긁어 가락을 파하고는 얼른 옆으로 밀쳐놓는다.

"왜, 이 집에서 내가 못 올 데가 따루 있나?"

"여기는 대인 어르신 외에는 아무도 드나들 수 없습니다."

"아버지가 시첩을 들였다길래 한번 구경하러 왔다."

"어서 나가셔요. 큰서방님 아시면 경을 칠 겝니다."

작은서방님은 비파를 가져다 걸렸던 자리에 얌전히 다시 걸어두고는 청이를 바라보며 웃고 말했다.

"여자가 되려면 앞으로 석삼 년은 더 있어야 되겠구나."

할멈이 혀를 찼다.

"말씀을 함부로 하시니 제가 부부인 마님께 이르겠어요."

"아아 걱정 말게. 내야 진장으로 나가면 어머니를 자주 뵐 일두 없을 테니."

청이는 그들이 무슨 말을 하는지는 알아들을 수 없었지만 사내의 거침없는 행동으로 보아 그가 할멈보다는 윗사람인 것만 알 수 있었다. 사내는 다시 노래를 흥얼거리며 밖으로 나갔다. 할멈은 나가는 그의 뒤통수를 노려보며 혼잣말로 투덜거렸다.

"저런 몹쓸 무뢰배 같으니……"

할멈이 탁자에 갖다놓은 쟁반의 보를 젖히니 야채죽과 과일과 차였다. 곧이어서 대야와 물병을 가진 하녀가 들어섰다. 하녀가 얼굴이 상기된 채로 허둥지둥 들어서더니 들고 온 물건들을 내려놓자마자 할멈에게 물었다.

"방금 막내서방님이 나가시던데 별일 없었어요?"

"무슨 별일이 있겠냐."

"또 무슨 일을 저지를지 몰라요."

할멈은 청이를 돌아다보더니 하녀를 꾸짖었다.

"네나 조심해. 여기 왔었단 말은 입 밖에도 내지 말고……"

두 하녀는 조용히 서서 청이의 조반이 끝나기를 기다리고 있었다. 이렇게 하루가 시작되었다.

3. 저자

차는 일 년에 네 번 수확했다. 매화가 지고 나서 봄비가 내린 뒤인 4월이 첫 수확철인데 이 무렵의 찻잎은 어린 새의 혓바닥처럼 연하고 순하여 가장 상등품이 되었다. 두번째는 6월이었는데 이때에는 수확한 양도 많고 잎새도 좀더 자라서 진하고 발효에 좋은 차가 된다. 세번째는 8월에 따니 여름의 왕성한 햇빛과 풍우에 자라 잘 건조시키면 반대로 음기 왕성한 추운 겨울에 마실 만한 차가 될 수 있었다. 그리고 마지막으로 네번째는 10월에 수확했다. 이때에는 대개 질도 떨어지고 양은 많지 않았지만 싱싱한 찻잎이 귀해질 철이라 일 년 중 끝물 차라 하여 저무는 가을 볕에 살짝 말린 것을 별미로 쳐주었다.

심청은 이듬해 첫물 차가 나올 무렵이 되기 전에 말문이 트였다. 그네는 앞서 겨울을 지내면서 하녀들과 짤막한 말을 나누기 시작하더니 점점 늘어서 봄이 되자 더 복잡한 말도 이해하게 되었다.

청이의 몸도 변하고 있었다. 우선 키가 한 뼘이나 자라났고 봉긋하던 가슴도 공기를 엎어놓은 듯이 부풀었다. 청이는 처음에는 첸 대인과 사나흘에 한 번씩 잠자리를 같이했는데 봄이 되면서부터 열흘 또는 보름에 한 번씩으로 뜸해지고 있었다. 노인의 기력이 전보다 좋아지기는커녕 날로 쇠잔해가고 있었기 때문이다. 팔순이 넘은 첸 대인은 양생술로 청이와 동침한다고는 하여도 교접을 할 능력은 이미 없었는데 기력이 쇠잔해진 것은 오히려 아편을 끊지 못한 탓이었다. 아랫것들에게는 아편의 흡연을 엄중히 금했지만 실상 대인네 가족들은 제각기 정도의 차이는 있을지언정 거의 아편을 흡연하고 있었다.

첸 대인은 선대로부터 너른 밭과 산을 물려받았지만 전에는 그리 큰 부자는 아니었고 그저 밥술이나 먹고사는 정도였다. 그는 젊어서부터 배를 타고 장사를 다니더니 아버지가 죽자마자 고향에 돌아와 너른 밀 보리 밭을 갈아엎어 차를 심고 산을 개간하여 광대한 차밭을 만들었다. 서양인들이 연해 지역에서 차를 엄청나게 사들인다는 것을 알았던 것이다. 첸 대인은 아들과 함께 소작인들을 부려 차농사를 지으면서 차를 닦고 발효시키는 거대한 건조창까지 지어 쿵푸차(工夫茶)와 우룽차(烏龍茶)를 생산했다.

대인의 장남인 유안(元)은 사철 차나무를 돌보고 잎을 따서 불가마에 닦아 말리거나 발효시켜 상등품의 차를 만드는 전과정을 통달했다.

둘째인 춘(準)은 난징 부두에 정크선을 수십 척 거느리고 장강을 오르내리며 가까이는 닝보와 멀리 푸저우에까지 드나들며 가문의 사업인 차를 무역했다. 춘이 관리하는 창고는 진장에 수십 채가 있었다.

그리고는 배다른 셋째 구앙(光)이 있었는데 그는 어려서부터 집안의 말썽꾸러기였다. 그는 서당에도 몇 달 다니다가 그만두었고 열대

여섯 살이 되면서부터 난징 장거리의 무뢰배들과 어울리며 싸움질과 잡기에만 능했다. 첸 대인이 그를 내치지 못한 것은 구앙의 어미인 첩실이 마음이 착하고 평생 본처를 떠받들었기 때문이다. 하인들은 그네들을 대부인, 부부인으로 불렀다. 구앙은 서른 살이 되도록 진장에 있는 둘째 춘이의 행상에서 일을 돕는다고 속이나 썩이고 있더니 패거리들을 모아 큰 오락장을 내었다.

구앙은 처음의 밑천을 둘째형 춘에게서 빌렸다. 진장 부둣가에 있던 버려진 소금창고를 세내어 대충 수리해서 도박장을 열었고, 몇 해 안 가서 그 자리에 번듯하게 여러 채의 큰 집들을 지었다. 길가에 있는 큰 집은 도박장이었는데 골패나 주사위 판이 오십여 자리나 차려져 있었고 노름을 하면서 음식을 시켜먹거나 술을 마실 수도 있었다. 뜰을 건너 안쪽으로 들어가면 너른 전실이 있는 주점이었는데 주점의 이층에는 칸막이가 쳐진 여러 개의 방이 있었다. 방마다 아편을 데우는 작은 화로와 곰방대가 준비되어 있었으며 물론 시중 드는 아가씨들과 재미를 볼 수도 있었다. 아편 흡연소는 여러 곳에 있었지만 난징을 빼놓고는 그곳이 가장 붐비고 장사가 잘 되었다. 구앙의 집은 가끔 관원의 수색을 받았지만 중앙에서 관리가 내려올 때마다 미리 알려주고 형식적으로 하는 조사에 불과했다. 그는 정기적으로 관리들에게 뇌물을 상납하고 있었다. 난징과 진장에는 수백 군데에 이르는 주점 겸 흡연소가 장사를 하고 있던 형편이었다.

구앙은 두 형들에 못지않게 돈을 벌었고 난징의 높은 관리들에게도 힘이 있는 편이었지만 집안에서는 도무지 인정을 받지 못했다. 첸 대인이야 이제는 노쇠하여 모든 일에서 손을 놓고 쾌적한 말년을 하루라도 더 연장하는 일만 남았지만, 가업을 이어갈 맏아들 유안은 달랐다. 오늘과 같은 가문의 번영은 사실 첸 대인이 이루어냈다기

보다는 유안의 경영에 의한 것이었다. 첸 대인이 선대와는 달리 시골 부자 소리나 들을 만큼의 곡물밭을 갈아엎어 차를 심기 시작한 공은 있었다. 그러나 소작인들을 모두 일꾼으로 바꾸어 수확철의 작료 대신에 품삯을 지불하기 시작했다거나, 수확한 차를 직접 가공하고 물건을 마이판(買辦)이나 상행(商行) 같은 중개상에게 넘기지 않고 막바로 서양 무역상들과 거래를 튼 것이며, 정크선을 건조하여 연해 지역의 다른 지방으로 나아간 일 등은 모두 유안의 적극적인 경영에 의한 것이었다. 둘째인 춘은 어디까지나 맏형의 충실한 보조자로서 그의 지시에 따라 관리를 하고 있었다. 유안은 수확철이 오면 성 북쪽의 차밭에 가서 며칠씩 지내다가 돌아왔고 물건이 나갈 때만 춘이가 관리하는 상행에 나와 잠깐 머물곤 했다. 유안은 육십이 다 되었으니 집안을 일으킨 자신의 업적에 대하여 자족하고 있는 편이었다. 그러나 계절이 변하듯이 시대는 차츰 바뀌고 있었다. 차의 대금은 보통 은자로 받게 마련이었는데 은덩이가 무겁기도 하고 불편하여 서양 은화로 받게 되었고 그맘때에는 멕시코 은화를 가장 쳐주고 있었다. 연해를 드나들던 서양인들 중에도 동인도회사의 직원들은, 이러다가는 유럽인들이 중국 차를 사다먹느라고 서양의 은이 바닥이 날 것이라고 농담을 했다. 그러나 그것은 농담이 아니라 거의 사실이 되어가고 있었다. 서양 무역상들은 인도의 아편을 들여다 팔기 시작했는데 겨우 양귀비의 진액으로 배앓이나 달래던 중국인들 사이에 무섭게 퍼져나가기 시작했다. 이제는 은화가 아니라 모든 물건의 대금을 아편으로 지불하는 형편이었다. 첸 대인네 차장사에 어려움이 닥친 것은 막내인 구앙의 말에 의하면 유안 형님의 완고한 고집 때문이었다. 유안은 대금으로 받은 아편을 오직 은으로 다시 환전하는 데에 골몰했다. 그는 공식적으로 나라에서 금하는 물품을 재산이라고 여길 수는 없었던 까닭이다.

"차라리 아편을 팝시다."

구앙이 춘에게 권유했지만 그는 머뭇거리면서 딱부러지게 결정을 내리지 못했다. 맏형이 창고에 쌓아둔 차의 대금으로 받아온 아편을 점검했다가 기어이 말굽 은으로 바꾸어 난징으로 가져가곤 했기 때문이었다.

"우리가 직접 아편을 거래하면 이문이 배가 남아요. 아니 그보다 더할 게요."

말굽 은이란 일본에서 들어온 백은을 은괴로 만들어 상행의 인을 찍은 것이었다. 서양인들도 아편을 중국인들에게 팔면서 대금으로 말굽 은을 받아가고 있었다. 그러면서도 생사나 면화나 차를 사갈 때에는 아편으로 그 대금을 지불했다. 구앙의 의견은 차의 대금으로 받은 아편을 직접 중국인들에게 소매가로 팔자는 것이었다.

"쌀밥을 먹든 만두를 먹든 새기구 나면 그게 한 가지로 똥이 되는 게요. 지금 온 세상이 아편 태우는 연기로 자욱하오. 재물만 만들면 되지 않소?"

춘이는 창고에 쟁인 아편의 일부를 조금씩 구앙에게 내주기 시작했고, 정말 그의 말대로 이문은 서너 곱절이 되었다. 그렇게 구앙은 불과 몇 년 사이에 진장에서 가장 번성한 오락장의 주인이 될 수 있었다.

봄이 되면서 청이의 몸에 변화가 있었다. 어쩐지 온몸이 나른하고 아랫배가 살살 아파서 그녀는 아침 먹은 것이 잘못 되었나 싶어 청심환을 따뜻한 물에 개어 먹었다. 그런데도 어쩐지 몸이 찌뿌듯하여 침상에 누웠다가 잠깐 오침에 들었는데, 아랫도리가 축축해지더니 뭔가 흘러나오는 것 같았다. 청이는 겉옷과 치마를 들추고 들여다보았는데 속곳이 빨갛게 젖어 있는 게 아닌가. 새어나온 빨간 물기가 요 위에도 한 점 묻어 있었다. 그네는 어쩔 줄을 몰라하다가 설렁줄을 당겼다. 별당 하인 처소에서 초우(周) 할멈이 달려왔다.

"할머니, 나 아파요. 큰일났어요."

청이 치마를 걷어 보이자 의외로 할멈은 손으로 입을 가리며 깔깔 웃었다.

"아이구, 아씨가 이제야 어른이 되는구먼."

"그게 무슨 소리요?"

초우 할멈은 웃는 얼굴인 채로 말했다.

"여인이 한 달에 한 번씩 겪는 일이라오. 달거리도 몰라요? 고향에서 어머니가 얘기 안 해줍디까?"

청이는 어머니가 저를 낳자마자 돌아가셨다는 말은 하지 못했다. 할멈이 그네의 손을 잡아일으켜서는 별당 건너편의 본채 옆에 붙은 욕실로 데려갔다. 목욕을 하고 옷을 입혀주기 전에 할멈은 깨끗한 무명수건을 아이들 기저귀처럼 청이의 사타구니 사이에 채워주며 말했다.

"대인께서 잠자리에 찾아오시면 꼭 말씀드리세요."

청이는 할멈이 일러준 대로 이튿날 별당에 동침하러 온 첸 대인에게 말했다.

"저 달거리가 보였어요."

첸 대인은 청이 그렇게 말하자마자 눈을 감듯이 가늘게 뜨고 웃으면서 후둘거리는 손짓으로 그네의 허리끈을 풀고 옷을 헤쳐 사타구니 사이로 메마른 손을 집어넣었다. 그는 청이 서답을 차고 있는 것을 확인하고는 위아래로 쓰다듬으며 중얼거렸다.

"이제 아침 대추는 그만 먹어야겠다. 그 대신 네 정기는 더욱 왕성해지겠구나."

오랜만에 비가 가슬가슬 뿌리는 봄 저녁이었다. 복사꽃이 만발하여 바람에 불린 붉은 꽃잎이 연못 위에 물감을 뿌린 것처럼 가득하게 내려앉았다. 활짝 핀 꽃이 어찌나 요염한지 부연 안개비 속에서 눈을 곱게 흘기는 것 같았다. 물기를 머금은 바람은 포근하게 목덜미를 쓰다듬고 옷깃 사이로 가슴속에 스며들어 어루만지는 느낌이었다. 청이는 한 번도 몸 속에 사내의 물건을 넣은 적은 없었지만 지난 한 해 동안 노인이지만 남자의 손길에 무수하게 닿았다. 몸의 구석구석이 언제부턴가 깨어나고 있었다. 그건 가벼운 감기가 들었을 때에 살갗의 솜털이 곤두서서 스치면 조금씩 시거워지는 듯한 느낌이었다. 살이 생생하게 살아나 미세한 바람결과 빗방울에도 화들짝 반응하고 있었다. 그러면서 정말 감기처럼 나른한 미열이 사타구니와 아랫배와 가슴에 번져 있었다.

청이는 반월교 위에서 색색의 나비를 그린 지우산을 받쳐들고 물 위에 떨어진 복사꽃을 내려다보고 있었다. 잉어떼가 수면에 돋는 물방울을 따라 뻐끔거리면서 싱싱한 공기를 따먹는 중이었다. 신 끄는 소리가 들리면서 본채 쪽에서 나뭇가지 사이로 하녀 지지(芝芝)가 나타났다.

"렌화 아씨야, 대인께서 오늘 별당에 납신단다."

지지는 청이보다 세 살이 더 많았고 둘은 함께 있는 시간이 많아지면서 어느 결에 동무처럼 되어버렸다. 주위에 사람이 없을 적이면 청이는 지지를 언니라고 불렀고, 지지는 그냥 렌화야, 라고 불렀다. 그럴 수밖에 없는 것이 지지가 청이에게 자기네 말을 가르쳐준 장본인이었던 것이다.

쳰 대인이 별당으로 온다는 것은 그만큼 청이도 준비할 일이 많다는 것을 의미했다. 우선 몸을 정결하게 하기 위해서 향탕에 목욕을 해야 하고 침상 언저리에 구비한 물건들도 빠진 것이 없나 살펴야 하며 대인과 함께 먹을 음식도 그가 평소에 좋아하는 것들로 장만을 해두어야 하는 것이다.

쳰 대인은 그날도 어둑어둑해졌을 무렵에 지팡이를 짚고 초우 할멈이 받쳐주는 우산을 따라 정원을 건너왔다. 몸단장을 하던 청이는 지팡 막대가 섬돌 위에 떨어지는 소리를 듣자마자 얼른 손거울을 던지고 일어나 문 앞에 나가섰다.

"어서 오셔요."

청이 소매 속에 모은 두 손을 감추고 조아려 인사를 하자 하녀들이 있는데도 노인은 그네의 뺨을 손등으로 쓸어내리며 말했다.

"그래 그래, 렌화가 오늘 더욱 예쁘구나."

전실 안은 며칠 만에 온통 밝힌 붉은 등불 빛으로 뒤뜰의 복사꽃 빛이 발갛게 물든 것처럼 보였다. 지지와 초우 할멈이 식탁에 차려준 음식으로 청이와 쳰 대인은 저녁을 먹었고 반주도 한 잔씩 나누었다. 먼 데서 울던 두견이 풍후장(豊厚莊) 담장 안으로 날아들었는지 가까운 곳에서 울었다.

"두견새는 먼 데서 울어야 듣기가 좋고, 렌화는 지척에서 웃어야 더욱 좋구나."

노인이 노래하듯이 중얼거렸다.

"어르신, 오늘 기분이 좋으신 모양이에요."

청이의 말에 노인은 식탁 너머로 손을 뻗어 그네의 손가락을 찾아 잡으면서 말했다.

"요즈음은 나두 회춘이 되는 모양이구나. 바람이 어찌나 상쾌하고 입맛도 좋은지 모르겠다."

청이는 첸 대인의 지시대로 전실의 홍등을 차례로 끄고 침상의 사방등만 켜놓았다. 두 사람은 함께 침상에 들었다. 청이는 속곳은 입지 않고 공단의 긴 겉옷만 걸치고 있다가 자리에 들자 허리띠를 풀고 벗어버렸다. 그네는 언제나처럼 곧 알몸이 되었다. 이제는 예전의 수줍음이 없어져서 스스로 노인의 옷을 벗겨주기 시작했다. 윤기와 기름기가 빠져서 메마른 가죽이 나뭇가지 같은 뼈에 찰싹 달라붙어 있는 것 같은 첸 대인의 팔과 갈비가 드러난 가슴팍이 드러난다. 그의 바지를 벗겨내리자 주름진 배와 앙상한 궁둥이가 나오고 다시 속곳마저 내리니 듬성하게 센 음모와 옆으로 기울어진 채 늘어진 음경이 보였다. 청이는 아무렇지도 않게 노인의 몸 위에 자기 몸을 포개어 엎드렸다. 그리고 천천히 위와 아래를 엇바꾸어가며 온몸으로 부드럽게 문지른다. 차갑고 뻣뻣하던 노인의 몸이 차츰 따뜻해지기 시작한다. 청이의 이마에 송글송글 땀이 돋는다. 그네는 숨을 고르다가 노인의 옆에 나란히 눕고 만다.

첸 대인이 엉금엉금 기듯이 일어나 반듯이 누운 청이의 몸 위로 상체를 기울여 먼저 그네의 작고 보드라운 입술을 빨고 혀를 물었다. 노인은 그네의 침을 천천히 빨다가 잠시 쉬고는 한다. 다음은 겨드랑이를 빨고 가슴으로 옮긴다. 노인의 혀가 젖꽃판 주위를 맴돌다가 젖꼭지를 입에 문다. 빨아먹으면서 흡입하여 젖통 전체를 입 안에 넣고 입술로 오물오물 눌러댄다. 이제는 크게 도드라진 청이의 젖꼭지가 팽팽해진다. 그는 살갗에 어린 청이의 정기를 흡입하려는 것처럼 빨았다가 들이쉬기를 되풀이하면서 배로 내려갔다가 허리 주위를 맴돌고 이내 음문에 당도한다. 그는 두 손가락으로 음문을 좌우로 당겨 벌리고는 혀를 음핵에 대고 빨았다. 전보다는 훨씬 많아진 물기가 흥건해지자 노인은 조금씩 빨아먹는다. 청이가 사타구니를 더욱 벌리면서 가늘게 신음하며 허리를 조금씩 들었다 내리기를 반복한다. 노인은 청이에게서 거꾸로 상체를 돌려 무릎을 지나 발을 만지기 시작한다. 발목에 끈을 감은 비단 발싸개를 끄르자 맨발이 나왔고 노인은 렌화의 발바닥에서 발가락에 이르기까지 혀끝으로 훑는다. 발가락 사이의 부드러운 살 속을 노인의 혀가 파고든다. 청이가 조금 더 높은 목소리로 신음을 내지른다. 청이는 누가 가르쳐주지 않았어도 윗몸을 일으켜 노인의 궁둥이 쪽을 보고 앉아 다리 사이에 마른 열매처럼 조그맣게 늘어진 음낭을 입술에 가볍게 물었다. 빨고 뱉고 물고 혀끝으로 이리저리 휘감아준다.

　그때에 놀랄 만한 일이 일어난다. 노인의 허벅지 안쪽 괄약근이 뻣뻣해지면서 찌릿 하고는 음경에 힘이 생겨났다. 이런 일은 아주 드물었지만 지난 한 해 동안에 서너 차례인가 있었다. 그러나 미처 청이의 몸 속에 넣기도 전에 아주 짧은 사이에 노인의 양물은 이내 축 늘어지고 말았다. 청이도 노인의 그런 변화를 이내 알아차렸다. 청이는 뒤로 누웠고 첸 대인은 그네의 두 다리를 위로 젖히고는 힘이 들어 있는 음경을 질 속으로 넣었다. 구불거리기는 했지만 그것은 겨우 끝까지 들어갔다. 노인은 그대로 가만히 있었다. 청이 다리를 내리면 그릇에 담긴 것이 쏟아지듯 밖으로 빠져나올지도 몰랐다. 노인은 청의 다리를 제 어깨에 얹고 불두덩을 그네의 음문에 꼭 붙인 채 두 팔로 버티고 있었다. 이내 팔이 후둘거리며 힘이 빠졌다. 노인은 조금씩 왕복동작을 시도했다.

　아랫도리에 힘이 더 생겨나는 것 같았다. 그는 자신 있게 연속동작을 해나갔다. 갑자기 심장을 쥐어뜯는 것 같은 통증이 치받치면서 숨이 콱 막혔다. 첸 대인의 팔이 툭 꺾였다. 그는 청이의 가슴에 머리를 처박으면서 엎어졌다. 힘을 잃은 양물이 청이의 몸에서 빠져나와 요 바닥에 눌렸다. 청이는 쳐들었던 다리를 곧게 뻗고 천장을 향한 채 누워 있었다. 그의 몸 위에 엎어진 노인은 몇 번 몸을 꿈틀거리더니 이내 축 늘어져버리고 만다.

청이는 가슴에 기댄 채 움직이지 않는 노인의 머리를 두 손으로 잡아 가볍게 흔들었다.

"어르신 괜찮으세요, 어디 아픈 거예요?"

그러나 그네를 누르는 노인의 몸이 어딘가 이전과는 달리 뻣뻣하고 무게가 엄청나게 느껴졌다. 청이는 그를 가까스로 밀쳐내면서 간신히 몸 옆으로 빠져나왔다. 노인은 엎어진 자세 그대로였다. 청이 노인의 어깨를 당겨 그의 몸을 정면으로 돌렸다. 노인은 눈을 뜬 채로 허공을 멍하니 바라보고 있었다. 입가에 거품이 조금 흘러나와 턱 아래로 흘러내렸다. 청이는 무서워서 거의 까무러칠 지경이었지만 주먹을 입 속에 틀어넣으며 비명을 내지르려는 자신을 억제했다. 그렇지만 그네는 이미 장연 뱃머리에서 제물 노릇을 한 뒤로 세상에 무서울 것은 없다고 스스로 생각해왔던 터였다. 청이는 우선 떨리는 손목을 다른 손으로 부여잡고 노인의 크게 뜬 눈꺼풀을 쓸어내려주었다.

이 사람은 죽은 게 분명해.

청이는 그렇게 생각하면서 수건으로 그의 입가를 닦아주고 팔을 양쪽에 가지런히 해주었으며 두 다리를 모아주었다. 다리 사이에 방금 그네의 몸 속에서 빠져나간 음경이 보였다. 음경 끝에 물기가 약간 번져 있는 것을 본 청이는 수건으로 찍어서 닦아주고는 머리에서부터 발끝까지 이불을 씌워놓았다.

그네는 우선 숨을 돌리느라고 냉차를 마시고 공단 잠옷을 입고는 두 무릎을 세우고 앉아 생각에 잠겼다.

첸 대인은 내 남편이었어. 나는 여기 시집온 거잖아.

그렇지만 자세히 따져보면 자신은 이 노인의 보약에 지나지 않았다는 생각이 들었다. 그래도 지지나 초우 같은 하녀들보다는 자기 신세가 낫다고 생각하고 있었지만 팔려온 사정으로 보면 그들보다 나을 것도 없었다. 아니 오히려 그네들은 일품이나 팔았지만 자기는 몸과 잠자리를 팔았다. 노인이 죽었으니 렌화의 역할도 끝나버린 것이다.

하지만 청이로 돌아갈 수는 없어.

청이의 몸 속에 함께 살게 된 렌화가 속삭였다. 그건 저 컴컴하고 물보라치던 높은 파도의 바다로 가로막힌 아득한 저승처럼 이미 떠나온 세상이었다. 할 일이 끝나버린 그네에게 이 가족들은 무엇을 원하게 될 것인가를 청이는 도무지 짐작할 수가 없었다.

그네는 이불이 씌워진 첸 대인의 시신 옆에 누웠다. 날이 밝기를 기다렸지만 이제 겨우 자정쯤이나 되었을까.

청이는 어렴풋이 노인의 죽음으로부터 세월을 본다. 세월은 시간이며 세상은 모든 시간의 차이로 빚어진 것들이다.

심청은 노인이 어머니의 탯줄을 달고 처음 태어나던 때로 돌아간다. 산파의 손바닥이 아이의 통통한 엉덩이를 찰싹 때리자 아이는 힘차게 울어대기 시작한다. 아이가 그네의 젖을 물더니 힘차게 빨아댄다. 아이는 기어다니기 시작하고 뒤뚱거리며 걷는다. 꼬까옷을 입고 이마와 관자놀이께에 듬성듬성 머리카락을 남긴 동자 머리 모양의 아기가 돌상을 받고 있다. 아기는 소년이 되었다. 그는 마당에서 지렁이에 대고 오줌줄기를 내쏜다. 깔깔대는 아이의 웃음소리가 들린다. 아이가 돌아서는데 쳐다보니 어느덧 청년이다. 머리카락은 새 카맣고 뺨에는 건강한 홍조가 보이고 웃음지은 입술 사이로 하얀 이 가 가지런하게 반짝인다. 그의 육신이 빠르게 이지러지면서 변하기 시작한다. 몸집이 점점 살찌고 둥근 모습으로 변했다가 물기가 빠지 는 것처럼 홀쭉해지면서 머리카락은 낡은 실타래같이 진회색에서 회색으로, 다시 백발로 변해간다.

저쪽 먼 길모퉁이에 어린것을 업은 남자가 비틀거리며 걸어온다. 벌레가 더듬이를 움직이듯이 지팡이를 땅으로 뻗어 끊임없이 좌우 로 움직이면서 발걸음의 간격은 겨우 반보씩 떼어놓으며 오고 있다. 앞 못 보는 아버지 심봉사가 갓 낳은 청이를 업고 동냥젖을 먹이려 고 마을 나들이를 하고 있다. 그는 동이에 물 쏟는 소리와 재깔대는 부녀자들의 웃음소리로 어디인가를 짐작하고 더듬더듬 다가간다.

우물에 오신 부인 뉘신 줄은 모르오나, 칠일 만에 어미 잃고 젖 못 먹어 죽게 된 이 아기 젖 좀 먹여주오.

나는 지금 젖이 끊겼소마는 젖 나오는 여인네가 이 동네 많사오니 아기 안고 찾아가서 젖 좀 달라하면 뉘가 괄시하오리까.

아비는 다시 지팡이를 더듬거리며 어느 삽짝 안으로 들어서며 애 걸복걸을 한다.

우리 아내 인심으로 생각하나 눈 어둔 나를 본들 어미 없는 어린 것이 이 아니 불쌍하오. 댁집 귀한 아기 먹고 남은 젖 있거든 이애 젖 좀 먹여주오.

여름 땡볕에 지심 매다 쉬는 느티나무 그늘 아래서 여인네를 찾아 이애 젖 좀 먹여주오, 하얀 바위 맑은 시냇가에 빨래하다 쉬는 여자 이애 젖 좀 먹여주오, 아버지는 동냥하며 돌아다닌다. 아기의 배가 불렀다 싶으니 심봉사가 아기를 어르며 혼자 중얼댄다.

어려서 고생하면 부귀다남하느니라. 이제 겨우 네 배를 채웠으니 아비도 먹고살아야지.

요를 덮어 아기 청이는 뉘어놓고 지팡이 둘러짚고 허리를 구붓하고 이 집 저 집 다니면서 사철 없이 동냥하여, 한 편에 쌀을 넣고 한 편에는 벼를 얻어 주는 대로 모아두고 어린아이 암죽거리 건어 홍합 사서 들고 더듬더듬 돌아온다.

어느덧 청이는 육칠 세가 되어 동냥 다니는 아비의 손을 잡고 아장아장 걷는다. 하루 종일 걷느라고 지친 아비가 잠드니 어린 청이는 그 곁에 누워 있다. 밤중에 소피라도 마려워 마당에 나갈라치면 깊이 잠든 아비의 코 고는 소리만 야속하다. 그 어둠 속에서 아비의 삭정이 같은 손가락을 몇 번 흔들다가 어린 청이는 그대로 다시 잠이 든다.

렌화가 되어 있는 청이의 볼에 물기가 번져 베개 위로 흘러내렸다. 그네는 손으로 닦지도 않고 그냥 어둠을 향하여 반듯이 누운 채로 숨소리마저 들리지 않도록 입을 꼭 다물었다. 창문이 허옇게 밝아왔다.

날이 밝자 청이는 설렁줄을 당겨 하녀들을 불렀다. 첸 대인의 사망이 곧 온 집 안에 알려졌지만 별로 놀라는 사람은 없었다. 복스러운 호상이라고 모두들 빙긋거리면서 초상 준비를 했다. 장례가 이레나 계속되었지만 청이에게는 참례가 금지되었고 모든 일은 대부인 부부인을 비롯한 안채의 사람들이 주관했다.

첸 대인을 묻고 온 사흘 뒤에 집사가 와서 시첩 렌화의 거처가 바뀌었다는 것을 알려주었다. 그네의 거처는 건너편에 보이던 다른 별당의 뒤뜰을 지나 중문간을 나서면 이 집의 가장 깊은 곳인 후원이

나오는데, 거기 있는 집 세 채 가운데 한 채를 쓰도록 되어 있었다. 풍후장의 조상님 위패를 모셔둔 사당을 중심으로 좌우에 있는 두 집은 아주 작은 방이 두 칸씩 딸린 별채인데 먼 데서 오는 여자 친척이나 손님에게 내주는 거소였다.

"하녀는 한 사람 보내주겠소."

오랫동안 쓰지 않아서 먼지가 하얗게 앉은 마룻바닥을 둘러보며 집사가 말하자 청이는 거침없이 대답했다.

"지지 언니만 있으면 돼요."

"할 일이 별로 없을 테니 할멈을 보내려고 하는데요."

청이는 고개를 쳐들고 대꾸했다.

"그럼 혼자 지내겠어요. 여기서 죽든 말든 상관할 사람두 없겠지요."

지지가 청이를 따라 후원 별채로 오게 되었다. 지지는 청이에게 앞으로 석삼 년은 여기서 첸 대인의 신위를 보살펴드려야 한다고 했다. 그리고 대부인께서 한 달에 한 번씩 문안인사를 드리러 올 적에 수발을 들면 된다고도 했다. 청이는 아침마다 후원 옹달샘에서 받은 깨끗한 물을 떠다가 위패 앞에 바치고 향을 피워 문안인사를 올려야 했다. 살림거리는 지지가 본채에서 며칠분씩을 타왔는데 전보다 훨씬 간소해졌다. 아무도 와서 들여다보는 이가 없을 정도였다.

그렇게 두어 달이 지난 어느 여름날 오후였다. 청이는 창문마다 들창을 걸어올려두고 집의 문을 활짝 열고는 발도 걸어두고 나무의자가 달랑 두 개뿐인 탁자 앞에 앉아서 바람을 쐬던 중이었다. 요즈음 본채에도 사람이 줄어서인지 풍후장 전체가 텅 비어 있는 느낌이었다. 맏아들이며 이 집의 큰 어른이 된 유안은 여름 차를 따러 지방에 내려가 있었고 그의 처와 첩실까지도 피서 겸하여 차밭이 있는 장원으로 따라 내려갔다. 둘째 춘은 워낙에 진장에 머물고 있었으니 그의 처와 첩실이 번갈아 포구로 나들이를 다니던 중이었다. 본채에 언제나 남아 있는 것은 대부인이고, 부부인은 바로 청이 쓰던 별당으로 옮겨와 말년을 보내고 있었다. 여덟 명 남짓한 하인과 열두 명의 하녀들 중에 남아 있는 사람은 고작 다섯 사람쯤 되었다. 지지도 본채의 하녀들과 잡담하러 갔는지 후원 뜰에는 아무 인기척도 없었다. 후원의 느티나무에선 매미가 울었는데 가끔씩 매미가 나무를 옮겨다니는지 울음을 그치면 갑작스런 정적 때문에 귀에서 다른 소리가 남아 맴돌았다. 문의 네모난 틀 안에 푸른 옷을 입은 사람이 갑자기 나타났다. 청이는 깜짝 놀라 벌떡 일어섰고 그네의 엉덩이 아래로 기울어진 나무의자가 종아리에 밀리면서 요란하게 넘어졌다.

"안녕하신가⋯⋯"

그는 언젠가 별당에 불쑥 들어와 비파를 뜯으며 노래를 흥얼거리던 작은서방님짜리였다. 막내아들 구앙은 비좁은 전실에 들어와 서성대며 침상이 놓인 위칸과 지지가 쓰는 작은 구들을 둘러보았다. 청이는 침착하게 넘어진 의자를 집어 제대로 놓고 다시 자리에 앉았다.

"누구세요?"

청이 말하자 구앙은 좀 놀란 모양이었다. 그는 어깨 위로 늘어뜨린 변발 가닥을 한 손으로 쓸어내리면서 청이를 찬찬히 훑어보았다.

"구관조보다는 낫구먼. 그사이에 말을 배웠나?"

"누군지 모르지만 좀 앉으세요."

청이 권했지만 구앙은 한쪽 발을 맞은편 의자 위에 올려놓고 상체를 구부려 그네를 향하여 고개를 숙였다.

"이름이 뭔가?"

"렌화. 당신은요?"

"하녀들이 나를 작은서방님이라고 부른다."

구앙은 손가락으로 청의 얼굴을 정면으로 가리키며 말했다.

"그대는 이제 아버지의 시첩이 아니다."

"그건 나두 알아요."

청이는 전혀 기죽지 않고 대꾸했다.

"여긴 비파가 없어 노래를 못 듣겠네요."

구앙이 껄껄 웃었다.

"잘두 기억하고 있구나. 하지만 오늘은 술을 먹지 않았거든. 예전 같으면 너 같은 계집아이는 함께 파묻었다. 어쨌든 아버지가 죽어서 네게는 다행스런 일이겠지."

"그건 왜요?"

"아버지는 시첩을 한 해 이상 집에 두어둔 적이 없거든. 아마 가을 이 오기 전에 너를 되팔았을 게다."

구앙은 슬그머니 청이의 맞은편 의자에 걸터앉았다.

"애야, 세상은 넓단다. 여기서 사당지기나 하다가 시골로 팔려갈 테냐?"

청이는 대꾸하지 않았다. 그에게서 어떤 열기가 느껴졌기 때문이었다. 그는 말하면서도 몇 번이나 입술을 핥았고 콧방울이 부풀어올랐다. 그렇지만 청이는 두려워하지 않았다. 잠깐 침묵을 지키던 구앙이 갑자기 두 손을 뻗더니 그네의 얼굴을 감싸쥐었다. 청이는 놀라지 않고 고개를 뒤로 빼어 그의 손아귀에서 부드럽게 벗어난다. 오히려 그네의 침착함에 구앙이 놀란 모양이었다. 그는 두 손을 벌린 채로 고개를 가로저으며 쳐다보았다.

"어린아이가 아니로구나!"

청이는 머리 뒤로 손을 올려 똬리를 튼 양갈래 머리를 풀어내리며 의자에서 일어섰다.

"수만 리 밖에서 왔으니 아이가 아니지요."

구앙은 고개를 끄덕이며 탁자에서 비켜나 청이에게 달려들었다. 청이는 잽싸게 몸을 틀어 전실의 안쪽으로 갔지만 구앙의 큰 걸음걸이에 대번 잡히고 만다. 그는 청이의 허리를 뒤에서 꽉 잡아끌어 두 팔로 안았다. 그녀의 엉덩이가 자신의 사타구니 안에 들어오자 구앙의 물건은 대번에 용솟음친다. 그는 한 팔을 롄화의 두 다리 오금에 넣어 가뿐하게 안아올렸다. 그리고 두어 걸음 안쪽에 있는 침상으로 들어가 요 위에 내려놓으면서 그대로 덮쳤다. 청이는 별당에서 처음 보았을 때부터 그가 자기를 원하고 있다는 것을 잘 알고 있었다. 그리고 그가 이 집안 사람들을 별로 좋아하지 않는다는 점도 느낄 수 있었다. 그는 형들은 물론 아버지를 욕보이고 싶어 안달이 난 듯한 태도였다. 청이는 그가 이 집의 바깥세상으로부터 왔다는 걸 처음부터 눈치채고 있었다.

작은서방님 구앙은 청이의 몸을 덮쳐누르면서 옆으로 젖힌 그녀의 뺨에서부터 목덜미를 훑으면서 한 손은 부지런히 치마를 걷어올리고 있었다. 청은 두 다리를 꼭 오므린 채로 머리로는 도리질을 하다가 두 팔로 그의 얼굴을 떠밀었다. 사내는 숨을 거칠게 몰아쉬고 있었다. 청이 조용히 말했다.

"한 가지 물어볼 게 있어요."

구앙은 멍해진 얼굴로 상반신을 조금 일으키더니 그녀를 내려다보았다.

"나를 데려갈 거예요?"

구앙이 말을 더듬었다.

"어……어디로……?"

"어디든지요. 이 집에서 나가고 싶어요."

"좋아, 그렇게 하지."

청이는 오므렸던 다리를 풀었고 두 팔을 얼굴 양옆으로 떨구었다. 구앙은 청이의 치마를 걷어올렸고, 그가 머리 위로 벗겨낼 수 있도록 그네는 허리를 들었다가 상반신을 좌우로 틀어주기도 했다. 겉옷을 벗겨내자 속저고리가 나왔다. 구앙이 청이의 저고리 헝겊단추들을 위에서부터 천천히 풀어서는 좌우로 헤쳤다. 청이 어깨를 들썩이며 그가 저고리 벗기는 것을 도와주었다. 저고리 안의 속옷 끈을 풀어젖히자 뽀얀 젖통이 드러난다. 구앙은 손바닥으로 움켜쥐었다가 얼른 손을 떼고 손가락 끝으로 젖꼭지를 건드린다. 다른 한 손으로는 허리끈을 풀고 속바지를 끌어내린다. 청이는 눈을 감고 누웠고 구앙은 서두르며 마고자와 포를 벗고 바지를 벗는다. 침상 아래 두 사람의 벗어버린 옷가지가 무더기를 이루어 쌓여 있다.

구앙은 이제는 별로 서두르지 않는다. 그는 입술을 청이의 작고 팽팽한 입술 위에 얹는다. 그리고 혀로 윗입술의 안쪽을 더듬는데, 그네의 혀끝이 살짝 오므라들었다가 그의 혀 아래로 미끄러지듯 들어온다. 그의 혀는 청이의 잇몸을 한 바퀴 휘둘러보고 나서 안으로 들어간다. 청의 혀가 그의 혀끝을 떨듯이 건드리고 있다. 구앙의 혀는 가슴으로 내려가 젖꽃판을 건드리고 전체를 입 안에 넣어 거세게 빨아들인다. 청이 가늘게 신음 소리를 내기 시작한다. 그의 한 손은 청의 가랑이 안쪽을 쓰다듬다가 지그시 힘주어 허벅지의 살집을 잡고는 한다. 구앙의 손가락이 그네의 음문에 닿았고 축축한 물기가 느껴졌다. 그는 검지손가락 끝으로 음핵의 끝을 부드럽게 문지른다. 청의 다리가 조금씩 벌어진다. 구앙의 아랫도리는 팽창해서 거의 터져버릴 것만 같았다. 그는 청의 두 다리를 위로 젖히고 그대로 밀어넣는다. 매끄럽고 뜨거운 작은 손이 음경을 꼭 잡는 것 같은 느낌이었다. 청이 상을 약간 찌푸리며 처음보다는 좀더 큰 신음 소리를 냈다. 그는 동작을 시작했다. 아랫배와 항문께에 벌써 새큰한 느낌이 번져왔다. 너무 서두르면 안 되지. 그는 잠시 항문을 오므려 힘을 주고는 간격을 두었다가 천천히 동작을 하고는 다시 멈춘다.

청이는 그의 물건이 몸 속으로 들어올 적에 쓰라린 아픔이 느껴졌지만 잠깐이었다. 아랫배가 뜨거운 것으로 꽉 차오르는 듯했다. 그네는 첸 대인에게서 육신이 깨어나는 과정을 배웠지만 노인이 잠들고 나면 어쩐지 아무 일도 벌어지지 않은 것처럼 허전했다. 그렇지만 지금 아랫도리를 가득 채운 힘찬 느낌은 쓰리고 아린 것은 잠깐이고 얼얼하면서도 저 깊은 곳에서 어찌할 수 없는 안달 같은 간지러움이 솟아오르고 있었다. 그것은 모양으로 보면 물이 끓기 시작하는 것과 같았다. 처음엔 작은 물방울이 하나둘씩 오르다가 물방울은 점점 많아지고 커져서 군데군데 수면 위로 솟아오른다. 어느 결에 수면 위는 들끓는 물방울로 가득 차고 물 전체가 요동치기 시작한다.

구앙은 능숙하게 얕은 여울목을 오르는 장어처럼 꿈틀거리며 들어갔다가 좌우로 밀착시키면서 천천히 나오곤 했다. 그는 두 팔을 뻗쳐 상체를 쳐들고 청이를 내려다보았다. 청이는 그냥 두 팔을 양쪽으로 던지고 다리는 벌린 채로 죽은 듯이 누워 있었다. 구앙이 숨을 고르고 천천히 움직이는 채로 아래에서 눈을 감고 있는 청이에게 말했다.

"내가 너를 여자로 만들어줄 테다. 너는 소질이 아주 많아."

청이 눈을 떴다. 그네는 눈을 가늘게 뜨고 그를 흘기듯이 올려다보았다.

"나를 어린애로 여기지 말아요."

구앙이 동작을 잠시 멈추고 뭐라고 대꾸하려는데 청은 힘껏 그를

밀치며 옆으로 몸을 빼냈고 다리를 오므리고 일어나 앉았다. 구앙은
아직 뻣뻣한 채로 곤두선 자신의 양물에 묻은 혈흔을 내려다보았다.
그는 침상에서 내려와 바지를 걸치면서 중얼거렸다.

"아직 길두 나지 않았잖아. 도대체 영감태기는 그 동안 뭘 한 거야?"

청이는 머리맡에 놓였던 무명수건으로 아랫도리를 닦고는 속곳을
걸치기 시작했다. 속바지와 치마를 걸치고 청이 야무지게 말했다.

"아버지를 따라가려면 당신은 아직두 멀었어."

구앙은 어이가 없는지 고개를 흔들었다.

"첨부터 이랬나, 대단한 아이로구나."

청은 침상 위의 흐트러진 요와 이부자리를 정돈하며 그의 얼굴을
피하려는 듯했다. 구앙이 허리띠를 고쳐매고 작은 칼을 질러넣어 매
무새 고치기를 끝내자 청이 다가서더니 그의 등을 잡아 돌려세웠다.

"얼른 나가요. 그리고 나를 데려가겠단 약속을 잊지 말아요."

"뭐야…… 좋다 말았잖아."

청은 투덜대는 구앙을 밀어내면서 그의 변발 끝에 꿰인 금장식을
떼어냈다.

"이건 내가 맡아두겠어요."

어리둥절하여 서 있는 구앙의 코앞에서 나무문짝이 요란한 소리
를 내면서 닫혔다. 구앙은 잠시 그러고 섰다가 한 번 호탕하게 껄껄
웃고는 후원의 중문으로 나갔다. 그는 어머니가 있는 별당에도 들르
지 않고 곧장 집사와 하인들이 거처하는 맨 앞쪽의 행랑채 건물 쪽
으로 가면서 몇 번이나 감탄을 했다.

대단한 아이가 아닌가. 이는 과연 예라이샹(夜來香)이 될 만한 계
집이로다!

그는 곧장 풍후장의 대문 앞쪽에 있는 행랑채 쪽으로 나갔다. 행

랑채에는 대문 바로 옆으로 수레며 가마와 마구간과 광이 있고 방문객이 찾아와 안으로 들이기를 기다리는 술래청이 있으며 하인들의 거처가 붙어 있었다. 구앙은 술래청으로 들어갔다. 풍후장의 주인이 된 맏아들 유안이 지방 출장중이라 찾아온 사람도 별로 없어 늙은 집사는 한적하게 차를 마시고 있던 중이었다. 구앙이 들어서는 것을 본 집사는 일어나지는 않고 자세만 고치는 시늉을 해 보였다.

"작은서방님 오셨습니까?"

"자네 나하구 잠깐 의논 좀 하세."

구앙은 다짜고짜로 말을 꺼냈다.

"렌화 말일세…… 장차 저애를 어찌할 겐가?"

"어찌하다뇨?"

집사에게는 그런 질문이 마치 벽에 걸린 그림이나 장식장을 어찌하겠냐는 소리로밖에 들리지 않았다. 구앙이 다시 물었다.

"렌화가 이 집안에 무슨 소용인가 말이야."

집사는 눈을 껌벅이며 잠깐 생각했다.

"돌아가신 대인 어른 위패라도 지켜드려야겠지요."

"그런 일은 하녀들 누구든지 할 수가 있겠지."

"그야…… 저두 모르지요. 대부인 마님의 뜻에 달린 게 아닙니까?"

구앙은 고개를 끄덕였다.

"큰어머님은 사당에 한 달에 한 번쯤이나 들르시겠지. 자네가 날 좀 도와줘야겠네."

그는 허리춤에서 주머니를 끌러 그대로 탁자 위에 내던졌다. 그리곤 머리를 숙여 집사의 귓전에 대고 무엇인가 은밀히 부탁했다. 집사가 다 듣고 나서 되물었다.

"당장 오늘밤에 말인가요?"

"그래 오늘밤에. 나는 부두의 배에서 기다리지."

집사가 여러 가지 생각을 해보는 눈치더니 몇 마디 덧붙였다.

"어차피 여러 사람들 입을 막아야 할 겁니다. 그리고 렌화는 비싼 돈을 주고 사들였던 집안의 재물이랍니다."

구앙이 고개를 끄덕였다.

"좋아, 내가 나중에 너희들 앞으로 은자를 더 내겠다. 큰형님한테는 내가 춘이 형님을 통해서 잘 설득을 하마. 큰어머님께는 렌화가 약을 먹고 죽어버렸다구 이르도록 하여라."

"좋습니다. 주인 어른만 아무 말씀이 없으시다면 저희야 무슨 다른 말이 있겠습니까?"

그날 밤에 청이는 옷을 입은 채로 침상에 누워 있었다. 낮에 집사가 전에 없이 후원으로까지 찾아와서 작은서방님이 강가에서 기다린다는 것이며 하녀 지지를 다른 처소에서 자게 한다는 말을 이르고 갔다. 풍후장의 모든 불이 꺼지고 성내에서 자정을 알리는 북소리가 들린 뒤에 집사가 사다리를 짊어진 건장한 하인 한 사람을 데리고 후원으로 왔다. 문을 두드리는 소리에 청이는 얼른 일어나 밖으로 나왔고 바로 집 뒤의 담장에 사다리를 걸치고는 하인과 함께 담장 위로 올라갔다. 하인이 담장 위에서 사다리를 걷어다 바깥쪽으로 돌려세우고는 먼저 내려가 청이 담장 아래로 탈없이 내려오도록 도와주었다. 하인은 사다리를 다시 담 너머로 넘겨주고 나서 아무 말 없이 청이의 상반신에 홑이불을 둘러씌우더니 그대로 등에 업었다. 사내의 등에서는 땀냄새가 진하게 풍겼고 풀벌레 우는 소리가 주위에 가득 찼다.

어느 만큼 가다가 청이는 가마꾼들에게 넘겨졌다. 가마는 흔들거

리며 잽싸게 주택가 거리를 내려가 아직도 술꾼들의 시끄러운 주정
소리며 노랫소리가 한창인 부둣가로 내려갔다. 그네는 뜸지붕을 올
린 작은 배 위에 올랐다. 사공 두 사람과 구앙이 기다리고 있었다.
청이 배 위의 뜸 안에 들어가 앉자마자 사공은 삿대를 밀어 힘차게
노를 저어 강심으로 나아갔고 곧 두 폭의 돛을 활짝 펴니 배는 살같
이 하류를 향하여 내달았다. 뜸의 벽은 부들로 짜서 세웠고 안은 말
끔하게 돗자리가 깔려 있었다. 술과 안주를 차린 작은 소반이 놓였
는데 구앙은 비파를 안고 느긋하게 노래를 부르고 있었다.

　진장에는 도박장이나 술집이 난징에 못지않게 즐비했다. 강의 상
류에 있는 한커우(漢口)에서 시작하여 그 중간 지점인 주장(九江)을
지나 우후(蕪湖)를 거쳐서 난징에 이르는 물길은 차와 생사와 면화
의 길이었으며, 진장에서부터 강폭이 넓어져 거의 바다와 같은 깊이
와 큰 물이 되어 상하이 만에 당도하게 되었다. 따라서 예로부터 남
으로는 광저우(廣州)의 광둥(廣東) 마카오(澳門) 샤먼(廈門) 푸저우
(福州) 닝보(寧波)에서 북으로는 산둥(山東)의 칭다오(靑島)와 베이
징(北京)의 톈진(天津)에 이르는 남지나해와 황해의 모든 장삿배는
상하이 만으로 들어와 진장을 거쳐서 내륙의 물자를 실어나르던 것
이다. 명목상으로는 나라에서 광저우 한 곳만을 무역항으로 인정하
고 십삼의 상행(商行)에게만 서양인들과 거래하도록 허가했다. 그러
나 통제는 제대로 이루어지지 않아서 서양의 무역선들은 원하는 물
건을 생산지로부터 수집해오는 여러 지방의 퓨하오(鋪號)와 직접 거
래하기를 더 원했다.
　구앙은 둘째형 춘에게 이런 흐름을 귀띔해주었고, 자신이 능력이
생긴 뒤로는 오히려 춘의 정크선에 신세를 지지 않고 배를 몇 척 사

들여 닝보에까지 나아가 아편을 사들여왔다. 그는 지난해부터 광저우 쪽에서 서양인들과 정부 사이에 마찰이 일어났다는 소문을 듣고 있었다. 그리고 친한 관리의 말에 의하면 아편 금연령이 엄하게 내려져서 각 성의 대처마다 단속이 심해질 거라고 했다. 과연 일 년에 한 두 번이나 나올까 말까 하던 단속이 한 달에도 서너 번씩 실시되었다. 뿐만 아니라 닝보에 와서 늘 정박해 있던 아편을 실은 목선은 언제부터인지 텅텅 비어 있었다. 영국과 미국의 기선들이 물건을 싣고 미리 끌어다가 정박시켜둔 연안의 배에 옮겨두면 내륙에서 몰려든 중국 배들이 직접 다가가서 시세를 흥정하고 은자를 지불하여 실어오던 것이다. 큰형 유안이 차의 생산자였다면, 둘째형 춘은 이를테면 차를 직접 내다파는 퓨하오인 셈이었다. 그러나 구앙은 무뢰배의 습성에 따라 아편이 돈이 되며 사람들의 쾌락을 거머쥐면 부자가 될 수 있다는 점을 알았다. 바깥 문물이 드나들면서 바닷가 연안의 지방과 강을 따라 늘어선 대처들은 지난 수십 년 사이에 엄청나게 달라지고 있었다.

청이는 진장을 거쳐간 적이 있었지만 배에서 내리지 못하고 하룻밤을 강상에서 묵고는 난징으로 떠나갔기 때문에 먼발치에서 구경이나 했을 뿐이었다. 진장은 너른 강변의 부두를 따라서 대처가 이루어져 있었다. 강에 가까운 곳은 거의 창고나 선구를 취급하는 점포와 허드레 음식을 파는 가게들이 있었고 뭍으로 조금 올라가면 역시 크고 작은 여각들이 즐비했다. 여각 거리의 안쪽으로 들어가면 큰 주루와 오락장이며 홍등가들이 나왔다. 구앙이 경영하는 오락장은 소금창고가 있던 자리에 회(回)자 모양으로 지은 이층 목조가옥이었다. 거리를 향하고 정문이 있었는데 붉은 칠을 한 반월문이 있었고 붉은 바탕에 금박 글씨로 새긴 복락루(福樂樓)라는 간판이 대문 위에 걸렸다. 문 양쪽에는 돌사자 두 마리가 입을 크게 벌리고 앉아 있고, 손님을 부르는 동자들이 계단 앞에 나와 서성댔다. 계단 아래 길가에는 취객을 업어 나르는 일꾼들이며 가마꾼들이 수십 명이나 대기하고 있었다. 이들을 상대로 떡과 국수를 말아주는 노점도 있었는데, 지게 두 대를 맞붙이고 그 위에 널판자를 얹은 간이반점이었다.

복락루의 월문 안으로 들어서자마자 대형 객청인데 노름판이 오십여 판이나 되는 도박장이 벌여 있다. 그러니 의자는 아마도 이백여 자리가 넘을 것이다. 서른두 개의 골패로 끗수를 재어 먹는 골패노름과 주사위 두 개를 사발에 넣고 흔들어 점수를 따지는 주사위노름이며 서른여섯 가지 꽃 이름을 적은 딱지 중에서 한 장을 뽑아 돈을 걸고 알아맞히면 태운 돈의 서른여섯 배를 주는 화회(花會) 노름 등이 있었다. 안에는 담배연기가 자욱한데, 간식과 차를 나르고 물담배를 팔러 다니는 장사꾼이 디안토우(店頭)의 허락을 받고 들어와 노름판 사이를 어슬렁거리고 다녔다. 물담배 장수는 뱀처럼 길다란 호스가 달린 작은 항아리를 좌우 어깨에 주렁주렁 메고 있었다. 연기가 박하물을 통과하기 때문에 쓴 담뱃진이 나오지 않고 연하고 목이 시원해서 노름판의 어디에서나 피우고 있었다. 물론 아편은 도박장에서는 엄하게 금지되었다. 가끔씩 대박이 터진 자리에서 와아, 하는 함성과 탄식이 일어나곤 했다. 노름판에서는 어음이나 은화라든가 귀금속 따위는 판돈으로 쓸 수가 없었으며 경리에게 가서 조개껍질을 동그랗게 갈아 만든 밑천으로 바꿔야 했다. 지방에 따라서는 도박장의 인이 찍힌 딱지를 쓰기도 했다. 그러나 밑천을 다 털린 자는 지니고 있던 귀물을 내놓고 상대방에게서 밑천을 바꾸거나 가격을 쳐서 막바로 걸 수는 있었다. 선상들은 바로 물품의 송증을 걸기도 하고 상행의 어음을 걸기도 했다.

도박장의 안쪽 끝에 문과 이층으로 오르는 계단이 있었는데, 이층은 모두 기녀들이 있는 크고 작은 방들이 있었다. 뒤로 나가면 가운데 네모난 너른 뜰이 있는데, 빙 둘러서 등나무가 자라고 모퉁이에는 잎이 넓적한 오동나무가 서 있었다. 나무 그늘 아래 시원한 회랑이 맞은편 뒤채에 연결되어 있다. 안뜰은 삼백여 평 정도 되어 보이는 왕모래가 깔린 너른 마당에 닭싸움이며 메추리싸움을 붙이는 놀이장으로 한쪽에 망을 친 우리가 보였다. 닭싸움은 주로 오후 느지막하게 시작해서 해 질 무렵까지 계속되었고 특별한 일이 아니면 저녁 도박장 개장시간 전에 끝내게 되어 있었다. 사실 진장의 어느 공터에서나 젊은 불량배들이 닭싸움을 벌이러 몰려들었지만 판돈이나 닭의 훈련 정도라든가 싸움의 기술면에서 본다면 보잘것이 없었다. 점잖은 한량들이라면 복락루에 와서 전문 투계꾼들이 겨루는 판에 돈을 걸어야 멋이었다. 손님들은 직접 자기가 훈련시킨 닭이나 메추리를 가져오기도 했지만 도박장에서 비싼 돈을 주고 구해들인 명물을 사서 맡겨두고 솜씨 있는 투계꾼을 고용하여 노름에 나서는 것이었다.

마당을 지나면 뒤채인데 이층에서 앞채와 연결되어 있다. 뒤채의 아래층은 너르게 탁 트인 주점이었다. 뒤쪽에 또한 이층으로 오르는 계단이 좌우로 있고 오른쪽에는 야트막한 무대가 있어서 음악을 연주하거나 잡극을 공연하기도 했다. 앞채의 도박장이 비교적 잠잠한데 비해서 이곳은 언제나 떠들썩한 웃음소리며 때때로 싸우는 소리도 들려서 제법 시끄러웠다.

이곳의 이층은 칸막이를 세운 방이 여럿 있었는데 바로 아편 흡연소였다. 앞채로 연결된 복도 안쪽도 모두 방이었지만 뒤채의 이층에는 복도가 넷이나 되어서 어디로 나가든 서로 통하게 되어 있었다.

만약 단속이 뜨면 앞채에서 관리들을 막고 시간을 끄는 동안에 손님들을 깨워 복도의 끝까지 나가 뒷문을 열면 발코니 비슷한 난간이 나왔다. 난간 아래는 뒷골목인데 건너편에 이층집이 있었다. 거기서 널판자로 만든 다리를 내밀면 모두들 골목 위를 지나 뒷집으로 건너가게 되어 있었다. 뒷집도 역시 복락루의 부속 건물이었다. 원래 있었던 여염집 두 채를 사서 수리한 것이었다. 한 채만 이층집이고 마당 건너편에 있는 집은 단층 일자 집이었다. 이층집은 복락루의 남녀 일꾼들이 기거했는데 광대패들이 공연하러 오면 며칠씩 아래층을 내주어야 했다. 이층은 기녀들이 일이 끝난 뒤에 돌아와 쉬는 거처였다.

단층의 일자 집은 구앙이 혼자 쓰고 있었는데 그는 아내와 자식들을 난징의 큰집에 살도록 했다. 가엾게도 그의 아내는 열여덟에 시집와서 스물너덧 살이 되면서부터 십여 년이 넘도록 거의 과부처럼 혼자 지낸 것과 다름이 없었다. 구앙이 외지로 떠돌아다녔기 때문이다. 진장에서 대가를 이루었음에도 그는 아내를 데려오지 않고 혼자 지냈다. 그의 성미가 워낙에 무엇에 매이는 것을 싫어하여 첩도 들이지 않았고, 실은 여자 생각이 나면 집 안에서 부리는 기녀들 중에 아무나 숙소에 불러들이기만 하면 되었던 것이다. 그런 사람이 난징 본가에 갔다가 느닷없이 청이를 데리고 돌아오자 일꾼들은 모두 의외의 일로 여겼다.

구앙의 숙소는 방 셋에 부엌이 한 칸 있는 작은 민가였다. 그렇지만 방들은 제법 널찍했고, 부엌이 필요 없으니 움푹한 봉당을 메꾸어 마루를 깔아 욕실을 만들었다. 안방으로 쓰는 공간에다 이런 집에는 어울리지도 않는 꽃무늬 장식이 화려한 침상을 들여놓았고, 탁자며 의자를 전실로 쓰는 방에 두어 차도 마시고 손님도 만났다.

구앙이 꾸민 솜씨는 아니고 기생어미 일을 보는 링지아(領家)가

세심하게 손을 보아준 탓이었다. 남자 일꾼들은 그네를 대접하여 링지아라고 불렀지만 기녀들은 모두들 그네의 성씨를 붙여 키우(秋)마마라고 불렀다. 키우의 나이는 서른다섯으로 난징의 기루에서 청춘을 보냈고 쑤저우(蘇州)에서 은퇴한 무뢰한에게 시집갔다가 그가 관가에 체포되어 집안이 망한 뒤에 다시 이 길로 되돌아온 여자였다. 구앙이 청이를 데리고 와서 숙소로 키우를 불러다가 인사를 시켰다. 처음에 그네는 냉랭한 표정으로 청이의 아래위를 찬찬히 훑어보았다.

"먀오족(苗族)인가…… 혹시 귀주에서 사왔나요?"

"아니, 꺼우리(高麗)야. 우리말도 좀 하지. 링지아가 잘 가르쳐봐."

"뭐예요, 영업을 시킬 거예요?"

"아직 모르겠어. 나중에 봐서……"

구앙의 말에 키우는 입을 손으로 가리고 깔깔대며 웃었다.

"장토우(壯頭)께서 반하셨군요."

구앙은 쑥스러웠는지 집을 나가면서 한마디 남겨두었다.

"여간내기가 아냐. 또 알아? 자네처럼 링지아가 될지."

둘이 남게 된 뒤에 키우는 청이에게 이름을 묻고 나서 말했다.

"나는 그냥 자네를 렌화 소저라고 부르겠어. 그렇다고 자네가 나를 마마라고 부를 필요는 없어. 그냥 링지아라구 부르면 되겠지."

그네만큼 중요한 사람이 또하나 있었다. 며칠 지나서 청이는 기녀들의 거처인 량팡(良房)으로 쓰는 이층집 앞에서 처마에 줄지어 걸린 새장을 구경하고 있었다. 집 앞에 구멍을 낸 각목이 가로로 설치되어 있었는데, 구멍마다 장대를 꽂고 장대 끝에 새장을 달아두었다. 새장 안에는 십자매 방울새 앵무새와 구관조 여러 마리가 있었다. 그중에서도 구관조가 제일 많았다. 어느 놈이 그랬는지 안녕합

쇼! 라고 굵다란 남자 목소리를 내는 녀석도 있었다.

"넌 누구냐?"

탁하게 쉰 목소리의 남자 음성이 등뒤에서 들려왔지만 청이는 그것도 구관조 중의 어느 녀석이 장난말을 거는 줄로 착각했다. 다시 한번 남자 목소리가 들려서 청이는 그제야 돌아보았다. 사내는 매끈 거리게 삭발한 앞머리에 굵은 변발을 가슴 앞으로 드리우고 소매가 좁고 꼭 끼는 마고자를 입었는데 단추를 목까지 잠갔다. 비단 허리 띠를 매고 구앙이 그랬듯이 작은 칼 한 자루를 배 앞에 비스듬히 질 러두었다. 바지 아래로 흰 모직 양말에 검은 가죽신을 신은 차림새 였다. 왼쪽 관자놀이에서 거무튀튀하게 그을은 광대뼈와 뺨을 지나 길다란 칼자국 흉터가 보였고, 눈썹은 짙고 긴 터럭이 위로 뻗쳐 있 었다. 그는 매처럼 날카롭게 째진 눈으로 그네를 바라보았다. 목이 굵고 어깨가 탄탄해 보이는 남자였다. 청이는 숨을 한 번 삼키고 나 서 맹랑하게 되물었다.

"당신은 누구신데요?"

"내가 먼저 물었다."

사내의 표정은 여전히 풀리지 않은 채였다.

"저는…… 롄화 소저라구 합니다."

사내는 그네를 바라보더니 피식 하고 웃음소리를 냈다.

"새로 온 링지아의 딸인가?"

"그렇지 않아요."

청이의 기죽지 않은 대꾸에 사내는 잠깐 생각해보았다가 말없이 고개만 끄덕이고 돌아섰다. 그는 자기가 누구라는 것도 밝히지 않고 이층집으로 들어갔는데, 그가 쉰 목소리로 사람을 찾는 소리가 들려 왔다. 그는 복락루의 디안토우(店頭)로, 주인인 구앙을 대신하여 영업장을 총괄하는 팽싼(方三)이라는 사내였다.

도박장이 처음 개설되면 주인이 곳곳에서 주먹깨나 쓸 만한 무뢰배들을 모아오고 그중에서도 디안토우 노릇을 할 만한 자를 돈 주고 데려오게 마련이었다. 그렇다고는 해도 스스로 나타나서 기세를 보이고 디안토우 자리를 차지하는 경우도 있었다.

팽싼이 바로 그러한 인물이었다. 팽가는 상하이 사람이고 소금꾼 패에 들어 잔뼈가 굵었다. 원래가 소금은 나라에서 전매하게 되어 있었으나 무뢰배들이 사사로이 염전을 만들어 소금을 배로 실어다 팔았다. 소금꾼들은 거의가 지방 무뢰배들이었고 맨손으로 큰돈을 만들 수가 있었다. 그들은 때로는 진장 상류의 강폭이 좁은 곳을 택하여 멋대로 세관을 만들고 드나드는 장삿배를 상대로 통관증을 팔기도 했다. 팽가가 나이 서른에 수십 명의 패거리를 이루었다고 하여 복락루를 열게 된 구앙을 감히 넘보았던 것은 아니다. 구앙은 대갓집 서방님으로 대도회인 난징에서 소싯적부터 놀았던 왈짜이고 무엇보다도 관리들과 가까운 사이였다. 팽가에게는 구앙은 기댈 만한 큰형님이었던 셈이다. 그러나 팽싼의 불만은 구앙이 자기 구역인 진장에서 새로운 일을 꾸미면서 한 번도 자신을 알아주지 않았다는 데에 있었다.

그러던 무렵에 팽가는 부하 두 명을 데리고 신장개업을 한 복락루로 찾아갔다. 벌써 인근의 장사꾼들과 외지에서 온 뱃사람들이며 노름하러 온 손님들이 객청을 가득 메우고 있었다. 팽싼은 주사위 노름판에 가서 부하 한 사람과 끼어앉고 다른 한 녀석은 골패 노름판에 끼도록 했다. 시비를 걸어 판을 깨는 것이 목적이라 끗발에는 애초부터 관심이 없었다. 도박장측의 물주가 사기그릇 안에 주사위 두 알을 넣고 한 손바닥으로 막고는 허공에서 흔들어대다가 판에 딱 엎고 기다렸다. 이때에 자리에 모여든 사람들이 각자 맞춤한 숫자에 돈을 태고 나면 그릇을 젖혀 끗수를 보여주게 마련이었다. 물주는 저보다 끗수가 센 자에게는 돈을 내주고 저보다 약한 자의 것은 자기 앞으로 그러모았다. 한 두어 번 잃어주고 나서 팽가 일행은 판을 깨기 시작했다. 물주가 그릇을 흔들다가 판에 엎고 돈을 태고 그릇을 들치자마자 숫자가 이미 나와 있는 주사위를 헝클어뜨리며 시비를 걸었다.

"뭐야 이거, 야바위를 하는구나."

"손님, 왜 그러시우?"

"네놈이 손가락을 넣어 주사위를 잡고 있는 걸 보았다. 당장에 따간 돈 모두 내놓아라."

그들은 다짜고짜 멱살잡이를 하며 온 도박장 안이 떠들썩하게 소란을 피웠다. 한편 골패 노름판에 끼었던 자가 갑자기 돈을 다 잃었다며 노름판 위에 다리를 올려놓고 바지춤을 걷었다. 노름꾼들은 이 난처한 지경에 영문을 몰라 서로 얼굴만 쳐다보았다.

"내 이 판에서 밑천을 다 잃었으니 고기나 한 점 잘라서 걸겠소."

그가 칼을 빼어 허벅지를 푹 찌르니 판 위에 피가 낭자했다. 구앙이 개업을 하면서 난징과 진장의 무뢰배들을 도박장 호위로 몇 사람 고용을 해놓았지만 그런 소동이 벌어지자 뭇사람들이 보는 데서 함부로 싸움을 벌일 수도 없었다. 구앙은 조용히 아랫사람을 시켜 팽가를 부르게 했다. 이층 계단 옆에 아래층이 훤히 내려다보이는 곳에 그가 나와서 손님도 만나고 일도 보는 방이 있었다. 그는 작은 미닫이창을 열어놓고 이런 광경을 내려다보다가 팽가를 발견했던 터였다.

"저희 어르신께서 손님을 좀 뵙자고 하십니다."

팽가는 부하들에게 눈짓을 하고는 이층으로 올라갔다. 기다리던 구앙이 그가 자리에 앉자마자 비단 주머니를 끌르지도 않고 던져주었다.

"이게 뭐요?"

팽싼의 말에 구앙이 빙긋이 웃으며 대꾸했다.

"개평이야. 매일은 안 되구 한 닷새에 한 번쯤 오라구."

팽가는 주머니를 거들떠보지도 않고 눈가에 빳빳이 힘을 주고 말했다.

"개평꾼이나 하러 온 게 아니오. 차나 한잔 주슈."

구앙은 대뜸 알아듣고 고개를 끄덕였다.

"난 자네가 누군지 모르겠는데? 강변에 자갈처럼 아이들이 많아서 말이야. 만약 자네가 여기 디안토우로 온 아이를 꺾으면 나두 물갈이를 할 거야. 그때는 차가 아니라 술 한잔 크게 내지."

인사를 하고 나가려는 팽가의 뒤통수에 대고 구앙이 다시 오금을 박았다.

"키재기는 밖에서 조용하게…… 여긴 즐겁게 놀자는 자리니까."

어떻게 처리했는지 과연 사흘이 못 가서 디안토우로 왔던 자는 다시는 복락루에 얼씬거리지 않았고 그의 패거리도 자취를 감추었다. 팽가가 다시 구앙의 방에 찾아오자 그는 물었다.

"죽었나 살았나, 어쨌든 소리 소문 없어 좋군."

"타관으로 보냈습니다."

"오늘부터 자네가 디안토우야."

팽싼에게 영업장을 총관리하도록 시킨 뒤에 구앙은 비로소 마음을 놓았다. 팽싼은 주인의 마음을 족집게처럼 잘 집어내어 미리 알아서 해주었다.

그뒤에는 이런 일도 있었다. 저녁때에 일을 끝낸 사람들이 도박장을 메우기 시작하여 간단한 음식이나 차를 시켜놓고 먹으며 노름을 할 시간인데 한 사내가 들어와 화회(花會) 판에 가서 앉았다. 비단 두루마기를 입고 원건을 쓰고 윗단추는 넉넉히 끌러두고 가슴에는 호박 장식 달고 변발에도 금박 댕기를 묶었다. 한눈에 보기에도 점 잖은 부자 상인의 차림새요 잘 다듬은 콧수염도 깔끔했다. 처음에 그가 차를 시키고 호기 있게 판 위에 주머니를 끌러놓을 적에는 아무도 그자에게 눈길을 돌리는 사람이 없었다. 그는 급사를 불러 돈을 밑천 전표로 바꿔오도록 했다. 거금을 바꾸는 자는 곧 도박장의 건달들 눈에 띄게 마련이라 평가는 은자 한 덩이를 전표로 바꾼 자의 자리를 이층에서 관찰하고 있었다. 곧 솜씨 좋은 자가 화회 자리로 나아가 물주를 잡았다. 콧수염쟁이는 첫 판과 둘째 판까지는 흔쾌히 잃었는데, 세번째 판에 가서 모란꽃을 짚더니 바꿔왔던 전표를 몽땅 걸었다. 주위의 손님들이 술렁대기 시작했다. 서른여섯 개의 꽃 이름 중에 하나의 패만이 맞는 법이고 맞히면 태운 돈의 서른여섯 배를 물어주게 되어 있었다. 물주가 마지막 남은 패를 까니 영락없이 모란꽃이 그려진 패였다. 패를 맞히면 물주가 객장 안의 손님들이 듣도록 큰 소리로 외치게 되어 있었다.

"낙점이오!"

물주는 판 위에 얹힌 사내의 밑천을 헤아리고 그 위에 금박의 나무패를 얹어주었다. 삼천전이 넘는 돈이었다. 콧수염 사내는 그 다음 판에도 정확하게 매화꽃을 짚어 패를 맞혔고, 세번째 판이 되자 주변에서 골패를 놀던 다른 손님들까지 저희 노름을 집어치우고 사내의 주위로 몰려들었다. 바보가 아니라면 모두들 사내가 거는 패에 함께 밑천을 걸어볼 생각이었다. 사내가 도화꽃에 밑천을 태자 사람들은 기다렸다는 듯이 우르르 몰려서 그 밑에 전표를 모두 내질렀다. 물주는 차마 패를 까지 못하고 객장 안의 곳곳에서 이곳을 주시하는 자기네 종업원들을 두리번거릴 뿐이었다.

"어찌하겠나?"

이층에서 미닫이를 열고 내려다보던 구앙이 당황하여 팽싼에게 묻자 그는 고개를 저으며 말했다.

"일단 판이 시작되었으니 그대루 따게 해야 됩니다. 안 그러면 우리 객장의 신용이 떨어지겠지요."

구앙은 탁자를 주먹으로 내리치며 화를 벌컥 냈다.

"저놈이 매일 오면 우리는 장사 망하겠구나. 지금 저 판에서 나갈 돈이 어림짐작하여도 은자 백냥은 되겠는데……"

"제게두 생각이 있습니다."

팽싼이 그렇게 말하고 객장으로 내려가는데 벌써 속수무책으로 판이 끝나서 낙점을 알리는 소리가 들리고 이어서 와아, 하는 여러 사람들의 환성이 요란했다. 돈을 딴 사람들이 각자 금패를 받아들고 환전하러 일어서는데 그런 소란이 없었다. 구경을 하려는 손님들까지 뒤섞여서 도박장 안은 제대로 자리에 앉아 있는 사람이 없을 정도인데 팽싼은 노름판에 점잖게 앉아 있는 콧수염 사내에게 다가갔다. 그는 따낸 판돈을 정리해서 소매 속에서 꺼낸 보자기에다 싸는 중이었다. 팽싼이 그에게 조용히 청했다.

"손님, 잠깐 보십시다."

"댁은 누구시오?"

팽싼이 두 손을 마주 잡고 가슴 위로 올리며 예를 차렸다.

"저는 이 집의 디안토우로 있는 팽싼이라고 합니다."

사내가 천천히 일어나 못 이기는 체 예를 갖추며 말했다.

"나는 웬(文)가요. 한 발 늦었구려."

팽가는 전혀 내색하지 않고 끝까지 정중하게 말했다.

"저희 주인께서 저녁식사나 대접하려고 하오니 사양치 마십시오."

그는 다시 주위에 섰던 객장 종업원에게 턱짓으로 지시했다.

"손님을 이층 내실로 모실 것이니 전표는 돈으로 계산하여 가지고 오너라."

웬가가 웃는 얼굴로 팽싼을 까실르며 자기도 따라 일어섰다.

"내게는 아직 초저녁이라 주사위 판에서 몇 판 더 놀아야 되겠는데요."

"허허, 저녁을 든든히 드시구 나서 천천히 밤새도록 노시다 가시지요."

팽싼이 연신 손을 올려 길을 가리키며 앞장서서 그를 이층 사무실로 끌고 올라갔다. 웬가는 아무 거리낌도 없이 방으로 들어섰고, 잔뜩 화가 난 얼굴의 구앙이 맞은편 탁자 앞에 앉아 있었다. 그는 하는 수 없이 점잖게 일렀다.

"좀 앉으시오."

웬가가 앉자 방문을 닫고 나서 팽싼이 태도를 돌변하여 말했다.

"너 죽고 싶냐, 우리가 누군지 아나?"

웬가는 태연하게 팽가를 돌아보다 구앙을 바라보다 하더니 껄껄 웃었다.

"난징의 첸 구앙 서방님을 모를 리가 있겠소. 당신은 사염패 소두령이던 팽싼 아니오."

두 사람은 서로 시선을 주고받았고, 팽싼이 허리에 질렀던 단검을 빼들었다. 웬가는 전혀 놀라는 기색 없이 천천히 비단 두루마기 자락을 젖히고 푸른 남색 저고리까지 벗었다. 그리고 앞가슴을 내밀어 보이는데, 가슴팍에서 배에 이르기까지 구렁이가 휘감고 지나간 자국처럼 칼로 난자한 상처가 가득했다. 그는 자기 배를 툭툭 치면서 다시 말했다.

"내 배때기는 칼맛을 여러 번 봤수다. 어디를 쑤시려우?"

뒤에서 방문이 열리며 팽싼의 수하 두 사람이 들어섰지만 팽싼이 손을 들어 그들을 제지하며 웬가의 옆자리에 앉았다.

"자네 어디서 놀다 왔나?"

"물론 난징에서 놀았지요. 푸저우에두 나가 있었소."

구앙이 말했다.

"솜씨가 좋더군."

"배운 게 그뿐이라 부끄럽습니다."

팽싼이 구앙에게 눈짓을 하더니 말을 꺼냈다.

"이제부터 우리 객장에서는 자네가 출입하는 걸 금한다. 그 대신 날마다 용돈을 줄 수도 없구……"

"나두 그건 바라지 않소."

팽싼이 피식 웃음을 터뜨렸다.

"우리 식구가 될 텐가?"

웬가는 다시 저고리와 두루마기를 걸치면서 말했다.

"디안토우의 말씀이니 믿어두 되겠지요."

구앙이 곧 눈치를 채고 말했다.

"자네 수하가 몇이나 되나?"

"독수리가 떼지어 다닙디까?"

구앙은 만족했는지 고개를 끄덕였다.

"오늘 자네가 딴 돈은 상급이야. 앞으로 우리 도박장 일을 좀 봐주게."

팽싼이 뒷전에서 기다리고 섰던 부하들에게 일렀다.

"어음으로 바꿔다드려라."

세 사람은 함께 저녁을 먹고 술도 한잔 거나하게 마셨다. 팽싼이 그에게 술잔을 권하며 말했다.

"앞으로 우리 물주 보는 아이들 솜씨나 기술두 좀 가르쳐주게나."

"여부가 있겠습니까."

구앙의 오락장은 개업한 지 반년이 못 되어 그렇게 자리를 잡아갔던 것이다. 복락루는 도박장과 주점과 기루와 아편 흡연소가 함께 어우러진 곳이었다. 이런 오락장은 난징에도 몇 군데 없었다. 돈을 따면 흥이 나서 잃으면 화가 치밀어서 술 한잔 안 할 수가 없고, 취기가 오르면 술 따를 창기 생각이 나게 마련이며, 계집을 사고 나면 아편 한 대를 빨아보지 않을 수가 없었다. 그래서 난징과 진장 일대의 장사꾼들은, 복락루가 놀기에는 좋지만 한번 발을 들이면 껍데기를 벗기운다고 농을 했다. 각각의 객장이 모두 영업시간이 달라서, 이를테면 도박장은 오후부터 저녁 무렵까지 사람이 버글대다가 한참 인적이 뚝 끊겼다가는 자정이 되어서야 단골 꾼들이 자리를 채우고 새벽까지 앉아들 있었다. 그리고 주점은 저녁 먹을 시간부터 자정 무렵까지 사람들이 들끓었으며, 이층의 별실들은 자정이 넘어서야 손님과 아가씨들로 술렁거렸고, 흡연소도 깊은 밤이 되어서야 장사가 시작되곤 했다.

청이는 복락루에 온 지 며칠이 안 되어 링지아를 맡아보는 키우와 가까운 사이가 되었다. 일이 없는 낮시간이면 키우는 구앙의 숙소를 혼자 지키고 있던 청이에게 왔고, 청이는 마당 건너편의 기녀들 거처인 이층 량팡으로 놀러가곤 했다. 키우는 붙임성 많고 영리한 청이가 점점 마음에 들었다. 청이 가끔씩 영업장으로 놀러 나오곤 했는데 이런 일도 키우가 구앙에게 말하여 겨우 허락되었다. 청이는 주점에 몰려든 손님들의 행색을 이층 회랑의 난간에 기대어 내려다보는 게 재미있었다. 어떤 때는 이층의 별실에서 손님들 앞에서 풍악을 울리고 춤도 추는 창기들의 모습을 휘장자락 사이로 엿보거나, 노름판이 훤히 내다보이는 앞채의 이층 사무실로 구앙을 찾아가 미닫이를 살짝 열어놓고 내려다보며 시간 가는 줄 몰랐다. 주점의 무대에서는 광대들이 며칠에 한 번씩 재간을 부리거나 잡극을 공연했는데, 기녀들과 함께 앉아서 구경도 했다. 그렇게 시간이 흐르는 동안 복락루에서 일하는 모든 일꾼들과 기녀들은 렌화 소저가 누구인지 다 알게 되었다.

청이가 복락루로 온 뒤에 달포가 되던 어느 날 키우와 구앙은 주점 이층의 별실에서 저녁을 함께 먹고 있었다. 구앙은 청이에게 점점 빠져들고 있었다. 나이도 어리고 말도 서툴렀지만 구앙이 보기에도 청이는 매사에 적극적이고 기가 죽질 않았다. 무엇보다도 청이는 가끔씩 아주 어른스런 태도와 행동을 보여서 구앙을 꼼짝 못 하게 했다. 구앙의 아편 흡연이 잦아지자 청이는 감히 주인의 허락도 없이 흡연도구들을 없애고 문갑 안에 있던 아편도 모두 치워버렸다. 대신에 인삼을 달여서 마시게 했다. 인삼은 아편을 끊는 데 도움이 되는 강장제로 알려져 있어서 부잣집마다 조선 인삼을 들여다 약으로 썼다. 인삼은 상등품 찻값의 스무 배가 넘도록 비싸고 구하기도 힘들었다.

"렌화 네가 웬 돈이 있어 이걸 구했더냐?"

구앙이 물음에 청이가 대답했다.

"키우에게 부탁하여 구했습니다. 제게 주신 금나비잠을 주고 샀지요. 아편을 끊지 않으면 피가 다 말라서 곧 죽게 된다지요."

구앙은 그로부터 청이 키우와 함께 객장을 돌아다녀도 마음을 놓았다.

"흥, 저 사내가 오늘 또 왔네."

이층 계단을 오르는 인기척에 휘장 사이를 내다보던 키우가 말했다. 푸른 비단 두루마기를 입은 남자가 앞장서고 뒤에 낯익은 포리들이 따라오고 있었다. 맞은편에서 음식을 먹고 있던 구앙이 물었다.

"누가 왔다는 게냐?"

"누구긴 누구예요. 형부(刑部) 아문의 랑중(郎中)이라는 사람이지요."

구앙은 얼른 자리에서 일어나 휘장을 들치고 밖을 내다보았다. 랑중이라면 치안을 담당하는 관리로 그도 조금은 아는 사람이었다. 몇 번 술자리를 함께 했던 적이 있었고 명절 때에는 선사품도 보낸 바가 있었다. 그는 중앙에서 순무사(巡撫使)를 따라 내려왔다가 진장 아문에서 랑중으로 자리를 잡았으니 타관 사람이었다. 그는 포졸들을 거느린 포리들을 감독하는 자리라 이러한 영업장은 그와 직결된 장소였다. 원래가 관원들은 자기 직무와 관계된 장소에는 오기를 꺼리는 법인데 별 이상한 노릇이 다 있다고 구앙은 고개를 갸웃거렸다.

"거 참 별일이다. 저자가 벌써 몇 번째 우리집 출입을 하네."

구앙이 자리로 돌아와 앉으며 중얼거리자 키우가 깔깔 웃어댔다.

"바람난 수캐가 가시덤불을 가리겠습니까."

구앙이 술을 마시려다 잔을 든 채로 물었다.

"우리집 창기 아이와 눈이라도 맞았단 말이냐?"

키우는 아직도 웃음소리를 내며 구앙의 잔에 술주전자를 들어 따라주었다.

"저게 다 렌화 소저 때문이지요."

"그게 무슨 소리야……?"

키우가 구앙에게 그간의 일을 말했다.

며칠 전에 키우와 청이는 뒤편의 숙소에서 나와 골목길로 내려오다가 낯익은 포리 일행을 만났다. 키우는 직무가 끝난 아문의 장교들을 가끔씩 별실로 불러다 대접을 했던 터였다. 그들은 어쩐지 쭈뼛거리는데 그제서야 일행 가운데 랑중이란 관원이 섰는 게 보였다. 그는 공손한 키우의 인사를 받는 둥 마는 둥 하면서 청이에게서 눈을 떼지 못했다. 청이는 그날 따라 목욕을 하여 얼굴이 보얗고 홍조가 볼에 가득했는데 분홍색의 비단포를 발끝까지 걸치고 흰 비단 쓰개를 어깨 위에 늘어뜨렸으며 머리는 틀어올려 모란잠을 꽂고 있었다. 앳되고 수줍은 모양이며 어딘가 이국적으로 보였던 모양이었다. 랑중은 심청에게 어느 곳에서 왔느냐고 물었고, 키우가 대신 꺼우리에서 온 소저라고 대답해주었던 것이다.

"그뒤부터 이틀이 멀다 하고 저녁마다 찾아와서는 렌화 소저만을 불러달라지 뭐예요."

구앙은 짜증을 부리지는 않았지만 벌써 기분이 별로 좋지 않은 얼굴이 되어 젓가락을 상 위에 소리나게 내려놓았다.

"그래서 링지아는 저 아이를 술자리에 들였단 말인가."

"왜요, 장토우께서 렌화 소저를 아껴두었다가 시집이라두 보내주시려구요?"

키우가 구앙의 속을 다 알고 약을 올리는 투였다.

"요즘처럼 시국이 엄중한 때에 저 친구가 바람이 단단히 났구먼."

구앙은 작년 겨울부터 해안 지역에서 서양 군함이 중국 배를 공격했다는 소문을 들어 알고 있었고, 광저우에서 아편을 태우고 난리가 났다는 것도 관리들에게서 들었다. 그래서인지 단속이 전보다 심해져서 단골이 아니면 흡연실에도 사람을 함부로 들이지 않았다. 아편은 평상시 가격이 한 대에 삼십전이었는데 장강 어구의 중개 선박이 사라진 뒤에는 물건이 딸려서 가격이 몇 배나 뛰었다. 나라에서는 예전부터 아편을 금하고 있었지만 관리들도 아편을 피우는 자가 많아서 단속은 언제나 형식적이었다. 그러나 어쨌든 분위기는 별로 좋지 않았다.

"헌데 요새는 화륜선도 올라오지 않고 양귀들도 통 볼 수가 없네요."

키우의 말에 구앙이 받았다.

"광저우의 개항장에서 난리가 났다는 게야. 당분간 그러다 말겠지."

"양귀들은 씀씀이가 커서 기루 영업에는 제일가는 손님이었는데요."

청이는 그사이에 딱 한 번 성화에 못 이겨서 별실에 들어가 랑중에게 술을 쳐준 적이 있었다. 구앙이 딱히 뭐라고 야단을 칠 수도 없어서 상을 잔뜩 찌푸리고만 있는데 청은 배시시 웃으며 말했다.

"저두 주인 어른을 돕고 싶어요."

구앙은 무슨 소린가 하여 청이를 바라보았다.

"저분이 높은 사람이라면 우리 장사에두 도움이 되겠지요."

저녁을 마칠 때가 되었는데 식사 시중을 들던 종업원이 들어와 알렸다.

"창씽(商行)에서 사람을 보냈습니다. 급한 일이라고 장토우 어른을 뵙겠답니다."

구앙이 아래로 내려가니 둘째형 춘의 하인이 기다리고 서 있었다.

"저희 어르신께서 서방님을 급히 모셔오랍니다."

"무슨 일이라더냐?"

하인이 목소리를 낮추어 말했다.

"큰일났습니다. 지금 포졸들이 몰려와 포호와 창고를 뒤지고 있습니다."

"감히 우리를 건드리다니. 아문에서 나온 것들이냐?"

"글쎄, 그러니 답답한 노릇이지요. 장교들을 보니 전혀 낯선 사람들이었습니다."

구앙은 객장을 어슬렁거리고 있던 팽싼을 불러 뒤채 이층의 흡연실에 손님을 받지 말라고 단단히 이르고는 급히 하인을 따라나섰다.

부두에 이르니 벌써 춘이 형님네에 무슨 사단이 났다는 걸 알 수가 있었다. 횃불 빛이 사방에서 일렁이고 군복 더그레에 삼각 모자와 붉은 수실을 늘어뜨린 군사들이 창검을 번쩍이며 분주하게 왕래하는 꼴을 볼 수가 있었다. 포호의 문은 활짝 열어젖혀졌고 창고에서 들어낸 짐짝들이 질척한 길가에 모두 나와 있었으며 군사들은 짐을 뜯어보고 있었다. 그가 포호 안으로 들어서니 춘과 그의 상단 사람 몇이 전실 바닥에 무릎을 꿇고 앉은 것이 보였다. 주인의 자리에는 낯선 군관이 관복 차림으로 칼을 짚고 앉아 있었다. 구앙이 결기 있게 앞으로 나서며 그에게 물었다.

"이게 다 무슨 일입니까?"

군관이 그에게 손가락질로 가리키며 되물었다.

"너는 웬 놈이냐?"

구앙은 속으로 허, 이놈이 내가 누군 줄을 모르다니, 하는 생각이 들었다.

"예, 저는 이 집주인 아우 되는 사람입니다만……"

"그럼 너두 한통속이겠구나. 저자도 꿇어앉혀라."

군사들이 우르르 달려들어 다짜고짜로 구앙의 어깨를 윽박질러 꿇어앉혔다. 구앙이 힘을 쓰며 부르짖었다.

"이거 왜 이러시오. 나는 이 집에 사는 사람이 아니오. 저 위 여각거리에서 다른 장사를 해먹고 사는 사람이외다."

"너도 아편을 사고파는 자가 분명하겠구나!"

군관이 소리를 질렀지만 구앙은 어깨를 뿌리치며 마주 외쳤다.

"나도 요로에 알 만한 사람들이 있고 현령과도 자별한 사이거늘 이렇듯이 무지막지하게 한단 말요?"

장교는 수염을 쓸어내리며 말했다.

"우리는 조정에서 특별히 아편 매매의 단속을 나온 안찰사(按察使)의 군대다. 죄가 있는지 없는지는 영문에 들어가 조사해보면 밝혀지겠지."

군사들이 달려들어 구앙을 포박했다. 그는 별수 없이 춘과 함께 포박되어 끌려갔다. 뒤에서는 압수한 아편상자를 실은 수레가 따라왔다.

첸가네 형제가 잡혀들어가자 팽싼이며 키우 등은 곧 줄을 넣어 어떻게 된 일인지 관가에 알아보았고, 역시 소문대로 난징에 온 안찰사의 단속에 의한 것이었다. 이러한 단속은 장강과 해안의 지방마다 불번지듯 퍼지고 있는 노릇이라 하였다. 며칠 안 가서 구앙은 나왔지만 춘은 그대로 아문에 하옥되어 있었다. 옥에서 구앙은 외지 상인들에게서 더욱 자세한 소문을 들을 수 있었다. 지난해 11월에 영국의 군함 기선들이 중국 배를 대포로 모두 격침시켰다는 얘기며, 얼마 전 홍콩 구룡포에서 모인 군함들이 바닷가를 오르내리며 각 항구의 성벽을 함포로 공격했다는 얘기 등이었다. 작년에 아편을 바다에 처넣고 수백 명의 아편 밀매꾼들을 사형시킨 대신은 양귀들을 달래기 위해 귀양을 보내고 다른 대신이 서양인들과 협상중이라고 했다. 조정에서는 양귀들에게는 유화책을 써서 난리를 진정시키되 아편 밀매자들이 서양인들에게 내응할지도 모르니 철저히 단속하라 지시했다고 한다. 춘이 형네 포호 창고에서 아편상자와 이미 팔아치운 등나무로 짠 빈 상자들이 무더기로 나왔으니 꼼짝없이 걸려든 것이다.

구앙은 절대로 모른 척할 수가 없는 처지였다. 그 물건들은 반 이상이 구앙이 거래해와서 맡겨둔 것들이었고, 춘도 차의 대금으로 어쩔 수 없이 받아와 아우를 통하여 소매로 이득을 남겨먹던 처지였다. 구앙이 사무실에서 시름에 빠져 앉았는데 키우가 계단을 올라왔다.

"장토우 어른, 돈을 좀 쓰시지요."

"글쎄, 여기 관차들이라면 무슨 걱정이겠느냐. 손쓸 길이 없어 답답하구나."

키우가 말했다.

"대저 끼리끼리 통하는 법이랍니다. 그 랑중이라는 관리가 일찍이 중앙에서 왔다고 하니 안찰사의 수하들과 잘 아는 사이겠지요."

구앙은 머리가 번쩍, 하는 느낌이었다. 돈이야 유안 큰형님도 걱정이 태산이니 삼형제가 골고루 나누어 보태면 큰돈을 만들 수도 있었다. 관리들도 저희가 우리 없으면 어찌 살랴 하는 생각이 드니까 춘을 빼낼 방도가 보이는 듯했다.

"당장 사람을 보내어 그 벼슬아치를 초청하지."

구앙이 이르자 키우가 말했다.

"아니 그러실 필요 없어요. 랑중은 오늘이나 내일이면 틀림없이 여기 찾아올 거예요. 그보다는 렌화에게 미리 이르면 좋겠군요."

구앙은 랑중이 렌화에게 마음을 두고 있다는 소리를 키우에게 들어서 알고 있었던 터라 처음처럼 못 들은 체할 수도 없었다.

"그 아이에게 술시중이나 들어주라지 뭐."

키우가 이번에는 웃어대지 않고 조용히 물었다.

"장토우께서는 정말로 렌화를 첩실로 들이신 거예요?"

"그럴 순 없지만……"

구앙은 렌화가 아버지 첸 대인이 사들인 시첩이었다는 것을 키우도 알고 있으리라 생각했다. 난징 큰집의 하인들이 춘의 포호와 구앙의 가게에도 자주 왕래하고 있었기 때문이다. 어쨌든 구앙은 정말 렌화를 좋아했다. 그네가 음식을 먹을 때 도톰한 입술이 오물거리는 모양이며 목덜미의 솜털이며 목욕하고 난 뒤의 볼에 피어난 홍조와 이제 벙글어지기 시작한 몸 구석구석의 팽팽한 활기가 그를 못 견디게 했다. 구앙은 키우가 자기 대답을 기다리고 있다는 것을 표정으로 알아보았다. 키우가 입가에 미소를 머금고 똑바로 구앙을 바라보고 있었다. 키우가 먼저 말을 꺼냈다.

"어디 훌쩍 다녀오시지요. 그 동안 제가 다 알아서 해놓겠어요."

구앙은 드디어 한숨을 길게 내쉬더니 고개를 끄덕였다.

"좋아, 큰형님 차밭에나 다녀오지."

이튿날 날이 밝자마자 구앙은 자리에서 일어났다. 옆에서 곤히 자는 청이가 깨지 않도록 살그머니 침상을 빠져나와 옷을 주섬주섬 입는데 뒤에서 잔뜩 졸린 목소리로 청이가 말했다.

"벌써 일어났어요?"

"응, 내 며칠간 어디 다녀올 데가 있어서……"

청은 부스스한 눈을 뜨고 일어나 앉았다. 잠옷 사이로 그네의 가슴이 들여다보인다. 구앙은 청의 그런 모습에도 아랫배에 불끈하는 기운이 솟아올랐다. 어젯밤에 그는 두 번이나 연거푸 청이를 안았다.

"더 자, 아직 이른 새벽이다."

청이는 그 말에 베개를 안고 엎어지면서 중얼거렸다.

"오시는 길에 뭐 하나 사다줘요."

"뭘 사다줄까?"

"비파요. 소리 좋은 걸루."

구앙은 대꾸 없이 숙소를 나오면서 의외라고 생각했다. 청이는 평소에 구앙이 술 마시고 흥이 나서 비파를 뜯으며 노래를 부르면 잠자코 듣기만 했을 뿐 소리가 좋다거나 배우고 싶다거나 하는 아무런 얘기도 없었던 것이다. 자신의 비파 소리가 좋았던 모양이라고 구앙은 생각했다.

청이는 보통때처럼 해가 높게 뜬 정오 무렵에야 잠자리에서 일어났다. 하녀가 데워놓은 목욕물은 알맞게 미지근해져 있었고 회벽에는 물방울이 가득 앉았다. 그네는 몸을 나무물통에 푹 잠그고 눈을 감았다. 위에 열어젖혀둔 들창문으로 산들바람이 들어와 내놓은 이마와 목덜미를 차갑게 식혀준다. 밖에서 낯익은 미닫이 여는 소리가 들리고 키우의 목소리가 들려왔다.

"렌화 소저, 일어났어?"

"나 여기 목욕해요."

욕실의 나무문이 열리며 키우가 서슴지 않고 안으로 들어섰다. 키우는 수건으로 청이의 등을 문질러주었다.

"장토우 어른은?"

"몰라, 어디 며칠간 다녀온대요."

둘은 거실로 들어가 하녀가 준비해준 차를 마셨다. 키우는 목욕 속곳을 입고 있는 청이의 옷자락을 살짝 들쳐보며 말을 건넸다.

"렌화 소저의 어디를 장토우께서 그리 좋아하시는가 몰라."

청이는 웃으며 옷자락을 여미고 다리를 꼬아 앉는다.

"링지아 마마께서 가르쳐준 덕분이지요."

링지아인 키우는 평소에도 어린 창기들의 몸 검사를 하거나 방중술을 일러주었고, 손님들의 반응을 세심히 살폈다. 그리고 어느 손님에게 누가 맞겠는가 하는 것도 꼭 알아맞히고는 했다. 키우가 낮에 놀러 와서는 청이에게 잠자리에서의 몸가짐에 대하여 일러주곤 했다. 남자들이 좋아하는 말과 몸짓, 그리고 그들의 화를 돋우지는 않고서 애를 태우는 방법, 남녀가 교접할 때의 체위와 남자 성기를 몸 속에서 자극하는 기술, 빨리 끝내기와 오래 끌기며, 상대방을 쾌락의 깊은 곳에까지 이르게 하는 자극법 등등이었다. 키우는 청이에게서 다른 창기들과는 남다른 것을 느끼고 있었다. 이 아이에게는 어떤 긍지와 목적이 있는 듯했다. 그네는 다른 창기들의 영업에 대해서도 곱다거나 추하다든가 하는 느낌은 없었고 강렬한 호기심을 보이고 있었다. 청이는 세상에 벌어진 남자와 여자의 서로 다른 관계에 대해서 눈치를 채고 있는 것처럼 보였다. 청은 키우에게 속마음을 보이듯이 말하곤 했다.

나는 힘이 좋아. 힘을 가지고 싶어요.

힘은 여자 것이 아냐.

키우의 애매한 말에 대해서 청이는 분명하게 표현했다.

힘 있는 것을 꾀어서 가지면 되잖아요.

키우는 잠시 어두운 얼굴이 되었다.

그럼 평생 남자를 사랑할 수는 없지.

청이 결연한 태도로 중얼거렸다.

나는 유혹할 거예요. 그러다가 내 맘대루 그만두면 지들이 어쩔 거야.

키우는 청이에게 단 한 가지 가르쳐주지 않은 것이 있었다. 남자와 여자가 때로는 자신을 던져버릴 정도로 사랑하게 되는 때가 있다는 것을. 그러나 키우는 장토우 구앙이 그네에게 빠져버렸을 뿐 사랑을 하는 것은 아닐 것이라고 믿었다. 빠진다는 것은 욕망이지 어쩔 줄 모르게 애틋한 정은 아닐 테니까.

"롄화 소저에게 부탁이 있어서 왔어."

키우가 말을 꺼냈다.

"오늘 랑중이 오면 소저가 좀 모셨으면 해서."

"장토우의 부탁인가요?"

청이 총명한 눈을 깜박이며 묻자 키우는 대답했다.

"그냥…… 나 혼자 결정한 거야. 둘째 형님을 옥에서 빼내드리면 장토우께서두 기뻐하시겠지."

오후 늦게 렌화가 이층집으로 가니 모두들 영업하러 나갈 시간이라 분주했다. 이층의 넓은 방에는 기녀들이 속옷 바람으로 앉아서 화장을 하고 머리를 다듬었다. 기녀들은 청이가 올라오자 모두 고개를 까딱여 아는 체를 했다. 키우가 부채를 손바닥에 탁탁 두드려대면서 외쳤다.

"어서 서둘러. 뭣들 하는 거야. 홍등을 켤 시간이 다 됐어."

단장을 끝낸 기녀들이 차례로 방 한가운데 앉기 시작했고 키우는 그들을 세심하게 살피다가 주의를 주곤 했다.

"그런 화장은 너에게 맞지 않아. 오히려 화장기를 연하게 해야 나이가 어려 보이지. 곧 고치도록 해. 그리고 너는 왜 밝은색의 옷을 입었어. 짙은 남색이 있잖아. 그래야 얼굴이 환해 보이지. 너 연지 좀 칠해. 무늬가 화려한 옷으루 바꿔입어."

그리고 그네는 미리 큰방과 작은방에 들일 기녀들을 구분해주었다. 큰방은 돈 많은 패가 들어오는 방이고 작은방은 돈은 적지만 단골을 들이는 방이었다. 그리고 특실은 귀한 손님을 모시는 방인 셈이다. 잠자리까지 가는 경우는 미리 정해지는 때도 있었고 대개는 그날의 술자리를 보아 나중에 마련을 했다. 창기가 몸을 파는 방은 뒤채의 아편 흡연소 옆에 붙어 있는 조용한 곳이었다. 키우가 그중에서 두 명을 골라냈다.

"너희들은 남고 나머지는 객청에 나가 대기해."

기녀들이 서로 재깔거리며 숙소를 나갔다. 이럴 때는 노대 쪽에 사다리를 걸치고 건너가는 게 아니라 골목으로 나서서 영업장의 뒤채와 연결된 쪽문을 열고 주방 옆의 좁고 길다란 통로로 해서 주점으로 들어가던 것이다. 몇몇은 주점에서 일꾼들과 더불어 손님을 맞고 대부분은 조용히 이층 계단을 올라 칸막이의 방에서 대기하게 마련이었다. 이때에 기녀들은 일부러 주점의 탁자 사이를 천천히 지나 이층으로 오르는 계단에 나란히 서서 손님들에게 선을 보이고는 차례로 이층의 난간에 빙 둘러섰다가 안으로 사라졌다. 그때에 주점 안의 손님들은 마음에 맞는 기녀들을 점찍어두는 것이었다. 키우가 골라둔 기녀들은 청이보다는 나이가 서너 살 많은 아이들이었고 악기를 다룰 줄 알았다. 키우는 기녀들에게 미리 일러두는 것을 잊지 않았다.

"처음에 손님들 분위기는 너희들이 올려놓도록 해. 술이 얼마간 들어가면 렌화 소저가 들어갈 거야. 그리고 적당한 때에 렌화 소저는 빠져나올 거야. 침실까지는 너희 둘이 모신다. 알겠어? 완전히 녹여놓아. 그리구 내가 차를 들여 나오라구 할 때에 너희는 빠져나온다. 너희들 꽃값은 평소의 두 배로 내가 낸다. 특별한 손님이니까 잘 모시도록 해."

키우는 아래층 기생어미가 머무는 방으로 청이를 데려갔다. 전실처럼 넓은 두 개의 방을 아래칸 위칸으로 나누어 쓰고 있었는데 위칸에 의자며 탁자와 가구들이 놓였고 아래칸에는 침상과 옷장과 경대가 놓여 있었다. 키우가 호리병에 담긴 술을 작은 잔에 따라주었다.

"서양 술이야. 광둥에선 남녀가 다 이 술을 기분 전환할 때에 마신다누."

독하지만 향그러운 갈색의 술을 키우와 청이는 사이좋게 마셨다.

"일테면 포도로 담근 소주야."

키우가 잔 밑바닥에 깔리게 또 한 잔을 따라주며 말했다. 청이는 얼굴을 찌푸리지 않고 또 마셨다. 과연 아랫배에 열기가 퍼지며 목덜미에서 뺨에까지 천천히 퍼져올랐다. 객청에서 사람이 와서 알린다.

"아문의 손님들이 오셨습니다."

키우는 청이에게 눈웃음을 치고는 얼른 일어났다. 두 사람이 주점으로 나가니 이미 객청 안은 활기에 가득 차 있었다. 키우는 링지아답게 부채를 펼치고 얼굴을 가렸다가 아는 손님이 보이면 부채를 내리고 고개를 숙여 아는 체를 해 보였다. 그네의 뒤에는 분홍색 비단 겉옷에 머리를 틀어올리고 화려한 머리꽂이와 비녀와 잠을 꽂고 안에는 초록색을 댄 진홍의 포를 입고 붉은 띠를 나비처럼 두른 청이가 따르고 있었다. 손님들은 두 여자가 층계를 올라 난간 사이로 사라질 때까지 넋을 잃고 올려다보았다.

키우는 청이를 데리고 이층의 자기 방으로 데려갔다. 그곳은 도박장 위에 있는 구앙과 팽싼의 방처럼 계단 옆의 난간 위에 자리잡은 방이었다. 거기서도 작은 미닫이창을 열면 주점이 한눈에 내려다보였다. 키우가 골패 상자를 내주며 말했다.

"내가 방에 들어가서 분위기를 보고 올 테니까, 렌화 소저는 패나 떼보구 앉아 있어."

키우는 이층 낭하를 지나 안쪽으로 깊숙이 들어간 곳에 있는 특실로 갔다. 방문을 여니 이미 주안상은 차려져 있었고 첫 병째의 술을 따르는 중이었다. 사내들 일행은 모두 셋이었다. 얼굴을 아는 장교가 먼저 반색을 하며 키우에게 말을 걸었다.

"우리를 초청하다니 무슨 꿍꿍이가 있는 게야?"

"물론 있습지요."

키우는 부채로 입을 가리며 자그맣게 웃음소리를 냈다.

"어르신께 인사 올립니다. 저는 이 집의 링지아를 맡고 있는 키우라고 합니다."

소매 속에 두 손을 모아쥐고 허리를 굽히면서 키우가 랑중을 향하여 말했고, 그는 무인답게 잘 다듬은 수염을 쓸어내리며 점잖게 농담을 던졌다.

"지난번에 자넬 보았지. 마마가 이렇게 뛰어난 미인이니 렌화 같은 절색두 있는 모양일세."

랑중의 왼편에 앉았던 장교가 술잔을 쳐들어 보이며 말했다.

"헌데 어찌 사내는 셋인데 술 쳐줄 아이들은 둘 뿐인고?"

"저희 같은 도화가 먼저 봄 우레와 빗발을 겪고 나서야 아리따운 연꽃이 만개를 하는 법이지요."

키우가 술잔에 술을 따라주며 이르자 랑중은 그 손에서 병을 빼앗아 키우의 잔을 채워주며 말했다.

"허어, 링지아가 도화라니 말이 안 되는 소리다. 자네가 모란이 아니라면 어찌 나를 불렀을꼬."

이렇듯 시시한 농과 술잔이 오고가는 중에 기녀들은 차례로 상 앞에 나서서 비파와 생황을 연주하고 노래를 불렀다. 키우는 술이 세 병째 비워지자 슬그머니 자리에서 일어났다. 기다리고 있던 청이가 키우와 바꾸어 방으로 들어갔다. 청은 방에 들어서자 곱게 큰절을 올리며 인사를 한다.

"렌화 인사 올립니다. 제가 이 집의 기녀는 아니오나 어르신의 분부가 있어 특별히 단장하고 나왔으니 부디 곱게 보아주셔요."

랑중은 얼른 자기 옆자리를 가리키며 앉아달라고 성화였다. 청이

가 술자리에 앉으니 과연 옷빛도 환하고 이목구비도 꽃과 같아서 홍
등을 하나 더 밝힌 것만 같았다. 술과 노래가 어우러지는 중에 자리
가 무르익으니 청이 랑중의 허벅지를 살짝 꼬집으며 속삭였다.

"어르신, 소녀를 따라 나오시지요."

청이는 복도를 돌아서 흡연소로 들어가는 문 옆에 있는 다른 문을
밀고 들어갔다. 그곳에 침실들이 연이어 있었는데 가장 안쪽 후미진
곳에 방이 준비되어 있었다. 청은 랑중이 들어서자마자 그의 허리띠
를 끄르고 두루마기를 벗겼다. 마고자를 벗기자 속저고리가 나왔고
목에 걸고 있던 구리쇠로 된 번표를 떼어냈다. 그것은 그의 직급을
표시한 패와 같은 것이었다. 가볍게 손뼉을 치자 하인들이 놋대야에
소세할 물과 수건이며 새로운 주안을 차려들고 들어와 읍한다. 랑중
은 어안이 벙벙하여 이게 무슨 일인가 두리번거리는데 청이 서슴지
않고 무릎을 꿇어 그의 가죽신을 벗기며 말했다.

"오늘 제가 어르신을 모시겠습니다. 어서 발부터 씻으셔야죠."

청이 랑중의 발을 끌어다가 대야에 담그고 향수를 붓고 팥비누로
매끈하게 닦아서 수건으로 감싸고는 한참이나 문질러준다. 랑중은
취기가 오르면서 온몸이 녹작지근하게 무너져내리는 듯했다. 하인
들을 시켜 그를 침상에 뉘어놓고 나서 모두 나가게 한 뒤에 청이는
그의 바지를 벗겼다. 바지를 벗기면서 속곳에 손을 스치니 이미 그
곳이 불뚝 솟아올라 있다. 청이는 사내의 벗은 옷들을 곱게 개어 침
상머리의 의자 위에 올려두고 번표는 슬쩍 옷깃에 흘려넣어두었다.
사내는 손을 대충 위로 뻗어 허우적대면서 중얼거렸다.

"어서 어서, 이리 누워라."

"아이, 너무 서두르시면 체합니다."

청이 그의 발에서부터 허벅지로 올라오면서 찬찬히 주무르고 쓸

어주니 랑중은 눈을 지그시 감은 채 신음을 참으면서 다리를 좌우로 흔들었다. 청이 불을 끄고는 뜨거운 입술을 그의 가슴에 대고 부비 듯이 하면서 소곤거렸다.

"어르신, 잠깐 다녀올 때까지 주무시지 마옵소서."

청은 방에서 나오는 대로 키우의 방으로 갔고 기다리던 두 기녀들이 랑중이 있는 침실로 들어갔다. 청이 구리쇠 번표를 키우에게 휙 던져주며 말했다.

"이걸 떼어왔지요."

키우는 번표를 들고 들여다보더니 깔깔 웃었다.

"어쩌면…… 가르쳐주지 않았는데도, 렌화 소저는 참으로 예라이 샹이로구나."

키우가 번표를 챙겨넣으면서 고개를 끄덕였다.

"이제 저 사내는 우리 손에 들어온 거나 마찬가지야."

랑중이 누워 있던 침실로 들어간 기녀들은 차례로 옷을 벗고 알몸이 되어 침상으로 기어들었다. 그는 처음에는 그의 오른쪽에 와서 눕는 여자가 렌화인 줄 알고 한 손으로는 얼굴을 더듬고 한 손으로는 허리를 휘감아안으면서 말을 더듬었다.

"렌, 렌후아…… 우선 한 번만 하자꾸나."

그때에 다른 기녀가 왼쪽 뒤로부터 침상에 올라 랑중을 끌어안는다.

"너는 또 누구냐?"

"우리 중에 누가 렌화인지 알아맞혀보셔요."

기녀들이 깔깔대며 랑중의 몸을 쓸고 안고 휘감았다. 랑중은 이미 몸과 정신이 따로 노는 듯하여 사지를 맡기고 누웠고 기녀들은 익숙한 손길로 사내의 구석구석을 어루만졌다.

4. 첫사랑

구앙은 난징의 풍후장에 들르지 않고 내쳐서 유안의 차밭이 있는 도성 북쪽으로 갔다.

인근에 조상에게서 물려받은 논밭과 산들이 있었는데 첸 대인은 주인 없는 황무지를 지방 현청으로부터 임대하여 개간하고는 헐값에 사들였던 것이다. 따라서 밭에는 예전처럼 아직도 씨를 뿌려 곡식을 거두었지만 둘레의 드넓은 산자락에는 차를 심었다. 차밭 주위는 일하러 찾아온 샨농(山農)들로 일대 도회지를 이루고 있었다.

버젓하게 지은 집들은 다만 차밭을 관리하는 장원과 차를 고르고 닦고 말리는 작업장과 창고들뿐이었고 일꾼들은 제각기 무리를 지어 간이숙소를 지었다. 나뭇가지로 뼈대를 세워 흙벽을 치고 지붕은 짚이나 풀을 이은 집들이 며칠 사이에 줄지어 들어서곤 했다. 그저 네 기둥에 지붕 대신 하늘을 가릴 차일을 친 상점과 음식점들도 언덕 아래 가득 차 있었다. 수레가 바퀴를 부딪칠 정도로 분주하게 오르내렸고 사람들은 서로 어깨를 스칠 만큼 붐볐다.

"춘이 아편 거래로 옥에 갇혔다던데, 너희는 어째서 내 말을 듣지 않느냐?"

유안은 소식을 들어 알고 있었는지 장원 관리소로 들어서는 구앙을 보자마자 꾸짖었다. 구앙이 볼멘 소리로 받는다.

"요즘 세상에 장사꾼치고 아편 한두 상자 거래하지 않는 자가 어디 있습니까. 양귀들이 은냥 대신 아편으로 지불하게 된 지 오랜 일입니다."

"그러게 대금으로 받고 나면 즉시로 마이판들에게 넘겨 어음 처리를 해두라 하지 않았더냐."

"글쎄 그런 식으로 거래하면 절반 값도 못 받으면서 형님 말대루 했습니다. 어쩌다가 하루나 이틀 늦어져서 창고에 보관해둘 때도 있겠지요. 바로 그런 때에 안찰사의 포리들이 들이닥친 겁니다."

유안은 더이상 추궁하지 않고 힘없는 목소리로 물었다.

"그래 어쩔 작정이냐?"

"돈을 써서 빼내야지요. 뻔하지 않습니까? 저러다가 말겠지요. 나라에서 아편 흡연을 금한 지 백년이 넘었습니다. 높은 벼슬아치들도 열에 한두 명은 아편쟁이라는 말이 나돌 정도예요."

"돌아갈 때에 내게 말해라. 돈을 마련해줄 테니……"

구앙이 돌아서서 나오려는데 유안은 다시 한마디를 덧붙인다.

"너두 떳떳하게 먹구살아야 한다. 차라리 내 일이나 돕든가."

구앙은 건성으로 대꾸하고 자리를 떴다. 사실은 유안 형의 면전을 피하여 언덕 아래 술과 먹을거리와 놀이판이 벌어진 저자 마당의 활기 속으로 얼른 섞이고 싶었던 것이다.

그는 저자의 곳곳에 인파가 둥그렇게 모여선 곳을 어슬렁거리며

102

구경을 다녔다. 어느 곳에서는 봉술을 하는 자들이 팔랑개비처럼 막대기를 휘두르고 맞부딪치며 대련을 해 보이고 있었고, 또 어느 마당에서는 닭싸움을 시켜놓고 돈을 걸고 환호하며 아우성이었다. 악기 연주하는 소리와 노랫소리가 들려와서 구앙은 저도 모르게 그리로 발길을 돌렸다. 악사 여섯 사람이 중앙에 앉아 연주를 하고 있었다. 그중에 비파는 남녀 한 쌍이라 서로 대련을 주고받으며 노래했고 젓대와 생황과 칠현금 호궁이 어우러졌다. 구앙은 자신이 소싯적부터 풍류를 알아 술자리와 기방에서 비파를 배웠으므로 악사가 어느 정도의 솜씨를 가졌는지 가늠할 수가 있었다. 구앙이 듣기에 이들 광대의 가락과 소리는 가히 일류라고 할 만했다.

베짱이 슬피 우는 우물가의 가을밤
쌀쌀한 첫 서리에 대자리 차갑구나
희미한 등불 외로워 그리움만 끝없어
휘장 걷고 달을 보며 한숨짓노라

남녀 광대가 서로 주고받는 음률과 노랫소리는 맑고 서늘하고 쓸쓸했다. 시절은 바야흐로 매미 우는 여름인데도 벌써 헤어진 이를 그리워하는 가을이 성큼 다가온 듯하였다. 구앙은 한 마당이 모두 끝날 때까지 두어 식경이나 둥그렇게 모인 인파 속에 서서 연주를 들었다.

여섯 사람 가운데 둘은 늙은 부부로 보였고 다른 두 사람은 얼굴이 검게 그을은 샨농 차림의 중년이었으며 노래를 부르며 연주한 남녀는 해사하게 생긴 이십대의 젊은이와 귀엽게 생긴 소저였다. 소저가 바구니를 들고 원을 그리고 모여든 사람들 앞으로 돌아다니며 인정전을 모았다. 바구니가 구앙의 앞에 왔을 때 그는 일부러 돈을 넣지 않았고 소저는 그를 바라보며 잠시 기다렸다가 다른 손님을 찾아서 돌아섰다. 사람들이 흩어지고 광대들은 자리를 뜨려는지 악기를 챙기고 있었다. 구앙은 그제서야 소저에게로 가서 은화 다섯 닢을 꺼내어 내밀었다. 저자에서 서양 은화 다섯 닢이면 큰돈이다. 소저는 깜짝 놀라 두 손으로 받으면서 절을 한다. 그리고는 돌아서서 크게 외쳤다.

"할아버지, 은화예요!"

광대들은 모두들 소저의 손바닥 안에 든 것을 들여다보고 돌아서서 제각기 구앙에게 인사를 했다.

"좋은 가락이다. 오늘은 더 타지 않는가?"

구앙이 아쉬워하며 묻자 젊은이가 말했다.

"아니오, 저녁을 먹고 어두워지면 밤늦게까지 놀 거예요."

구앙이 이번에는 노인에게 물었다.

"어디에서 왔소?"

거문고를 길쭉한 주머니에 싸넣으면서 노인이 대답했다.

"바로 전에는 주장에 있었고 또 그전엔 한커우에 있었지요."

구앙은 해가 저물자마자 장터로 내려가 노점 주막을 찾아가 안주와 술로 저녁을 때우고 거나한 기분으로 다시 그들이 놀고 있는 판으로 찾아갔다. 어두워지자 광대들은 장대 끝에 기름 적신 솜뭉치를 달아 횃불을 밝히고 연주를 했다.

나중에 알고 보니 그들은 거의 가족이나 다름없었다. 역시 할멈과 할아범은 부부였고 사십대의 사내는 그 아들이었으며 처녀는 그들의 손녀였다. 다른 중년 사내는 아들의 친구고 이십대의 젊은이는 그들 가족과 고향이 같았다. 이들은 잡극을 공연하는 패거리에 소속

되어 떠돌아다니면서 어떤 계절에는 큰 무리에 합류하기도 하고 따로 떨어져서 가벼운 행장으로 차밭이나 광산이나 강변 저자와 갯가 대처를 돌며 공연을 했다. 구앙은 유안의 장원에서 사나흘 빈둥거리면서 저녁마다 그들의 놀이판을 찾아다니더니 드디어 그들을 자신의 영업장으로 데려갈 생각을 하게 되었다.

"당신들 진장에 가볼 생각이 있나?"

구앙이 아들 되는 사람에게 물었고, 그가 대답했다.

"좋은 일감이 있다면 어디에라두 갑니다."

"내가 진장에서 복락루라는 오락장을 크게 열어놓고 있는데 한 철만 놀다 가게."

광대들이 말했다.

"복락루라면 소문을 들어 잘 압니다."

"다른 패거리들이 더러 공연을 했다길래 저희들도 한번 찾아가볼까 하던 참이었습니다."

"한 철이면 석 달인데 한 사람에 열냥씩은 주셔야겠습니다."

구앙은 흔쾌히 말했다.

"좋아, 한 사람 앞에 열냥씩 주지. 그리고 숙식을 제공하겠다."

그들은 행장을 수습하여 사나흘 뒤에 진장의 복락루로 찾아올 것을 약속했다.

구앙이 진장에 돌아오니 키우가 기다리고 있다가 알린다.

"장토우 어른, 마침 오늘 오셨군요. 일이 잘 풀릴 것 같습니다."

"형님 일은 어떻게 되었나?"

키우는 그 동안 있었던 일을 구앙에게 말해주었다. 랑중을 꾀어 렌화가 먼저 애를 태워놓고 두 기녀들이 들어가서 녹여놓았다는 얘기며 렌화가 랑중의 번표를 떼어내 손에 넣었다는 것까지 얘기했다.

"글쎄 이튿날 이른 아침에 제가 등청을 하시라고 찾아보았더니 그 랑중인가 하는 자가 화를 벌컥 내더라구요. 렌화는 어디로 빼돌렸냐 구요. 그래서 제가 렌화 소저는 저희 장토우 어르신의 첩실이라구 말 했어요. 술시중은 들어드릴 수 있으나 잠자리 시중까지는 세간의 법 도로 보더라도 안 될 일이라구 했지요."

키우의 자세한 설명을 듣고 구앙은 안도가 되었지만 형님 일이 못 내 걱정이었다.

"허어, 그렇다면 그자가 더욱 감정을 품지 않겠는가?"

"그건 그렇지 않습니다. 랑중이란 자가 어제 사람을 보내어 저희 집에서 번표를 잃은 듯하니 찾아달라고 기별이 왔습니다. 하여튼 오 늘은 그자가 올 테지요. 장토우께서는 형님 일을 부탁하면서 돈냥을 주십시오. 그리고 이건 좀 어렵겠지만 눈을 질끈 감으셔야 할 일이 있습니다."

"그게 무슨 일이야?"

키우는 잠시 주인의 안색을 살피더니 입을 뗀다.

"렌화 소저가 한 번만 랑중의 수청을 들어야겠습니다."

구앙은 옥구슬 목걸이를 손가락에 걸고 빙빙 돌리면서 아무 대답 이 없었다. 키우가 다시 말했다.

"렌화 소저는 가히 장부를 움직일 만한 재간이 있습니다. 장차 기 루에서 크게 일어날 거예요. 한 사내의 첩실로 들어앉아 살림이나 하고 있을 계집이 아니어요. 렌화 소저는 자기를 거두어준 주인을 위해 무엇을 해야 하는지 다 알고 있습디다."

구앙은 이런 일이야 뒷골목 건달의 세계에서는 형과 아우 사이에 서로 꿔커니 자커니 하면서 일상으로 일어나는 일임을 잘 알고 있었 다. 그러나 정분이란 맑은 이슬처럼 덧없는 것이어서 일단 남자끼리 주거니 받거니 하고 나면 여자 편에서 양쪽을 다 우습게 여기게 되는 법이었다. 하지만 어쩌랴, 만약 구앙이 오락장의 장토우로서 링지아인 키우의 제안을 거절한다면 그는 여염의 좁쌀 같은 서생이 되어버릴지언정 다시는 무뢰배 동네의 장토우 행세를 못 하게 될 것이다. 그건 체면 문제이기도 했다.

"좋아, 그렇다면 형님 일뿐만 아니라 그 관리를 아예 우리 손에 넣어야겠구나."

구앙이 그렇게 결심을 말하자 키우는 고개를 끄덕였다.

"과연 장토우십니다. 제게두 다 생각이 있지요."

구앙이 숙소로 돌아가니 청이는 벌써 마당 건너편 이층집 랑팡에 가 있었다. 구앙은 하녀를 보내 그네를 불러놓고 목욕을 했다. 그가 목욕통 안에 들어앉아 머리에 수건을 얹고 늘어져 있는데 인기척이 나며 판자문이 열렸다.

"어머, 언제 오셨어요?"

"옷 벗고 이리 들어오너라."

청이는 구앙의 어깨에 두 손을 얹고 부드럽게 문지르며 말했다.

"나 목욕했어요."

구앙은 어깨 위에 얹힌 청의 손목을 잡아 휘돌리며 벌떡 일어났다. 그리고 한 팔로는 그네의 상반신을 끌어잡아 번쩍 들어올리며 물통의 턱에 걸린 청이의 다리를 다른 한 팔로 안아올려 물 속에 처넣었다. 청은 물 속에 텀벙 잠겼다가 얼굴을 두 손으로 씻어내리면서 고개를 들었다.

"이게 뭐야. 옷 입은 채로……"

구앙은 물 속에서 거칠게 청이의 옷을 풀어헤치기 시작했고 그네는 몸을 돌리면서 도와주었다. 겉옷과 저고리를 함께 풀어헤치자 매끈한 청이의 어깨가 드러났다. 구앙이 청이의 입술을 물었다가 목덜미로 하여 젖은 어깨로 내려와 가볍게 깨무는 동안에 청이는 스스로 바지와 속곳을 풀어내렸다. 물을 머금은 옷가지들이 수면 위에 부풀어올라 두 사람 사이를 가득 채웠고 구앙은 귀찮다는 듯이 그것들을 물 밖으로 걷어내면서 한 손으로는 청이의 부드러운 알몸을 쓸어내렸다. 청이 두 다리로 구앙의 허리를 감고 그의 무릎 위에 올라앉았다. 구앙은 목덜미까지 물에 잠겼지만 청이의 상반신은 물 위로 드러난 자세가 되었다. 구앙은 불그레한 청이의 젖꼭지를 물고 혀끝으로 빠르게 건드렸다. 물 속에서는 청이 한 손으로 구앙의 곤두선 음경을 잡아 자기 몸 속으로 넣었고, 그는 짧게 신음 소리를 냈다. 청이 아래위로 천천히 움직이자 두 몸 사이를 채운 물이 가슴에 부딪쳐 찰싹대는 소리를 냈으며 서로 합쳐진 몸 속에서도 물의 마찰이 부드럽고 따스하게 느껴졌다. 물 속이어서 동작은 유연하고 거칠지 않게 진행되었다. 청이 고개를 숙이자 머리카락의 향내가 스미면서 구앙의 얼굴을 덮었다. 청이 구앙의 입술에 입맞춤을 하자 그는 한 손으로는 물통의 가장자리를 쥐고 한 손으로 그네의 턱을 받치고는 혀를 깊숙이 집어넣었다. 청이는 구앙의 혀를 빨면서 천천히 엉덩이를 들었다가 내리기를 반복하면서 물 속에서 두 팔로 구앙의 등과 허리와 허벅지를 쓸어주었다.

　구앙은 얼굴을 떼고 목욕통 밖에 두었던 술병을 집어 입에 한 모금 머금고는 청이에게 입맞춤을 했다. 혀와 혀 사이로 술이 흘러들며 청이 조금씩 술을 빨아마셨다. 구앙의 이마와 얼굴에 땀이 흘러내리자 청이는 그의 물건을 제 몸 속에 넣은 채로 좌우로 엉덩이를 조금씩만 돌려서 아기를 잠재우듯이 달래고 수건을 집어 구앙의 얼굴을 닦아주었다. 구앙은 두 손을 물 속에 넣고 청의 궁둥이를 받쳐주며 스스로 아래에서 조금씩 위로 치받쳐 동작에 힘을 넣었다. 청은 구앙의 뺨을 토닥이며 그의 허리를 감았던 두 다리를 느슨하게 풀고는 말했다.

"갑자기 왜 이래요?"

"뭐가……"

"너무 딱딱해요."

구앙은 술병을 집어다 한 모금 마시고 또 머금고는 청이에게 쭝긋 입술을 내밀어 보였다. 청이는 고개를 흔들었다.

"아아 그만요. 그만 해요. 정기를 놓아버리면 빨리 늙는대요."

구앙은 꿀꺽 술을 삼키고는 말했다.

"너 오늘…… 손님 받아야겠다."

"그게 무슨 말씀?"

구앙은 다시 물 속으로 두 팔을 넣어 청이의 엉덩이를 억세게 끌어안고는 물통에서 벌떡 일어났다. 그네는 가볍게 비명을 내지르며 저도 모르게 두 팔은 구앙의 목덜미를 끌어안고 두 다리를 다시 조여서 그의 허리를 감았다. 구앙은 그렇게 청이를 들어올린 채로 거센 동작을 시작했다. 청이의 입술 사이로 신음 소리가 새어나오다가 차츰 높아지고 그네의 머리가 아래위로 거칠게 흔들렸다. 구앙은 숨을 가쁘게 몰아쉬며 마루턱을 오르고 있었다. 두 사람의 높낮이가 다른 숨소리와 비명이 달리면서 부르는 노랫소리처럼 바쁘게 높아졌다가 일시에 끊기면서 다시 낮고 길게 이어진다. 그들은 처음처럼 다시 물 속에 고요히 잠긴 채로 끌어안고 파도가 지나가기를 기다렸다. 구앙의 남근을 물고 있던 청이의 몸 속에서 짧은 경련이 지속되다가 차츰 멎으면서 그네는 물통의 턱에 목덜미를 기대고 입을 조금 벌렸다.

여행에서 돌아온 구앙을 재워놓고 청이는 옷을 갈아입고 량팡에 가서 다시 머리와 얼굴 단장을 하고는 영업장으로 나갔다. 주점에는 벌써 저녁 손님이 한 차례 지나가고 술판이 시작되고 있었다. 청이는 이층 회랑 초입에 있는 키우의 방으로 갔다. 패를 떼어보고 있던 키우가 방으로 들어서는 청이를 보더니 잠시 멍한 표정이다가 탄식을 했다.

"하아, 예뻐. 젊은 건 좋은 거야."

청이는 키우가 손님 방을 둘러보러 나갈 때마다 기웃거리는 문 옆에 걸린 손바닥만한 양거울을 들여다보았다. 키우가 다시 말했다.

"아기를 갓 낳은 엄마하구 사내와 심신이 꼭 맞는 교접을 한 뒤의 여자는, 서로 다르지만 둘 다 제일 예뻐. 나는 보면 금방 알아. 렌화 소저, 장토우와 놀다 왔지?"

청이는 수줍게 웃으면서 고개를 끄덕였다.

"오늘은 그이가 이상해요. 내게 손님을 받으라나."

"그랬군, 사내들은 샘이 나면 원기백배하니까."

키우가 소리를 내어 웃으며 말하자 청이도 빙긋 웃었다.

"그쯤은 나두 알아요. 그런데 정말 좋던데……"

"몸이 깨어나는 거야. 하지만 기녀가 몸 가는 대루 따라가다간 망한다누."

"그럼 어떡해요?"

키우는 손수건으로 청이의 이마에 돋은 땀을 찍어주면서 속삭였다.

"정인은 단 한 명만…… 영업할 제는 잡극 노는 광대처럼 겉으로만 하는 거야."

그 말에 청이는 혼잣말하듯이 허공으로 얼굴을 쳐들고 말했다.

"정인 따윈 쓸데없어……"

일꾼이 와서 랑중이 왔다고 전하자 키우가 일렀다.

"장토우 어른 방으로 안내해드려라. 그리고 두 분 말씀이 끝나면 곧 특실로 모시도록 해."

돌아서는 일꾼에게 키우가 다시 물었다.

"일행이 있더냐?"

"아뇨, 혼자 왔습니다."

키우와 청은 서로 눈을 맞추며 웃었다.

"렌화 소저, 오늘밤 그 관리를 녹여놓아."

"그게 장토우 어른의 부탁인가요?"

"나의 부탁이기두 해."

청이는 거울 앞에서 머리를 매만지며 종알거렸다.

"그럼 두 분은 내게 뭘 해주실 건데?"

"나를 돕는 화지아(花家)를 맡길 거야. 장토우께 말씀드려서 특실과 큰방의 수입을 나누도록·해보자."

키우 입장에서는 구앙으로부터 받는 배당이 정해져 있었으므로 청이에 대한 지출은 어차피 자기와는 아무런 상관이 없었다. 또한 키우는 그렇게 해서 그네를 장토우의 첩실이 아닌 자기 수하의 동료로 만들고 싶었을 것이다. 키우는 그만큼 청이의 자질과 성격을 파악했다고나 할까.

"좋아요. 그럼 나는 누구의 것두 아니게 되겠네."

도박장 이층의 사무실에서 구앙은 랑중을 만나고 있었다. 팽싼이 일부러 와서 뒤에 지켜서 있었다. 남의 눈을 피하여 주색질을 하러 왔던 랑중은 조금 어색하고 어리둥절한 표정이었다. 구앙이 손을 들어 그에게 차를 권했다.

"어서 드십시오."

랑중은 두 손으로 뜨거운 찻잔을 감싸쥐고 한 모금 머금어보고 나서 괜한 소리로 인사치레를 했다.

"차 맛이 매우 좋군."

"물론이지요. 상등품 보이차입니다. 저희가 원래 차 장사를 대를 이어 해온 집안이올시다."

랑중은 고개를 끄덕이더니 한마디 덧붙인다.

"요즈음 차 장사꾼들은 아편 때문에 혼쭐이 난다면서?"

"그야…… 양귀들 때문입니다. 그놈들이 모든 무역 대금을 은 대신 아편으로 지불해온 지 오래되었습죠. 실은 저희 가형께서도 그 일로 애매하게 안찰사의 포리들에게 걸려 지금 하옥되어 있습니다."

랑중이 처음 들었다는 듯이 찻잔을 내려놓으며 놀란 시늉을 해 보였다.

"허어 그렇다면 큰일이로군. 지금 조정 안팎이 아편 때문에 큰 난리가 났소. 아마 그냥 넘어가지는 못할 게요. 광둥에서는 이미 수백 명을 처형했지."

"그래서 걱정이올시다. 나으리께서도 잘 아시다시피 아편 흡연소가 난징과 진장에만도 수백 곳이 됩니다. 나라에서 어떤 때에는 어르다가 다시 때리다가 하며 일관성이 없으니 근절이 안 되는 형편이지요. 저희 중형은 그저 차 대금으로 받아서 창고에 보관하고 있던 죄밖엔 없습니다."

"그렇겠지. 하지만 시간이 좀 걸릴 게요. 흠차 대신이 바뀌고 양귀들과 협상중이라니까 조정의 조치도 변할 게요. 헌데 안찰사 아래 있는 천총(千總)을 모르시던가?"

랑중의 여유 있는 질문에 구앙은 안타까운 얼굴이 되어 두 손을 벌려 보이며 하소연했다.

"그분들이야 중앙의 영을 받고 잠시 내려온 사람들이니 알아봤자 무슨 소용이 있겠습니까?"

랑중이 고개를 끄덕이며 잠시 생각하는 척하더니 손을 올리고 손가락을 움직여 보였다. 구앙은 그가 자기에게 가까이 오라는 뜻인 줄을 알고서 상반신을 탁자 위로 기울이고 고개를 숙였다. 랑중이 그의 귓전에 함께 고개를 숙이더니 가만히 말했다.

"내가 천총과 잘 아는 사인데 한번 줄을 대어보리다. 하지만 인정전이 좀 들겠군."

"얼마나요……"

"이천냥은 되어야 체면이 서지 않겠나?"

"동전이 아니라 은자로 그만큼 쳐서 드리지요."

랑중은 웃음을 지으며 허리를 펴고 다시 탁자 맞은편에 제자리를 잡았다. 구앙은 뒷전에 서 있던 팽싼에게 말했다.

"말굽 은으로 이천냥을 가져오너라."

팽싼이 다시 물었다.

"불편하실 텐데 어음으로 끊어올까요?"

"아니다. 어음을 환전하려면 여러 손을 거쳐야 하지 않나……"

팽싼이 나가자 랑중은 다시 상반신을 굽히면서 은근히 말했다.

"내가 진장에 있는 한은 복락루에 관폐가 없도록 하겠소."

구앙이 두 손을 쥐어 보이며 간곡하게 말했다.

"제발 덕분 그렇게 해주십시오. 저는 진장 현령 이하 아문 장교들과도 잘 아는 사이올시다. 난징 성청에서도 저희 집안에 대해서는 모두 잘 알고 있습지요."

"그렇다더군. 헌데 내가 장토우에게 청이 한 가지 있소."

랑중이 손가락 하나를 세워 흔들면서 말하자 구앙은 그 한 가지가 무엇인지를 알고 있으면서도 묻지 않고 기다렸다.

"그 저…… 렌화라는 아이가 그대의 첩실이오?"

"예, 부끄럽지만 그렇습니다."

"링지아 말로는 꺼우리에서 사왔다면서?"

구앙이 빙긋이 웃으면서 랑중에게 되물었다.

"나으리 마음에 드십니까?"

랑중은 두 손바닥을 부비면서 황급하게 받는다.

"그야, 아주…… 새봄에 피어난 꽃망울 같다고나 할지."

구앙은 서슴지 않고 말했다.

"염려 마십시오. 그 아이가 오늘 나으리의 잠자리 시중을 들도록 준비를 시켜놓겠습니다."

랑중이 갑자기 너털웃음을 터뜨리며 구앙의 어깨를 치고 어쩔 줄을 몰라했다.

"허어 참으로 장토우는 호걸에다 대장부요."

팽싼이 은자를 담은 작은 상자를 들고 와서 탁자 위에 놓고 뚜껑을 열어 보이니 붉은 천을 바탕으로 말굽 은 이십 개가 쟁여져 있었다. 구앙은 일부러 우리 두 사람 외에도 이 사람이 알고 있다는 식으로 팽싼을 랑중에게 소개했다.

"우리 객장의 디안토우로 있는 사람입니다."

팽싼이 두 손 모아 허리를 굽히고 인사했다.

"팽싼이라고 합니다. 언제든지 놀러 오십시오. 성심껏 모시겠습니다."

"고맙소."

구앙은 방 밖으로 안내를 하면서 손으로 회랑 쪽을 가리켰다.

"나으리, 가시지요. 이제부터는 우리집 링지아가 모실 겝니다."

구앙이 관리를 뒤에 달고 앞장서서 회랑을 걸어가는데 벌써 기다리던 키우가 마주 걸어오다가 공손히 인사를 한다.

"나으리께서 오신다는 전갈이 왔길래 너무 기뻤어요."

구앙이 거기서 멈추더니 랑중에게 속삭였다.

"렌화도 나으리를 기다리고 있답니다. 즐겁게 지내십시오."

랑중은 얼결에 구앙과 헤어져서 종종걸음을 치는 키우의 뒤를 따라갔다. 랑중이 안내를 받은 방은 흡연소로 가는 복도의 맨 끝에 있는 후미진 방이었다. 방문을 열자 피워놓은 향내음으로 봄의 화원에 들어선 듯했다. 방에는 전과는 달리 붉은 휘장을 치고 꽃꽂이로 탁자와 침상 부근을 장식했고 은은한 홍등에 불을 밝혔다. 천장에 달린 부채는 바깥의 하인이 당번을 정하여 쉬임없이 줄을 당겨 선선한 바람을 일으키고 있었다. 들창문이 아래를 향하여 열렸는데 집 밖의 등나무 꽃이 한창이라 또한 꽃향기가 바람에 묻어 들어왔다. 키우가 자리를 권하여 랑중이 안쪽의 안락의자에 가서 앉으니 그네는 손뼉을 쳐서 사람을 불렀다. 일꾼들이 술과 안주를 들여오고 나서 두 사람의 기녀가 호궁과 비파를 안고 들어와 공손히 인사를 하더니 맞은편에 자리를 잡았다. 키우가 랑중에게 술을 따랐다.

"오늘은 특별한 날이오니 흠뻑 취하소서."

"자네두 한잔 들게나."

랑중이 또한 키우에게 술을 따른다. 두 사람은 서로 목례하고 술을 마셨다. 잔이 비워지자마자 키우가 랑중의 잔을 채웠다. 두 기녀들이 연주하며 노래를 시작했다.

꽃이 핀 산중에서 단둘이 대작할 제
한 잔 한 잔을 마시고 또 부어 마셨다네
나는 취해 자려니 그대 먼저 떠나가게

내일 아침 술 생각 있거든 칠현금 안고 오소

기녀들의 노래가 그치자 키우가 의자에서 일어서며 부채를 펼쳐 너울거리며 노래를 불렀다. 호궁 켜는 소리는 물처럼 흐느적이며 흘러가고 비파 뜯는 소리는 물결이 일어나며 수면 위에 빛나는 햇살의 파편들과도 같았다. 문이 살그머니 열리면서 살랑대는 비단 홑옷차림에 가슴을 드러내고 윗머리는 틀어올리고 뒷머리는 뒤로 풀어 늘어뜨린 청이가 양손에 선녀처럼 버들부채를 쥐고 들어섰다. 청이는 랑팡에서 배워 며칠 동안 연습한 대로 춤을 추기 시작했다. 키우는 다시 자리에 앉으며 청이의 춤을 위하여 노래를 불렀다.

이별한 뒤 꿈결에 그대 집엘 갔다가
작은 낭하 굽은 난간 에돌기만 했었네
다정한 건 오로지 뜨락의 봄 달이라
그래도 나를 위해 지는 꽃을 비추더라

랑중이 자기도 모르게 앞으로 걸어나와 청의 주위를 싸고 돌며 마주 춤을 춘다. 청이는 그의 가슴에 안길 듯하다가 살짝 뒤로 빠져나오고 다시 몸을 돌려 그의 품에 기대었다가 멀어지며 애를 태웠다. 노래와 춤이 한바탕 끝나자 기녀들은 계속 연주를 하는 가운데 키우와 청이가 관리를 가운데 두고 서로 다투어 술을 권하니 사내는 벌써 취흥이 도도해졌다.

"이제 밤이 이슥하였으니 너희들은 물러가거라."

키우가 가볍게 손뼉을 치며 이르자 음악을 연주하던 기녀들이 절하고 방을 빠져나갔다. 키우는 방 안쪽에 쳐진 휘장을 들쳐주면서 은근히 말했다.

"렌화 소저, 안에 잠자리가 마련되었으니 나으리를 어서 모셔요."

청이가 한 손으로는 얼굴을 가리고 부끄러움을 이기지 못하는 듯하며 다른 한 손으로 랑중의 손을 잡아 이끌었다. 관리는 비틀거리며 일어나 렌화를 따라 들어간다. 키우는 휘장을 내리고 바깥의 홍등을 불어 끄고는 조용히 물러나왔다.

렌화는 알몸으로 침상에 누워 어두운 천장에 비친 빛의 얼룩을 바라보았다. 그것은 창문으로 스며든 바깥 처마에 걸린 등불의 남은 빛이었다. 곁에서는 낯선 사내의 코 고는 소리가 요란했다.

이제 나는 누구의 것두 아니야. 나는 화지아(花家)가 되는 거야.

청이는 그렇게 속삭여보았지만 어쩐지 첸 노인의 곁에 처음 누웠던 밤과는 또 달리 제 몸이 자기를 완전히 떠나버린 것 같았다. 제 가슴속 계집아이의 음성은 아예 들리지도 않는다. 그때는 두렵고 낯설고 저승에 온 것만 같아서 아직도 물에 빠진 뒤의 어두운 세계에 넋이 갇혀 있는 듯이 느껴졌다. 그네는 방금 속으로 중얼거린 누군가의 혼이 천장 위에 떠서 벌거벗은 채 침상에 남겨진 몸을 내려다보고 있는 듯한 착각에 빠졌다. 그네는 손을 베개 밑에 넣어 더듬어보았다. 랑중이 자기를 안기 전에 호기 있게 내밀어준 은자 한 덩이가 미지근한 체온을 머금고 파묻혀 있었다. 렌화는 은덩이를 손에 꼭 쥐고 중얼거렸다.

나를 팔았어!

그네는 조용히 이불을 걷고 일어나 침상 아래로 내려갔다. 그리고 물항아리를 들어 대야에 붓고는 쪼그리고 앉아 아랫도리를 씻었다. 어느 결에 눈물이 나오더니 뺨을 타고 흘러내렸다.

과연 구앙의 둘째형 춘은 사흘이 못 가서 풀려났다. 키우가 그날 이후로 청이의 기루 출입이며 화지아를 맡길 일을 구앙에게 의논했고, 그는 청이에게 묻겠다고만 해두었다. 어느 날 오전에 구앙이 늦잠을 자고 일어나니 청이는 보이질 않고 숙소 일을 돌보는 중년의 하녀만이 차와 과일을 들고 나타났다.

"렌화는 어디 갔나?"

구앙이 무심하게 묻자 하녀가 말했다.

"량팡에 간다고 하던데요."

구앙은 자신이 일어나기도 전에 청이 숙소에서 나가버린 게 못마땅했다.

"가서 당장 불러와."

하녀가 마당을 건너갔다가 돌아와서 하는 말이 이랬다.

"오늘부터 화지아 일을 본다고 바쁘답니다."

구앙은 건너편 이층집으로 가서 들어서자마자 눈을 부라리며 청이를 찾았다. 키우와 청이가 함께 있다가 별로 놀라지도 않고서 그를 공손하게 방으로 들였다. 청이와 키우를 세워둔 채 구앙은 의자에 가서 앉으며 외쳤다.

"너희들 누구 맘대로 화지아를 맡느니 어쩌니 하는 게야?"

"그야 장토우께서 약조하신 일입니다."

키우가 웃음을 지으며 대답했고 청이도 지지 않고 말했다.

"제가 주인님의 뜻에 따라 관리의 수청도 들지 않았나요?"

구앙이 대답을 못 하고 입을 꾹 다물고는 노려보기만 하자 청이 다시 말했다.

"저는 당신의 첩실이 아니어요. 이제부터 장토우 님과 계약을 할 거예요. 링지아 님 의견대로 큰방들과 특실의 수입을 나누어주세요."

구앙은 키우에게 사나운 눈길을 보냈지만 키우는 아직도 웃는 얼굴을 지우지 않고서 고개를 끄덕여 보였다. 구앙이 한숨을 길게 내쉬고는 처음보다 풀이 죽은 목소리로 물었다.

"그러면 렌화는 량팡에서 지내겠다는 게냐?"

키우가 두 손을 모아 보이면서 진심 어린 표정으로 말했다.

"전혀 그렇지가 않습니다. 렌화 화지아는 장토우께서 부르시면 언제든지 숙소로 달려가서 모셔드린답니다."

그때 밖에서 주점의 일꾼이 들어와 알렸다.

"광대들이 찾아왔습니다. 장토우께서 부르셨다구요."

구앙은 어색한 자리에서 빠져나가려던 참이라 얼른 일어났다. 구앙이 주점으로 나가보니 과연 차밭의 장원에서 만났던 여섯 사람의 광대패가 기다리고 있었다. 그들은 여행에 지쳤는지 탁자 위에 머리를 박기도 하고 아예 바닥에 쪼그리고 앉아 있기도 했다. 구앙이 일꾼들에게 지시했다.

"우선 이 사람들 배불리 먹이고 새옷을 맞춰주도록 해라."

구앙은 처음부터 흥정을 했던 광대 청년에게 말했다.

"오늘 하루 푹 쉬고 일은 내일부터 해두 좋다."

광대들이 복락루 뒷집인 량팡으로 안내된 것은 오후 늦게였고, 기녀들이 일을 나올 준비에 분주하던 무렵이었다. 먼저 주점 일꾼이 와서 키우에게 광대들이 기거할 방을 내라고 하여 그네는 아래층 문간방과 작은 방 하나를 치우도록 했다. 곡식이며 채소거리 등속을 놓아두던 부엌 옆 찬방을 노인 부부와 소녀가 쓰게 하고 문간방에 중년의 악사와 젊은이가 기거하도록 했다. 광대들이 들어서자 호기심에 가득 찬 기녀들은 이층으로 오르는 계단 위에 조르르 늘어서고, 키우는 당당하게 전실 앞에, 청이는 키우의 방문 턱에 서서 내다보았다.

"어서들 와요. 나는 링지아를 맡은 마마예요."

노인이 허리를 굽혀 절하고 나서 자신과 식구들을 소개했다.

"링지아 님에게 인사 올립니다. 나는 성이 쑤(徐)요. 평생 호궁을 탔소이다. 여기는 내 아내 샨웨(善月)인데 생황을 불고, 우리 아들 푸시(福石)는 칠현금을 탑니다. 그리고 얘는 손녀 샤오바오(小寶)로 비파를 뜯습니다."

노인이 소개를 할 때마다 할멈과 중년 사내와 소녀가 차례로 키우에게 인사를 올렸다. 이어서 쑤 노인의 아들 푸시가 제 친구를 소개한다.

"이 사람은 저와 함께 음률을 배운 샹자오(相交)입니다."

푸시와 비슷한 또래로 보이는 사내가 인사를 올리자 맨 뒤에 섰던 젊은이가 앞으로 나서며 밝고 쾌활한 목소리로 인사를 올렸다.

"저는 성은 리(李)요, 이름은 동유(東雨)입니다. 이분들은 모두 창사(長沙) 사람으로 저와 한 고향이지요. 저는 여섯 살 때부터 비파를 연주했습니다."

동유는 몸매가 호리호리하고 눈은 크게 빛났으며 얼굴이 희고 이마가 훤칠했다. 그리고 총명해 보였다. 나이는 스무 살쯤 되었을까. 그들이 안내되어 들어가자 키우는 방으로 돌아왔다.

"장토우께서 저 패를 데려온 걸 보면 솜씨가 훌륭한 광대들인가봐."

키우의 말에 청이는 저도 모르게 중얼거렸다.

"동유라는 사람 참 잘생겼네!"

키우가 청이를 힐끗 돌아보며 말했다.

"광대란 힘도 없고 돈도 없지. 이리저리 팔려다니니까 우리보다두 못한 신세야."

청이는 이리저리 팔려다닌다는 말에 어쩐지 가슴이 아릿해졌다.

이튿날은 장강 상류와 바다의 연안에서 진장으로 배가 많이 들어오는 날이라 아침부터 부둣가에는 사람들이 들끓었다. 주점과 도박장에도 빈자리가 없을 정도였다. 저녁이 되어 홍등에 불이 밝혀지자 기녀들은 다른 날처럼 주루에 나갔다. 광대패들은 모처럼 첫 공연이라 모두들 복락루에서 맞춰준 화려한 색의 비단옷을 차려입고 주점의 모퉁이 쪽에 있는 무대 위에 올라가 앉았다. 이때에는 기녀들도 이층 난간 위에 의자를 놓고 앉아서 구경을 했다. 구앙도 객장 이층의 사무실에서 나와 주점 이층 난간 위에 기녀들과 함께 자리를 잡고 앉았다. 먼저 긴 악곡들을 노래 없이 연주하기 시작했다. 식사가 끝나고 술이 시작되는 시간이라 손님들은 술잔을 기울이며 음악을 듣고 있었다. 바람이 불고 가랑비가 내리는 것 같더니 우레와 폭풍우가 휩쓸다가 다시 비가 그치며 물 흐르는 소리와 물방울 떨어지는 소리 그리고는 새가 울고 달과 별이 떠오른다.

　향수의 눈물을 객지에서 흘리며
　하늘가 외딴 돛배 멀리 바라보노라
　나루터를 못 찾아 뱃길을 물으려나
　기슭에 찬 물결 석양 아래 도도하네

다른 악기가 모두 연주를 멈춘 가운데 동유가 가운데로 나서며 비파를 뜯으면서 노래를 불렀다. 그의 목소리는 청아하고도 고왔다. 이층 난간에서 내려다보던 구앙은 팔에 턱을 괴고 앉았다가 탄복했다.
"재간이 대단하군. 아마 큰 예인이 될 게야."

키우가 그에게 속삭였다.

"장토우께서도 비파라면 잘하시잖아요?"

"내야 어깨너머루 배운 정도지."

청이는 탁자 위에 올려둔 자기 손등에 뭔가 똑 떨어져서 무심결에 다른 손으로 닦아내다가 그게 눈물임을 깨달았다.

바다 멀리 집을 떠나와 처음으로 어린 날의 동네 고샅길이며 뒷산과 고개를 넘어 이웃 마을까지 동냥밥을 빌러 다니던 일들이 생각났다. 청이는 눈을 감았다. 먼산에 해 비치고 앞마을 연기 나면 청이는 눈먼 아비를 홀로 남겨두고 집을 나선다. 베 중의에 웃대님 매고 깃만 남은 헌 저고리 자락 없는 무명 휘양을 숙여 쓰고, 뒤축 없는 짚신짝에 버선 없이 발을 벗고 헌 바가지 손에 들고 건넛마을을 바라본다. 산마루턱마다 새떼는 깃을 찾아 날아가버려 흔적이 끊기고 사람들도 들일 마치고 제각기 저녁 먹으러 집 찾아 들어갔다. 북풍에 모진 바람 살 쏘듯이 불어오고 눈 뿌리는 숲속에 옆걸음쳐 손을 불며 마을의 집집으로 찾아든다. 청이가 삯바느질 다니던 읍내 거리 부잣집 안채에서 아낙네들이 바느질하며 부르던 노랫가락이 귓전을 스치며 지나갔다.

황해 바다 한가운데 노송나무 한 그루의
동켠 가지 죽은 후에 해오라기 앉았구나
짝저고리 말아내어 동켠 가지 걸어놓고
동네방네 돌아댕겨 들면 날면 보니까니
섶이 없어 못 하겠다 깃이 없어 못 하겠다
지초 자주 얻어다가 짝저고리 물을 들여
진자주로 고름 달어 해오라기 입혀보니

122

훨훨 날아 시집가네 훨훨 날아 장개가네

얼마 안 가서 진장에는 상하이와 닝보에서 서양 화륜선에 패하여
쫓겨온 부서진 정크선들과 수군의 보잘것없는 배들이 몰려들기 시
작했다. 서늘한 바람이 불기 시작하는 9월에 장강 어구의 상하이 만
앞에 있는 저우산(舟山) 섬을 영국 병정들이 점령했다. 영국의 철갑
화륜선들이 북쪽의 베이징을 바라고 톈진까지 올라가 있던 것도 그
무렵이었다. 그러나 장사치들과 일반 백성들은 별로 동요하지 않았
다. 영국군은 민간 정크선들이나 소형 선박들의 왕래는 내버려두었
고 예전처럼 장강 어구에서의 무역이 재개되었던 것이다.
　복락루는 다시 활기를 띠기 시작했다. 관 아문의 간섭이 아예 없
어진 셈이었다. 아편 흡연소들도 날마다 손님들로 만원이었다.
　청이는 벌써 한 달째 비파를 배우고 있었다. 처음에는 쑤 노인의
손녀 샤오바오에게 손 짚는 법과 줄을 골라 발목(撥木)으로 뜯는 법
을 배웠다. 줄이 넷이라 엄지로 지탱하고 나머지 네 손가락으로 짚
는데, 발목으로 긁을 때에는 한두 줄씩 고르거나 전체를 함께 뜯기
도 했다. 손으로 뜯으려면 엄지와 식지와 장지 세 손가락 손톱 위에
뿔을 얇게 갈아 만든 골무를 끼우고 줄을 튕겨냈다. 한 줄씩 튕기면
맑고 가냘픈 소리가 줄을 한꺼번에 튕기면서 대를 잡아주면 화려한
화음이 생겨난다. 청이와 샤오바오는 거의 같은 나이라 금방 친해졌
는데, 청이가 보기에 그네는 아직도 어린 계집아이에 지나지 않았
다. 비파를 배우려니 자연히 동유와도 친해지게 되었다. 셋은 문간
방에 둘러앉아 비파를 뜯거나 이야기를 하면서 낮시간을 보냈다. 어
쩌다 구왕이 슬며시 들여다볼 때도 있었다. 비파를 배우는 것은 그
자신도 원했기 때문에 청이에게 준 자신의 비파를 뜯어 보이면서 음

률이 틀린 곳을 바로잡아달라고 동유에게 부탁하기도 했다.

구앙은 추석 명절을 맞아 묘회(廟會)를 추진하고 있었다. 그는 젊어서 건달패들과 어울려 난징 저자에 나가 놀 때부터 명절의 묘회를 기획하고 주관하기를 좋아했다. 상인들에게서 돈을 걷어 축제를 여는 것인데, 무리의 힘도 과시할 뿐만 아니라 관아에도 줄을 대어 관계를 돈독히 할 수가 있었다. 구앙이 복락루를 통하여 진장에서 유지가 되었고 인근 무뢰배들도 거의 장악하였으니 묘회를 주관하는 것은 당연한 일이었다. 설과 대보름 그리고 추석이 가장 큰 명절이었는데, 묘회를 크게 열 수 있는 날은 정월 대보름날과 추석이었다. 구앙은 이미 복락루에 전속 악사를 고용하고 있었지만 여기에다 노래와 연주를 할 수 있는 기루의 기녀들과 난징에서 활동중인 극단을 데려와 가무희(歌舞戲)를 공연하고 진장 부둣가 거리에 큰 장을 열 생각이었다. 구앙은 펑싼과 웬을 시켜 진장의 여러 곳에 있는 주점 음식점 흡연소 도박장 등지에서 묘회를 위한 기부금을 걷도록 했다. 이런 기회에 진장 홍등가의 우두머리는 누구인가 하는 것을 보여주는 셈이었다.

추석 사흘 전이 되자 배우들이 난징에서 도착했고 량팡 숙소는 남녀 광대들로 북적거리게 되었다. 구앙의 숙소와 량팡 이층집 사이의 너른 마당에서 악사와 배우들과 기녀들이 어우러져 공연 연습이 계속되었다. 극단의 행수를 맡은 사람은 연주와 공연으로 평생을 보낸 노인이라 묘회를 어떻게 짜야 하는지 잘 알고 있었지만 회주 노릇을 하는 구앙의 의견을 무시할 수는 없었다.

"장토우 님은 어떤 생각이신지 알려주십시오."

행수가 말하자 구앙이 미리 써가지고 나온 쪽지를 보여주었다.

"저 아래 부둣가 빈터에 무대를 만들 걸세. 그 주위로 장을 벌이게 하고 공연은 아무래도 날이 저물어야 흥이 도도해질 테지. 먼저 음악을 연주하다가 가무로 들어가야겠지. 그리고 연극 공연을 하던 중에 전부를 끝마치고 후부로 들어가기 전에 다시 중간에 가무를 넣어 흥을 돋우고 나서 후부를 마치는 순서로 하게."

"맨 앞에 길놀이는 어떻게 하지요?"

"그야 길놀이를 빼놓을 수는 없겠지. 풍악을 울리면서 거리와 골목을 돌아서 장터로 내려가야지. 그 길을 따라 등불을 화려하게 내다걸어야지."

행수는 악단의 쑤 노인을 불러 공연 순서를 알려주고 극중에 음악과 노래가 나올 대목을 논의했다. 쑤 노인도 잡극을 훤히 알고 있어서 몇 차례 맞추어보기만 하면 연극 공연은 별문제가 없을 듯했다.

그러나 이번에 함께 노래하고 연주할 기녀들과 악사들이 호흡을 맞추는 것이 무엇보다도 먼저 해결할 일이었다. 기녀들은 눈요기로 술자리에서 춤추고 노래하던 터여서 아무래도 전문적으로 연주하는 악사들과는 실력 차이가 많이 났기 때문이다. 쑤 노인은 연주를 맡은 기녀들에게 한 곡목을 지정하여 그것만 연습시키기로 하고 춤도 독춤과 무리춤을 구분하여 연습시키기로 하였다.

청이는 비파를 연주하며 노래하는 것을 맡았다. 춤도 추고 싶었지만 구앙이 별로 내키지 않아하는 눈치라 연주만 하기로 했던 터였다. 누구나 제가 하고 싶어하는 짓을 하면 다 잘하게 되어 있듯이 청이의 비파 재간은 다른 기녀들은 물론 제법 솜씨가 좋은 구앙도 칭찬을 할 정도였다. 청이는 샤오바오와 동유에게서 두 곡을 배웠는데, 이제는 눈을 감고도 줄을 뜯고 짚을 만했다.

극단의 광대들은 행수가 지켜보는 가운데 마당에서 대사와 동작을 연습했고 쑤 노인의 아내 샨웨와 손녀 샤오바오가 기녀들의 춤과 연주를 맡아 연습을 시켰다.

청이는 동유와 함께 비파를 연습하다가 연주를 멈추고 말했다.

"여기선 다른 이들 소리가 하도 요란해서 내 비파 소리는 들리지도 않는군요. 우리 다른 데로 가서 연습해요."

청이가 비파를 옆에 끼고 돌아서서 숙소로 걷다가 돌아보니 동유는 우두커니 서 있었다.

"왜 따라오지 않아요?"

"저어…… 우리는 남의 집에 함부로 들어갈 수 없어요."

청이가 동유에게 다가서서 그의 소매를 잡아 이끌었다.

"우리는 벌써 같은 집에 살구 있잖아요."

그들은 장토우 구앙의 숙소로 들어갔는데, 동유는 비파를 안고 문 앞에 엉거주춤 서 있었다. 청이가 전실의 탁자 앞 의자를 끌어내며 말했다.

"어서 여기 앉아요. 여긴 내 집이에요."

청이는 화로에 불을 당기고 작은 풍구를 몇 번 돌려주고 나서 찻주전자를 올려놓았다. 동유는 의자에 앉아서도 못내 불안한지 자꾸만 문 쪽을 돌아보았다. 물 끓는 소리가 먼 계곡의 바람소리처럼 들리기 시작하자마자 청이 주전자를 내려놓고 찻잎을 떨군 그릇에 물을 부어 잠깐 우려내어 찻잔에 따랐다. 청이는 동유의 앞에 찻잔을 내밀어주고 자기도 잔을 잡아 코에 갖다대고 향을 맡았다.

"어린 녹차라 맛과 향이 신선해요. 마치 비파 소리처럼요."

그러나 동유는 잔을 잡다 말고 물끄러미 청이를 바라보며 물었다.

"렌화 소저는 장토우 님의 첩실이 아니신가요?"

청이는 고개를 흔들며 대답했다.

"절대루 그렇지 않아요. 나는 링지아 키우 님과 함께 기루의 화지아에요."

동유가 옆의 의자에 놓았던 비파를 집더니 자르릉 하면서 줄을 훑고는 몇 소절을 조용히 연주해 보였다.

"자 이제 시작해볼까요?"

청이는 비파를 안고 한 손에 발목을 쥐고는 하조(下調)를 뜯기 시작했다. 잠깐 듣고 있던 동유가 손을 들어 멈추게 했다.

"음이 흐트러졌어요. 아까는 잘하더니……"

청이 비파를 안고 동유의 의자 옆에 다가서며 말했다.

"어느 괘를 짚어야 할지 까먹었어요. 좀 짚어주어요."

동유가 청의 등뒤로 돌아가 두 팔을 내밀어 그네의 발목 잡은 손을 쥐고 다른 손으로는 비파의 괘를 짚은 그네의 손에 얹으니 둘은 자연스럽게 껴안게 되었다. 청이는 마음먹었던 대로 동유의 가슴에 기대며 자기 둔부를 찰싹 붙였다. 동유의 허벅지 사이로 청이의 궁둥이가 파고들어 지그시 누르니 얇은 비단포의 매끄러운 감촉과 그네의 팽팽한 몸이 그대로 전해졌다. 동유는 손가락이 떨려서 어느 괘를 짚을지 알 수가 없어졌다. 청이는 슬며시 비파를 탁자 위에 내려놓고는 몸을 돌려 동유의 가슴속으로 파고들었다.

"절 안아줘요."

동유는 저도 모르게 청이의 허리를 꽉 끌어안았다. 동유의 바짓가랑이 사이로 무엇인가 불뚝 솟아올랐고 그네의 아랫배에 그 뜨거운 것이 닿았다. 청이는 능숙하게 동유의 뺨을 어루만지며 입술을 그에게로 가까이 올려붙였다. 동유가 숨결이 거칠어지면서 청이의 입술을 물고 빨기 시작했다. 그리고는 한 손을 청이의 옷깃 사이로 손을 넣어 젖가슴을 움켜쥐었다. 그들은 미처 침상으로 자리를 옮길 여유도 없었다. 청이 뒤로 무너져내리며 마룻바닥에 누웠고 동유는 그네의 머리를 한 팔로 감아 받쳐주면서 따라서 무릎을 꿇었다. 동유는 어찌할 바를 모르고 청이의 몸 위에서 가슴과 사타구니를 만졌다. 청이는 동유의 얼굴을 두 손으로 감싸쥐고 입술을 물기도 하고 혀를 빨았다. 문가에서 인기척이 들렸고 청이는 동유를 살짝 떠밀면서 일어나 앉았다. 그제서야 동유도 당황하여 얼른 일어나 의자에 앉았다. 청이 마룻바닥에서 완전히 일어났을 때에 문이 열리면서 들어선 사람은 키우였다. 키우는 문을 열고 재빠르게 두 사람을 살피더니 부채로 입을 가리고 웃었다.

"어머, 내가 잘못 왔나봐!"

동유는 얼굴이 벌겋게 상기되어 있었고 청이의 옷깃은 벌어졌으며 머리카락도 흐트러진 채였다. 동유가 허둥지둥 자기 비파를 집더니 키우에게 고개를 숙여 보이고는 재빨리 나가버렸다. 청이는 옷매무새를 고치고 머리를 손으로 쓸어넘겼다. 키우가 의자에 앉으면서 중얼거렸다.

"큰일이 났군……"

청이는 새침한 얼굴로 그네에게 물었다.

"무슨 일 있어요?"

"무슨 일은…… 모두 모여서 추석 달떡(月餅)을 빚는데 화지아가 안 보여서 데리러 왔지."

청이 탁자 맞은편에 앉으며 키우에게 배시시 웃어 보였다.

"비파 연습을 하구 있었어요. 묘회에서 잘 연주해야죠."

키우는 청이의 머리에서 빠져나올 듯이 쳐진 꽃잠을 바로 세우고 고쳐서 질러주었다.

"내가 가르쳐주기를 한 가지 빠뜨린 게 있어. 기녀가 사랑에 빠지면 그날부터 고생길이야. 하지만 누가 말리겠어. 자신이 겪어봐야 그런 줄 알지."

"마마는 정인이 없었나요?"

청이의 물음에 키우는 픽 하면서 스스로 냉소하는 표정이었다.

"잊어버렸어, 하도 오래 전이라."

두 사람이 달떡 빚는 일에 참례하러 밖으로 나서는데 키우가 지나가는 말처럼 아무렇지도 않게 중얼거렸다.

"장토우께서 아시면 큰 탈이 날 텐데."

청이는 다시 새초롬하게 말했다.

"괜찮아요. 나는 복락루의 화지아라니까."

"화지아는 돈을 벌라는 게야. 그리구 자네는 이미 기둥서방이 있잖아?"

키우의 말에 청이가 발끈했다.

"그게 누구예요?"

"누구긴, 장토우 님이 자네 기둥서방 후화(護花)라구."

청이는 키우의 팔에 매달리며 다정하게 말했다.

"나는 기둥서방이 없다구요. 마마 말처럼 예라이샹이 될 테니까."

추석날 아침에 량팡에서는 키우가 주동이 되어 고향을 떠나온 기녀들이 제사를 지냈다. 간밤에 빚어놓은 달떡을 둥근 쇠판에 구웠다. 달떡은 돼지기름에 갠 밀가루로 빚었는데 속에다 팥소를 넣거나 설탕에 조린 마른 과일을 넣기도 했다. 제상에 올릴 적에는 붉은 종이로 싸서 밑에서부터 큰 것을 깔고 위로 오를수록 차츰 작은 것으로 쌓아올렸다. 설과 정월 대보름과 추석은 예로부터 단원절(團圓節)이라고 하여, 흩어졌던 가족들이 단란하게 한데 모이는 철이라는 뜻이었다. 추석에는 시집 나간 딸도 집에 돌아온다고 하였으니 타관으로 팔려온 기녀들은 누구나 문 닫힌 기루에 삼삼오오 모여 앉아서 눈물을 찍어내게 마련이었다. 둥그런 제상에 달떡과 둥근 과일들을 함께 올려 슬픔이며 이별이며 외로움이 사라지고 둥근 달처럼 원만하게 식구들과 재회할 날을 기원하려는 것이었다. 기녀들은 제상 앞에 향을 피워 소원을 빌고 나서 둘러앉아 차를 마시는 대신에 술을 몇 잔씩 마셨다. 광대들도 문간방에 작은 상을 차려주어 저희끼리 소원을 빌도록 해주었다.

복락루의 일꾼들은 부두로 내려가 말뚝과 널판자로 무대를 만들었고 저녁이 되기도 전에 여러 주루와 반점에서 휘장을 치고 좌판을 만들어 가가(假家)를 열었다. 하늘 색이 검푸른 초저녁이 되자마자 달이 둥실 떠올랐다. 지상에 가까이 있는 달은 더욱 커 보여서 마치 손으로 잡을 만한 높이에 월등을 내다 건 것처럼 보였다. 달은 창공에 높이 떠야 맑고 하얀 얼굴을 드러내는지라 아직은 벌겋게 낮술에 취한 영감님 얼굴이었다. 길놀이가 출발할 시각이 된 것이다.

먼저 악사들이 출발하고 뒤이어 화려하게 여러 가지 색의 치포(旆袍)를 걸친 기녀들이 따랐고, 배우들은 등장인물의 배역에 맞춘 원색 분장이나 가면을 쓴 채로 춤도 추고 동작도 해 보이면서 걸었다. 부두에는 진장 사람들은 물론이고 타관에서 배를 타고 온 상인들과 뱃사람들이며 관문을 지키는 군졸들까지 모여들어 북새통을 이루고 있었다. 행렬은 일부러 큰길과 작은 골목을 이리저리 휘돌아 뒤따르는 조무래기들과 각 거리의 사람들을 더욱 끌어모아서 부둣가로 내려왔다. 설날처럼 폭죽은 없었지만 대보름과 추석에는 제각기 만든 등으로 재간 자랑을 다투는 등놀이가 위주라 사방이 대낮처럼 휘황했다. 큰길가는 물론이고 부두의 장이 열린 빈터에는 장대에 각양각색의 등불들이 줄줄이 내걸렸다. 용등 고기등 봉황등에 월등 반달등

초생달등 별등도 떠 있었다. 그중에서도 하늘에 점점 오르고 있는 추석 달이 가장 큰 등인 셈이었다.

먼저 음악 연주가 시작되었고 모여든 군중들은 가운데 길을 내고 늘어선 길가 좌판으로 몰려가 술 한잔씩 걸치는 것으로 놀이를 시작했다. 타악기인 북과 바라와 징 때리는 소리가 질펀한 가운데, 가냘프고 여린 현금이며 비파, 드높게 떨리는 생황과 젓대, 간드러진 호궁 소리가 어우러졌다. 청이는 무대 좌우에 임시로 둘러친 휘장 안에서 가무의 순서를 기다리고 있었다. 음악이 세 곡 연주되고 나서 기녀들이 무대에 올라 춤을 추었고 다시 춤이 끝나자 노래가 이어졌으며, 청이는 혼자 나가서 비파로 능숙하게 연습해두었던 곡목을 연주했다. 악사들 틈에서 샤오바오가 한두 소절씩 노래를 불러 악곡의 분위기를 돋우었다. 관중들은 청이의 연주가 끝나자 잘했다고 소리를 지르기도 하고 한 곡조 더 하라고 외치기도 했다.

연극이 시작되자 기녀들도 무대 앞쪽에 자리를 잡고 앉았다. 키우와 기녀들은 복락루에서 내다놓은 길다란 간이의자에 줄지어 앉아서 『양산백전(梁山佰傳)』을 구경했다. 청이는 처음부터 구경할 마음이 없었다. 그네는 자기 순서가 끝나자 비파를 타는 사이에 어쩐지 제 시름에 겨워서 살며시 묘회장을 빠져나왔다. 부둣가의 모래밭과 판자를 이은 작은 징검다리를 건너면서 물가로 내려갔던 것이다.

달빛이 너른 강물에 비쳐 잔물결 위에 부서지고 있었다. 그리고 빛조각들의 중심에 둥근 달이 어려 이지러지기도 하고 원래의 모양이 되기도 하면서 물을 따라 흘러갔다. 강의 한가운데에는 큰 범선들이 돛대를 누이고 떠 있었으며 강변에는 크고 작은 거룻배와 정크선과 살림배들이 말린 생선 두름처럼 서로 밧줄로 엮여 있었다. 배와 배 사이에서 부딪치며 찰싹대는 물결 소리가 고즈넉하게 들려왔다. 청이는 바로 가까이에 떠 있는 배의 옆구리에 걸쳐진 판자를 딛고 올라갔다. 그 끝의 뱃머리로 나아가 더욱 시야가 넓어진 강물과 운하를 내다보고 싶었던 것이다. 판자는 휘청거렸지만 층계처럼 디딤목을 촘촘히 박아놓아서 미끄럽지는 않았다. 그 배는 널판자 위에 대나무 지붕을 이은 살림배로 방이 두 칸인 것처럼 보였고 벽 대신에 대나무 발이 반쯤 말려올라가 있었다. 아래는 자질구레한 식기 나부랭이와 작은 상이 붙박여 있고 구석에는 향그릇과 제단이 보였다. 위쪽에 선반이 보였는데 아이들의 잠자리인 듯 작은 침구가 펼쳐졌다. 청이는 뱃전의 좁은 통로를 따라서 이물 쪽으로 나아갔다. 뱃머리가 높직하게 들린 채로 물결에 조금씩 흔들렸다. 그네는 다리를 뱃전 너머로 떨구고 쪼그려 앉았다. 아마 이 집 식구들도 오랜만에 단원절 묘회 구경을 하러 가족 나들이를 나갔을 게라고 그네는 생각했다. 바라를 부비며 때리는 장쾌한 소리와 사람들의 환성이 가끔씩 꿈속에서처럼 들려온다.

복사골은 그 어디쯤이던가. 낮은 산이 두 겹 담처럼 나란히 구불거리며 내려오다 넓어지는 곳의 한 등성이에 초가집들이 나무 등걸 아래 버섯 모양으로 옹기종기 모여 있다. 동네 앞으로 나오는 큰길을 따라 시내가 흐르고 시내 가운데에 놓인 징검돌은 자라처럼 엎드려 있다. 아버지가 내민 지팡이를 잡고 해진 몽당치마를 입은 계집아이가 조심조심 징검다리를 건너간다. 한 발 딛고는 돌아보고 또한 발 딛어 징검돌을 건너서 뒤쫓아 발을 천천히 내미는 아버지를 조마조마 돌아본다. 동구의 나무 밑에 매어둔 황소와 새끼 소가 서로 다른 목소리로 부른다. 어디서 장끼가 껑껑 울더니 푸드득 하면서 뒷산으로 날아 넘어간다. 가지가 부러지도록 감이 다닥다닥 열린 감나무가 팔을 벌린 돌담가에서 아이들이 장대로 감을 딴다. 또는 터지기 시작한 밤송이에서 알밤을 털기도 한다. 어디서 산비둘기가 해금을 켜듯이 잔망스럽게 운다. 그래 함지만한 보름달이 뒷산 마루로 올라오면 마을 전체가 그림이 되어 흐릿하게 번진 먹처럼 아련해졌다. 아이들이 어울려 부르는 노랫소리가 먼 데서 들려온다. 청이는 그 소리를 따라 아직 잊지 않은 제 나라 말로 흥얼흥얼 노래를 부른다.

　　달아 달아 밝은 달아
　　낮이며는 어디 갔다
　　밤이며는 돌아오니
　　달아 달아 밝은 달아
　　너의 집이 어디메냐
　　내일 모레 놀러 가게

　뱃전이 흔들리면서 기우뚱하더니 찰싹이는 물소리가 커졌다. 청이는 놀라서 얼른 뒤를 돌아보는데 누군가가 통로를 성큼 건너뛰어 왔다.
　"여기 있었군요."
　달빛이 밝아 동유의 하얀 이마 가운데 짙은 눈썹이 붓으로 그린 것처럼 선명했다. 그는 깃이 올라온 흰 저고리에 검은 바지 차림이었다. 청이 옆으로 옮겨앉으며 말했다.
　"이리 앉아요."
　동유는 그네에 앉듯이 뱃전에 다리를 내놓고 걸터앉았다.
　"갯가로 내려오는 걸 보고 따라왔는데 어디로 사라져서 놀랐어요."
　"어째서요……?"

"혹시나 물에 빠졌을까봐요."

청이가 동유의 땋아 늘인 변발 가닥을 잡아 손가락에 휘감으면서
말했다.

"한번 빠졌기 때문에 다신 물에 들어가고 싶지 않아요."

동유는 청이가 동쪽 나라에서 팔려왔다는 것과 배에서 수장제를
당한 일을 얼마 전에 들었다. 그는 돌아다니면서 귀주 지방에서 팔
려온 묘족의 어린 계집아이들을 여러 차례 만난 적이 있었고, 해안
지방에는 멀리 남만에서 팔려온 얼굴이 가무잡잡하고 발가락이 긴
남방소녀들도 많았다.

"노랫소리를 듣고 안심했어요. 그건 무슨 노래지요?"

"우리네 고향의 달노래요."

그네는 다시 렌화 아닌 청이가 되어 노래를 흥얼거린다.

달아 달아 밝은 달아
이태백이 노던 달아
저기 저기 저 달 속에
계수나무 박혔으니
산도 좋고 물 좋은데
초가삼간 집을 짓고
양친부모 모셔다가
천년만년 살고지고

동유가 청이의 손을 잡아 은근히 이끄는데 그네는 못 이기는 체 따
라 일어선다. 두 사람이 뱃전에 서자 배가 한쪽으로 기우뚱했고 청이
는 넘어질 듯이 비틀거렸다. 동유가 청이를 억세게 잡아 발이 반쯤

늘어진 지붕 아래로 당기니 두 사람은 부들자리가 깔린 지붕 아래로 비스듬하게 넘겨졌다. 동유가 성급하게 그녀를 안으면서 한 손으로 옷자락을 걷어올리자 청이가 그의 가슴팍을 살그머니 밀어내며 일어나 앉았다.

"내 이름은…… 렌화가 아니라, 청이에요."

동유가 청이의 말을 따라서 몇 번 되뇌어본다. 청이는 앉은뱅이걸음으로 돌아앉아 제단 앞으로 가서 향로와 사기그릇 하나를 집었다. 다시 붙박이 상 앞으로 와서 향로를 놓고 뱃전 밖으로 상반신을 기울여 그릇에 강물을 떠다 상 한가운데에 놓았다. 어리둥절해진 동유가 청이의 하는 양을 지켜보다가 물었다.

"뭘 하는 거요?"

청이는 상 앞에 가서 단정히 앉더니 말했다.

"우리 혼례를 올려요."

"난 가진 거라고는 비파밖에 없어요. 부모님도 고향도 없구요……"

동유가 중얼거리자 청이는 고개를 끄덕였다.

"나두 내 몸뚱이밖엔 없답니다. 이 너른 세상에 나 혼자예요."

심청이 두 손을 이마에 모으며 일어서자 동유도 진지해진 얼굴로 따라 일어선다. 청이와 동유는 작수성례(酌水成禮)라는 혼례 방법을 듣고는 있어서 장강의 물을 떠놓고 천지신명께 알리려는 것이었다. 두 사람은 잠시 섰다가 누가 먼저였는지도 모르게 마주 보며 천천히 엎드려 절을 했다. 그렇게 삼세 번을 하고 나서 두 사람은 다시 말없이 상 앞에 마주 앉았다. 청이가 옷 속으로 손을 넣어 속곳에 매어두었던 노리개를 떼어 상 위에 올려놓았다. 은으로 만든 작은 원앙 한 쌍에 빨강 파랑 노랑의 명주실 매듭을 늘어뜨린 노리개였다.

"이건 우리 돌아가신 어머니가 나 시집갈 제 허리에 매달라고 만들어주신 거예요. 이건 나의 정표이니 받으셔요."

동유가 노리개를 집어다 이리저리 살펴보더니 자기도 조끼 주머니 속을 더듬었다. 그것은 손톱만한 크기의 옥돌 거북 형상이었다. 거북의 머리에 작은 구멍이 뚫려 있었다.

"아버지가 살아생전에 쓰시던 부채의 손잡이 끈에 매었던 장식이라오. 부채는 다 헐어서 없어지고 이것만 남았소. 어려서부터 늘 몸에 지니고 다녔어요."

그들은 각자의 것을 바꾸어 소중하게 간직했다. 청이가 배의 널판에 박혔던 상다리를 뽑아 접더니 옷을 벗기 시작했다. 달은 중천에 떠올랐고 멀리서 들리는 풍악 소리도 여전했다. 청은 알몸이 되어 부들자리 위에 반듯이 누웠다. 동유도 조심스럽게 옷을 벗는다. 벌거벗은 두 사람은 나란히 누워 있다가 거의 동시에 옆으로 돌아눕는다. 동유가 떨리는 손으로 청의 몸을 만지기 시작하고 그네는 동유의 어깨에 한 팔을 얹고 파고들어 그의 안쪽 팔을 벤다.

동유의 것인 듯 비파가 차르릉 울린다. 몇 번 퉁기다가 물을 흩뿌리는 것처럼 여러 줄이 울리고 음률과 가락이 점점 빠르게 이어졌다. 거기에 반응하여 청이는 호궁처럼 가냘프게 울며 흐느적거렸다가는 미끄러진다. 비파와 호궁의 음률은 앞서거니 뒤서거니 하면서 흐른다. 배가 가볍게 출렁거린다. 그들의 몸 아래에서 뱃바닥에 부딪는 물소리가 찰싹거리고 있다. 청이의 몸 속으로 동유의 남근이 들어갔을 때에 호궁 소리는 저음에서부터 차례로 줄을 바꾸어가며 길게 높은 자리로 옮겨간다. 비파는 소나기라도 퍼붓는 것처럼 거칠고 빠르게 연주된다. 뱃전이 좌우로 흔들리고 배는 아래위로 출렁거린다. 지붕에서 늘어진 발이 흔들리면서 그 사이로 달님의 하얀 얼굴이 언뜻언뜻 넘겨다보고 있었다.

청이는 이미 남녀의 교접을 잘 알아서 서툴고 어쩔 줄을 모르는 동유를 격려하기도 하고 때로는 손톱을 세워 그의 등을 찌르거나 다리를 조여 조절을 한다. 동유의 숨결이 거칠어지고 청이도 조금씩 소리를 내기 시작했다. 비파와 호궁은 이제 같은 곡조로 화음이 이루어져 끝없이 너른 평원의 가운데를 도도하게 흘러가는 강물처럼 장쾌한 물소리와 함께 하류로 내려간다. 그러나 평원은 금세 끝나고 어느 결에 협곡이 다가오면서 군데군데 바위가 솟아 있고 물살은 더욱 빨라지기 시작했다. 물거품이 솟구치며 좌우의 절벽과 바위를 치면서 물길은 더욱 거세게 내몰리듯 쏟아져내려간다. 저 급류 아래 벼랑이 끊기면서 물은 뚝 떨어져 폭포를 이루게 된다.

청이 팔을 둘러 동유의 목을 꼭 끌어안고 있더니 두 다리를 쭉 펴면서 그의 허리를 휘감았다. 그네의 아랫배가 팽팽해지고 허벅지에서 둔부까지의 근육이 긴장되었다. 그리고 엉덩이가 움직이기 시작하면서 허리를 옆으로 흔들다가 상반신을 일으키며 동유에게 매달렸다.

동유는 드디어 벼랑에 이르러 멈칫했다가 그대로 물길을 따라 거세게 소용돌이치는 폭포 아래로 떨어져내려갔다. 그는 그대로 청이의 몸 위에 엎어진 채로 가만히 늘어져 있었고 그네는 어딘가 수줍고 무력해진 동유의 뒤통수를 쓰다듬어준다.

그들은 떨어져서 잠시 그대로 누워 있었다. 강바람이 제법 서늘하게 불어와 온몸에 번진 땀을 식혀주었다. 청이는 알몸인 채로 뱃전에서 몸을 돌려 다리에서부터 천천히 강물 속으로 내려갔고 동유는 그대로 풍덩 뛰어들었다. 청이가 뱃전을 잡고 매달려서 다리만 흐느적이고 있는데 동유는 배 주위를 헤엄쳐서 몇 번 돌아다녔다. 그는 청이에게로 다가와서 그네를 꼭 껴안았다.

다시 배 위로 올라와 옷을 입고 나서 두 사람은 손을 잡고 강변으로 올라갔다. 동유가 말했다.

"당신은 이제 내 아내요."

"그래요."

청이 대답했다.

"이제 추석 묘회도 끝냈으니 우리는 아마 떠나게 될 거요."

"알구 있어요."

동유가 걸음을 멈추고 말했다.

"당신두 우리와 같이 달아나요."

청이는 말했다.

"아직은 당신 짐이 되긴 싫어요. 나는 여기서 화지아루 돈을 벌 거예요. 당신은 몇 달에 한 번씩 여기루 돌아올 수 있잖아요?"

동유는 청이의 손을 놓았다.

"우리 일행은 이번에 푸저우를 거쳐서 샤먼과 광둥으로 내려갈 거요. 우리는 겨울을 남방에서 보내거든. 당신이 보고 싶으면 정월 대보름 놀이 때에 식구들에게 청하여 다시 오리다."

묘회가 끝나고 며칠 뒤에 쑤 노인의 식구들은 진장에서 떠나갔다. 동유와 청이는 서로 옷자락 속에서 나누어 지닌 정표인 노리개와 옥거북을 만지작거리며 눈빛만 나누었을 뿐이었다.

량팡과 복락루는 다시 조용해졌고 주루의 일상은 전보다 더욱 한산해졌다. 어느 날 구앙이 청이와 자려고 손길을 뻗치자 그네는 천천히 그러나 단호하게 밀어냈다. 구앙은 습관적으로 그네의 가슴에 손을 댔다가 그 냉랭한 서슬에 상처를 입은 셈이었다.

5. 물 흐르는 대로

동유는 한 해에 두세 차례 진장에 들렀다. 정월 대보름과 추석에는 반드시 등롱제다 묘회다 하여 한 달 또는 석 달씩 복락루에서 공연을 하다가 갔고 봄철에 차밭을 순회하러 장강 상류로 오르는 길에는 한 열흘씩 들렀다 갔다.

그렇게 두 해가 지나도록 키우는 청이에게 남편이 생겼다는 사실은 모르고 있었지만 동유가 정인이라는 것쯤은 그네도 눈치채고 있었다. 청이는 화지아로서 중년의 키우를 대신하여 손님 방에 다른 기녀들을 데리고 출입했다. 그리고 아주 가끔씩 다른 지역에서 온 세력가나 상행의 행수라든가 높은 관리 등은 특별한 경우에만 잠자리 시중을 들었다.

장토우인 구앙은 그런 일도 키우와 청이의 판단에 맡기고 있었다. 구앙은 렌화가 다른 사내와 동침하는 일에 대해서는 영업상의 일이라 모른 척했다. 구앙 자신이 건달이었고 그런 일에 일일이 아는 척

하는 짓은 무뢰배 세계에서 쩨쩨한 노릇이었기 때문이다. 그러나 그
는 장토우로서 거느리고 있는 기루의 기녀들은 물론 화지아인 렌화
가 자신의 영향권에서 벗어나는 짓은 절대로 용납할 수가 없었다.
청이가 수청을 드는 밤이면 링지아 키우가 장토우인 구앙에게 통고
를 해주었고 그는 만취할 때까지 마시고 나서 다른 새로 팔려온 어
린 기녀를 데리고 잠들었다.

　바깥세상의 풍문은 그야말로 물을 따라서 흘러들어왔다. 뱃사람
들과 장사치들이 새로운 소문을 지니고 진장에 끊임없이 드나들었
으며 내륙에서는 군대를 가득 태운 범선들이 쉴새없이 만을 향하여
나아갔다.

　청이가 진장에 와서 두번째의 추석 단원절을 지내고 나서 남방을
향하여 길을 떠났던 동유의 악사 일행이 되돌아온 적이 있었다. 전
쟁이 났다는 것이다. 추운 바람이 불기 시작한 때였는데 영국 군대
가 철갑 증기선에 군대를 수천 명씩 싣고 나타나 장강 어구에서 중
국의 범선들을 포격했다. 상하이와 닝보의 중국 포대와 요새는 불과
몇 시간 만에 무너지고 깨어졌으며 저우산(舟山) 열도와 닝보의 연
안에 영국 군대가 상륙했다. 그들은 민간 선박은 그대로 통행하도록
방임했지만 군기를 달거나 포가 장착된 범선들을 보면 대번에 포격
하여 격침시켰다. 장강 어구에서 쫓겨들어온 관군의 병선들이 진장
에 모여들었고, 그들은 시골에서처럼 내놓고 저자의 상점들을 약탈
하지는 못했지만 상인들은 알아서 밥에 술에 돈을 걷어서 접대해야
했다. 복락루도 도박장과 기루와 흡연소는 임시로 폐업하고 주점에
서 음식과 간단한 술을 팔 뿐이었다. 그 동안 청이와 기녀들은 량팡
에 꼭 박혀서 외출도 삼가고 화장도 않고 지냈다. 구앙은 부지런히
부둣가를 오르내리며 장교와 지휘관들을 사귀러 찾아다녔다.

관군은 각처의 수비대나 작은 성루나 강변 관문에서 모아온 오합지졸들이었다. 나이가 어린 소년에서부터 육십에 가까운 직업군인들까지 천차만별이었으며 하급 장교들은 거의 무뢰배나 다름없었다. 배급이 언제나 모자라서 관아의 행정을 맡은 아전들은 미리 할당된, 기부받을 식량의 수치를 지역 유지들에게 제시하던 것이다. 그러나 군대는 거의 절반 이상이 장부에만 올라 있어서 천총이라 하여도 오백여 명 미만의 군사를 가지고 있는 경우가 흔한 일이었다. 장교들은 배급을 타먹으려고 유령 인구를 올려놓고 지휘검열이 있을 때면 다른 동료 부대에서 군사들을 꾸어다가 머릿수를 맞춰놓을 정도였다. 군대는 겉치레와 단병접전의 기술만을 고집하여 광대들 놀이처럼 칼을 마주치고 창과 봉을 휘두르는 짓으로 모양을 냈다. 서양의 장거리 포와 장총으로 한 번만 쏘면 이러한 모양뿐인 동작들은 일시에 무너졌다. 지상군은 화승총도 쏠 줄 몰랐으며 적의 소총 소리에도 겁을 먹었다. 수군은 배를 전후좌우로 부리지도 못하고 느릿느릿 항해하며 기동전을 하기에는 너무 육중한 돛배와 정크선들은 대개가 폐선 직전의 낡은 것들이었다. 대포는 성곽에서 쓰는 것과 똑같이 크기만 하고 무거운데다 붙박이로 고정되어 있어서 방향을 자유자재로 바꾸어 사격할 수도 없었다. 나무판자로 만든 배에 포탄이 날아와 조금만 부서져도 수군들은 모조리 뱃전에서 무기를 버리고 물로 뛰어들어 살길을 찾아 헤엄쳐 달아났다. 군사들은 장강에 갇힌 채로 상하이 만의 어구로 나가지도 못하고 진장과 난징에 모여 있었다.

봄이 되어 동유 일행이 다시 진장에 들렀을 때 그곳은 거의 시골처럼 변해 있었다. 부둣가의 웬만한 상점들과 창고마다 군대가 버글거렸고 안쪽의 상점들이며 식당과 여각 주점들은 모두 문을 닫았다.

날이 저물어도 민간 지역에는 겨우 창문 하나둘씩 희미한 등불이 비칠 뿐이었다.

영국 군대는 상하이와 닝보에 남겨두었던 수비대와 인도에서 온 증원군으로 대함대를 편성하여 만과 운하가 만나는 요충지인 진장으로 쳐들어왔다. 중국 관군은 진장 앞의 너른 만을 향하여 병선을 늘어세우고 육지에도 목책과 흙벽과 사슬 등으로 올라오기 어렵도록 방어선을 치고 궁수와 화승총을 지닌 군사들을 배치했다. 구앙은 둘째형 춘이며 팽싼 등의 다른 진장 사람들과 함께 바다가 내려다보이는 언덕에 올라가 구경을 했는데, 서양 전함들이 만 안으로 몰려오는 광경은 일대 장관이었다. 앞뒤로 돛을 달고 가운데 거대한 물레방아 같은 화륜을 돌리는 기선이 경적을 올리며 미끄러져들어왔다. 배 전체가 철갑으로 만들어져 화살이나 포탄도 뚫지 못할 것 같았다. 전함들은 배 밑바닥이 평평하고 얕으며 위와 아래의 이층으로 줄을 지어 배 양쪽에 대포가 장착되어 있었다. 서너 척이 먼저 앞장을 서서 차례로 열지어 들어오고, 뒤에 군대를 실은 보다 선체가 높다란 묵직한 증기선들이 뒤를 따랐다. 일렬로 늘어선 네 척의 전함들은 간격을 두고 중국 병선들이 늘어선 한복판으로 돌진했다. 그들은 좌우로 물러선 중국 배들의 가운데로 비집고 들어오며 일시에 포를 사격했다. 중국 배들은 모두가 목선이라 포탄에 맞자마자 돛대가 부러지고 선체가 갈라지며 기울어져 곧 침몰하기 시작했다. 전함 한 척이 휩쓸고 들어오면 뒤이어 다른 전함이 포를 쏘면서 돌진했고, 네 척이 그렇게 휩쓸자마자 중국 배들은 거의가 움직일 수도 없을 정도로 파괴되어 서서히 가라앉고 있었다. 그것은 실로 한 시간도 못 되는 사이였다.

서양 전함과 병선들은 유유히 만을 제압하고 늘어서서 이번에는 육지를 향하여 포격했다. 전함은 물 위에 떠서 움직이는 요새와도 같았다. 처음에는 먼저 해안 방어선을 향하여 쏘았는데, 몇 발에 벌써 벽이 무너지고 목책들은 사방으로 부서져 날아가버렸다. 연이은 전함의 포격이 해안을 물결처럼 휩쓸었다. 무기라고는 고작해야 창칼과 활에 쓸모도 없는 화승총이 고작인 관군은 우박처럼 쏟아지는 포탄에 거의 궤멸되었다. 방어선이 뚫리고 그나마 몸이 성한 군사들은 앞뒤를 다투어 해변에서 부둣가를 향하여 달아났다. 그러나 포격은 사정없이 진장의 강변에서부터 차츰 부두와 더 위쪽의 거리를 향하여 날아왔다. 귀청을 찢는 듯한 폭음에 이어 화약이 폭발하면서 사방에서 불길이 일어났고 진장은 온통 불길과 연기에 휩싸였다.

전함의 포격이 멎으면서 보트가 내려지고 영국군이 수십 명씩 타고 상륙했다. 해변에서 대오를 갖춘 군대가 총검을 꽂은 장총을 앞세우고 방어선을 뛰어넘었다. 영국군을 태운 보트들은 끊임없이 몰려오고 있었다. 영국군은 별 저항도 받지 않고 부두를 완전히 장악했고, 중국군은 어디로 흩어졌는지 길가에 남은 시체와 부상병들뿐이었다.

언덕에서 그런 광경을 내려다보던 진장 상인들은 몰려 올라오는 관군들이며 식구들과 함께 황급히 인근 시골로 피난을 떠났다. 구앙이 연기로 가득 찬 거리로 뛰어내려가자 이미 골목마다 사방에서 뛰쳐나온 사람들로 혼잡을 이루고 있었다. 그는 복락루 앞에 이르러 불길과 연기에 휩싸인 채 반쯤 무너져내린 앞채의 꼴을 보고는 넋이 나가버렸다. 팽싼이 넘어지려는 구앙을 옆에서 부축했다. 그들은 바로 옆집인 량팡으로 건너갔는데, 그곳도 불길에 휩싸여 있었다. 남자 일꾼 하나가 봇짐을 메고 무너진 담장 사이로 뛰쳐나오다가 구앙과 팽싼을 보자 뒷걸음질을 쳤다. 구앙이 외쳤다.

"달아나지 마라!"

팽싼이 날쌔게 달려들어 그 녀석을 잡아 딴죽을 걸면서 쓰러뜨렸다. 팽싼이 옆에 떨어진 봇짐을 헤치니 여자들의 패물이며 옷가지 등속이 나왔다. 구앙이 그의 멱살을 잡아 흔들며 물었다.

"모두 어디로 갔느냐?"

"각자 알아서 달아나고 있습니다."

"키우와 여자들은 어디 있느냐?"

일꾼은 허우적거리며 대답했다.

"링지아 님이 양귀들이 오면 여자를 먼저 겁간한다고 하여 포를 쏘자마자 피난을 떠났습니다."

구앙이 놓아주자 사내는 뒤도 돌아보지 않고 달아나버렸다. 구앙과 팽싼은 불길이 오르고 있는 오락장 건물에는 들어가볼 엄두도 내지 못하고 량팡의 무너진 담장 안으로 들어갔다. 불이 붙은 것은 이층의 량팡뿐이고 건너편 구앙의 숙소는 그대로 있었다. 팽싼이 물었다.

"장토우, 어떻게 하시렵니까?"

구앙은 결연하게 말했다.

"나는 여기 있겠다. 자네는 나가서 우리 아이들 행방을 찾아 모두 데려오도록 해라. 난리는 열흘이 못 갈 것이다."

구앙은 링지아가 기녀들을 어디로 데려갔는지도 대강 알 수 있었다.

"키우는 여기가 안정이 되면 돌아올 것이니 일꾼들이나 모아오너라."

영국군은 진장을 점령하고 부두에 머문 채 군영을 차렸다. 영국군은 내륙으로 진군하는 대신 진장 연안의 가로를 수색하여 남아 있던 민간인들을 모았다. 군대를 따라온 중국인 통사들이 있었는데, 이들은 기독교인들이거나 마이판의 장사꾼들이었다. 통사들은 진장의 장사꾼들에게 식량과 각종 물자를 팔게 했다. 영국의 전함들은 다시 장강을 거슬러올라가 난징 외곽에 이르러 포격을 개시했다.

　진장과 쑤저우 사이의 작은 지류에는 거룻배와 용선들이 수십 척 떠가고 있었다. 거의가 피난 나온 사람들로, 잠시 시골로 내려가는 진장의 민간인들이었다. 키우는 거룻배 두 척에 기녀들이며 주점과 기루에서 일하는 일꾼들을 태워 샤오해(小河)로 향했다. 샤오해 촌은 키우의 고향이었고, 그네의 어머니와 친척들이 농사를 지으며 살고 있었다. 키우는 일 년에 한두 번씩 구앙의 허락을 받아 고향에 다녀오곤 했다. 구앙도 따라갔다온 적이 있었지만 샤오해 마을은 앞에 물을 바라보고 뒤로는 산을 등진 아늑한 마을이었다. 인근 일대의 야산을 개간한 차밭이 있었는데 외지의 산농들이 품을 팔러 몰려올 정도의 대장원들은 아니었지만 마을 주민들이 힘을 합하여 짓는 작은 규모의 차 농원이라 오히려 주민들에게는 더욱 살기 좋은 동네였다. 구앙도 키우를 따라갔다가 그 아늑함과 포실함에 반하여 작은 텃밭을 사고 강이 내려다뵈는 언덕에 집을 지었다. 물론 맏형 유안의 장원처럼 거창한 별장은 아니었지만 나무와 대나무와 왕골로 시원하고 널찍하게 지은 집이었다.

　"그래, 산천경개가 어떠하냐. 장토우 님 별장에서 며칠 푹 쉬었다가 돌아가면 양귀들도 다 물러갈 게야."

　키우는 뱃전에 앉아 기녀들을 달래주었다. 기녀들도 원래 산전수전 겪은 아이들이라 모처럼 강바람을 쐬는 게 즐거운지 재깔거리며 떠들었다. 샤오해에 당도하여 키우는 일꾼들에게 일행을 데리고 차밭 뒤쪽에 있는 장토우의 별장으로 가도록 했고, 자기는 어머니와 친척들을 만난다고 일꾼들에게 선물 짐을 들려 마을로 들어갔다.

　일행들 가운데 청이와 동유도 있었다. 동유는 원래 쑤 노인의 가족들과 진작에 장강을 빠져나가야 했건만 청이 때문에 며칠 더 머문다고 미적거리다가 난리를 맞게 되었던 터였다. 일행들은 별장으로 올라가 우물가에서 쌀과 채소를 씻어 저녁 준비를 하고 제각기 전실이나 노대에 나가 널브러져서 쉬는 중이었다. 바람이 서늘하게 불어오는 노대에서 청이와 동유는 잠시 말없이 앉아 있었다. 동유가 말했다.

"복락루는 이젠 망했어. 포탄이 몇 발이나 떨어졌으니 다 타버렸을걸."

청이가 갑자기 눈을 빛내며 말했다.

"당신 이제 어디루 갈 거예요?"

"글쎄, 우리 식구들은 지금쯤 쑤저우에 가 있을 거요."

"여기서 가는 길을 잘 알아요?"

동유가 무슨 소린지 눈치를 채고 목소리를 낮추어 대답했다.

"그야 여기서 배삯만 내면 얼마든지 쑤저우로 나갈 수가 있지. 항저우까지는 운하로 내려가면 바로 지척이야."

청이가 동유처럼 목소리를 낮추어 속삭였다.

"우리 달아나요. 그럴 줄 알구 내가 바꾸어두었던 패물을 꾸려가지구 나왔거든."

저녁을 먹고 나서 기녀들은 제각기 마땅한 곳을 찾아 잠자리를 준비했고 키우는 아직 돌아오지 않았다. 눈치로 보아서는 오랜만에 집에 돌아왔으니 어머니며 친척들과 이야기꽃을 피우다가 내일 아침에야 마을에서 돌아올 모양이었다. 동유와 청이는 짐을 찾아 옆구리에 끼고 차밭을 빠져나와 강변으로 내려갔다. 가끔씩 살림배나 거룻배가 지나가곤 했는데, 강이라고 해야 강심을 지나는 배에서 저희끼리 도란거리는 말소리가 똑똑히 들릴 정도로 폭이 좁았다. 위에서 등불을 달고 오는 배 한 척이 보여서 동유가 입에 손나팔을 대고 불렀다.

"여보시우, 배 좀 탑시다."

배가 비스듬하게 방향을 바꾸더니 천천히 갈대를 가르며 다가왔다. 그것은 강과 수로에서 흔히 만나는 대나무 지붕을 올린 살림배였다. 배 중앙에 접었다 폈다 할 수 있는 돛대가 있었고 선미에 키가 달려 있었다. 보통은 돛을 올리고 바람의 방향에 따라 조정하면서 항행하지만 강의 흐름이 바뀌거나 좁은 수로에서는 온 가족이 배의 앞뒤에서 교대하면서 노를 저어야 했다. 배가 기슭에 닿자 사내가 등불을 쳐들고 물었다.

"쑤저우까지 가는데 어디로 가려우?"

"우리도 그곳으로 갑니다."

"한 사람 앞에 삼십전만 내시우. 식량이 따로 없으면 한 끼에 오전이오."

두 사람은 배에 올랐다. 배 안은 다른 살림배들처럼 앞쪽에 손님들의 공간이 있었으며 뒤에는 가족들이 기거했다. 아이들 둘이 배 앞쪽의 선반에서 잠들어 있고 아내는 맨 뒤에 앉아 키의 손잡이를 겨드랑이에 끼우고 이리저리 움직이면서 배의 방향을 조정했다. 사내는 삿대를 쥐고 서서 가끔씩 물 속에 질러넣었다. 배가 좁은 데서 너른 수로 쪽으로 나아가자 돛대를 올리고 아내는 여기저기 기운 누더기 이불을 덮고 먼저 잠들었으며 남편이 대신 키를 잡았다. 동유와 청이도 돗자리 위에 누워서 잠을 청했다. 배는 잔잔한 수면 위로 천천히 흘러갔다.

아침에 배는 낮은 수로에서 좀더 높은 수로로 나아가기 위해 수문 앞에서 대기중이었다. 수로 입구에서부터 배가 밀려서 배들은 줄지어 섰거나 아예 양안에 배를 대어놓고 취사를 준비하고 있었다. 벌써 일어난 아내가 풍로에 불을 피워 밥을 지었다. 남편은 목침을 베고 아직 잠들어 있었으며 아이들은 깨어나 선반에서 내려왔다. 아이들이 발치에서 나뭇조각으로 만든 공기를 하느라고 꼼지락대는 바람에 동유와 청이도 깨어났던 것이다.

아침식사가 모두 준비되자 아내가 남편을 깨웠다. 그들은 배 안에 마련된 제단에 향을 피우고 먼저 밥 한 그릇을 퍼서 올려놓고는 온 식구들이 엎드려 절을 했다. 그리고는 아침식사를 시작했다. 음식이라야 콩과 조를 섞은 남방 쌀로 지은 밥에 물고기와 감자를 조린 것이며 짠지가 전부였지만 식구들은 말도 않고 게눈 감추듯이 재빨리 먹어치웠다. 배들이 느릿느릿 수로를 빠져나가기 시작했고 두 부부는 각자 담배를 곰방대에 담아 느긋하게 한 대씩 피우고는 수문 앞에 가서 줄을 섰다. 배가 수문 안으로 들어서면 수문이 닫히고 보다 높은 수면 쪽의 수문을 열어 물이 같은 높이로 차오를 때까지 기다렸다. 일단 물이 차면 수문을 열고 반대쪽의 수로로 나가는데, 수면이 높낮이의 차이가 많이 날 때에는 선미에 밧줄을 매어 양쪽에 세운 기둥의 꼭대기에 도르래를 매단 기중기로 배를 천천히 내려주었다. 일꾼들이 기중기의 밧줄을 잡고 힘을 쓸 적에 함께 지르는 고함 소리가 노랫소리처럼 경쾌했다. 배가 반쯤 경사를 내려가면 밧줄을 풀어버리는데, 뱃머리가 미끄러져 물 속으로 떨어지면서 다음 수로에 들어서게 되는 것이다.

수로 양편으로 마을과 거대한 뽕나무밭들이 계속해서 지나갔다. 쑤저우에서 항저우 일대는 비단의 집산지라 지나는 고을마다 뽕나무밭이 많이 보였다. 현성을 지날 때면 수많은 다리와 반월교의 아래를 지나가게 되었는데, 절간이며 묘당들의 높은 누각과 기와지붕들이 보였다. 강변에는 수양버들이 줄지어 서 있었다. 항저우와 텐진을 잇는 대운하의 수로에 들어서면서 배는 강에서보다는 속도를 내지 못했다. 그만큼 항행하는 배들이 많았기 때문이다. 큰 정크선들도 느릿느릿 지나갔다.

며칠 지나서 쑤저우의 성 밖에 당도했는데, 성내로 들어가는 물길과 항저우로 나가는 물길이 갈리는 곳이었다. 동유와 청이는 일단 내렸다가 야채를 실은 작은 배로 갈아타고 성내로 들어갔다. 주인은 야채를 팔러 가는 농부로, 배 꽁무니에서 노를 저으면서 나아갔다. 좁은 수로들은 성내 사방으로 연결되고 있었다. 양쪽에 민가의 담벼락이 붙어 있었고 가끔씩 골목으로 나가는 계단이 물과 이어졌다. 동유가 가는 곳도 장터 거리여서 배가 닿자 그들은 노인의 야채 내리는 작업을 도와주고 나서 골목으로 나갔다.

큰 광장을 가운데 두고 차양을 친 노점들이 빈틈없이 늘어섰고 노대가 달린 드높은 이층집들이 광장 주위를 빙 두르고 서 있었다. 그 뒤로도 수많은 골목과 마차나 수레가 다닐 만한 돌길이 이어져 있었다. 동유는 어느 주점 앞에서 잠깐 청이를 남겨두고 들어갔다가 나오더니 곧 환한 얼굴이 되어 나왔다.

"찾았어! 식구들이 요 근처에서 묵고 있다는군."

동유가 청이를 데리고 간 곳은 등나무가 높다랗게 건물 위로 뻗어 올라간 낡은 하숙이었다. 앞에는 수레와 가마꾼들이 모여 있는데 하숙은 안마당을 가운데 두고 입 구(口)자로 지어진 이층집이었다. 복락루와 같은 꼴이었지만 규모는 훨씬 작고 건물도 낡고 퇴락했다. 이층의 난간 위에는 빨래가 널렸고 더러운 이불이 난간 위에 여기저기 걸쳐져 있었다. 후덥지근한 날씨 때문인지 이층의 방문은 활짝 열려 있었고 속옷 바람의 젊은 여자들이 허벅지를 허옇게 드러내놓고 난간에 매달려 바람을 쐬고 있었다.

동유와 청이는 이층을 힐끗대면서 아래층의 어두운 통로를 향해 들어갔다. 양쪽에는 작은 방의 문짝들이 계속되고 있었는데 열려진 방문 안으로 벌거숭이의 사람들이 보였다. 청이는 무심코 안을 기웃 거리다가 흠칫 놀랐다. 얼굴의 반쯤이 화상으로 일그러진 어린 계집 아이가 콩물에 담근 묵을 떠먹고 있는데 그 발치에는 양쪽 다리가 이지러진 앉은뱅이의 갓난아기가 기어다니고 있었다. 더욱 끔찍한 것은 원숭이처럼 아이의 목에 줄이 매어진 채 의자 다리에 감아놓은 것이었다. 청이의 놀란 눈이 방 안에서 노려보던 험상궂은 사내의 가늘게 째려보는 눈과 마주쳤다. 웃통을 벗고 상반신의 앞뒤가 가득 차게 귀면의 문신을 새긴 사내였다. 그는 밖으로 아무렇게나 침을 내깔기며 청이를 향하여 으르렁거렸다.

"뭘 봐, 이년아. 한 코 쑤셔줄까?"

동유가 억지로 웃는 얼굴을 지어 보이면서 얼른 청이의 등을 통로 안쪽으로 밀었다. 깊숙한 안쪽 방은 더욱 어두컴컴했는데 통로에 나 와 앉았던 사람들 중 하나가 동유를 발견하고는 마주 달려나왔다. 청이 바라보니 그는 쑤 노인의 아들 푸시였다. 푸시는 상의 헝겊 단 추를 끄르고 맨가슴을 풀어헤친 채 옷자락으로 활활 부채를 부치듯 하면서 다가왔다.

"어떻게 된 거야. 식구들 모두 걱정하구 있었지."

푸시의 말에 동유가 청이의 어깨를 감싸안으며 대답했다.

"이렇게 함께 오느라구 늦었지요."

방 안에서 떠들썩한 소리를 듣고 샤오바오가 내다보다가 반색을 하며 뛰쳐나왔다.

"렌화 언니야, 무사했구나!"

그들은 방 안으로 들어섰는데 안쪽의 방은 어두컴컴하기는 했어도 다른 방들보다는 제법 넓었다. 그렇지만 침상은 없었고 방 두 칸 사이에 끼웠던 판자문을 떼어 아래 윗방으로 함께 쓰게 해놓았다. 그 안에 쑤 노인 부부와 샹자오 아저씨도 있었으니 악사 여섯 식구가 다 모여 있는 셈이었다. 이제 청이까지 식구는 모두 일곱 명이 된 셈이다. 쑤 노인이 이맛살을 찌푸리며 동유에게 물었다.

"진장에선 난리가 났다면서?"

"글쎄 말예요. 양귀들이 철갑 화륜선을 몰고 쳐들어왔지 뭐예요. 진장 부둣가와 거리는 온통 불바다가 되었습니다."

"복락루는 어찌되었냐?"

"말두 마세요. 오락장은 포탄이 몇 발이나 떨어져서 불타버리고 량팡 집도 모두 타버렸어요."

동유의 말에 샤오바오가 새된 소리를 지르면서 놀랐다.

"어머, 그럼 링지아 마마님이랑 기녀 언니들은 어찌되었나요?"

동유가 피난 나오던 일이며 청이를 데리고 샤오해 마을에서 빠져나오던 일까지 자세히 얘기했다. 쑤 노인의 아내인 샨웨 할멈이 손뼉을 쳤다.

"참 잘되었구나. 사람이 살다보면 나쁜 일 중에도 길한 일두 생기는 법이라니까."

그러나 샹자오 아저씨가 곰방대를 뻐끔대면서 중얼거렸다.

"허, 이제 진장엔 다 갔군. 복락루 장토우란 작자가 우릴 벼르지 않겠나."

푸시가 그의 말을 가로막았다.

"까짓, 온 남방 천지가 우리 놀이판인데 난리 터진 데는 왜 찾아간단 말인가. 그리구 복락루도 불타서 다 망했다잖아."

그들은 서로 여기까지 온 여정을 다시 얘기하느라고 한참이나 떠들었다. 샨웨 할멈이 물었다.

"너희들 배고프겠구나. 누가 나가서 먹을 것 좀 사오너라."

"천천히 하지요, 뭐."

동유가 그러자 푸시가 말했다.

"아니야, 우리도 아직 안 먹었어."

샨웨 할멈이 다시 즐거운 목소리로 떠들었다.

"얘 얘, 저 장터 모퉁이에 가면 해황탕(蟹黃湯) 만두집이 있던데 지켜섰다가 한 솥 찌거든 그대루 몰아오너라."

청이는 그 말에 귀가 번쩍 띄었다.

"아니, 진장 만두가 여기두 있나요?"

"그럼, 닝보에두 있구 항저우에두 있더라."

동유가 호기 있게 허리춤에서 돈을 꺼내어 내밀자 샤오바오가 얼른 받고는 청이에게 말했다.

"렌화 언니, 우리 함께 만두 사러 가자."

푸시가 딸인 샤오바오의 팔을 잡아 돈을 빼앗으며 일렀다.

"곧 어두워질 텐데 너희끼리 어딜 가겠다는 게냐. 여기가 어딘 줄이나 아니? 지안토우(薦頭) 가게가 모여 있는 골목이다."

청이 어리둥절한 얼굴로 동유에게 눈짓을 하니 그는 부드럽게 웃으며 그네의 손을 쥐었다.

"지안토우는 일꾼을 소개하는 가게야. 당신은 내가 곁에 있으니 염려 말아요."

쑤 노인이 청이를 향하여 말했다.

"네가 놀랄까봐 자세한 얘기를 않는 모양이다만 여긴 진장하고는 달리 도회지란다. 이제부터 우리는 이런 큰 대처로만 돌아다닐 터인데 조심해야 할 것이 한두 가지가 아니다. 특히 샤오바오나 렌화 같은 젊은 소저들은 유괴한이 노리니까 밤에는 나다니지 말거라."

그리고 쑤 노인은 청이에게 찬찬히 설명을 했다. 지안토우 가게는 겉으로는 직업소개소지만 부녀자를 유괴해다가 팔아먹는 곳이라는데 이 장터 거리에도 몇 집이나 있다고 했다. 그리고 쑤저우에는 예전부터 슈마지아(瘦馬家)라는 젊은 여자를 파는 곳이 있었는데, 술집이나 기루나 또는 밥술깨나 먹을 만한 부자가 첩실로 삼을 여자를 구하면 중개인이 나서는데, 이들을 흰개미라고 불렀다. 지안토우에서는 남녀를 가리지 않고 외지에서 유괴해다가 팔았고, 그중에는 어린아이들도 많았다. 어린아이들은 힘줄을 자르거나 눈을 찔러 소경을 만들고 또는 끓는 물을 뒤집어씌워 흉악한 몰골을 만들어 구걸을 시키거나 구경거리로 삼아 돈을 벌게 했다. 그래도 청이를 안심시키려는지 샹자오 아저씨는 곰방대를 탈탈 털면서 여유 있게 한마디했다.

"우리네야 저자 건달패와도 안면이 있는 광대들이니 누가 함부로 하겠나. 다만 혼자 나다니지는 말게."

샨웨 할멈이 말했다.

"그러니 공연 때 말고는 화려한 색의 치포를 입지 않도록 하렴. 여기 이층은 창녀들이 장사하는 곳이니까."

청이가 동유에게 물었다.

"아까 들어오면서 보았던 사람들은 다 뭐예요?"

"여긴 값이 싼 숙소이니 별의별 인생들이 다 많지. 저들은 이미 지안토우나 슈마지아를 거쳐서 올 데까지 온 사람들이라구."

얘기를 나누는 중에 밖에 나갔던 푸시가 큼직한 소쿠리에 만두를 하나 가득 사가지고 돌아왔다. 샨웨 할멈이 물었다.

"생강이랑 초장도 받아왔느냐?"

"예, 어머니 말씀대로 지켜섰다가 쪄낸 것을 그대로 가지고 왔습니다."

렌화도 진장 량팡에서 기녀들과 함께 내기 골패를 하고 나서 곧잘 해황탕 만두를 사먹어서 그 맛을 잘 알고 있었다. 먼저 돼지 가죽을 오랜 시간 푹 끓여서 식히면 기름기와 찐득한 점액이 굳어 묵이 되었다. 여기에 다진 돼지고기와 게살을 섞어서 만두 속을 넣는다. 만두를 쪄내면 속에서 육즙이 녹으면서 탕국물이 생긴다. 만두를 빚을 때 주둥이를 잉어의 입처럼 주름을 잡아 한데로 모아서 싼다. 먹을 때 잘못 다루면 만두가 터져서 뜨거운 국물이 흘러내려 옷을 버리거나 입을 데는 수도 있었다. 식구들은 둘러앉아 부채를 활활 부쳐대면서 만두 주둥이를 조금 찢고 조심스럽게 국물을 빨아 먹었다. 먼저 진국의 탕을 먹고 다음에 만두를 생강 넣은 초장에 찍어 먹었다. 준비해두었던 우룽차로 입가심을 하고 나니 저녁식사가 끝이 났다.

"여기선 며칠이나 더 있을 작정이세요?"

동유가 물으니 푸시가 대답했다.

"공연이 세 군데나 남았네. 마치면 곧장 항저우로 떠나야지."

"쑤저우에선 늘 같아. 얀후이(宴會)야."

식구들은 그래서 기분이 좋은지 동유를 바라보며 고개를 끄덕여 보였다. 부잣집 잔치에 불려가면 배불리 먹고 마시고 공연이 끝나자마자 음식 보따리와 수고비를 후하게 받아가지고 돌아올 수가 있었다. 대개는 도회지에 있는 흥행 물주가 주루나 오락장의 주문을 받아서 순회하는 극단이나 악사들을 중개하게 마련인데 돈을 받으면 수수료를 떼어주던 것이다. 쑤 노인의 패거리는 비록 사람 수는 적었지만 음률이 품위가 있고 연주 실력이 뛰어나다고 알려져서 점잖은 자리에도 많이 불려다녔다.

154

쑤 노인네 악사들은 이튿날 오후 내내 쉬다가 잔칫집으로 찾아갔다. 쑤저우는 항저우와 함께 물길이 사방으로 통하고 경치가 아름다워서 예로부터 은퇴한 거상들이나 관리들이 만년의 거처를 마련하는 고장이었다. 웅장한 대문에서부터 몇 겹의 대문과 하얗게 회칠한 담장이 있고, 화목이 울창한 정원과 연못가에 정자가 있으며, 궁궐과 같은 객청과 긴 회랑을 지나면 건물마다 정갈한 대청이 나오곤 했다. 길 위에는 붉은 돌이 깔리고 회랑과 객청 바닥은 모란 무늬의 대리석으로 덮여 있었다. 이들 대인들은 난징의 첸 대인처럼 거의가 차와 비단으로 거부가 된 사람들이었다.

그날은 아마도 늙은 부부의 회갑연인 듯했다. 각 객청에는 구름 같은 손님들이 각자의 흑단 탁자 앞에 음식과 술을 놓고 앉아 있었으며 하인들은 개미들처럼 부지런하게 드나들며 시중을 들었다. 잔치 자리는 두 개의 객청을 터놓고 맨 안쪽에 주인 부부의 상을 놓았으며 좌우로 자손들과 직계 가족들이 앉았다. 악사들의 자리는 그들의 왼쪽에 조금 높직한 대를 만들어놓은 곳이었다. 그들은 먼저 장중한 악곡을 연주하기 시작했다. 사람들의 소음은 일시에 잦아들고 자리가 정돈되는 느낌이 들었다. 청이도 샤오바오와 더불어 비파를 뜯었다. 동유는 자신의 비파를 청이에게 내주고 자신은 피리를 불었다. 노래 순서에는 청이와 샤오바오가 일어서서 축수가(祝壽歌)를 불렀고, 노래 중간에 서로 엇갈려서 춤을 추었다. 그들은 이틀을 쉬고 나서 중년 관리의 생일잔치에 불려갔으며 또한 며칠을 쉬고는 결혼식에 불려가서 연주할 참이었다.

그러한 어느 날 황혼 녘이었다. 이맘때에는 하숙의 숙박자들이 일터나 저잣거리에서 모두 집으로 돌아오는 때였고, 밤에 일하는 창녀들은 하루 일과를 시작하는 때이기도 했다. 마당 가운데 등나무가 타고 올라간 곳에 큰 우물이 있어 돌아온 사람들이 취사를 하려거나 씻을 물을 긷느라고 어수선하게 마련이었다. 곳곳에서 풍로를 피워 밥을 짓기도 하고 우물가에서 그냥 물을 길어 끼었기도 했다. 이러한 소란이 지나가면 술에 취한 손님들이 몰려드는데 창녀들은 포를 걸치고 분단장을 하고서 이층 난간에 나와 앉았고 뚜쟁이들은 각자 문 밖에 나가 손님들을 끌어다 창녀들에게 안내했다. 포주가 돈을 받으면 창녀들은 줄지어 붙은 작은 방으로 들어가 몸을 팔았다. 청이는 그날 따라 낮에 장을 보다가 식구들을 위한 저녁을 준비하던 중이었다. 풍로 위에서 밥이 끓고 있었고 다른 풍로에는 야채와 돼지고기를 볶았다.

"너 새로 온 년이냐?"

하는 소리가 들려서 청이가 뒤를 돌아보니 소매와 품이 좁은 상의에 목 단추는 풀어헤치고 목걸이까지 한 건장한 사내가 서 있었다. 청이는 무슨 영문인지를 몰라 그냥 풍로 앞에 쪼그리고 앉아 있었다. 갑자기 사내가 발을 들어 풍로를 걷어찼고 냄비가 날아가 음식이 땅바닥에 쏟아져버렸다.

"왜 대답이 없는 거야, 이 건방진 년아!"

사내가 다짜고짜로 청이의 머리채를 잡아 일으켜세웠다. 그의 입에서 싸구려 고량주의 냄새가 푹푹 풍겼다. 청이는 가까스로 머리를 틀어서 사내의 손목을 물었다. 그러나 그는 아무렇지도 않게 다른 손으로 청이의 면상을 호되게 내갈겼다. 청이는 눈앞에서 불이 번쩍하면서 주저앉았다. 사내가 그네를 옆구리에 끼더니 질질 끌고 이층 계단을 올라갔다. 그는 두리번거리다가 문을 열어보고는 빈방에 청이를 집어던졌다. 그는 기웃이 넘겨다보던 어느 중년의 여자 뚜쟁이에게 물었다.

"이년의 후화가 어떤 놈이야?"

"모르겠는데…… 새로 왔나?"

"주인한테 이년은 오늘부터 내가 후화를 맡겠다구 전해."

청이는 그제서야 어렴풋이 정신이 들었다. 맞은 눈두덩이 부풀기 시작해서 한쪽 눈이 잘 보이지 않았다. 계집이 꿈지럭거리자 사내는 잽싸게 올라타고 무릎으로 상체를 누르면서 치맛자락을 위로 힘껏 걷어올렸다. 얇은 천이 부욱 찢어지면서 청이의 아랫도리가 드러났다. 청이는 발버둥을 쳤지만 사내는 이런 일에는 이골이 난 것처럼 보였다. 다시 두 손으로 그네의 상의 깃을 잡고 좌우로 벌리며 찢어버린다. 청이는 거의 알몸이나 다름없었다. 사내가 한쪽 다리를 넣어 가랑이를 벌리면서 제 바지를 내리는데 뒤에서 문이 벌컥 열리며 동유가 뛰어들어왔다. 동유는 한 손에 넓적한 부엌칼을 들고 있었다.

"이 개 같은 놈아!"

외마디 소리를 지르며 동유는 사내를 향해 내리찍었다. 사내가 뭐라고 비명을 지르면서 옆으로 쓰러졌고 동유는 겨우 가슴을 찢어진 옷으로 감싸쥐고 벌벌 떨고 있는 청이를 안아올렸다. 사내는 어깨를 찔렸는지 피를 철철 흘리면서 버둥거렸다. 동유는 그 꼬락서니를 보자 새로운 분기가 뻗쳐서 다시 칼을 높이 쳐들었다.

"아, 안 돼요!"

청이 동유의 손목을 잡고 늘어졌다. 뒤이어 포주와 푸시가 동시에 방 안으로 뛰어들어왔다. 그들은 동유에게서 먼저 칼을 빼앗았고 청이를 수습해서 방을 나왔다. 포주는 창가의 기둥서방들 가운데 하나인 사내를 끌고 부근에 있는 의원으로 데려갔다.

저희 방으로 돌아온 쑤 노인네 식구들은 걱정이 이만저만이 아니었다. 이곳이 낯선 타처인데다 상대는 쑤저우 뒷골목의 무뢰배가 아닌가. 더구나 크게 상처까지 입혔으니 보복도 두렵지만 무엇보다도 얼마나 배상을 요구해올지 알 수 없었다. 그렇다고 그날 밤 안으로 달아날 수도 없는 형편이었다. 이 많은 식구들이 배를 타러 몰려가는 사이에 얼마 못 가서 잡힐 것이 뻔했기 때문이었다.

푸시가 잠시 생각해보더니 입을 떼었다.

"내가 한번 포주와 상의를 해보지."

"그놈이 먼저 유부녀를 겁간하려 했다구요."

동유가 부르짖었다. 청이는 찬 물수건을 얼굴에 대고 소리없이 눈물을 흘렸다.

쑤 노인이 한숨을 내쉬면서 말했다.

"하는 수 없다. 동유는 렌화를 데리고 오늘밤에라도 먼저 항저우로 떠나거라. 우리가 남아 있다가 수습을 해보지."

"안 됩니다. 우리가 떠나고 나면 저놈들이 남은 식구들을 더 괴롭힐 텐데 어쩌시려구요?"

동유가 그렇게 말하니 쑤 노인은 고개를 끄덕인다.

"못살게 굴겠지. 하지만 저들이 바라는 건 돈일 게야. 우리 같은 광대들에게 더 무엇을 바라겠느냐."

뒷전에서 청이가 부시럭거리더니 자기 봇짐에서 은덩이 하나를 꺼냈다. 언젠가 랑중이란 관리가 특별 화대로 내놓았던 말굽 은이었다. 모두들 은덩이를 보고 놀라서 만져라도 보려고 손을 내밀자 쑤 노인이 뿌리쳤다.

"저리 비켜라. 이건 너희들 살림에 필요할 테니 그냥 간직하고 무슨 다른 패물이라도 있으면 내놓아보아라."

청이는 되돌려받은 은덩이를 쥐고 망설이더니 이번에는 봇짐에서 푸른색의 옥팔찌 한 쌍을 꺼내어놓는다. 샤오바오가 새된 소리를 내지르며 얼른 옥팔찌를 집었다. 샨웨 할멈이 손녀에게서 팔찌를 얼른 빼앗아 남편인 쑤 노인에게 건넸다.

"자아, 어서 떠나거라. 너희들이 떠난 뒤에 내가 직접 포주를 불러다가 얘기를 해보겠다."

하고 나서 쑤 노인이 걱정스럽게 말했다.

"저 아이들을 배터까지 바래다주어야 할 텐데……"

쑤 노인의 말에 아들 푸시가 나섰다.

"제가 다녀오지요."

"아니다, 너는 포주와 안면이 있고 싸움을 말렸으니 화해를 시켜줘야지. 샹자오 자네가 갔다 오게."

샹자오는 동유에게 눈짓을 해 보이고는 밖으로 나가 안마당에 인적이 없는 것을 보고 돌아왔다.

"집 앞이 한적해졌으니 얼른 이틈에 빠져나가세."

동유는 청이의 손목을 꼭 잡고 샹자오의 뒤를 따라 여숙을 빠져나왔다. 그는 달음박질을 못 하고 비틀거리는 청이가 걱정이 되었는지 거리에 나서자마자 샹자오에게 물었다.

"수레나 가마를 타는 게 낫지 않겠어요?"

"그러면 가마꾼들이 어디로 갔는지 알려줄 게야. 그보다는 샛길로 접어들어 배터로 나가세."

세 사람은 큰길을 피하여 좁은 골목길로 들어가 천천히 담벼락을 짚으며 어둠 속을 걸어갔다. 조금 너른 길로 나왔다가 다시 주택가 사이의 비좁은 골목을 지나 내리막길로 들어서니 안개가 허옇게 피어올라 스물거리며 집들 사이로 스며드는 중이었다. 가까운 곳에 물이 있는 게 틀림없었다. 역시 골목을 나서자마자 돌계단이 보이고 그 아래가 수로였다. 수로의 한가운데 쪽은 벌써 물안개로 완전히 뒤덮여 흐름이 어디로 가는지 분간이 되지 않을 정도였다. 배가 지나가는 것은 겨우 등불의 희미한 불빛으로 알아볼 수가 있었다. 그곳이 배터는 아니었지만 배를 대고 내리거나 짐을 싣기도 하는 거리의 한 모퉁이여서 지나치는 배를 불러세울 만은 하였다. 동유가 말했다.

"일단 여기서 배를 얻어타고 배터까지 나아가 항저우로 가는 객선을 타고 가는 게 낫겠습니다."

"그게 좋겠네. 우리도 사흘 뒤에는 항저우로 떠날 거야."

샹자오가 말하자 동유는 물었다.

"헌데 이번에는 어디 묵을 건가요?"

"아직 정하진 않았네. 나흘 뒤에 비단 상방 거리의 찻집에서 만나도록 하세. 새 많이 기르던 집 기억나지?"

"아, 생각납니다. 우리가 전에 공연한 적이 있지요."

"그래, 거기야. 저녁 먹을 때쯤 식구들하고 거기서 보세."

동유는 샤오해에서처럼 등불 빛이 흘러가는 것을 보고 소리를 질러 배를 불렀다. 역시 여기서는 살림배는 아니고 작은 거룻배가 야채나 곡물 같은 잡다한 화물을 싣고 가다가 삿대를 물 속에 지르며 다가왔다. 동유가 뱃삯을 흥정하고서 청이를 데리고 배에 올랐다. 샹자오가 물가의 계단에 서서 다짐을 주었다.

"나흘 밤 자고 그 찻집에서 만나자구."

거룻배는 안개 속으로 흘러내려갔다. 수로를 따라서 가다가 더 넓은 수로가 흐르는 곳으로 굽어지고 도시 외곽으로 나가더니 먼 곳에 등불을 수십 개나 훤하게 매단 배터가 보였다. 배터에는 정박한 배들이 보이지 않았고, 거의가 이른 새벽에 인근 촌락에서 땔감이나 반찬거리를 싣고 도착한 작은 배들뿐이었다. 동유와 청이는 날이 밝을 때까지 기다렸다가 상류에서 오던 객선에 올랐다. 그것은 바다로 나가서는 앞뒤에 작은 돛과 가운데 높직하고 커다란 돛을 펼치고 항해하는 정크선이었는데, 운하에서는 가운데의 큰 돛을 내리고 작은 두 돛만 올리고는 노꾼이 배의 양옆에서 노를 젓고 있었다. 객선은 갑판이 이층으로 되어 있어서 위층에 여객들이 타고 아래층에서 노꾼들이 노를 저었다. 노는 규칙적으로 천천히 움직였고 바람이 불면 노질을 멈추고 쉬었다가 다시 젓고는 했다.

이틀 동안 운하를 내려가 저녁 녘에 배가 항저우 현성 교외에 이르렀다. 물길 좌우로는 쑤저우보다도 더 많은 뽕나무밭이 끝없이 이어지고 있었다. 마을 근처의 농장은 물론이고 들판에서 멀리 떨어진 산등성이에까지 뽕나무가 울창하게 자라고 있었다. 항저우는 비단의 고장이라 현성의 부자들은 물론이요 누에를 치고 비단을 짜는 일반 농민과 직공에 이르기까지 가난한 사람이 없다는 고장이었다. 집들도 깨끗해 보이고 골목에는 쓰레기를 볼 수 없고 길가의 행인들도 모두 제철에 맞는 무늬가 화사한 비단옷을 입고 있었다. 수로의 양편에 보이는 가옥의 담장마다 갖가지의 꽃들이 탐스럽게 피었고 천에 염색을 하는지 높다랗게 매어단 장대마다 붉고 푸르고 노란 색의 천들이 길다란 깃발처럼 바람에 한들거렸다. 항저우는 물의 도회지라서 수로가 그물망처럼 연결되어 있었으며 남쪽으로는 바다가 내다보이고 서쪽에는 시후(西湖) 호수가 펼쳐져 있고 물 맑은 첸탕장(錢塘江)이 백사장을 끼고 흘러내렸다.

동유와 청이는 성내로 들어가 도심지의 상가 거리로 들어갔다. 해가 저물었는데도 문 밖에 내건 등불들이 대낮처럼 거리를 밝히고 있었는데, 이런 거리가 이십 리가 넘게 계속되고 있었다. 중심가의 큰 길 말고도 사방으로 뻗어나간 작은 골목과 거리마다 등불은 끝도 없는 것 같았다. 난징이 대도회라 하였지만 항저우의 말끔한 주택과

돌이 깔린 사치스런 중심가에는 미치지 못하는 듯했다. 그들은 상가 거리의 샛길에 있는 여숙을 찾아갔다. 그곳은 지방에서 온 장사꾼들이 묵는 곳으로 제법 깨끗하고 안전한 곳이었다. 청이는 쑤저우에서의 일 때문에 여숙에 가는 것을 불안해하였지만 동유는 여기는 쑤저우의 여숙과는 다른 곳이라고 겨우 안심을 시켰다. 동유도 번듯한 반점을 찾아들까 하였으나 사실 그는 평생에 그런 곳에서는 잠자고 먹은 적이 한 번도 없어서 오히려 낯설고 불안하게 생각되었다.

작은 지붕을 얹은 대나무 문이 있고 입구에는 넓적한 돌을 깐 오솔길이 있었으며 길이 끝나는 곳에 너른 마당이 있었다. 마당을 빙 둘러 등불을 내걸었는데 앞쪽은 창고와 마방이요, 다시 건물을 돌아 들어가면 역시 가운데에 정원과 연못이 있고 그 주위에 난간 달린 이층집이 있었다. 그 아래위가 모두 객실이고 돈을 더 내면 방 하나 또는 둘에 전실이 달린 특실도 있었다. 하인이나 아내를 거느린 장사치가 묵을 만한 곳이었다.

동유는 놀란 청이를 안심시킨다고 특실에 들었다. 청이는 여숙에 있는 목욕간에 가서 더운물 목욕도 했다. 밥을 시키니 하인이 직접 나무상자에 날라다가 국과 반찬과 밥을 전실의 탁자에 차려주었다. 그들은 정말로 누구의 방해도 받지 않고 단둘이서만 사는 맛을 보게 된 셈이다. 밥을 먹던 청이가 고개를 숙이더니 소매를 들어 눈가를 훔쳐냈다. 동유가 젓가락을 내려놓고 그네에게 물었다.

"왜 그러오?"

"아니 그냥…… 이렇게 한 군데서 살구 싶어요."

눈이 젖은 채로 똑바로 바라보면서 청이 말하자 동유는 어물어물 중얼거렸다.

"나두…… 광대로…… 떠돌아다니며 살고 싶진 않아."

162

"내게 돈이 될 만한 게 좀 있어요."

"나두 알아."

"배 타고 오면서 혼자 여러 가지 궁리를 해봤어요. 우리 여기서 장사해요."

청이의 말에 동유는 다시 더듬는다.

"무, 무슨 장사를……"

"아무거나. 우리 저 해황탕 만두집을 내요. 나 그것 만들 수 있어."

청이는 자기 봇짐을 탁자 위에 올려놓고 풀어헤쳤다. 작은 주머니들과 종이갑들이 나온다. 그네는 주머니에서 진주알이며 금붙이며 옥 호박 등속의 장신구들을 차례로 꺼내고 종이갑에서는 동물 모양의 금은붙이며 서양 은화와 말굽 은 두 덩이를 벌여놓았다. 동유가 벌린 입을 다물지 못하고 차마 물건에 손도 대지 못한 채 할말을 잊었다.

"이, 이게 다 웬 보물이오?"

"내가 그 동안 복락루에서 화지아를 하면서 모은 거예요. 장토우가 준 것두 있구요."

"이게 모두 돈으루 치면 얼마나 될까……"

청이가 자신만만하게 말했다.

"아마 천냥은 되지 않겠어요?"

"처……천냥……"

동유가 겁이 나는지 두리번거리더니 제가 먼저 물건들을 그러모아 보자기 안에 털어넣고 재빨리 매듭을 묶었다. 청이가 젓가락으로 음식을 집어 동유의 입에 넣어주었다.

"이제 쑤 노인네 식구들과 헤어져요. 그리구 작은 집을 한 채 장만해서 장사를 시작하는 거예요."

"집을 장만한다니⋯⋯ 나는 태어나서 여태껏 집이 없었소."

"그래요. 아이두 기르구 착실하게 일하면서 사는 거예요."

그들은 저녁을 끝내고 밤늦게까지 앞으로 살아갈 일들을 얘기하면서 잠들지 못했다. 누웠다가도 좋은 생각이 떠오르면 제각기 일어나 의견을 꺼내고는 했다. 그들의 얘기는 계속해서 앞으로 나아갔다. 동유와 청이는 벌써 태어날 아이들의 이름자를 가지고 다투기까지 했다. 그 사흘 동안 두 사람은 수십 리나 되는 항저우 번화가를 돌아다니며 모퉁이나 샛길에 있는 아담하고 끼끗한 단층집들을 기웃거리며 돌아다녔다.

약속한 날 저녁이 되어 동유와 청이는 비단 상방이 즐비하게 늘어선 중심가의 찻집으로 갔다. 찻집 앞에는 위에 등나무 넝쿨을 올린 노대가 널찍한데 허공에 여러 모양의 새장이 걸려 있었다. 어떤 것은 그냥 둥근 종 모양이고, 어떤 것은 궁전처럼 처마가 올라간 큰 새장도 있고, 달처럼 동그란 것에 네모난 것 등 각양각색이었다. 입구에 너른 공간을 두고 그냥 울타리만 쳐놓은 곳에는 학이며 남양군도에서 왔다는 공작에다 꽃닭까지 있었다. 새장의 새도 흔한 구관조에다 앵무에다 십자매 각종 참새며 딱따구리 때까치 그리고 올빼미도 있었다. 이들 새가 시도 때도 없이 서로 울어대어 찻집은 마치 깊은 숲속이나 산중에 들어온 듯했다. 찻집 안에는 또한 갖가지 난과 남방의 기화요초를 분에 심어 늘어놓았다. 동유와 청이는 벽가에 자리를 잡고 앉아서 샹자오 아저씨를 기다렸다.

과연 한 식경이나 지나서 샹자오가 허름한 차림새로 들어와 두리번거리며 좌석 사이로 돌아다니는 게 보였다. 청이가 먼저 발견하고 반가워하며 그를 불렀다. 동유와 롄화는 그를 위해서 다시 차 한 주전자를 시켜서 마셨다. 차동(茶童)이 주둥이가 학의 부리처럼 긴 구리 주전자를 들고 와서 뻣뻣이 선 채로 재간을 보이면서, 작은 찻잔에 이 지방의 특산인 룽징차(龍井茶)를 따라주었다. 샹자오가 말했다.

"자네가 가고 나서 온 식구가 아주 호된 경을 치렀네. 푸시가 포주와 안면이라도 없었다면 아마 우리가 놈들에게 맞아 죽었을 게야. 간신히 옥팔찌로 배상을 해주었네."

"지금 어디들 묵고 계신지요?"

동유가 물으니 샹자오가 말했다.

"바로 여기서 가까운 곳이야. 어르신이 오래 전부터 그 주인과 잘 아는 반점에 들었네. 모두들 걱정이 태산이지."

동유와 청이는 샹자오를 따라 상가 거리를 이리저리 돌아서 한참이나 걸었다. 청이가 지니고 다니던 봇짐은 동유의 소지품과 한데 묶어서 그가 어깨에다 엇갈려 질끈 동이고 있었다. 반점은 번화가의 길가에 있었는데 항저우의 집들이 모두 그렇듯이 난간이 달린 이층집이었다. 붉은 월문에 문지기도 있고 앞의 객청은 너른 주점이며 이층으로 오르면 칸막이의 특실이 있고 안쪽에 너른 방들이 있는 화려한 반점이었다. 그가 하인에게 물으니 사내는 굽신거리며 일행을 칸막이의 특실에 안내했다. 안에 들어서니 너른 실내에 회전 원탁이 있고 자리도 열 자리나 있는데 수저와 술잔이며 빈 접시도 이미 차려져 있었다. 그들이 두리번거리며 둘러앉자 웬 사내가 웃으면서 들어섰다.

"아이구, 모두들 걱정하더니 이제야 오셨구먼."

샹자오가 일어나 두 손을 모아 인사를 하여 동유와 청이도 그를 따라 자리에서 일어섰다.

"저희 식구들은 모두 어디 가셨습니까?"

사내가 앉으라고 손을 쳐들어 보이고는 자기도 맞은편에 앉았다.

"내일부터 우리 가게에서 연주를 좀 해달라고 쑤 노인께 부탁하였지. 모두들 짐을 가지러 간다고 잠깐 나갔다네."

사내는 굵은 무늬의 공단 마고자에 역시 검정 비단 원건을 쓰고 이마에는 호박의 탕건 장식을 달았다. 검은 수염을 보기 좋게 길렀으며 서양 안경까지 쓰고 있었다. 샹자오가 동유에게 사내를 소개했는데 그는 이 반점의 주인 아래 있는 디안토우(店頭)라고 하였다. 샹자오는 또한 동유와 청이를 사내에게 인사시켰다. 그가 가볍게 손뼉을 두드리자 남녀 하인들이 차례로 들락거리며 술과 안주를 내왔다.

"자아, 샤오훙주가 제법 맛이 있으니 한 잔씩 드십시다."

사내가 권하여 일배 이배 삼배를 연달아 마시고 나서 요리를 드는 동안에 사내는 잠깐 볼일이 있다며 휘장을 들치고 밖으로 나갔다. 얼마나 지났을까, 청이와 동유는 갑자기 눈꺼풀이 내려앉고 몸이 천 근같이 무거워져서 두 손을 올려 턱에 괴고 버티다가 까무룩하고 원탁 위에 무너져버렸다.

샹자오는 아까부터 두 사람의 태도를 살피고 있더니 동유의 옆으로 가서 의자에 놓은 봇짐을 챙겼다. 동유는 탁자 위에 두 팔을 올려놓고 머리를 파묻고 있었으며, 청이는 의자 등받이에 기댄 채로 한쪽으로 상반신을 비스듬히 기울인 채 고개는 뒤로 젖히고 늘어져 있었다. 샹자오는 얼굴에 기쁜 빛이 가득 차서 가슴에 봇짐을 갖다대고 부벼대며 어쩔 줄을 몰라했다.

"몽혼약을 너무 많이 탔나?"

껄껄 웃으면서 들어선 자는 아까의 디안토우라던 사내였다. 그는 늘어져 있는 청이의 턱을 손으로 치켜올려 들여다보고는 말했다.

"이 정도면 미색이 대단하군. 비싸게 팔 수 있는 첸샹(沈香)이로다."

샹자오가 자리에서 일어났다.

"값을 괜찮게 받을 겝니다. 둘 다 하시렵니까?"

"아니, 저런 말라깽이는 필요 없네. 계집으로 충분해."

사내가 말하자 샹자오는 손을 내밀었다.

"소개비를 주셔얍지요."

"자네는 보따리를 챙긴 모양인데 나에게 소개비를 달라고 하는가?"

"시, 싫으면 관두쇼."

샹자오가 휘장을 들치고 나가려는데 건장한 남자 두 사람이 입구에 섰다가 가로막으며 방 안으로 들어섰다. 샹자오는 뒷걸음질을 치면서 안으로 도로 밀려들어왔다. 사내가 뒤에서 그의 어깨를 짚으며 말했다.

"보따리를 풀어보구 나서 의논을 좀 해보세나."

사내는 샹자오가 가슴에 끌어안고 있는 봇짐을 빼앗아다 원탁 위에 펼쳤다. 지키고 섰던 두 젊은이도 함께 와서 들여다본다. 그들은 잠시 말이 없더니 사내가 말굽 은 한 덩이를 샹자오 앞으로 밀어냈다.

"그래, 이걸루 여비나 해라. 자네 같은 밑바닥 광대가 그거면 당분간 호강하겠지."

샹자오는 떨리는 손으로 은괴를 집더니 뒤도 돌아보지 않고 밖으로 달아났다. 사내는 휘장을 들치고 잠시 반점 안을 살피더니 젊은이들에게 눈짓을 했다. 사내가 앞장을 서고 두 사람은 양쪽에서 청이를 끼고 천천히 계단을 내려갔다. 누가 보기에도 점잖은 사람이 술에 취한 정인을 집에 데려가는 것쯤으로나 여길 것이었다. 사내는 입구에서 요리 값을 치르고 수레를 불러 청이를 태우고는 자기도 옆에 올라앉았다. 돌길에 부딪는 말굽의 편자 소리와 함께 수레는 중심가를 벗어나 달려갔다.

수레가 골목길로 들어서서 몇 번 좌우로 돌아 들어가더니 어둠침침한 길가에 섰다. 뒷골목에 흔히 있는 벽돌 단층집이었는데, 대문이 굳게 닫혀 있고 길가의 창문은 모두 판자로 막혀 있었다. 그는 투덜대며 마부에게 돈을 치르고 청이를 옆구리에 끼고 문을 두드렸다. 문이 열리고 그는 조용히 안으로 들어갔다.

문을 열어준 것은 잠옷 차림의 노파였다. 촛대를 쥔 손목이 뼈가 앙상할 정도로 깡마르고 광대뼈가 도드라진 얼굴이었지만 눈매는 꽤나 매서워 보였다. 문 안의 전실에는 투박한 나무의자 하나와 널판을 얹은 긴 간이의자 외에는 아무런 가구도 보이질 않는다. 안으로 들어가는 복도 앞에 또 두꺼운 판자 문이 있었다. 안에서 문이 열리며 덩치 큰 사내가 구부정한 모습을 나타냈다. 노파가 재빨리 말했다.

"애야, 어서 안에 들여다두어라."

키 큰 사내는 청이를 무슨 가벼운 포대 자루처럼 답삭 옆구리에 끼고는 안쪽 문으로 사라졌다. 사내가 노파에게 중얼거렸다.

"아주 좋은 물건이우. 그야말로 첸샹이라니까. 나이 젊지, 양귀비 같은 미인이지, 그리구 노래와 춤도 썩 잘하는 기녀 출신이랍디다."

노파가 냉정하게 한마디했다.

"우리 슈마지아에선 그런 것 안 따져. 창가에 팔려가면 다들 제 할 나름이지. 얼마 받을 거야?"

"글쎄, 오백은 받아야겠는데."

"이거 왜 이래, 흰개미가 당신 하나뿐인 줄 알아?"

"그럼 좋소, 나두 아이들 일당 줘야 하니까 절반은 받아야 돼."

노파는 바지춤을 내리고 속옷 위에 차고 있던 전대를 풀어헤치며 투덜거렸다.

"잘 알잖아, 낡은 데서는 장사 못 시킨다는 걸. 우리두 배에 넘길 거야."

노파가 은화 몇 닢을 조심스럽게 헤아리고 또 헤아려보더니 사내에게 내밀었다.

"우린 거간꾼 노릇이나 하구 몇 푼 먹는 것두 없다구."

노파가 내민 돈을 사내가 군소리 없이 받아가지고 나갔다. 노파는 그가 나가자마자 문을 잠그는데 걸쇠가 세 군데나 되었다. 그네는 쇠를 지르고서도 다시 한번 당겨보았다가 손으로 단도리를 하듯이 꼭 붙잡았다가 놓고는 했다. 그리고 안쪽의 문을 열고 복도로 들어가니 한쪽으로 감방처럼 창살이 쳐진 문이 연이어 있는데 그 안은 비좁은 방이었다. 그런 방이 여섯 개나 되었다. 문마다 주먹만한 주석 자물쇠가 달려 있었다. 그리고 다시 안쪽에 또 문이 있고 문을 지나면 여숙의 방과 같은 방들이 셋이나 죽 돌아가며 있었다. 노파는 가운데 방으로 들어갔다. 침상 위에 청이가 시체처럼 팔을 좌우로 늘어뜨린 채 누워 있는데, 덩치 큰 사내가 그네의 치포 목단추를 끌러놓고서 풀어헤쳐진 가슴을 만지작거리고 있었다. 노파가 짜증스런 목소리로 아들을 꾸짖었다.

"뭘 하는 게야? 그냥 좀 놔둬라. 제 값을 받으려면 조심해서 다뤄야지."

아들은 아직 욕망이 가라앉지 않았는지 자꾸만 고개를 돌려 침상 쪽을 돌아보며 일어났다.

"부끄럼을 없애도록 여럿이서 손을 봐줘야 하잖아요?"

노파가 말했다.

"우리가 장사 시키는 게 아니니까 물주가 알아서 미에치(滅恥)시킬 거야. 괜히 설 건드렸다가 지금 깨어나면 잠두 못 자구 귀찮아."

잔소리로부터 달아나려는 아들을 노파가 불러세웠다.

"손발을 좀 묶어놔. 해 뜨기 전에 깨면 또 와서 들여다봐야 하잖아."

그곳은 쑤저우와 항저우에서 흔한 슈마지아였다. 그보다는 좀더 급수가 낮은 소개업소인 지안토우에서는 남녀를 가리지 않고 사들였다. 가난한 남자들에게 일거리를 소개한다고 꾀어다가 강제로 감금해두고는 저항하지 못하도록 죽으로 끼니를 때우게 했다가 무리를 모아 루손이나 싱가포르 같은 남방에 팔아먹었다. 아이들에게 마취약을 섞은 빵을 먹여 유괴하여 구걸용으로 또는 몸을 망가뜨려 흥행용으로 팔기도 했다. 시골의 부녀자들은 창가와 도회지의 하녀로 팔았다. 그에 비하면 슈마지아는 주로 젊은 여자를 취급하여 남의 첩이나 창녀로 팔았다.

청이가 몽혼주의 마취에서 깨어난 것은 늦은 아침 무렵이었다. 방에 창문이 없으니 해가 떴는지 아직 밤인지도 알 수 없었지만 방 바깥쪽에서 부산하게 왕래하는 인기척으로 짐작할 뿐이었다. 팔을 앞으로 모은 채로 팔뚝과 손목이 함께 묶여 있었고 두 다리도 발목에서부터 무릎에 이르도록 명주 밧줄이 친친 감겨 있었다. 머릿속은 깨어질 듯이 아프고 목이 말라서 혀가 뻣뻣하고 깔깔했다. 청이는 어깨만을 좌우로 흔들어대다가 소리를 지르기 시작했다. 문이 빼꼼히 열리는 것 같더니 다시 문이 닫히고 잠시 후에 두 남자가 들어왔다. 그 뒤로 검정색 저고리와 비단 바지를 입고 전족한 발 때문에 걸음이 되똥거리는 노파가 들어왔다. 깡마르고 광대뼈가 솟은 얼굴이며 이빨이 검은 것이 평생 아편깨나 태웠을 듯한 몰골이었다. 노파가 말했다.

"나는 네가 누군지도 모르고 또 알 바도 없다. 우린 너를 비싼 돈을 주고 샀으니까. 네게 돈이 있으면 갚고 나서 가고 싶은 데루 가두 좋아. 하지만 돈도 갚지 않고 달아나려구 하면 혼찌검이 날 게야. 얌전하게 있겠다면 결박도 풀어주고 음식도 주겠다. 어찌할 테냐?"

청이는 비록 재갈을 물린 건 아니었지만 아무 말도 나오지 않아서 그냥 고개만 끄덕여 보였다. 노파가 눈짓을 하자 남자들이 달려들어 일시에 줄을 풀어버린다. 청이는 주위를 새삼스럽게 두리번거리고 손목을 부비기도 하면서 노파에게 애원했다.

"저는 남편이 있는 유부녀입니다. 제게는 돈도 패물도 있답니다. 저를 놓아주시면 돈이 얼마가 되는지는 모르지만 꼭 갚도록 하겠습니다."

노파는 대번에 그네가 변방 사람인 줄을 눈치챘다.

"너 어디서 왔느냐, 먀오족이냐 아니면 창족이냐?"

"꺼우리에요."

노파가 차갑게 웃는다.

"오랑캐들이 인물은 곱더라니까."

"정말입니다. 남편이 돈을 낼 수 있어요."

청이의 말에 노파는 입가에 비웃음을 가득 띠고 말했다.

"네 남편이라면 후화일 텐데 그까짓 기둥서방 놈이 무슨 돈이 있겠느냐?"

청이 간곡하게 사정을 한다.

"제 남편은 예인이랍니다. 우리는 나쁜 놈의 함정에 빠진 것뿐이니 할머니 돈을 물어내겠어요."

노파는 다시 코웃음을 쳤다.

"네 남편이 광대란 말이지? 바로 그런 놈들이 마누라를 팔아먹더라."

청이의 애원을 한마디로 자르고 나가려는 노파의 등뒤에다 대고 아들이 말했다.

"손을 좀 봐줘야 된다니까요."

노파는 찢어진 눈을 더욱 매섭게 뜨고 아들을 돌아보더니 중얼거렸다.

"말이 너무 많아. 입 좀 다물게 해줘야겠다."

노파가 문 앞에서 누군가를 큰 소리로 부르더니 소매가 좁은 저고리와 조끼 차림의 젊은 남자 둘이 뒤뜰 쪽에서 들어왔다. 노파가 턱짓으로 방 안을 가리키며 말했다.

"첸샹이니까 살살 다뤄야 해."

두 남자가 방으로 들어가자 노파는 바깥으로 나가버렸다. 방 안에는 네 명의 남자들이 청이가 쪼그리고 앉은 침상 주위에 서 있었다. 그들은 이제부터 잡아온 여자의 부끄러움을 없애고 무력하게 만들기 위해서 미에치를 하려는 참이었다. 그들은 서두르지 않았다. 노파의 아들이 먼저 침상 위에 오르더니 벽 쪽으로 물러나는 청이에게 무릎걸음으로 다가갔다. 그는 청이의 옷깃을 두 손에 쥐고 서슴없이 찢어내렸고 그녀는 비명을 내지르며 가슴을 가리고 돌아앉았다. 다른 사내들이 제각기 손을 내밀어 찢어진 옷가지를 걷어버리거나 속곳마저 아무렇게나 벗겨버렸다. 알몸의 청이는 네 남자들이 내려다보는 침상에서 몸을 새우처럼 웅크리고 있었다. 한 사내가 먼저 청이의 두 팔을 잡아 쳐들고 다른 사내는 그녀의 버둥대는 두 다리를 잡고 가랑이를 벌렸다. 노파의 아들과 또다른 사내는 청이의 몸 좌우에 무릎을 꿇고 앉아 그녀의 몸 구석구석을 만지면서 서로 아무렇지도 않게 떠들었다.

"이것 봐, 벌써 젖어 있잖아."

"아래는 내가 먼저 맡았다구."

"가슴이 뭐 요렇게 작으냐."

"누가 먼저 할 거야."

청이는 눈을 꼭 감고 몸을 비틀면서 빠져나오려고 했지만 제풀에 지쳐서 늘어졌다. 그러나 사내들은 서로 다투어 손을 뻗쳐 어루만질 뿐 얼른 시작하려고 하지는 않았다. 청이의 기운이 완전히 빠진 것처럼 보이자 그들은 침상 위에 사지를 늘어뜨리고 누워 있는 그네를 그냥 내버려두고 둘러서서 각자 옷을 벗었다. 노파의 아들이 먼저 청이의 가랑이 사이로 몸을 집어넣으며 누르자 그네는 그제서야 두 손으로 밀쳐내면서 상반신을 옆으로 돌린다.

"이래가지구 언제 제대로 남자 상대를 할 거야."

다른 사내가 청이의 팔을 잡아 위로 젖혀주었고 다른 녀석은 발목을 잡아 좌우로 벌렸다. 청이는 눈을 감았다. 그러나 의식은 처음보다는 또렷해졌다. 자신의 질 속으로 남자의 뭉툭한 물건이 들어온 것은 아주 낯선 느낌은 아니었지만, 팔다리가 사내들에 의해 잡혀 있었기 때문에 아랫도리만이 더욱 생생해진 듯했다. 제 몸은 사라지고 오직 질의 은밀한 피부만이 저 아래에 있고 그 속에 이물질이 들어와 있었다. 그것은 차라리 한통속으로 서로의 일부분이기도 했다. 그것이 거칠게 움직이기 시작했고 처음에는 쓰리고 아픈 통증이 왔다가 차츰 부드러워졌다. 뒤로 치켜진 팔 때문에 그네의 가슴은 평평해져서 젖꼭지만이 작은 단추처럼 매달려 있었다. 팔목을 그러모아 한 손아귀에 잡고 있던 사내는 그나마 내버려두지 않고 다른 손을 뻗어 젖가슴을 우악스럽게 움켜쥐고 주물럭거렸다. 다른 사내들은 지금 동작을 해대는 자의 등뒤에서 그네의 다리 하나씩을 잡고 허벅지를 쓰다듬고 주무르거나 입에 물기도 하고 아래위로 오르내리며 빨기도 했다. 청이는 그 각각의 동작과 감촉들을 더욱 분명하게 느끼려고 정신을 집중했다. 그리고 온몸에서 힘을 빼어 마음 깊은 곳에서 용솟음쳐 버둥대고 저항하려는 의지를 버리려고 노력했다. 그네는 그냥 스스로를 내버려두기로 작심하고 있었다. 그저 받아들인다, 네 멋대로 해보려무나. 사타구니에 움푹하게 가죽으로 기워넣은 정액받이를 달고 널브러진 홀아비들의 비단인형처럼 그네는 자신을 던지고 맡겨버린다.

어느 순간엔가 청이는 눈을 떴다. 그것은 자신의 얼굴에 무엇인가 물기가 줄지어 떨어졌기 때문이었다. 바로 코앞에서 사내는 숨이 턱에 차오르며 동작이 빨라지고 마치 절벽을 향하여 치달리는 놀란 말처럼 열중하고 있었다. 그의 얼굴에 가득 찬 땀이 턱으로 흘러내려 그네의 뺨에 떨어졌다. 사내는 입술을 깨물고 눈은 질끈 감고서 콧구멍은 크게 벌어져 있었다. 벌거숭이의 다른 사내들은 청이의 몸에 달라붙은 채 열중한 사내의 빨라지는 동작과 두 사람의 은밀한 곳을 놓치지 않고 보아두려는 것처럼 제각기 고개를 숙이고 들여다보는 중이었다. 사내가 주춤하면서 동작을 멈추었다가 부르르 떨더니 일시에 그네의 상반신을 짓누르며 무너져내렸다. 그의 헐떡이는 숨소리가 청이의 귓전으로 뿜어져나왔다. 청이는 저 아래 혼자 존재하는 질 속에서 무참하게 쪼그라지고 움츠러든 이물질이 소멸해가는 과정을 또렷하게 느끼고 있었다. 풍후장에서 첸 대인이 자신의 배 위에서 숨이 끊겼을 때, 처음에 두려워했던 청이는 그의 시체를 곁에 두고 탄생에서 죽음까지를 꿈처럼 보고 나서 다시는 사내들을 무서워하지 않게 되었던 것이다.

내가 저들을 다 삼켜버릴 거야. 그래, 조금만 참자. 저들을 차례차례 쓰러뜨릴 테니까.

사내는 시체처럼 늘어져 있다가 등뒤에서 다른 자가 어깨를 잡아당기자 흐느적하고 그네의 다리 사이로 빠져나갔다. 이제 그들은 청이의 팔다리를 잡을 필요도 없었다. 청이는 그저 팔 다리를 내던지고 멍한 얼굴로 누워 있었기 때문이다. 다음 사내가 들어섰다. 처음보다는 통증이 훨씬 나아졌지만 이자는 입에서 시궁창이 썩는 것 같은 악취가 진동했다. 청이는 고개를 옆으로 돌리고 입을 반쯤 벌려 숨을 내뿜고 있었지만 절대로 눈은 감지 않았다.

차례로 일을 끝낸 네 사내들은 서로 남근을 건드리고 손가락질을 하기도 하며 킬킬거렸다. 그들이 각자 돌아서서 옷을 주워입는데 청이는 침상 위에 일어나 앉으면서 말했다.

"흥, 별것두 아닌 놈들이 꼴값하네…… 너희들두 사내냐?"

청이의 빈정대는 말에 그들은 돌아보며 멀뚱히 서 있었다.

"나두 전에는 화지아였어. 어서 내놓아!"

사내들은 영문을 몰라 서로 얼굴을 마주 보고는 다시 옷을 입는데 노파의 아들이 나섰다.

"재미를 봤으면 좋다구 그래야지, 웬 앙탈이냐?"

청이는 알몸인 채로 일어나 달려들더니 그자의 양물을 꽉 잡았다.

"이까짓 것에 무슨 재미야. 난 아직 멀었어. 세상에 공짜가 어딨냐구."

노파의 아들은 비명을 지르며 주저앉는데 청이가 손을 탁 놓으며 손을 벌렸다.

"너희들 모두 화대 내란 말이야."

둘러섰던 사내들이 어이가 없는지 실실 웃음을 짓더니 허리춤에서 제각기 푼돈을 꺼내어 침상 위에 던져주었다. 청이는 주저앉은 노파의 아들에게 달려들어 조끼 주머니에서 돈주머니를 꺼내어 끈을 풀었다. 그자가 분이 나서 주머니를 빼앗고는 청이의 뺨을 후려쳤다. 청이 침상에 넘어지자 다른 자들이 밖으로 나가면서 한마디씩 던진다.

"너두 몇 푼 줘라."

"첸샹이라더니 아주 닳아빠졌잖아."

"에이, 기분 잡쳤네."

노파의 아들은 동료들의 말에 화가 풀렸는지 저도 실실 웃으면서 뒷걸음질을 쳤다. 청이는 침상에 사지를 던지고 누운 채로 소리를 바락 질렀다.

"돈 내구 나가!"

그자는 주머니를 끌러 몇 푼을 꺼내어 청이에게 던져주며 말했다.

"나중에 더 해주지."

문이 닫히고 밖에서 잠그는 소리가 들렸다. 그제서야 청이는 옷을 끌어다가 얼굴과 가슴을 덮으며 울음을 터뜨렸다. 아랫도리에서는 사내들이 남긴 정액이 흘러나와 허벅지를 적셨다. 그네는 침상 아래 구겨진 홑이불을 잡아 아랫도리를 훔쳐냈다. 숨을 죽이고 울었지만 흐느낌이 입 밖으로 새어나왔다. 청이는 이를 악물었다. 그리고 다시 애벌레처럼 다리와 허리를 구부린 채 모로 넘어졌다. 또 어떤 낯선 고장의 어려운 나날이 기다리고 있을지 몰랐다. 다시 아무도 모르는 세상 속에 내던져질 것이다.

청이는 사흘 뒤에 항저우의 슈마지아에서 팔려갔다. 그네는 밤중에 배에 올랐는데, 이제는 기억도 나지 않을 만큼 아득한 먼 옛적에 고향 바다를 떠나왔던 배와 똑같이 생긴 세 폭 돛을 단 정크선이었다. 배 밑바닥의 화물칸에 내려가자 젊은 여자들이 수십 명이나 쪼그리고 앉아 있었다. 선상들은 연안의 항포구를 거치며 슈마지아나 지안토우에서 여자들을 사다가 먼 고장으로 넘기는 뢰마이(略賣)꾼들이었다. 배가 남쪽으로 내려갈수록 바닷바람은 숨이 막힐 정도로 습하고 무더워졌다. 하루에 두어 차례씩 바람을 쐬라고 갑판에 나와 앉아 있도록 해주었는데 청이는 말로만 듣던 서양의 철갑 화륜선을 처음으로 보았다. 배의 선수와 선미에 높다란 돛대가 있고 가운데 굴뚝에서 석탄 때는 연기가 올라왔다. 배의 양편 옆구리에 달린 거대한 물레방아 같은 바퀴가 끊임없이 돌면서 물살을 헤치고 지나갔다.

동유가 정신을 차린 것은 청이가 끌려간 뒤의 새벽녘이었다. 그는 아직도 술이 덜 깬 줄로 착각하고 있었다. 뒷골이 땡기고 눈앞이 어슴푸레하며 머릿속이 멍멍했다. 오가는 수레바퀴 소리와 가마꾼들의 허리에 찬 방울 소리에 눈을 뜬 그는 어둠 속에서 도대체 여기가 어디인가를 짐작도 할 수가 없었다.

그렇지, 간밤에 렌화와 술을 마셨었지……

동유는 주위를 두리번거려보았는데 큰길을 비켜난 샛골목에 머리를 안쪽으로 두고 넘어져 있었다. 머리를 흔들며 일어났을 때 상반신이 젖어 있었고 온몸에서 지린내가 진동했다. 등판에 물기가 질퍽하게 고여 있더니 그게 주정꾼들의 오줌이었는가보았다. 그는 어칠비칠 벽을 짚고 큰길로 걸어나왔다. 길 건너편에 이미 등불이 꺼지고 문이 닫힌 반점의 붉은 대문이 보였다. 그는 대문 앞에 가서 두 주먹으로 두꺼운 문짝을 두드려보았지만 육중해서 별로 큰 소리는 들리지 않았다. 동유는 발로 대문을 걷어차며 큰소리로 외쳤다.

"문 열어주오. 문 열어……"

한참 만에 대문이 빼꼼히 열리며 문지기가 입었던 번군의 복장을 벗고 속옷 바람으로 고개를 내밀었다.

"뭐야, 지금이 어느 시각인데?"

"내 아내를 찾으러 왔소. 우리가 아까 여기서 저녁을 먹었어요."

문지기는 짜증을 벌컥 냈다.

"이 자식이 술이 덜 깼군. 자정이 넘어서 날이 다 밝았는데 무슨 손님이 남았다는 게야? 얼른 꺼지지 않으면 다리몽갱이를 부러뜨릴 테다."

동유는 닫히려는 대문에 머리를 들이밀며 사정을 했다.

"여보슈, 지난 저녁에 이 반점의 디안토우 되시는 분하구 술을 했단 말요. 내 아내가 함께 있었다구요."

문지기가 하품을 하고나서 대꾸했다.

"우리 반점에는 디안토우가 일터마다 셋이나 계신다. 어떻게 생겼더냐?"

동유는 검은 수염을 보기 좋게 기르고 서양 안경까지 쓴 어제 그 사내의 인상을 얘기하고 덧붙였다.

"내일…… 그러니까 오늘 저녁부터 우리 식구들이 예서 음악 연주를 하기로 되어 있소."

그제서야 뭔가 짐작을 했는지 문지기 사내가 픽 웃었다.

"우리 반점에서는 떠돌이 악사들은 받지 않는다. 그리고 네 말대로라면 그자는 우리 반점의 디안토우가 아니라 항저우에서 알려진 흰개미로 콴(圶)가가 분명하다."

동유는 뒤늦게 정신이 번쩍 나는 것 같았다. 흰개미란 유괴한을 가리키는 말인 줄을 그는 잘 알고 있었던 것이다. 동유는 반쯤 울음이 섞인 목소리가 되어 그의 저고리 깃을 붙잡고 늘어졌다.

"어디 가면 콴가를 만날 수 있습니까? 저는 아내를 찾아야 합니다. 제발 좀 도와주십시오."

문지기가 인정상 동유를 차마 뿌리칠 수는 없었던지 그의 어깨를 토닥이며 말했다.

"이보게 젊은이, 그런 자를 이 너른 대처에서 찾아낼 수도 없거니와 설령 찾는다 하여도 자네 처지로는 공연히 목숨이나 잃게 될걸세. 안됐지만 자네 아낙은 벌써 먼 고장으로 팔려갔을 게야."

"좀 도와주세요. 은혜는 꼭 갚겠습니다."

문지기는 그의 손을 잡아 은근히 힘을 주어 뿌리치고는 말없이 대문을 닫아버렸다. 동유는 그 자리에 주저앉아 잠시 흐느끼다가 무슨 생각이 들었는지 벌떡 일어났다. 그리고는 큰길을 따라 뛰어가기 시작했다.

동유는 쑤저우에서 내려오는 운하와 만나는 장터를 향하고 있었다. 그곳은 이십여 리에 달하는 상점 대로의 끝자락이며 내륙으로 가는 물길의 첫 출발지이기도 했다. 동유는 먼저 쑤 노인네 식구들을 찾고 샹자오를 만나 아내의 행방을 캐묻고자 하였다. 역시 쑤저우에서 떠난 식구들은 장터 근처의 여숙에 머물고 있었다. 여숙마다 찾아다니며 기웃거리던 동유의 초췌하고 더러운 몰골을 본 푸시가 깜짝 놀라서 그를 불러세웠다. 동유는 푸시의 반기는 얼굴을 보자마자 울음을 터뜨렸다.

"네가 이게 웬일이냐, 렌화는 어디 갔어?"

동유가 간밤에 일어난 일들을 얘기하자 푸시가 이마를 잔뜩 찌푸리고 말했다.

"내 그럴 줄 알았다. 샹자오가 너희들 패물이 탐났던 게다. 어제 여기 와서 그 녀석 행방이 간 데 없길래 어디 흡연소에나 자빠져 있는 줄 알았지."

"그놈을 어디 가면 찾을 수 있겠어요?"

"우선 식구들에게 가서 의논을 해보자."

여숙의 방에 들어가 푸시가 자초지종을 얘기하자 모두들 할말을 잃고 근심에 빠졌는데 쑤 노인이 물었다.

"그러니 어쩌겠느냐…… 그게 다 재물 때문이니라. 너는 렌화를 꼭 찾아야만 하겠느냐?"

동유는 입을 꾹 다문 채로 고개만 천천히 끄덕였다.

"풀숲에서 바늘 찾기지. 이러한 악한 세상에 네 몸이나 상할 것이다. 연주하며 돌아다니다보면 또다른 인연을 만나게 되겠지."

동유는 아무 말도 없이 방의 벽 쪽을 향하여 누워버렸다. 그날 밤이 되어 식구들이 일하러 나갈 시각인데 동유가 푸시를 여숙 밖으로 불러냈다.

"아저씨, 오랜 동무니까 샹자오가 어디에 있을지 짐작하시잖아요?"

푸시는 고개를 숙이고 한참이나 말이 없더니 동유의 어깨에 손을 얹었다.

"꼭 떠나야 되겠느냐?"

"렌화가 없으면 못 살 것 같아요."

"샹자오는 벌써 항저우에서 떠났을 게다. 혹시 또 모르지, 렌화를 강압하든지 꾀어서 광저우로 가는 배를 탔을지도 모른다. 아니면 혼자 갔는지도 모르고."

동유가 다급하게 물었다.

"광저우는 나두 잘 알아요. 어디루 가면 그놈을 찾을 수 있을까요?"

"자네두 짐작할 수 있잖아. 양귀들 배가 들어오는 해안에 생겨나는 장터지 어디겠느냐. 아마 돈이 있다면 그 근처 흡연소겠지. 그 녀석두 아편 때문에 사람이 점점 바뀌었다. 몇 년 전만 해두 어수룩하고 순박했는데……"

머리를 숙여 인사하고 떠나려는 동유를 불러세우더니 푸시는 허리춤에서 주머니를 끌러서 내주었다.

"이거 진장에서 받은 여비다. 우리 식구 따라다니노라구 그 동안

고생 많았어."

동유는 주머니를 받아 말없이 챙기고 돌아서는데 울컥하면서 눈물이 절로 치솟았다. 그는 항저우의 해변 부두로 나아가 깊은 밤에야 뭍에서의 일을 끝내고 돌아오는 선원들에 섞여 광저우로 가는 돛배에 올랐다. 대개는 상단의 화물 정크선이지만 바닷길을 가는 여행자들도 일정한 삯을 내고 화물 틈에 끼어 연해의 항구로 향하던 것이다. 배는 항저우를 떠나 닝보를 거쳤다가 푸저우 취안저우 샤먼 주룽과 마카오 사이를 지나 광저우로 거슬러 들어가는 항로였다. 영국군이 난징을 점령하여 조약을 끝낸 뒤라 연안 항구마다 서양 상선들과 군함이 줄을 지어 들락거리고 있었다.

동유가 탄 배는 연안의 항구를 거치면서 항해하여 한 달이나 걸려서 홍콩 앞바다에 당도했다. 주룽에서부터 광저우에 이르는 만과 포구에는 영국 군함과 서양 상선들이 줄을 이었고, 홍콩과 주룽은 지난 여름에 난징에서 약조가 이루어져 개항이 된 뒤여서 많은 화물 정박선이 닻을 내리고 머물러 있었다. 거룻배와 용선들이 정박선 주위에 머물러 교역을 하거나 화물을 싣고 나르는 북새통에 일반 정크선들은 안내선을 따라 차례로 만의 안으로 들어가야 했다.

동유는 정크선이 홍콩에 잠시 배를 대는 틈을 타서 얼른 배에서 내렸다. 그는 뱃전에서 이제 들어서기 시작한 가건물들이며 차양을 친 간이숙소와 종려잎 지붕에 댓자리 벽을 댄 초가집들이 빽빽하게 들어선 마을들을 보고 이곳이 푸시가 말해주던 그런 동네임을 알았기 때문이었다. 교역 정박선들이 자리를 뜨면 마을은 서양 배들을 따라서 다른 해안으로 이동하던 것이다. 이 마을에는 온갖 종류의 인간들이 몰려들었는데 도회지에 있는 것은 초라하지만 거의 모두 있었으니, 술과 여자에 도박은 물론이요, 관아에서 부수입을 위하여 내보낸 아전 포리들의 번소도 파견되어 있었다. 큰 장사치들은 서양 배에 올라 직접 거래를 트고 자기 배를 끌고와 아편 화물을 실어가지만 작은 중개상이나 소매인들은 서양 사람들이 원하는 물건들을 준비해와서 물물교환으로 조금씩 아편을 받아다가 흡연소에 팔았다.

동유에게는 이런 임시 마을들이 고향처럼 낯익은 곳이어서 몇 번 둘러보면 어디에 무엇이 있는지 대번에 파악할 수가 있었다. 그가 아이 적부터 돌아다니며 밥술 얻어먹고 잠자며 돌아다닌 곳이 바로 이런 동네였기 때문이다. 쑤 노인네 광대패로 유랑해오면서 겨울이 오면 언제나 남방인 광저우 근방에서 한철을 지내고는 하여 동유는 근방에 아는 사람도 제법 있는 편이었다. 그는 혼잡한 장터의 인파를 헤치며 돌아다녔다. 차밭 주변의 임시 장터나 수로 근방의 장터들보다 이곳은 훨씬 번창하고 지역도 넓었다. 소문에 의하면 그 어떠한 서양인과의 교역도 여기서는 자유로웠고, 도적질을 하거나 살인을 하지 않는 한 여기에 나와 있는 포리들도 양인들의 허락이 없이는 아무나 체포하지 못한다는 것이다. 소매상들은 가까운 선전 지역이나 인근 농촌 마을로 찾아가 서양 배에서 구하는 신선한 야채와 곡물과 양이며 돼지 등의 식량에서부터 자투리 비단이나 수공예품들도 걷어다가 아편과 바꾸기도 하고 서양 은화를 받기도 했다. 장터에는 붉은 상의에 흰 바지를 입은 영국 군인과 모자를 쓰고 정장을 한 서양 민간인들이 곳곳에 무리를 지어 몰려다녔다. 칠도 하지 못한 생나무 판자로 지은 이층의 오락장도 어느새 들어서 있었다. 그런 곳은 대개 중국인 상행 사람들과 양인들이 드나들었는데, 일반인들은 장터의 천막을 친 술집이며 식당이며 심지어는 휘장으로 가린 장소에서 얼른 재미 보고 나오는 매춘점을 이용할 수도 있었다.

천막들이 가운데 길을 내놓고 전후좌우 사방으로 뻗어나갔는데 네거리의 비교적 너른 빈터에서는 한둘씩의 연희패가 요술이나 무술을 보여주고 푼돈을 벌고 있었다. 그리고 어두워지면 차례를 기다리던 예인들이 간단한 연주와 노래를 했고 인형극이며 그림자극도 공연했다. 동유는 해 질 무렵이 되어 공연하러 나온 광대패들 틈에서 평소에 잘 알던 이들을 만났다. 그들에게 혹시 샹자오의 행방을 아느냐고 물었지만 아직은 본 사람이 없다고 했다. 동유는 배운 것이 또한 연주하는 재간뿐이라 그들 무리와 함께 놀아주며 날을 보냈다.

닷새가 지나지 않아서 동유가 자기 차례를 마치고 둥글게 둘러선 구경꾼들의 사이를 헤치고 나와 길 건너편의 주막에 가서 선 채로 술 한잔을 사먹는데 인형극 광대가 두리번거리며 찾는 모습이 보였다.

"이봐, 누굴 찾는 거냐?"

동유가 그의 소매를 당기니 같은 또래인 광대는 반색을 했다.

"나 술 한잔 사주면 좋은 말 해주지."

동유는 그게 무슨 뜻인지 잘 알고 있어서 눈꼬리가 빳빳해지며 긴장을 했다. 동유는 그를 위하여 얼른 안주 한 접시와 술 한 병을 시켜서 그가 섰는 좌판 앞에 딱 내려놓았다. 광대가 술 한 잔을 따라 단숨에 들이켰다.

"내가 샹자오 아저씨를 봤다."

"언제…… 어디서?"

"조금 아까야. 우리넨 자네들 악인들보다 늦게 놀잖나. 그래 인제사 저녁을 먹었지. 저 아래 모퉁이 밥집 앞이야."

동유가 다시 물었다.

"어디로 가는지 따라가봤니?"

"그야 뭐 뻔하지. 한 대 빨고 자빠져 있을 게다."

동유가 간이주점을 떠나기 전에 광대에게 다시 물었다.

"근방에 흡연소가 어디어디야?"

"이 길로 쭈욱 내려가. 거기 초가집들이 줄지어 있는 곳, 찻집 뒤가 흡연소야."

동유는 가슴이 뛰고 피가 머리 위로 치솟는 느낌이었다. 그는 항저우 이래로 언제나 바짓가랑이 안쪽에 지르고 다니던 비수를 뽑아서 허리춤으로 옮겨 찔러두었다.

대나무 기둥과 삼줄을 엮어 지은 초가들이 늘어선 곳에 이르러 처마에다 내건 등불의 글씨를 보아 찻집을 쉽게 발견할 수가 있었다. 동유는 월등이 천장의 대나무 대들보에 높직하게 매달린 찻집 안으로 들어갔고, 그대로 찻집을 지나 뒷문을 열고 들어섰다. 안은 고작 등불이 하나 매달려 있어서 어둠침침했다. 입구에 의자를 놓고 앉았던 사내가 말했다.

"한 대에 삼십전, 냉차와 자릿값까지 모두 육십전이오."

"동무를 찾으러 왔는데, 만나게 되면 돈을 내겠소."

도회지의 흡연소 같으면 경계하느라고 어림도 없을 터인데 사내는 순순히 고개를 끄덕인다. 희미한 불빛 아래 각양각색의 사람들 모습이 보였다. 이미 떨어져서 사지를 내던지고 깊은 마취에 빠진 자, 모로 누워서 꼬부린 채 이제 황홀경이 시작된 자, 야자 껍질 베개를 베고 비스듬히 누워 곰방대를 빨고 있는 사람, 지금 아편을 작은 화로의 불 위에 얹어 데우고 있는 사람을 지나서 동유는 자리마다 허리를 굽히고 다니면서 살폈다. 사람 하나 누울 만한 부들자리가 깔렸고 머리맡에 아편 데우는 작은 화로와 아편 접시에 곰방대가 놓였고 무릎만한 높이로 울을 쳐서 천으로 가리개를 해놓았다. 동유는 맞은편에 벽을 향하여 돌아누운 한 사내의 구부정한 등에서 낯익은 모습을 발견하고 그리로 다가갔다. 동유가 가리개 너머로 몸을 구부리고 손을 뻗어 사내의 어깨에 얹으니 그가 슬며시 돌아보는데 샹자오였다. 그는 벌써 눈꺼풀이 가물가물 마취가 시작되고 있는 듯한 몰골이었다. 동유가 달려들어 그의 멱살을 잡아 일으켰지만 샹자오는 만취한 사람처럼 중얼거렸다.

"낼 아침에 보자구…… 내일 찾아오란 말이야."

"아저씨, 빨리 일어나요. 배를 타야 한단 말이오."

동유는 일부러 큰 소리로 떠들면서 샹자오를 부축해서 끌고 나왔다. 도회지 같았으면 경계하느라고 동유를 먼저 끌어냈겠지만 입구의 사내는 입에다 손가락을 대고 말했다.

"쉬이, 조용히 데리고 나가슈."

동유는 그를 데리고 찻집을 통해서 밖으로 나왔다. 그는 비틀대는 샹자오를 끌고 초가집들이 있는 샛길 뒤편으로 돌아갔다. 샹자오를 벽에 기대어 앉혀놓고 나서 동유가 그의 뺨을 가볍게 때렸다.

"정신 차려, 정신 차리라구. 렌화를 어떻게 한 거야. 그리구 우리 봇짐은 어떻게 했어?"

샹자오가 이죽거리면서 대답했다.

"내가 알 게 뭐냐. 기루에 있었으니 어디 가서 몸 팔구 있겠지……"

동유는 허리춤에서 비수를 뽑아 그의 목에 칼 끝을 꾹 누르면서 다시 물었다.

"네가 렌화를 흰개미 관가에게 팔아먹었지. 패물 보따리는 어쨌느냐?"

샹자오가 입을 일그러뜨리더니 비죽비죽 울음을 터뜨렸다.

"봇짐을 그놈들이 빼앗아갔다. 겨우 은 한 덩이 주더라. 렌화는…… 그자들이 데려갔어. 나는…… 몸이 아프다구."

"에이 이런 개자식!"

동유가 칼을 내렸는가 하더니 갑자기 샹자오의 배를 푹 찔렀다. 샹자오가 외마디 비명을 지르면서 벽을 짚고 일어서며 제법 잰걸음으로 샛길 밖으로 나갔고, 동유는 멈칫하고 서 있다가 생각이 난 것처럼 뒤에서 달려들며 등을 한 번 더 찔렀다. 샹자오는 간신히 길 가운데로 비칠대며 걸어가서 쓰러졌다. 그의 뒤를 따라 쫓아간 동유가 쓰러진 샹자오를 올라타고 미친 듯이 거푸 찔러댔다. 처음에 놀란 행인들은 좌우로 비켜서며 소리만 지르더니, 그중 두 사람이 동시에 달려들어 하나는 동유의 칼 쥔 손을 잡았고 다른 하나는 그의 목을 팔로 감아 샹자오에게서 잡아떼었다. 동유가 넘어지자 그제서야 용기를 얻은 군중은 사방에서 달려들어 이 살인자의 팔다리를 잡아 일으켜 포리들이 나와 있는 번소로 데려갔다. 번소라고 해봤자 대처와는 달라서 따로 감옥이 있는 게 아니라 짐승 우리 같은 통나무 간살을 둘러친 호송용 장옥이 있고 포리들의 거소도 군대용 장막을 쳐놓은 곳이었다. 거기서 가까운 관문은 선전에 있는 팔기군(八旗軍) 진영이었다. 군중들은 번소 앞에서 제각기 외쳤다.

"살인이요. 우리가 살인자를 잡아왔소!"

"사람이 죽었어요. 빨리 나와보시오!"

포리들이 할 일 없이 앉아서 골패나 하다가 놀라서 뛰어나왔다. 그들은 일단 잡혀온 동유의 머리에 칼을 씌워 장옥에 가두었다. 그리고는 현장에 가서 피해자를 확인한 뒤에 시체를 거적에 말아서 손수레에 실어왔다. 장터의 길 위에도 주검을 싣고 온 수레에도 피가 흥건했다. 처음에 동유는 어둠 속에서 장옥 안에 누가 있는지 몰랐다. 그는 갑자기 피로가 몰려와서 발을 뻗고 누워보려는데 저쪽에 누군가 앉아 있는 게 느껴졌다.

"남의 집에 들어왔으면 인사를 해야지……"

광둥 사투리와 하카(客家) 사투리가 섞인 듯한 이상한 말투의 목소리가 들려와서 동유는 얼른 발을 움츠리고 상반신을 일으켰다. 그러나 이내 피로와 쏟아지는 잠으로 그는 고개를 떨구고 말았다.

통나무 간살에 얼굴을 기대고 잠들었던 동유는 햇빛 때문에 눈살을 찌푸리며 깨어났다. 비스듬히 떠오른 해가 장옥의 축축한 모래바닥 위에 통나무 간살의 그림자를 찍어놓고 있었다. 그는 먼저 장옥 바깥 지척에 상자오의 시체가 거적에 말린 채로 놓여 있는 꼴을 보았고, 밖으로 비죽이 나와 있는 그의 길쭉한 맨발도 보았다.

"이제 잠이 깼는가?"

목덜미가 드러난 맨저고리 바람에 칙칙한 먹물 들인 무명 바지 차림의 사내가 동유처럼 목에 널판자의 칼을 쓴 채로 저쪽 구석에 단정하게 앉아 있었다. 그는 동유가 보기에 좀 괴상한 몰골이었다. 가슴에는 나무로 만든 십자 모양의 장식을 달고 있었고 변발을 하지 않았다. 아마 그 길다란 머리카락 때문에 이상하게 보였을 것이다. 세상사람들 모두가 만주식 변발을 하여 이마에서부터 앞머리 중턱에 이르기까지 면도로 깨끗하게 밀고 뒤통수에 기른 머리를 한 오라기로 땋아 뒤로 늘이는 풍속인데, 이 사람은 머리를 그대로 기르고 이마에 붉은 헝겊을 질끈 동여두고 있었다.

"자네 어쩌다가 저 친구를 죽이게 되었나?"

사내의 물음에 대답 대신 동유가 되물었다.

"당신은 누구요?"

"나는 상제(上帝)의 아들이지. 자네도 거기 자빠진 친구도 모두 상제의 아들일세. 사람을 죽였으니 자네도 법에 따라 죽겠구먼."

"저놈은 아편 값을 벌려고 내 아내를 흰개미 놈에게 팔았어요."

동유가 분을 참지 못하여 항저우에서 있었던 일을 대충 말해주니 사내는 고개를 끄덕이며 한숨을 내쉬었다.

"세상에 악이 가득 찼구나. 황제와 관리가 모두 한통속의 악마들이고 거기에 양귀들까지 아편을 들여와 백성의 등골을 빼고 도적질을 하여도 막을 자가 없도다. 언제나 태평한 천하를 이루게 될 것인가!"

동유는 저도 모르게 상대방이 비범한 사람이라 느끼고 처음보다는 훨씬 공손하게 물었다.

"어른은 뉘십니까?"

"나는 하카 사람으로 양(楊)씨일세. 자네, 나를 따라가지 않겠는가?"

양 선생의 엉뚱한 질문에 동유는 말을 더듬었다.

"제가 죄수로…… 어찌…… 선생을 따라가겠습니까."

그러나 양 선생은 차분하게 말했다.

"기다려보게. 곧 좋은 일이 있을 테니……"

얼마나 지났을까, 아직도 번소로 쓰고 있는 장막에서는 포리들이 잠자고 있는지 아무 기척이 없는데 앞의 장터 가운데 길로 말 탄 사람들이 다가왔다. 그들은 거의 장사치 차림이었는데 좁은 소매 저고리에 꼭 끼는 마고자를 입고 바지에는 날렵하게 각반을 두르고 삿갓을 쓰고 있었다. 그들은 번소 앞에 이르자 말에서 내리더니 두 사람은 장막 안으로 들어가고 다른 세 사람이 장옥 앞으로 걸어왔다. 그들 중 하나가 통나무 간살 앞에 와서 허리를 굽혀 인사했다.

"선생님, 욕보셨습니다."

"그래, 얼른 꺼내주게."

장정들이 묵중한 철퇴를 들어 간살을 몇 번 후려치니 나무의 중동이 사정없이 부러져나간다. 그들은 허리를 구부리고 장옥 안으로 들어와 양 선생이 목에 쓰고 있던 널판자에 걸린 자물쇠를 칼로 쳐내고 벗겨냈다. 그는 목을 몇 번 흔들어보더니 동유를 손가락질했다.

"저 사람도 풀어주어라."

두말도 하기 전에 동유의 목에 씌운 널판자 칼도 벗겨져나갔다. 그들은 모두 장옥 바깥으로 나왔고, 장막 안으로 들어갔던 사람들도 뛰어나왔다. 장정이 양 선생에게 말했다.

"어서 말에 오르십시오. 갯가에 가면 배가 준비되어 있습니다."

"포리들이 쫓아오면 어찌하려나?"

"예, 한 대씩 쥐어박아 결박해두었습니다. 정오쯤에나 깨어나겠지요."

그들은 서두르지 않고 말에 올라 갯가로 내려갔다. 아직도 장터에는 인적이 별로 보이지 않았다. 연안에서 숱하게 떠다니는 이층 살림배 한 척이 기다리고 있어서 양 선생 일행은 모두 배에 올랐다. 아직은 아침녘이라 물가에 대어진 살림배들에서는 곳곳에서 밥 짓는 연기가 오르고 있었다.

배가 광저우를 향하여 만의 안으로 깊숙이 들어갈수록 서양 배는 많아져서 화륜선이 일으키는 파도 때문에 배가 잠시도 흔들리지 않는 때가 없었다. 육지에도 영국 주둔군의 붉은 군복들이 울긋불긋하게 보였다.

배에서 끓인 죽을 아침으로 간단히 먹고 나서 양 선생이 동유에게 여러 가지를 물었다. 동유가 어려서부터 비파를 연주하며 예인으로 떠돌며 자랐다고 하자 양 선생은 자못 마음을 놓는 것 같았다.

"네가 글을 읽을 줄 아느냐?"

"배우지 못하였습니다."

선생은 그럴 줄 알았다는 듯이 고개를 끄덕였다.

"우리 회에 들어오면 모두 글을 배울 수 있게 될 것이다. 이제 우리 스승님도 만날 수 있지. 우리 교리는 상제의 자식인 천하 사람들이 상제의 큰 복을 함께 누리며 누구든지 고르게 따뜻한 옷에 밥을 배불리 먹고사는 세상을 만들자는 데 있다. 우리 스승님은 일찍이 상제의 큰아드님인 예수님의 아우로 천하를 구원하시려고 하늘나라에서 내려오셨느니라. 이제부터 너 같은 사람들이 당한 고통을 우리가 모두 없앨 것이다. 사람을 사고파는 못된 짓과, 첩을 두는 일이며, 아편 피우는 일과 노름, 그리고 술 마시기, 매춘, 여자의 발을 묶어 병신을 만드는 전족 등의 일을 모두 금지하고, 고아와 의지할 곳 없는 노인을 보살피고 먹이며, 여성을 배우게 하여 남자와 똑같이 대우하고, 야만 오랑캐인 만주족들을 몰아내야 한다. 그런 세상을 이루고 나면 우리도 양귀들처럼 발달된 문물을 갖추고 저들을 몰아낼 수가 있을 게다."

동유는 듣고 있는 사이에 이제까지 자신을 옭아매고 있던 슬픔과 회한이 저도 모르게 바람 부는 날의 구름처럼 사라졌다. 그는 감동해서 눈물이 쏟아졌다.

"선생님, 저도 상제를 믿게 하여 주십시오."

"너는 이미 입회했느니라."

동유는 얼마 지나지 않아서 배상제회(拜上帝會)에 들게 되었고 양 선생의 전령이 되어 여러 지방을 돌아다녔다. 양귀들에게 땅과 백성을 내주어버린 무능한 청조(清朝)는 태평천국(太平天國)을 위해서 멸망할 때가 왔다고 그들은 굳게 믿고 있었다.

6. 용 머리 위의 관음

청이가 타고 온 배는 푸저우에 일단 머물렀다. 뢰마이 상인들은 멀리 톈진에서부터 칭다오와 상하이 닝보 항저우를 거치면서 젊은 남녀를 구매하여 푸저우와 샤먼에 집합시켰다가 외국에 쿠리(苦力)와 매춘부로 팔아넘겼다. 푸저우에서는 타이완과 루손으로 나가는 인력을 수송했고 보다 남쪽인 샤먼에서는 바타비아와 싱가포르 등지의 남양으로 보내는 자들을 집합시키던 것이다.

청이는 밤중에 다른 젊은 남녀와 함께 배에서 끌려 내려왔다. 부두에서 남자들은 다른 곳으로 끌려가고 여자들은 항구의 깊숙한 안쪽에 있는 싸구려 여숙 비슷한 집으로 끌려갔다. 청이는 그 집이 쑤저우나 항저우의 여숙과 슈마지아보다 규모가 훨씬 크고 사람도 많은 데 놀랐다.

도착하자마자 건장한 남자들이 둘러서서 줄을 세우고는 모두에게 옷을 벗으라고 명했고, 두리번거리며 망설이자 가차없이 낭창한 댓

가지로 후려쳤다. 몇 대를 맞은 여인의 팔과 등에 핏자국이 선명했다. 여자들은 출발지에서부터 부끄럼 없애는 단련을 받은 터여서 서슴없이 옷을 벗었다. 상인들이 중간 뢰마이로부터 물건을 인수받기 전에 하자가 없는지 꼼꼼히 살피려는 것처럼 보였다. 그들은 우선 겉보기에 나이가 많은 여자부터 골라냈고, 팔다리가 성한지 그리고 병은 없는지를 살피는 모양이었다. 입을 벌리게 하여 이빨이 성한지도 보았다. 검사를 마치고는 여자들에게 검정이나 군청색의 치포 한 장씩을 나눠주며 그것만을 입고 벗은 옷과 소지품 따위는 모두 놓고 가게 했다.

청이는 수십 명의 젊은 여자들에 섞여서 안으로 들어갔다. 집은 천장이 제법 높다란 벽돌 건물이었다. 복도를 따라서 튼튼한 나무 문짝과 창살 달린 창문이 있는 방이 연이어 있었다. 마루가 깔린 방은 큰 집의 전실처럼 넓어서 한 방에 십여 명은 족히 누워 지낼 만했다. 사내들은 비어 있던 방을 열고 방금 배에서 내린 여자들을 몰아넣었다. 각 방의 창문 앞에 희미한 사방등이 하나씩 매달려 있었다. 조금 있다가 사내들이 저녁밥을 담은 나무통을 양손에 들고 들어왔다. 대나무 잎에 싼 밥덩이와 절인 야채였다. 청이도 줄을 서서 기다렸다가 밥과 반찬을 두 손에 받아다가 구석자리로 가서 벽을 보고 돌아앉아 조금씩 먹었다. 남방 쌀이라 손가락으로 뭉쳐도 모아지질 않아서 흘리지 않으려고 애를 쓰면서 입가에 대고 손가락 끝으로 쓸어담듯이 하며 먹었다. 청이는 절인 야채를 소금기가 다 가시고 지푸라기처럼 아무 맛도 없어질 때까지 오래오래 씹었다. 어디선가 흐느끼는 소리가 들렸지만 그네는 절대로 울지 않았다.

모두들 목침을 베고 맨마룻바닥에 누웠는데, 남쪽 지방이라고는 하여도 밤공기가 싸늘해서 홑겹 치포만 걸친 온몸이 덜덜 떨리도록 추웠다. 곁에 누웠던 여자가 슬그머니 팔을 얹더니 뒤에서 청이를 껴안았다. 그리고는 저도 쑥스러웠는지 조그맣게 중얼거렸다.

"너무 추워서 그래."

청이 그애를 향하여 마주 돌아누우며 말했다.

"우리 안구 자자. 그럼 훨씬 나을 거야."

그네는 작은 계집아이처럼 청이 두른 팔 안으로 파고들며 속삭였다.

"너무 무서워."

"괜찮아. 밥을 주는 걸 보면 죽이지는 않을 거야."

청이 그네의 등을 토닥이며 물었다.

"넌 누구니?"

"나 링링(玲玲)이야."

"내 이름은…… 청이야."

그네는 처음으로 잊었던 자기의 이름을 말했다. 그건 두려움에 휩싸인 어린 계집아이 같은 링링의 모습을 보며 옛날 일이 생각났기 때문이다. 링링의 앙상한 어깻죽지에 손을 얹고서 청이는 저도 모르게 뜨거운 눈물이 볼을 타고 흘러내리는 것을 느꼈다.

"쳉…… 총, 무슨 이름이 그래?"

링링이 중얼거리자 청이는 흐르는 눈물을 손등으로 쓱 훔쳐내고는 옛날로 돌아가서 헤매려던 마음을 입으로 훅 불어 날려보내듯이 큰 숨을 한 번 내쉬었다.

"그건 어릴 제 이름이야. 아버지가 지어주신…… 나는 동방에서 왔어. 여기선 모두들 렌화라고 부른단다."

"나는 사오싱의 산골 마을에서 왔어. 우리 엄마는 내가 이렇게 된 줄을 모를 거야. 닝보에 하녀 자리가 있다구 그래서 따라나섰어. 우린 동생들이 여섯이나 되거든. 입 하나 덜구 돈두 번다구 그랬어."

링링은 들어주는 사람이 있다고 생각했는지 갑자기 흐느끼기 시작했다. 청이 링링의 어깨를 잡고 흔들면서 말했다.

"그만 해, 너 봤지? 젊은 남자들도 쿠리로 팔려가는 걸 봤잖아. 우리를 사다가 뭐에 쓰겠어. 지나가구 나면 다 별게 아니야. 무서워할 거 없단다. 지옥엘 가더라도 살아내야지. 불구덩이 물구덩이를 헤치구 가다보면 꽃동산도 나올 거야."

링링은 기어들어가는 목소리로 속삭였다.

"사내들이…… 너무 무서워."

청이는 자기 자신에게 말하는 느낌으로 타이르듯이 말했다.

"사내들, 양물밖엔 믿을 게 없는 것들이야. 저것들도 무서워하구 있다구. 나는 기루에서 화지아를 해보아서 잘 알아. 제대로 힘을 쓰지 못하면 얼마나 두려워하는지 아니? 호기 있게 힘을 쓰고 큰소리를 치다가도 단둘이 되면 녀석들은 더욱 움츠러들지."

가늘게 코를 고는 소리가 들렸다. 청이는 희미한 사방등 빛에 링링의 얼굴을 살펴보다가 혼잣말을 계속했다.

"저것들 모두 여자들 속에서 나온 것들이야. 힘 가지구 다툴 필요두 없다구. 나는 언제든 녀석들을 후릴 수 있어. 어디서든 살아낼 거야!"

청이가 뢰마이의 인력 수집소에서 며칠을 지내는 동안에 비어 있는 방들이 가득 차도록 여자들이 끌려왔고, 가끔씩 상인들이 여자를 사러 왔다. 지키는 사내들은 각 방마다 여자들을 일렬로 늘어서게 했고 상인들은 창 앞에 서서 둘러보다가 손가락으로 찍어서 데리고 나갔다. 상인들의 행색은 각양각색으로, 머리에 두건을 쓰고 얼굴이 검은 서역 사람도 있었고 아랫도리에 바지 대신 여자들의 치마와 같은 천을 두른 남방인이며, 가끔씩은 서양 배에서 통역을 하는 자들이 양복 차림으로 찾아오기도 했다.

어느 날 이상한 몰골의 사내가 여자들을 사러 왔다. 그가 이상하다는 것은, 변발을 하고 깃이 올라온 저고리를 입었는데도 마치 천주교를 퍼뜨리는 양인 신부처럼 생겨먹었기 때문이었다. 눈이 움푹 꺼지고 코가 크고 수염이 갈색이었다. 그렇지만 자세히 보면 서양인과 꼭 같지는 않았다. 인상은 그런데도 말하는 소리를 들으면 분명히 중국 사람이었다. 그가 방 앞에 서서 날카로운 눈으로 일렬로 늘어선 여자들을 살폈다.

"너, 앞으로 나와."

청이를 손가락질하며 그가 말했을 때 그네는 쭈뼛거리지 않고 문 앞으로 나서며 링링에게 말했다.

"링링 너두 나오렴."

문을 열어주던 뢰마이 사내가 참견을 했다.

"너만 나오라구 하잖아?"

청이 기죽지 않고 외쳤다.

"얘는 내 동생이에요. 우린 함께 돈을 벌어야 해요."

청이를 지목했던 서양인 몰골의 상인이 복도로 나온 그네에게 물었다.

"네 이름이 뭐냐?"

"렌화라구 합니다."

상인이 냉소하듯이 입술을 빙긋이 올리면서 물었다.

"돈을 벌겠다구 그랬나?"

"가진 거라고는 몸에 걸친 치포 한 장뿐인데 돈을 벌어야지요."

청이가 외로 땋은 머리카락을 뒤로 젖히고 당당하게 말하자 상인이 물었다.

"네 동생이 누구냐?"

"저기요……"

그네는 창 안에 늘어선 여자들 중에서 몸집이 작은 링링을 지목했다. 상인이 한마디했다.

"어린 것 같긴 하지만, 너두 나오너라."

그렇게 각 방에서 골라낸 여자가 열두 명이었는데, 상인은 그들을 끌고 복도를 지나 첫날에 와서 신체검사를 받았던 바깥쪽의 큰 방으로 데려갔다. 상인이 뒷짐을 지고 서서 기다리자 수집소의 사내가 여자들을 두 줄로 세워놓고 첫날처럼 간단하게 말했다.

"모두 옷 벗어."

여자들은 다리 아래에서부터 치포를 걷어올려 마지막으로 머리를 빼내는 식으로 허물을 벗듯이 단번에 벗어버렸다. 상인은 여자들의 앞으로 다가와 몸 구석구석을 살폈다. 그는 앞줄을 돌아 여자들의 뒤를 살피고는 다시 뒷줄을 살펴보았다. 그가 여자들에게 옷을 다시 입도록 하고는 책상 앞에 가서 앉더니 차례로 불러 이름과 나이와 고향을 묻고 대장에 적어나갔다. 청이의 차례가 되었다.

"이름은?"

"렌화요."

"몇살이야?"

청이는 잠깐 망설였다가 말했다.

"스무 살이요."

"고향?"

"꺼우리에서 왔어요."

"꺼우리가 어디야?"

"동방의 나라요."

"이국인인가?"

"그래요, 진장 기루에 있었어요."

상인이 청이를 힐끗 올려다보았다.

"난리통에 끌려왔겠군."

"잘 아시잖아요. 전 화지아를 했어요."

상인이 수염을 만지작거리면서 고개를 끄덕였다.

"좋아, 넌 다시 화지아를 하는 거다."

상인이 신체검사를 마치자 열두 사람 중에서 둘이 제외되었다. 하나는 너무 마른 여자였고 다른 하나는 이빨이 썩었는지 입냄새가 심한 아이였다.

뢰마이 사내가 상인이 지켜보는 가운데 골라낸 여자들의 팔뚝을 걷고 큼직한 도장을 찍었다. 예전에는 전족을 확인하고 문신을 새겼다지만 다른 곳으로 옮기면서 흔적을 지운다고 자해를 하거나 상처를 내는 일이 많아져서 그만두었다고 한다. 사창의 점주들도 흉터가 생기는 일은 상품에 흠집을 내는 일이라 별로 좋아하지 않게 되었다. 그러나 매춘부 스스로 노련해지고 손님이 많아지면 그럴듯한 무늬의 문신을 새겨서 자기를 알리려고 하였다. 전족의 경우에 창가의 여자들 사이에서는 그것이 한족의 규범 있는 향촌이나 식구들 사이에서 자라난 징표로서 일종의 자랑이기도 했지만 외방에서는 오히려 그 반대였다. 이민족들이 많이 드나드는 항구에서는 그 뒤뚱거리는 걸음걸이나 언제나 신고 있는 발싸개와 장식된 꽃버선 때문에 위생상 혐오증을 불러일으킬 만했다. 양인처럼 생긴 그 상인이 청이에게 나직하게 말했다.

"내일 새벽에 출발한다. 성문을 여는 종소리가 들리자마자 아이들을 깨워서 인원 점검을 하고 기다리고 있도록 해라."

"알겠습니다, 주인 어른."

청이도 그를 흉내내어 조용히 대답했다.

상인이 돌아가자 뢰마이 사내가 이미 팔린 여자들을 출입구 쪽에 있는 첫번째 방에 집어넣었다.

맹그로브 숲이 짐승의 털처럼 울창하게 우거진 해변이 보인다. 바다는 여러 갈래의 하천들과 곳곳에서 연결되고 있다. 바다에 이르는 강의 마지막 지류들은 모두 하얗게 물거품을 일으키고 있다. 물살이 거칠고 빠르기 때문이다. 양쪽으로 둥그스름한 언덕이 솟아 있고 그 안쪽 깊숙한 곳에 동굴이 입을 벌리고 있다. 자신의 몸은 보이지 않고 다만 새가 날아가듯이 그 위로 스쳐가면서 경치를 조감하는 눈만 있는 것 같다. 목소리가 들리는데 그건 자기 머릿속에서 웅얼웅얼대는 렌화의 목소리이다. 나는 꿈을 꾸고 있다, 라고 렌화가 말한다.

지금 시선은 굴 입구에 고정되어 머물러 있다. 저 안쪽 어둠 속에서 붉은 점들이 이쪽을 노려보고 있는 듯하다. 시선은 확대되면서 굴 속으로 들어간다. 굴의 천장은 울퉁불퉁하고 풀과 나뭇잎이 빽빽하게 자라나 늘어져 있다. 무엇인가 스르륵거리며 바닥에 스치는 소리가 들리고 갑자기 거대한 구렁이 대가리 다섯이 나타난다. 구렁이는 보고 있던 이쪽을 휘어감는다. 그것이 내다보고 있던 눈구멍으로도 또다른 곳으로도 쑤시고 들어와 몸 속에 가득 찬다. 아아, 답답해. 이건 내 몸의 일부가 아니야, 라고 렌화는 말한다. 아무것도 보이지 않는 가운데 온몸이 부풀어오른다. 물이 가득 찬 가죽부대처럼 몸이 터져버릴 것 같다. 어둠 가운데서 허우적거린다. 펑! 하고 터져나가면서 뭔가 비처럼 쏟아진다. 그것들이 일시에 바깥으로 밀려나간다. 바닥에 즐비하게 널린 뱀의 허물이 보인다. 그리고 피가 강물처럼 발치에 흘러내려간다.

198

이번에는 알몸의 청이가 보인다. 내가 그년을 보고 있네, 라고 렌화가 말한다. 벌거벗은 청이년 앞에 역시 벌거벗은 남자가 보인다. 그의 자지가 엄청나게 크다. 고향 집 뒷산 사당에 나무로 깎아놓았던 놈보다 훨씬 크고 대가리가 뭉툭하게 솟아올라 있다. 청이가 달려들어 자지를 붙잡고 힘을 쓴다. 양쪽은 지지 않으려고 서로 뒤로 몸을 한껏 뒤로 빼고 장딴지에 알통이 나오도록 당긴다. 청이가 자지를 방망이처럼 두 손에 움켜쥔 채로 뒤로 벌러덩 자빠진다. 얼굴이 보이지 않는 남자는 뒤로 넘어져서 꼼짝도 하지 않는다. 청이가 가까이 다가가서 죽었나 살았나 가만히 흔들어본다. 넘어진 남자가 눈을 번쩍 뜨는데 눈꺼풀 안에 동자는 없고 흰자위만 보인다. 남자가 입술을 움직여 청이야…… 하고 맥없이 중얼거린다. 청이는 뜨거운 것에 손을 덴 것처럼 얼른 뒤로 물러서더니 죽자사자 달아난다.

아버지잖아. 그런데 왜 이렇게 빨리 뛰어지지 않는 걸까.

그네는 어느 결에 진장의 부둣가 추석맞이 묘회 터에 옮겨가 있다. 청이는 꿈속에서 흐느적이며 움직이고 있는 군중 속을 헤치고 들어간다. 사람들이 손가락질을 하고, 놀라서 소리지르고, 미친 듯이 낄낄거리며 웃는다.

아, 이것 봐, 내가 벌거벗었잖아.

그런데 이게 웬일인가. 그네의 다리 사이에서 걸리적거리고 있는 게 죽은 짐승처럼 늘어진 자지가 아닌가. 사람들 틈에는 첸 대인도 흐물흐물 하는 걸음걸이로 살아 있고, 복락루의 구앙이 놀라서 뒷걸음질을 치고, 동유가 외마디 소리를 지르며 쫓아온다.

렌화, 렌화야. 너는 내 꺼야!

청이는 사람들을 피하고 팔을 휘둘러 뿌리치며 달아난다. 멀리서 종소리가 들려오고 링링이 손짓하여 부른다.

"언니, 언니야……"

누군가 흔들어 깨우는 바람에 청이는 얼굴을 좌우로 흔들면서 눈을 떴다. 얼굴이 땀으로 젖었고 먼 데서 성문 여는 시각을 알리는 종소리가 들려온다.

"나쁜 꿈을 꾸었어?"

링링이 걱정스러운 듯이 들여다보고 있었다.

"크느라구 꾸는 꿈이겠지 뭐."

깨어나보니 약속대로 일어날 시간이었다. 계속되던 종소리가 타종의 마지막을 알리며 세 번을 치고 나서 멎었다. 청이는 기지개를 켜고 일어나 힘차게 몇 번 팔다리를 휘둘러보고 나서 방 안의 여자들을 깨웠다. 문을 두드려서 복도 끝에서 졸고 있던 뢰마이 사내를 불러 문을 열게 하고 차례로 용변과 세수를 하고는 두 줄로 얌전히 앉아 있었다. 아직 날이 새지 않았는데 상인이 데리러 와서 맨 먼저 팔뚝의 검인을 확인했다. 렌화와 여자들은 슈마지아 밖으로 나왔다. 새벽 안개가 부옇게 낀 부두 쪽에서 소금기 밴 바닷바람이 불어왔다. 그들은 노새가 끄는 수레에 타고 방울 소리를 내며 출발했다. 상인과 다른 두 사내가 천천히 가는 수레의 곁에 바짝 따라서 걸어왔다.

배는 언제나 똑같은 돛 세 폭짜리의 정크선이었다. 여자들은 처음 탈 때처럼 신체검사를 받고 갑판 아래 화물칸으로 내려갔다. 선원이 계단을 내려오더니 물었다.

"여기 화지아가 누구야?"

"저예요."

청이가 앞으로 나서자 선원이 말했다.

"두 사람 데리구 올라와."

"무슨 일인데요?"

웃통을 벗고 무명수건만 목에 걸친 선원은 씩 웃으면서 말했다.

"밥 타가야지."

청이는 링링과 그 뒤에 섰던 키 큰 아이를 손짓해 불러냈다. 선원의 뒤를 따라서 갑판 위의 선실 가운데쯤에 있는 식당칸으로 갔다. 선원들 몇 명이 차례로 밥을 먹고 있었고 상인도 탁자 끝에 앉아서 먹고 있다가 무뚝뚝하게 말했다.

"애들 밥 좀 많이 줘. 그 동안 고생 많았을 게야."

주방장은 머리가 희끗한 초로의 아저씨였는데 원건을 쓴 이마에 땀이 번져 있었다. 그가 바구니에다 밥을 하나 가득 퍼주었고 나무 양푼에는 야채와 생선조림을 담아주었다. 그리고 따로 큰 채반에 사기그릇이며 젓가락 등을 올려놓아주었다. 그리고는 주방장이 선원에게 일렀다.

"자네, 한번 더 다녀와야겠어. 국통을 날라다줘야지."

청이네 주인 되는 상인이 밥을 먹으면서 말참견을 했다.

"그럼 그럼, 아침에는 국이 있어야 속이 편하지."

청이 등은 밥과 반찬이며 그릇을 챙겨들었고, 그들을 안내했던 선원은 나무통에 담긴 국을 들고 선복으로 내려왔다. 그들이 반찬을 나누어담고 밥을 퍼주는 것을 잠시 보고 있던 선원이 일러주었다.

"저 뒤에 펌프가 있다. 바닷물을 퍼올려 쓸 수 있으니 설거지도 하고 씻기도 해라. 식수는 저기 물통의 꼭지를 비틀면 나온다. 아껴서 써야 한다."

청이는 공손하게 말했다.

"고맙습니다. 그런데 아저씨, 이 배는 어디로 가요?"

선원이 서슴지 않고 말해주었다.

"타이완(臺灣)의 지룽(鷄籠)으로 간다. 그리고 단수이(淡水)를 거쳐서 타이난(臺南)까지 가면 이번 항해는 끝이로구나."

선원이 청이를 잠시 바라보더니 말했다.

"너희들은 지룽에서 내리게 될 게다."

청이 물었다.

"타이완은 광저우 부근이 아닌가요?"

"허허, 거기는 육지와는 떨어진 섬나라다. 여자가 귀해서 곳곳마다 사내들뿐이란다. 너희는 아마 돈두 많이 벌 게야."

선원은 말을 마치고 계단으로 올라가버렸다. 배에 타고 보니 이곳 선원들은 역시 일해서 먹고사는 이들이라 슈마지아의 뢰마이 사내들과는 달리 순박해 보였다. 엄해 보이던 주인마저 제 식구를 돌보려는 것처럼 태도가 달라져 있었다. 청이는 식사를 마치고 자청해서 나서는 다른 두 여자아이들을 데리고 식당칸으로 가서, 바닷물로 초벌 설거지를 했던 그릇 등속을 민물로 깨끗이 닦았다. 그뿐 아니라 청이는 선원들이 먹고 놓아둔 그릇들을 모아다가 물 받아 놓은 함지에 넣고 설거지를 했다. 주방장은 기분이 좋아졌다.

"네가 화지아라더니 역시 철이 들었구나. 아무렴 그래야지."

청이는 일하는 중에 주방장이 다른 선원 하나와 식탁에서 차를 마시며 주고받는 이야기를 귀담아들었다.

"요즈음에 남자 일꾼들은 모두 남방으로 간다네. 여자들이 많이 오는 걸 보면 이제야 개간농장들이나 광산에서도 홀아비 신세 한탄이 줄어들겠구먼."

"지룽 단수이 타이난 일대의 주점과 창가마다 돈 많이 벌었다던데. 지룽과 단수이에서는 서양 배가 부두로 들어오진 못하고 내항 가까이 머물며 장사를 하다 떠나는데요, 양귀들도 여자를 많이 찾는

답디다."

"그러니 저 튀기가 대인 노릇을 하지 않나……"

"아저씨는 저 포주를 잘 아세요?"

"아다마다, 타이난 항구의 마이판 밑에서 통역 다니던 친구 아닌가."

"원래 타이난에 헤란(荷蘭) 튀기들이 많지요."

정크선은 해협을 건너갔다. 물살이 빠르고 무역풍이 불어와 배는 동쪽으로 곧장 나아가다가 먼바다에서 남쪽 방향으로 우회했다. 해협의 물살과 풍향을 직접 받지 않기 위해서였다. 남쪽으로 항해하여 아득한 곳에 섬의 자취가 보이기 시작할 때부터 배가 높은 파도를 타며 요동을 쳤다. 선수가 치켜올라갔다가 아래로 떨어지면서 동시에 좌우로 끊임없이 흔들렸다. 파도에 익숙한 선원들도 뱃전의 줄을 잡고 움직이면서 간신히 한 걸음씩 떼어놓을 정도였다. 선복에 있던 청이와 여자들은 모두 사지를 뻗고 누워 신음 소리만 낼 뿐이었다. 머리맡의 이곳 저곳에 토사물이 늘어갔다. 거의 혼절한 상태에서 몸이 이리저리로 굴러다녔고 서로 붙안고 소리를 지르던 아이들도 엎치락뒤치락하면서 쥐죽은듯 널브러져 있었다.

이튿날 아침에 떠오르는 해를 왼쪽으로 받으면서 정크선은 지룽을 향하여 나아갔다. 멀리 삼각형의 삐죽삐죽한 바위섬이 보이는데, 그게 바로 닭의 벼슬처럼 생긴 지룽 섬이었고 그래서 항구의 이름이 되었다. 섬을 지나면 다시 좁은 만의 입구를 자연의 방파제처럼 막고 있는 헤핑(和平) 섬을 지나서 물결이 잔잔한 호수 같은 내항으로 진입하게 되어 있었다. 양쪽으로 팔을 벌린 것 같은 언덕들이 있고 정면에는 드높은 시구링(獅球嶺)이 북쪽을 향하여 솟아 있었다. 이들 언덕과 산 위에는 옛적 스페인과 네덜란드의 포대며 요새들이 있

었는데 청군이 타이완에 들어온 뒤에는 제대로 항만의 관리가 되지
않았고 군사의 수도 백여 명이 채 못 되었다. 그러나 상행은 여기에
도 있어서 푸저우와 샤먼과 광저우의 항로가 열려 있었으며 일본의
무역선은 한 해에 수백 척씩 왕래했다. 개항이 정식으로 이루어지지
는 않았지만 서양 각국의 상선들은 헤핑 섬 바로 앞의 외항에 정박
하여 거룻배를 갈아타고 무시로 부두에까지 드나들었다.

정크선은 외항을 지나 수로가 좁아지는 내항 안으로 깊숙이 들어
와 왼쪽에 배를 대었다. 화물을 내리기 전에 갑판 위쪽 선실의 상인
과 여객들이 먼저 내리고 선복 안에 있던 청이와 여자들은 간신히
기력을 차려서 갑판으로 올라왔다. 양인처럼 생긴 상인은 여자들에
게 잠깐 기다리도록 하고는 갑판 난간에 가서 아래를 두리번거리며
살폈다.

"아퉁, 여기예요!"

외치는 소리가 들리고 남녀 몇 사람이 손을 흔들어 보였다. 그는
여자들을 앞세워 배에서 내렸다. 아직도 뱃멀미에서 완전히 벗어나
지 못한 아이들은 갑판에서 아래로 걸쳐진 나무다리를 내려오면서
비틀거렸다. 청이도 땅 위에 내려섰지만 아직도 발 아래가 휘청거리
며 출렁이는 듯한 느낌이었다. 짐을 지고 왕래하던 쿠리들이며 부두
의 남자들이 일시에 모여들어 여자들을 쳐다보고 있었다. 아퉁(阿
同)은 길 위에 여자들을 늘어세우고 부두에서 기다리던 다른 창가의
주인들에게 선을 보여주었다. 아퉁이 여자들 열 명을 모두 매입한
게 아닌 모양이었다. 그는 먼저 청이와 링링과 미리 찍어두었던 여
자 두 사람을 자기 뒤에 섰도록 하고는 나머지 여섯 여자를 손가락
질하면서 말했다.

"알아서들 데리구 가시오."

뚱뚱한 여자가 가까이 다가서서 여자들을 살피고는 말했다.

"늘 하던 대로 제비를 뽑아야지."

"그건 마음대루 해요. 나는 애들을 먼저 골랐으니까."

다른 남자가 부채를 가슴에 대고 활활 부치며 말했다.

"뭐야, 첸샹은 먼저 고르구, 우린 타다 남은 재나 차지하라는 게야?"

아퉁이 짜증을 냈다.

"그럼 왜 나보구 푸저우에 나가라구 했나? 고생한 사람에게 선취권이 있어야지."

뚱뚱한 여자가 말했다.

"그건 아퉁 말이 맞아요. 다음에두 차례가 오면 아저씨가 나가면 되잖아요."

아퉁은 더이상 대꾸하지 않고 자기가 고른 아이들에게 말했다.

"자아, 우린 집으로 가자."

요(凹)자 모양으로 들어온 내항의 만을 따라서 부두와 집들이 있었다. 가운데가 시장이었고 좌측은 동향인데 주로 화물 창고들이 늘어섰고 우측에 상가와 주택들이 이어져 시장 뒤편의 시구링 중턱에까지 작은 집들이 올라앉았다. 아퉁은 네 여자들을 데리고 상가를 지나 맨 뒤편 골목에 있는 주점과 여숙이 늘어선 골목으로 갔다.

이곳은 덥고 습한 지방이라 붉은 벽돌집들을 서로 붙여서 지어놓았다. 그래서 대여섯 집들이 모두 틈새도 없이 길을 향하여 늘어서 있었다. 앞에서 보면 작아 보였지만 집 한 채가 뒷골목으로 이어져 지붕의 굴곡은 두 번 세 번 굽이쳐서 좁고 길다란 집을 이루었다. 어떤 집은 두 채의 집을 앞 골목과 뒷골목을 향하여 따로 떼어서 짓고 가운데에 작은 마당을 만들어두기도 했다. 지붕은 붉은 기와에 벽체는 벽돌이고 모든 집들을 붙여서 지었으므로 울도 담도 없었다.

등을 내다 거는 쇳대가 달린 네모난 작은 나무판이 집 앞에 걸려 있었다. 간판에는 붉은 글씨로 남풍(南風)이라는 옥호가 씌어 있다. 이 집도 세 겹의 지붕이 연달아 붙어 있었고 맨 뒤에는 곡선 없는 일자 지붕이 하나 더 붙어 있다. 오른쪽에 큰 창이 있고 가운데에 현관문이 있었다. 비슷한 집들이 서로 다른 간판을 달고 있었다. 여숙이거나 주점이거나 사창가였다. 문을 열고 들어서자 창이 있는 한쪽 방에서 미닫이를 열어둔 채 내다보던 중년의 여자가 반기며 일어섰다. 제법 널찍한 현관 앞에는 나무로 만든 길다란 간이의자가 벽을 따라 놓여 있고 안쪽으로 들어가는 통로에는 그림을 그린 주렴이 늘어져 있어서 안이 잘 보이지 않았다. 중년 여자가 말했다.

"보름이나 지나도록 소식이 없어서 얼마나 걱정했는지 몰라요."

아퉁의 아내는 수수하게 검은 바지에 반소매의 깃 올린 흰색 상의를 입고 있었다. 아퉁이 의자에 털석 앉으면서 말했다.

"별일 없었지?"

"남들은 모두 돈 버느라고 바빴는데, 우리집은 애들이 둘밖에 없어서 밤장사는 못 했지 뭐예요."

청이는 열린 미닫이 사이로 아퉁의 아내가 앉았던 방 안을 넘겨다보았다. 나무의자가 두 개에 긴 판자로 만든 간이의자가 있고 가운데에 탁자가 있었으며 가운데 정면에 불단이 보였다.

"어 참 거기들 앉거라."

아퉁이 두리번거리며 섰던 여자들에게 말했다. 그의 아내는 여자아이들을 찬찬히 살폈다. 청이가 일어나서 절하며 쾌활한 목소리로 말했다.

"저는 렌화입니다. 잘 부탁드립니다."

아퉁이 아내를 보고 자랑하듯이 말했다.

"기루에서 화지아를 했다는군."

아퉁의 아내는 고개를 끄덕였고 링링도 청이를 본받아 인사를 했다. 샤오웨(小月)와 슈티안(黍田)도 이름을 말했는데 부인이 갑자기 웃음을 터뜨렸다.

"너는 아마 산골에서 왔나보구나."

"네, 우이산에서 왔어요. 엄마가 밭에서 김을 매다 저를 낳았대요."

"나에게 마마라고 해도 좋다. 씨아란(夏蘭)이 내 이름이야."

안에서 주렴을 들치고 어떤 여자가 현관 쪽으로 나왔다.

"아저씨 돌아오셨네요."

"그래, 카오는 무얼 하니?"

"제 방에서 자요."

마마가 새로 온 아이들을 하나씩 소개했고 안에서 나온 여자가 말했다.

"내 이름은 유메이(玉梅)야."

"뭐 과일 있으면 좀 내오고 차두 한 잔씩 줘봐라."

마마가 유메이에게 부탁했고 아퉁은 의자에서 일어났다.

"아아 피곤해. 난 좀 씻어야겠어."

"너희들 모두 잠깐 방으로 들어가자."

여자들이 방으로 들어가자 마마는 불단 앞에 가서 서더니 선향에 불을 붙여 작은 구리 향로에 꽂았다.

"너희들 오늘부터 모두 우리집 식구가 됐으니 매일 아침마다 예를 올려야 한다. 모두 건강하고 손님 많이 들어서 돈 벌게 해달라구 빌어야지."

마마가 앞에 서서 합장을 하고 고개를 숙였다. 청이와 링링 샤오웨 슈티안 모두 마마가 하는 대로 합장하고 절했다. 유메이가 쟁반에 찻주전자와 과일을 담아가지고 나왔다. 리쯔라고 하는 처음 보는 남방 과일인데 동그란 초록색 껍질 위에 부드러운 가시 같은 털이 돋아 있었다. 마마와 유메이가 하는 대로 껍질을 벗기니 물 많고 하얀 속살이 나온다. 링링이 차를 마시다가 불단을 가리키며 마마에게 물었다.

"저분은 무슨 신이에요?"

"관음보살님이란다. 내가 젊어서부터 모셨지. 너희 같은 아이들 지켜주는 분이시다."

슈티안이 어눌한 말투로 다시 물었다.

"떨어지면 어쩌려구…… 용을 타구 있어요?"

청이가 말했다.

"저건 타구 있는 게 아니야. 대가리를 밟구 서 있는 거지."

청이의 말에 마마는 소리를 내어 웃었다.

"참 그런가보다. 난 여태껏 그걸 몰랐네!"

마마가 다시 덧붙여 말했다.

"나는 이제까지 용을 타고 날아가는 줄만 알았어. 저 대가리가 꼭 사내들 그것 같지 않니?"

새로 온 아이들은 배를 타고 아득한 이방에까지 끌려온 피로와 근심이 어느 결에 사라졌는지 재깔거리며 마마와 떠들었다.

유메이가 앞장을 서서 집의 곳곳을 보여주었다. 현관에서 안으로 들어가는 주렴이 있는 곳에 사다리가 있는데, 위에는 로우징(樓井)이라고 하여 물건을 간수하는 다락이 있었다. 주렴을 들치고 들어가면 통로를 가운데 두고 양쪽으로 여섯 개의 방이 있었고 안으로 더 들어가면 통로의 왼쪽에만 방 둘이 있고 오른쪽으로는 앞마당이 보였다. 마당에는 작은 화단이 있고 제법 둥치가 굵은 나무들이 몇 그루 그늘을 만들고 있었다. 통로 안쪽으로 더 들어가면 주인네 살림 공간이라 방과 부엌이 있는데 그 앞은 뒷마당이었다. 뒷마당에는 부엌에 이어서 세탁간과 측간이 있고 마당 한가운데에 우물이 있었다. 집의 벽체는 벽돌로 세우고 천장과 기둥과 각 방의 칸막이는 나무로 되어 있었다.

뒷마당이 보이는 부엌에서부터 현관 앞쪽으로 나오면서 주인 마마 씨아란이 꼼꼼하게 설명을 해주었다.

"자아, 여기서 음식을 만들고 식사도 한단다. 부엌일을 보는 아줌마가 아침에 왔다가 저녁에 돌아가지. 요새는 우리집 장사가 시들해서 쉬고 있었는데 내일부터 오시라구 해야지."

부엌은 부뚜막과 아궁이가 있고 풍로도 세 개나 놓여 있다. 부엌의 문은 커다란 나무판자 문인데 지금은 활짝 열어젖혀져 바깥의 걸쇠 고리에 고정되어 있었다. 부엌 한쪽에 나무식탁과 긴 나무의자가 놓여 있고, 부뚜막 위에는 나무로 짠 붙박이 찬장이 붙어 있다. 바닥은 회로 바른 벽돌이었다. 주인네 방은 앞쪽에 있던 장사하는 방보다는 넓었지만 모양은 비슷했다. 다만 바닥에 두툼한 돗자리 멍석이 깔렸고 창문이 크고 뒷마당과 바로 이어지는 통로가 있는 게 달랐다. 이곳의 집들은 모두 창에 종이를 바르지 않고 굵은 각목으로 간살만을 짜놓은 모양이었다. 통로에도 문을 달지 않고 주렴이나 갈라진 헝겊 가리개를 늘어뜨렸을 뿐이었다. 문은 꼭 한 군데인데, 안의 살림집으로 통하는 곳에 판자 문이 달려 있을 뿐이었다. 뒷마당과 앞마당 사이에도 역시 담을 쳐서 막아두었다. 벽은 두껍고 실내는 어두웠다.

앞마당 앞에 있는 방 두 개는 긴밤을 잘 때에 쓰는 특실로 손님이 없을 때에는 비번인 여자들이 모여서 잡담을 하거나 쉬기도 했다.

옷을 거는 횃대와 농이 있고 벽에 세울 수 있는 평상 모양의 낮은 잠자리가 있었다. 바깥쪽의 어두컴컴한 통로 양쪽에 있는 방 여섯 개가 장사하는 공간이었다.

마마 씨아란이 가리개를 들치자 벽을 향하여 돌아누워 잠든 카오(草)가 보였다. 뒤로 꼬부린 채 드러난 그네의 새까만 발바닥이 어쩐지 안쓰러워서 청이는 얼른 고개를 돌렸다. 마마가 카오를 깨우지 않고 돌아섰다.

"이게 너희들이 쓸 방이다."

청이는 방 안으로 들어섰다. 방의 한쪽 벽에 작은 침상이 있었는데, 두 사람이 꼭 붙어서 누워 잘 만했다. 침상 위에는 대나무로 엮은 베개가 놓여 있었다. 맞은편 벽에 간살 달린 창이 있고 창 밖으로 이웃집의 벽돌담이 보였다. 창 아래 등나무로 짠 옷상자가 있고 벽에 옷을 거는 대나무 횃대가 걸렸다. 이 방을 쓰다가 떠난 여자의 것인지 길쭉한 호리병이 놓였는데 주둥이에는 꽃 비슷한 것이 늘어져 있었다. 그건 아마 들꽃일 텐데 시든 지도 오래되어 말라붙어버렸다. 원래 보라색이었을까, 마른 꽃은 거의 회색으로 보였다.

모두들 씻고 각자가 쓰게 될 방을 청소했다. 다른 아이들은 멀미에 시달린 피로 때문인지 저녁밥을 먹자마자 흩어져 잠이 들었지만 청이는 살그머니 일어나 앞마당이 보이는 특실 쪽으로 들어갔다. 아니나다를까 카오와 유메이가 차를 마시며 노닥거리고 있었다.

"여태 안 잤어? 피곤할 텐데……"

유메이가 아는 체를 하더니 카오에게 말했다.

"얘는 오늘 온 렌화야."

"난 카오야."

서로 나이와 고향을 말하고 가보았던 다른 지방에 대해서 얘기를 나누었다. 그애들은 둘다 푸젠 성 출신이었다. 나이는 유메이가 렌화보다 세 살 위였고 카오는 링링처럼 두 살 아래였다.

"렌화는 화지아를 했다던데 여긴 뭐 하러 온 거야?"

유메이가 묻자 렌화는 하는 수 없이 진장에서 살던 얘기를 해주었다.

"우린 운이 나빠."

카오가 시큰둥하게 말했다.

"하필이면 제일 밑바닥으로 팔려올 건 뭐람."

"여기 사정이 그렇게 나빠?"

청이의 물음에 유메이가 대답했다.

"여기 오는 손님들은 우리처럼 개간지나 광산에 팔려온 사람들이 대부분이야. 가끔 무역하는 배가 들어오면 선원이나 양인들이 올 때두 있지만."

"우린 아직두 빚을 다 못 갚았어."

카오가 한숨을 내쉬면서 말했다. 청이는 그들에게서 마마 씨아란 부인이 예전에는 자기네처럼 몸을 팔던 창녀였다는 걸 알았다. 주인인 아퉁은 타이난의 사창가에서 태어났다는데, 그의 어머니도 창녀였다. 날마다 여러 명의 사내를 상대하던 그네는 배가 불러오자 아홉 달째까지 장사를 하다 아기를 낳았다는데, 눈과 머리털 색깔이 다른 튀기였다. 타이난에는 청의 관리가 들어오기 전에 백여 년 이상이나 네덜란드가 통치를 한 뒤끝이라 혼혈이 많았다. 아마 아퉁은 타이난 부두의 사창가에 놀러 왔던 선원의 씨였을 것이다. 아퉁은 제 어미가 죽은 뒤에도 사창가를 떠나지 못하고 뚜쟁이를 하며 자라났다. 그러다가 씨아란의 후화를 하다가 돈을 좀 모아서 지룽으로 온 지 십 년째라는 것이다. 여기서 그들은 성공을 한 셈이었다. 유메이가 말했다.

"주인 부부를 너무 믿지는 마라. 씨아란은 우리네와 같은 출신이라 이해를 많이 해주는 편이지만 아통 아저씨는 무서운 사람이란다."

카오가 중얼거렸다.

"여길 떠나는 길은 두 가지밖에 없어. 일꾼들 가운데서 몸값을 갚아줄 남편감을 고르던가, 아니면 스스로 빚을 갚고 떠나든가. 그런데 그 두 가지는 하늘에 별을 따는 것보다 더 어려워."

카오와 유메이는 오래 전에 여기서 남편을 만나 개간지의 농장으로 가서 아들딸 낳고 살고 있는 어느 동료의 경우를 이야기했다. 남자가 돈을 착실하게 모아서 이곳의 여자 몸값을 준비했기에 가능한 일이었다.

"그럼 여기 있던 여자들은 모두 어디루 간 거야?"

렌화의 말에 카오와 유메이는 서로 얼굴을 마주 보며 시선을 맞추었다.

"여기서 나이들고 장사가 신통찮게 되면 헐값에 팔려간단다."

카오가 돌아앉더니 손등으로 눈물을 씻어냈다.

아통은 아이들에게 장사를 시키기 전에 먼저 옷장수를 불러다 영업할 때 입을 옷가지를 맞추도록 하고 수건이며 대야며 지분과 화장품 등속을 내주며 말했다.

"여기 이 장부를 봐라. 푸저우 슈마지아에서 너희들 하나 앞에 오백냥씩 주고 사왔다. 거기다 여비 백냥에 옷값 밥값 화장품값까지 따지면 천냥이나 된다. 이제부터 너희는 장사를 해서 부지런히 빚을 갚아야 한다. 수입의 절반은 너희가 가져두 되지만 빚의 이자는 여기선 어디서나 이 할이다. 전포(錢鋪)에서는 삼 할씩 받는다. 그리고 날마다 아줌마 수고비와 밥값, 방세는 따로 내야 한다. 화대는 잠깐이 닷냥이고 긴밤은 열냥부터다. 우리집에서 돈 벌어서 따로 색시집 차려서 나간 애들도 많다. 다 저 할 나름인 게야."

밥은 안방과 부엌 사이에 붙은 방에서 온 식구가 모여서 먹었고 긴밤 자고 늦게 일어난 애들은 따로 아줌마에게 부탁하여 국수를 끓여 먹거나 만두를 사다먹었다. 남풍 집에는 색시가 여섯이었으니 먼저 남아 있던 카오와 유메이 그리고 청이와 링링 샤오웨 슈티안이었다. 그중에 제일 연장자가 유메이였고 가장 어린 것은 링링과 카오였다. 유메이는 누구에게나 언니라고 불렸지만 링링과 카오는 반대로 모두에게 언니라고 불러야 했다. 그렇지만 지내는 동안 서로간에 동기간 같은 정이 생기게 마련이어서 손님과 말썽이 나면 모두 한 동아리가 되어 악을 썼다. 아퉁은 장사를 하기 전에 청이를 따로 불러서 일렀다.

"렌화 네가 화지아를 지냈다고 하니 우리는 기대를 많이 하고 있다. 너에게는 좋은 손님들을 대줄 터이니 한번 잘 해보아라. 화대 이외에 생기는 돈은 삼칠제로 나눌 수 있으니까. 한 두어 달 일해보고 나서 성과가 좋으면 너를 아예 화지아로 정하여 단수이에 출장도 내보낼 작정이다."

청이는 무슨 소리인지 잘 알 수는 없었지만 첫날 유메이와 카오에게서 들어서 지룽에 오래 머물러 있어서는 절대로 안 되겠다는 생각을 해왔던 터였다. 길어야 한두 해 사이에 이곳을 빠져나가지 않으면 안 된다. 그리고 이제 와서 분명해진 생각이지만 청이는 아무리 나쁜 형편에 놓이더라도 힘 있는 남자를 잡으면 벗어날 수 있다는 점을 잊지 않았다. 청이는 또한 유메이에게 들어서 알게 되었지만 이곳을 찾는 남자들 사이에서 좋은 평판을 얻을 필요가 있음도 눈치챘다. 여기 드나드는 이들은 부근 개간지에서 일하는 사람들과, 산

너머 지룽 강에서 사금 건지는 사람들이며, 지룽 동쪽에서 석탄 캐는 광부들, 그리고 해협을 오가는 정크선의 뱃사람들과 상인들이었다. 그리고 한 달에 두어 차례씩 일본 무역 배가 들어오는 때나 서양 배가 외항에 정박할 때가 대목이라고 했다. 이를테면 제일 밑바닥 사람들은 개간지에서 일하는 원주민 여러 부족 사람들이며 탄광의 광부들이었고, 그 다음이 금 캐는 이들과 뱃사람, 보통때에 가장 괜찮은 쪽이 육지를 오가는 상인들이었으며, 가장 윗길이 일본 배의 사람들과 외항에 머무는 서양 사람들인 셈이었다. 그렇지만 대개 그렇다는 소리고, 밑바닥이라는 원주민 부족 사람의 경우에도 괄시하지 않고 따뜻하게 대해주면 어디서 녹나무 숲을 찾아내어 장뇌를 잔뜩 고아가지고 한 짐 짊어지고 오기도 한다는 것이다. 어떤 창녀는 지룽 강에서 건진 호두알만한 사금을 화대로 받아 팔자를 고쳤다는 소문도 있었다. 그러니까 정말 유능한 창녀란 남자들 누구에게나 진심으로 따뜻하게 대해주면 단골 손님들을 확보할 수가 있다는 얘기였고, 어느 때인가 운이 좋으면 한 밑천을 잡게 된다는 것이 아퉁의 설명이었다.

청이와 새로 온 아이들이 지룽에 와서 받은 첫번째 손님은 공짜꾼들이었다. 아퉁은 화장하고 새옷으로 갈아입은 아이들을 현관 옆의 불단 있는 방에 모아놓고 말했다.

"오늘 오실 손님들은 따거(大哥)와 그 밑에 키자오(旗脚)들이다. 여기선 후화라든가 뚜쟁이나 기둥서방 따위는 없다. 지룽 부근에는 시구링 너머 사금터와 탄광에 다른 패거리가 있지만 이곳과는 구역이 다르다. 항구에서 따거의 눈 밖에 났다가는 우리는 물론이고 너희들도 장사는 이미 그른 일이다. 우리집에서도 다달이 세금을 바치니까. 정성스럽게 새서방님 모시듯이 잘 해주기 바란다."

골목 쪽으로 트인 창에 쳐진 발을 걷지 않은 채로 청이와 샤오웨
슈티안 링링 등은 긴 나무의자에 일렬로 앉아서 첫 손님을 기다렸
다. 그사이에 몇몇 손님이 기웃거렸지만 아퉁은 유메이와 카오에게
만 손님을 들여주고 새로 온 아이들은 아직 영업을 하지 않는다고
말했다. 밤이 이슥해서야 바깥 골목에 두런두런거리는 말소리가 들
리더니 도회지에서 흔히 보던 대로 꼭 끼는 저고리에 허리띠를 매고
작은 칼을 지른 사내가 먼저 현관으로 들어섰다. 그는 여자들이 있
는 현관 옆방을 힐끗 넘겨다보고는 미닫이를 열어놓고 앉아 있던 아
퉁에게 말했다.

"주인장, 이 집에 봄꽃이 새로 피었다길래 왔소."

"네, 어서 오십시오. 저렇게 기다리고들 있습니다."

아퉁이 자신 있게 가슴을 내밀고 한 손을 방 쪽으로 펼쳐 보이며
말하자 먼저 들어온 사내가 문 밖에 대고 외쳤다.

"따거, 들어오시지요."

헛기침을 하면서 현관으로 들어선 자는 사십대 초반의 사내였는
데 콧수염을 짧게 기르고 변발한 머리에 호박 장식의 원건을 썼다.
흰 명주 저고리를 입고 남색 바지에 가죽신을 신었으며 서양식의 물
소뿔 손잡이가 달린 단장을 짚고 있었다. 그의 뒤로 두 명의 키자오
들이 따라 들어왔다. 그들도 비슷한 차림새로 어깨가 벌어지고 키는
우두머리보다도 훨씬 커서 구부정하게 머리를 숙이며 현관으로 들
어설 정도였다. 어느 틈에 주렴을 들치고 나왔는지 씨아란이 아퉁의
옆에 나란히 서서 공손히 그들 일행에게 인사를 올린다.

"어르신, 오랜만에 오셨습니다. 어서 안으로 드시지요."

"별일 없는가. 아이들이 새로 왔다면서?"

따거가 한마디하니 아퉁은 현관 옆의 선뵈는 방에 일렬로 앉았던

아이들을 손으로 가리키며 말했다.

"저렇게 어르신을 기다리고 있습니다."

청이 등은 아퉁이 일러준 대로 공손히 읍하면서 입을 모아 종알거린다.

"따거 어른께 인사 올립니다."

따거는 고개를 끄덕이며 아이들을 하나씩 살펴보고 건성으로 칭찬한다.

"음 그래, 나이도 어리고 인물도 절색이로구나."

씨아란이 곁에서 은근히 재촉했다.

"안에 주안상이 준비되어 있습니다."

씨아란은 손님들을 앞마당이 보이는 특실로 안내했다. 방의 입구에 문 대신 걸쳐둔 발을 걸고 좁은 복도 마루 쪽에 앞마당으로 나가는 출구의 발도 걷어놓아서 밤바람이 제법 서늘하게 불어들어왔다. 방 안쪽 벽의 간살이 쳐진 창문에 아래위로 여닫는 판자가 작은 지붕처럼 나무막대에 받쳐져 있었다. 평상은 벽 쪽에 세워져 있고 방에는 마루 위에 돗자리가 깔렸으며 술상이 차려져 있었다. 천장에 걸린 붉은 월등 두 개가 방 안을 은은하게 밝혔다. 창문 아래 상석에 따거가 앉고 그 좌우에 씨아란이 정해준 대로 청이와 링링이 앉았다. 슈티안과 샤오웨는 옆방에 따로 마련된 방에서 따거를 모시고 온 키자오들을 상대했다. 씨아란은 술과 안주를 쟁반에 받쳐들고 복도를 오가면서 시중을 들었다. 그네가 안주 접시를 내려놓고 나가려 하자 따거가 방금 마신 술잔을 내밀어주며 말했다.

"마마두 한잔 받게나."

"제가 감히 어르신의 술잔을 어찌 받겠습니까?"

"아퉁 때문에 그러는가?"

마마는 두 손으로 그가 내민 술잔을 받아들었고, 청이가 눈치 빠르게 술을 따랐다. 마마는 술잔을 들기 전에 한마디했다.

"창가에서 내외가 있겠나요. 저두 얼마 전까지 손님을 받았습니다."

따거가 고개를 젖히고 껄껄 웃었다.

"내가 걸리지 않은 게 천만다행이로군."

술을 단숨에 마시고 나서 씨아란이 말했다.

"웬걸요, 저는 카지아(客家) 촌의 숫총각들만 상대하지요."

이렇듯 농지거리가 질펀하게 이어지는데 먼 데서 우레 소리가 들리더니 후드득거리며 앞마당의 파초 잎에 빗방울 떨어지는 소리가 들렸다. 습기 머금은 바람이 창문을 통하여 불어들어왔다. 홍등은 천장에서 천천히 흔들리기 시작했다. 번갯불이 번쩍, 하면서 지붕 위에 벼락이 내리꽂힐 듯이 요란한 천둥소리가 들리더니 굵은 빗발이 마당과 지붕을 때리는 소리가 들렸다. 마른 흙이 젖어가는 냄새가 싱그럽게 풍겨왔다. 청이는 저도 모르게 작은 소리로 흥얼거린다.

"향수의 눈물을 객지에서 흘리며 하늘가 외딴 돛배 멀리 바라보노라……"

따거가 고개를 돌려 청이를 바라보았다.

"너 어디서 왔느냐?"

씨아란이 먼저 알은체를 했다.

"렌화는 진장 기루에서 화지아를 했답니다."

"나는 광둥에서 왔지. 이제 곧 십이월이니 고향 생각 나는 철이 왔구나."

따거의 말에 씨아란이 받는다.

"진작에 우계가 왔을 터인데 올해는 좀 늦습니다."

처마 끝에서 줄지어 떨어지는 빗물이 벌써 내를 이루어 마당으로 흘러가는 소리가 들리고 매달린 월등은 아까보다 더욱 흔들리고 있었다. 씨아란이 따거에게 말했다.

"어르신, 앞으로도 저희 집을 잘 돌보아주셔요. 저는 이만 일어서겠습니다. 아이들이 아직 서툴러서 실수를 할지두 모르니 아무 때나 손뼉을 쳐서 저를 부르십시오."

씨아란은 그에게 공손히 절을 하고 물러갔다. 옆방에서는 두 여자와 키자오들이 나직하게 키득거리는 소리가 들려왔지만 조심들을 하는 눈치였다.

술상을 물리자 옆방의 키자오들은 바깥방으로 자러 나가고 청이와 링링은 평상을 벽에서 내리고 자리를 깔았다. 청이 따거를 부축하며 말했다.

"누우시지요."

"그래 천천히 놀아볼까나⋯⋯"

청이 그의 저고리에 달린 헝겊단추를 끄르면서 말했다.

"먼저 몸을 풀어드리겠어요."

그의 웃통을 벗기고 바지를 벗기기 전에 청이는 자기도 스스럼없이 옷을 머리 위로 끌어올려 벗어버린다. 창가에서는 누구나 그렇듯이 속곳은 입지 않는다. 겉에 걸친 비단포가 전부였다. 링링에게 눈짓을 했지만 사내 앞이라 그네는 주저하면서 평상 가녘에 걸터앉아 있을 뿐이었다. 다시 눈짓을 보내면서 사내의 다리 쪽을 턱짓으로 가리키니 링링은 마지못해 옷을 벗고 우물쭈물 그의 발치에 가서 쭈그리고 앉았다. 청이는 알몸을 따거의 몸에 밀착시키며 한 손으로 그의 어깨를 밀어냈다.

"돌아누우셔요."

그가 등을 보이고 엎드리자 청이는 사내의 허리에 올라타고 두 손

218

으로 어깨를 부드럽게 주물렀다. 따거가 머리를 옆으로 돌리고 한숨을 길게 내쉬었다. 링링은 그의 발을 무릎 사이에 올려놓고 발바닥부터 손가락으로 누르기 시작했다. 그네들은 아까 따거 일행이 오기 전에 씨아란으로부터 몇 차례나 귀한 손님 모시는 법을 배워두었던 터였다. 청이 평상 아래 두었던 물새 주둥이의 도자기 병을 집어 손에 조금 따라내어 맞부비고는 따거의 어깨와 등에 바르고 근육을 문질러서 풀어주었다. 시원하고 향긋한 냄새가 나는 개솔새의 향유는 후덥지근한 여름에 찬물로 목욕을 한 뒤에나 오늘처럼 습기 찬 바람이 불어오는 우계의 밤과 걸맞았다. 링링은 따거의 종아리를 주무르고 있었다. 청이는 그의 등을 문지르고 나서 이제는 병을 들어 자기 가슴과 배와 아랫도리에 방울방울 떨구고는 두 손으로 고루 문질렀다. 향유로 매끈거리는 몸을 그대로 따거의 등 위에 얹고 상반신을 움직이면서 문질렀다. 그네는 몸을 밀착시킨 채로 그의 등에서 허리로 다시 궁둥이에까지 몸으로 문지르며 흘러내려갔다. 몇 번을 오르내리고 나서 청이 따거의 축 늘어진 팔을 잡아 젖히면서 소곤거렸다.

"돌아누우셔요."

사내가 몸을 모로 세웠다가 돌아누웠다. 그의 사타구니 사이에 눌려 있던 남근이 위로 불쑥 솟아올랐다. 청이는 빙긋 웃는다.

이제부터 너를 반쯤 죽여놓을 거야. 나는 절대로 달아오르지 않을 테다. 그렇지만 겉으로는 얼이 나간 것처럼 꾸며야겠지.

청이는 그의 몸 위에 상반신을 숙이고 뒤에서 그랬던 것처럼 몸으로 문지르며 아래로 내려간다. 그의 양물이 저절로 아래로 꺾이며 젖무덤 사이로 들어갔다. 거기서 몇 번이나 오르내리며 머물렀다가 청이는 다시 위로 올라간다. 따거가 끄응, 하면서 허리를 들더니 청이의 궁둥이를 두 손아귀에 움켜쥐었다. 청이 위에서 팔을 훑어내리며 가볍게 뿌리치는데 링링은 이제 그의 허벅지 위에 올라앉아 있다. 청이는 다시 빙긋 웃더니 아래로 미끄러져 내려가다가 아까처럼 가슴 사이에 양물을 넣고 움직이다가 허리를 꼿꼿이 펴며 상반신을 일으켰다. 따거는 눈을 감고 사지를 던진 채로 누워 있었는데 남근은 위로 치솟아 거의 터져버릴 것 같다. 청이는 턱을 쳐들고 당당하게 사내를 굽어보았다. 죽고 못살겠지. 청은 허벅지를 조금 벌리면서 궁둥이를 위로 쳐들었다가 따거의 남근을 느끼면서 지그시 눌러 넣었다. 몸 속이 가득 찬 듯한 느낌이다. 그네는 앞뒤로 천천히 움직이다가 위아래로 몸을 조금씩 일으키기를 되풀이한다. 따거가 스스로 하반신을 좌우로 움직이기도 하고 밑에서 붙어올라오기도 한다. 청은 그 동작을 오래 끌지 않고 가차없이 중간에 몸을 빼어버린다. 그네가 옆으로 비스듬히 누워서 사내의 입술에 제 입을 가져가는 동안에 링링이 그의 몸 위로 올라간다. 그의 콧수염이 렌화의 입술과 턱 주위에 닿아서 따끔거리고 쓰렸다. 사내는 이제 숨결이 가빠지고 신음이 아니라 앓는 소리를 낸다.

링링과 청이 번갈아 오르내리기를 몇 차례 하고 나서 평상의 위와 아래로 헤어져 지친 것처럼 널브러지자 따거는 이제부터 자기가 주도하려고 먼저 청의 위로 오른다. 청이는 고개를 옆으로 돌려 벽 위에서 날벌레의 그림자가 팔랑대는 꼴을 유심히 보고 있었다. 아마 월등 안에 갇혀 있는 나방이겠지. 사내의 동작이 거세고 빨라진다. 청은 그제사 소스라쳐서 입을 벌리는 시늉을 한다. 소리를 질러줘야지. 그네는 다리를 쳐들기도 하고 상반신을 올리기도 했다가 베개 위로 머리를 내던지기도 하면서 코 먹은 소리를 내고는 다시 드높게 비명을 질러댄다. 그러다가 팔을 올려 그를 안는 시늉을 하며 손톱을 세워서 사내의 등을 찍어누르기도 했다.

따거는 바로 그때에 얼른 몸을 빼고는 잠시 간격을 두고 자신의 흥분이 가라앉기를 기다렸다가 평상 아래쪽으로 내려가 링링의 위로 오른다. 링링은 슈마지아에서 수치를 없애는 단련을 받았다고는 하지만, 이것이 폭력의 연속인 셈이라 몇 번의 동작이 시작되었을 뿐인데도 울음을 터뜨린다. 청은 벽의 날벌레 그림자를 보면서 링링이 슬픔과 치욕 때문에 울고 있다는 걸 대번에 느낄 수가 있었다. 따거는 링링이 좋아서 울음소리를 내는 줄로 알았는지 더욱 격렬하게 동작을 하고 있었다. 청이는 무릎걸음으로 일어나 따거의 등뒤로 다가가서 그의 어깨를 쓸어안고 평상 위에 자빠뜨렸다.

"나에게 더 해줘요……"

따거는 청의 몸 속으로 다시 들어온다. 청이는 소리를 지르기 시작한다. 그리고 다리를 올려 그의 허리를 휘감는다. 사내는 스스로의 동작에 몰두해서 머리를 청의 흐트러진 머리카락 속에 파묻고 한 손은 그네의 목 아래를 받치고 다른 한 손은 그네의 엉덩이 아래로 넣어 끌어당기면서 마지막 힘을 쓰고 있었다. 청이는 소리를 지르다가 고개를 옆으로 돌리며 픽 웃는다.

그렇게 좋으니? 하지만 넌 이제 곧 죽을 거야. 허전함이 밀물처럼 밀려오겠지. 그럼 아편이나 한 대 빨고 꿈도 없는 잠이나 자거라.

그가 갑자기 동작을 그치면서 근육이 딱딱하게 뭉치는 것 같더니 일시에 쏟아내면서 온몸이 풀려버리는 것을 청이는 몸 속으로 느끼고 있었다. 사내가 사지를 늘어뜨린 채 청의 몸 위에 엎어져 있었다.

이제 두려움도 모두 지나가버렸다. 창문으로 물기를 머금은 바람이 불어들어왔다. 가늘어진 비는 쉬임없이 내려서 처마 끝에서 떨어지는 빗소리와 너푼너푼한 파초 잎사귀에 떨어지는 빗소리가 엇박자로 들려왔다. 이런 정도라면 살아낼 수 있을 거야. 렌화는 평상 아래 구석에 두 다리를 세우고 무릎 사이에 고개를 처박고 있는 링링의 머리를 흔들면서 속삭였다.

"링링, 우리 이젠 나가두 돼."

링링은 청이의 손을 더듬더니 꼭 쥐고 통로로 따라 나왔다.

지룽은 12월에서 2월까지 겨울 동안 줄기차게 비가 내렸다. 그래서 선원과 장사치들은 이곳을 비 내리는 항구라 하여 유강(雨港)이라고 불렀다. 비가 폭풍과 함께 거세게 내리는 날도 있었고, 가랑비가 밤이나 낮이나 줄기차게 내리기도 하며, 안개보다는 짙고 축축한 는개가 흩뿌리는 날도 있었다. 비가 그쳐도 하늘에는 언제나 낮은 구름이 층층이 내려앉아 있어서 바다는 언제나 회색빛이었다. 내항을 조금만 벗어나도 회색 물결이 물 위에 피어오른 안개와 낮은 구름에 가리워져서 바로 지척에 있는 헤핑 섬도 보이질 않았다.

일 년에 우계와 건계의 두 철밖에 없었지만 여름에는 태풍이 또 찾아오니까 이곳 사내들은 맑은 날에 번 돈을 궂은 날에 다 까먹는다고 얘기했다. 아퉁은 지금부터가 우리 장사는 대목이라고 큰소리를 쳤다. 사내들뿐인 사금터의 광부들도 오두막에 모여서 투전을 벌이든가 쓸데없이 싸움이나 하다가 항구로 몰려나오곤 했다. 광주는 그들을 달래기 위해서라도 전표를 미리 주고 항구 나들이를 시켜야 했다. 인근의 개간농장들도 형편은 비슷하여 원주민이 아닌 푸젠 성과 광저우의 이민자들은 대부분이 가족도 없이 흘러온 청장년의 남자들뿐이었다. 사자령을 넘어 중산간의 차농원이 있는 어느 카지아 촌의 경우에 집이 팔십여 호에 삼백여 명의 주민 중에서 여자는 노파 한 사람뿐이었다.

나라에서는 예전부터 차오단(照單)이라고 하는 도항 허가증이 없이는 함부로 타이완에 이민하지 못하게 했고, 더구나 가족 동반은 금지였다. 그것은 오래 전부터 스페인과 네덜란드와 일본이 멋대로 항만을 점령하여 사용했으며 대륙 연해의 해적들도 소굴로 썼기 때문이다. 오랫동안 반청(反淸) 활동을 하던 무리들이 몇 차례 토벌되고 나서 허가를 받은 자가 사람을 모아 땅을 개간하거나 세금을 내고 경제활동을 하는 경우에만 일정한 수의 일꾼들을 입도시켜주었다. 어느 시기에는 가족 동반을 허가해주었으나 두 해 걸러 한 번씩 일어나는 소요와 민란을 염려하여 다시 금지되어버렸다. 농한기에는 이들 주변 마을과 일터의 홀아비 사내들 수만 명이 삭막한 일터의 오두막에서 복닥거리며 음주와 도박과 싸움으로 나날을 보냈다. 근처에서 젊은 여자는 고산지대의 원주민 마을 말고는 지룽 항구로 나와야 얼굴이라도 구경할 수가 있었던 셈이다.

타이완에는 푸젠 성 수사제독(水使提督)의 지휘를 받는 타이완 도원(都員)과 총병(總兵) 한 사람씩이 파견나와 있었다. 북부에는 단수이에 분방천총(分防千總)이 나와 있었는데, 그 아래 병력이라야 백이십 명에 불과했다. 지룽 분부(分府)의 순검서에는 한 명의 동지(同知)가 단수이 병력의 일대를 분여받은 오십 명의 병사를 거느리고 나와 있었다. 그러나 항구 안에 십여 명이 상주하고 나머지는 십여 명씩 분대를 이루어 항구 주위의 언덕에 있는 포대와 봉화대를 지키기도 어려운 형편이었다. 그러므로 지룽 분부의 동지라는 자는 지룽 일대의 따거와 그 부하들 눈치를 살펴야 했다. 이곳의 실질적인 세력가는 항구의 따거와 사금터의 광주와 개간농장의 십장들인 셈이었다. 그리고 큰 상인들은 대개 남쪽의 타이난이나 바로 이웃 항구인 단수이에 머물고 있었다. 그들도 육지를 내왕하며 계절별로 살았을 뿐 대부분 광저우나 푸저우에 집이 있었다. 단수이는 지룽보다는 치안이 안정된 곳이며 돈과 물산도 훨씬 풍요로운 곳이었다.

아퉁은 색시 장사를 하기에는 지룽이 훨씬 낫다고 말했다. 돈 많고 점잖은 대인들이 단수이에 많이 머물기는 하지만 기본 투자비가 많이 들고 손님이 끊겨 장사를 못 하게 되는 날도 많아서 실속이 없다는 것이다. 지룽의 손님은 비록 쿠리와 선원 따위들이었지만 욕정에 굶주린 사내들이 푼돈을 들고 일 년 내내 몰려들었다.

"여자의 손목을 잡아보기는커녕 냄새도 못 맡은 홀아비들이 북도영(北道營) 관내에만 수만 명이다. 너희야말로 사내들에게는 지옥의 관음보살님이 아니고 무엇이냐."

하루 종일 가는 비가 오다 말다 하더니 저녁밥 때가 되기도 전에 곧 날이 저물었고 빗발은 굵어졌다. 부두 뒷골목 사창가의 집집마다 홍등에 불이 켜졌다. 비가 추적추적 내리는 가운데 부연 등불이 바람에 흔들리며 유지로 싼 등피 위의 남풍(南風)이라고 휘갈겨 쓴 글씨는 빗물에 씻겨 흘러가버릴 것만 같았다.

여자들은 낮에는 한 사람씩 현관 옆의 선뵈는 방에 교대로 앉았다가 밤이 되자 분단장을 하고서 긴 의자에 일렬로 앉아 있었다. 어디선가 호궁을 켜는지 가냘프게 떨며 흐느끼는 듯한 소리가 들려왔다. 주점가는 골목을 나가서 내항을 따라 앞줄에 자리잡고 있었는데, 싸구려 독주를 마시는 사내들이 있게 마련이었다. 초저녁에 그쪽이 시끄러우면 곧이어서 손님들이 들이닥치게 되어 있었다. 조용한 밤이라서 아퉁은 시큰둥한 표정으로 현관 앞을 서성대고 있던 중이었다. 왁자지껄하는 소리가 바깥에서 들려오자 유메이가 먼저 창 밖으로 고개를 내밀고 내다보았고 씨아란이 현관문을 열고 골목으로 나가보았다. 무슨 군대의 행렬처럼 거뭇거뭇한 사내들의 그림자가 떼를 지어 골목으로 들어서고 있었다. 그들은 등이 걸린 집 앞에서 무리를 나누어 들어가는 중이었다. 현관 앞에다 탁자와 의자를 놓고 앉 았던 아퉁도 아내를 따라서 문 밖으로 몸을 내밀고 내다보다가 아이 들에게 말했다.

"노다지꾼들이 온다. 너희들 모두 안으로 들어가거라."

아퉁의 말에 새로 온 아이들이 머뭇거리자 유메이가 말했다.

"오늘밤 잠자기는 다 글렀네."

여자들이 주렴을 들치고 안쪽 통로로 들어서는데 벌써 사내들이 현관 안으로 밀려들어오기 시작했다. 아퉁은 얼른 탁자 앞의 의자에 가 앉았고 씨아란은 주렴 앞을 막고 섰다. 낯익은 십장이 아퉁의 앞 으로 나섰다.

"주인장, 새로 온 꾸냥들이 있다면서?"

"있다마다. 오늘은 모두 몇명이오?"

"우리 광구 애들만 내려왔소. 한 이백 명쯤 왔나…… 이 집에는 지 금 팔십 명을 배당했는데 당해내겠소?"

"물론이죠. 이 골목에서 난펑 집이 제일 큰 집이오. 인물도 절색이 고 몸도 깨끗한 꾸냥들이지."

십장이 고함을 질렀다.

"안으로 모두 들어올 수는 없으니까 밖에서 줄을 서도록 해. 그리 구 질서를 지켜서 차례로 들어오란 말야."

밖에서 들어오지 못한 사내들 사이에 일대 소란이 일어났다. 서로 들 먼저 문 가까이 서려고 앞 사람의 어깨를 부여잡고 착 달라붙기 시작했던 것이다. 개중에는 짚으로 만든 도롱이를 걸친 자도 있었지 만 대부분이 홑저고리 바람이라 들쥐처럼 비에 흠빡 젖어 있었다.

여자들 여섯은 모두 복도 좌우에 있는 잠깐방으로 들어가서 장사 채비를 했다. 그 동안 한둘씩 지나가는 손님을 몇 차례 받은 적은 있어도 오늘 같은 대목은 처음 당해보는 일이었다. 씨아란이 방마다 다니면서 주의를 주었다.

"오래 끌지 마라. 지친다. 내가 가르쳐준 대로 그게 들어오면 허벅지로 조여라. 그래야 빨리 싸고 나가지. 절대로 말대꾸하지 마라. 얼른 나가지 않고 집적거리면 차라리 싸워서라도 쫓아내라."

씨아란은 아이들에게 무명수건 몇 장과 기이한 물건 하나씩을 건네주었다. 그것은 실을 꿰맨 해면 조각이었다.

"얘들아, 언제 나와서 뒷물 치구 하겠니. 이걸 안에다 깊숙이 박아 넣구 받아라. 끝나구 나면 실을 잡아당겨. 해면 조각만 대야의 물에 씻으면 되고 아랫도리는 수건에 물 축여서 닦아내도록 해라."

현관 안에는 나선형으로 줄을 선 사람들이 가득 차 있었고 활짝 열린 현관 문 밖에도 빗속에 사내들이 줄지어 차례를 기다리고 있었다. 십장이 아퉁의 옆자리에 앉아서 전표를 발행하고 있었다. 아퉁이 십장에게 나직하게 속삭였다.

"기가 막힌 첸샹이 새로 왔는데 선참으로 하시지요."

"나중에 언제 한가할 때 오겠소."

십장은 여자보다는 전표 떼기에 더 관심이 있는 것 같았다. 광산이나 개간농장같이 사내들이 무리를 이룬 단체손님의 경우에는 먼저 외상 전표를 떼어주면 노임이 나오는 월말에 일괄 계산하기로 되어 있었고, 창가에서는 미리 한 사람당 얼마씩의 사례비를 계산하여 인솔자에게 떼어주게 되어 있었다. 십장은 탁자 앞에 선 사내의 얼굴을 확인하고 전표의 절반을 찢어서 아퉁과 사내에게 나누어주었다. 아퉁이 사내에게 말했다.

"하기 전에 반드시 전표를 꾸냥에게 주어야 하네."

누군가 술병을 가진 자가 있으면 아퉁이 주의를 주었다.

"여기서 술은 안 돼. 끝나구 나가서 마셔."

십장이 그의 술병을 빼앗아 탁자 아래 내려놓았다. 씨아란이 주렴 밖으로 나와 손뼉을 치면서 외쳤다.

"자아, 입장하세요."

줄 앞에 섰던 여섯 사람이 차례로 들어가자 씨아란이 팔을 들어 통로를 가로막았다.

"이번엔 여기까지만…… 뒷사람은 기다려요."

색시가 여섯이니 끝날 때까지 기다려야 한다는 의미였다. 씨아란은 사람들을 일단 세워놓고 안으로 들어선 여섯 사람을 이끌고 통로로 들어갔다. 현관 안에 빽빽하게 늘어서 있던 사내들 틈에서 누군가 새치기라도 했는지 멱살잡이가 벌어졌다.

"야 이자식아, 밖에 섰던 놈이 왜 벌써 들어와서 끼어드는 게야?"

"야야, 나는 하지 않을 테니 구경이라두 먼저 하자."

"정 급하면 저 구석에 가서 손으로 처리하지 그래."

십장이 소리를 꽥 지른다.

"조용해, 여긴 식당이나 매한가지야. 질서와 예의를 지켜가며 처먹어야지."

모두들 잠잠해졌지만 사내들의 젖은 눈은 벌써 번들거리며 흥분이 달아오르는 분위기였다.

청이는 침상머리에 앉아서 기다렸다. 휘장을 들치고 씨아란의 머리가 들여다보더니 사내의 등을 밀어넣었다.

"얼른 놀고 나와요. 기다리는 사람들이 많으니까……"

비에 홈빡 젖은 사내가 한 손에는 구겨진 전표를 쥐고 입구에 들어섰다. 청이는 침상에 몸을 눕히며 말했다.

"옷 벗구 올라와요."

사내는 무엇이 급한지 젖은 바지끈이 잘 풀어지지 않자 손으로 쥐어뜯었다. 그는 저고리를 벗어던지고 남루한 속곳 바람으로 침상 위로 더듬거리며 올라왔다. 청이는 옷을 벗지 않고 치포의 아래 자락만 위로 걷어올렸다. 사내에게서는 땀내에 섞인 파냄새와 고량주 냄새가 심하게 풍겨왔다. 그는 청이의 다리 사이로 하반신을 비집고 들어오더니 그네의 옷깃을 헤치고 젖가슴을 움켜쥐었다. 우악스런 사내의 손길을 뿌리치며 청이 말했다.

"거긴 만지지 말구, 빨리 해요."

사내는 전혀 말이 없었다. 그는 두 팔로 청이의 어깻죽지를 잡고 매달린 것 같은 자세로 동작을 시작했다. 그의 거친 숨결이 청이의 귓바퀴에 부딪쳐 요란한 소리를 내고 있었다. 사내는 너무 흥분했던지 얼마 못 가서 움찔거리며 쏟아내고는 늘어져버린다. 사내는 청의 몸 위에 그대로 엎어져서 일어날 줄을 몰랐다. 청이 그의 가슴팍을 밀어내면서 옆으로 몸을 빼내자 사내가 다시 허리를 끌어안으며 사정을 했다.

"하, 한 번만…… 더 하자."

그럴 수밖에 없는 것이, 날마다 고된 노동에 시달리다 독한 술을 먹고 오랜만에 여자의 살에 닿았으니 제대로 될 리가 없었던 것이다. 청이 순간적으로 망설였다가 재빨리 물었다.

"돈 있어요?"

사내는 남방 억양으로 더듬거리며 말했다.

"돈 없어. 나중에…… 금덩이 건지면…… 갖다준다."

청이는 밖에다 대고 외쳤다.

"여기 끝났어요!"

씨아란이 얼른 휘장을 들치고 나타나더니 벌거숭이의 사내 꼴은 아랑곳하지 않고 야멸차게 외쳤다.

"끝났으면 어서 나가야지. 뒷사람이 기다리고 있는데."

사내가 옷을 입고 통로로 나갈 때까지 씨아란은 팔짱을 끼고 입구 앞에 서서 기다렸다. 사내가 나가자마자 청이는 돌아앉아서 안에 박아두었던 해면을 뽑아 처리를 하고 씻었다. 치맛자락을 내리는데 다시 사내가 들어선다. 청은 침상에 털썩 넘어지면서 아까처럼 치포자락을 들쳐올리고 다리를 벌려주었다.

"빨리 하지 않구, 뭘 보구 있어요?"

사내는 그냥 침상 앞에 서서 우물쭈물하더니 신발을 벗고 그 안에서 무엇인가를 꺼낸다. 종이를 풀어헤치고 청이에게 내밀며 사내가 말했다.

"내 이름은 쑨리인데 잘 해다오."

청이는 사내가 내민 손바닥 위를 들여다보았다. 손톱보다 조금 작은 돌덩이가 불빛에 반짝였다. 그네는 그런 경우도 유메이에게 들어서 알고는 있었지만 처음 일이라 어찌할지 몰라서 잠깐 망설였다. 사내가 말했다.

"옷을 다 벗구 하자."

청이는 잽싸게 종이에 싼 채로 돌을 집어 손아귀에 움켜쥐고는 베개 아래로 쑤셔넣었다. 청이 치포의 윗단추를 모두 끄르고 치마를 끌어올려 머리 위로 벗어버릴 때까지 사내는 느긋하게 기다리며 그네의 몸을 살펴보았다.

"뭘 기다려요?"

알몸의 청이 위를 향하여 말하자 사내는 옷을 벗고는 역시 서두르지 않고 옆에 누웠다. 그가 청이의 몸을 손으로 쓸어내리면서 중얼거렸다.

"너는 참으로 첸샹이로구나……"

그도 처음 사내보다는 조금 더 시간을 끌었지만 급하기는 거의 마찬가지였다. 청이는 씨아란의 말처럼 허벅지에 힘을 주지도 않았고 밑에서 둔부를 움직이지도 않았다. 그저 나무토막처럼 사지에서 힘을 빼고 누워서 눈을 감고 있었다. 창 밖에서 쉬임없이 내리는 빗물 소리를 듣고 있었다. 어느 결에 끝낸 남자가 그의 몸 위에 엎어진 채로 가만히 엎드려 있었는데 그래서 빗소리는 더욱 고즈넉하게 들려왔다. 그의 가슴에서 퉁퉁거리는 심장의 박동이 전해져왔는데 처마 끝에서 떨어지는 빗물 소리와 더불어 이 작은 방이 어디론가 떠서 흘러내려가는 듯했다.

"아직 안 끝났나?"

통로를 오가며 각 방마다 재촉을 하는 씨아란의 목소리가 들리자 청이는 얼른 사내를 밀어냈다. 그는 식탁 위에서 끈적이는 음식물이 미끄러져 떨어지듯이 땀과 빗물에 젖은 몸을 떼어냈다. 청은 그가 보는 데서 뒤처리를 하느라고 침상 아래로 내려가 쭈그리고 앉았다. 사내가 뒷전에서 옷을 입으며 중얼거렸다.

"이름이 뭔가?"

그네는 못 들은 척했다. 씨아란이 휘장을 들치고는 사내를 다시 재촉했다.

"여긴 왜 이렇게 오래 끄는 거야. 다른 방은 다 나갔는데."

사내가 휘장 밖으로 나가기 전에 청이를 다시 한번 돌아보았다. 그네는 걸레처럼 내던졌던 옷을 다시 주워입고는 사내의 뒤통수에 대고 말했다.

"나중에 혼자 오면 이름 가르쳐주께."

이미 다음 차례의 사내가 들어서고 있었다. 그는 비에 젖은 상의를 꼭 짜서 수건처럼 목에 두르고 웃통을 벗은 채로 들어와 전표를 던지고는 막바로 덤벼들었다. 청이는 다시 치마를 걷어올렸다.

남풍의 여섯 여자들이 팔십 명의 광부들을 모두 상대하는 데는 두어 식경이 채 걸리지 않았다. 그러나 보통날에는 이런 정도의 손님이라면 대낮부터 하루 종일 쉬엄쉬엄 받아가며 해치울 수 있는 노동이었지만 휴식도 없이 단번에 줄을 달아 해내자니 모두들 지쳐버렸다.

이튿날 아침은커녕 점심밥 때가 가까워지도록 여자들은 아무도 일어나지 못하고 각자의 방에 늘어져 있었다. 씨아란이 안쪽 살림집으로 통하는 문을 열고 소리를 질렀지만 대꾸하며 내다보는 아이들은 하나도 없었다. 씨아란은 방마다 다니며 아이들을 깨웠다.

"지금 일어나서 밥 먹지 않으면 오늘 하루 망친다!"

유메이가 부스스한 몰골로 나왔고 카오는 홑이불을 머리 위로 뒤집어쓰며 돌아누워버렸다. 키가 크고 손발도 큰 슈티안은 발가벗고 자다가 옷을 머리 위로 둘러쓰며 휘장 밖으로 나왔고, 청이는 아직도 잠이 덜 깬 퉁퉁 부은 눈으로 비틀거리며 나왔다. 안쪽 긴밤 자는 특실 앞을 지나면서 앞마당을 내다보니 비가 그쳤고 종려와 파초가 아직도 빗방울을 흠뻑 뒤집어쓰고 서 있는 게 보였다. 살림채의 방에서는 발을 걷어둔 채로 아퉁이 홑이불을 아랫도리에만 둘둘 감고 곯아떨어져 있었다. 세 아이들은 앞에 가는 씨아란의 걸음걸이를 흉내내어 발끝을 세우고 조심해서 지나갔다. 부엌의 식탁에는 벌써 음식이 차려져 있었고 아주머니가 공기를 겹쳐 쌓아두고 부뚜막에서 밥을 푸고 있었다. 슈티안이 식탁을 넘겨다보며 굵은 목소리로 탄성을 내질렀다.

"아, 나 좋아하는 돼지고기 볶음이 있구나."

슈티안의 식욕은 언제나 왕성했지만 유메이와 청이는 젓가락을 집을 생각도 없는지 그저 멍하니 의자에 앉아 있을 뿐이었다. 씨아란이 아줌마에게 물었다.

"뭐 개운한 야채국 없나?"

"그럴 줄 알구 청채에 대합 넣고 끓였수. 나는 슈티안이 제일 맘에 들더라. 밥 잘 먹는 게 가장 큰 복이야."

청이와 유메이는 젓가락을 집어들고 번갈아 하품을 했다. 아줌마가 공기 위에 소복이 올라오게 푼 밥을 각자의 앞에 돌리고 국은 냄비째로 국자를 꽂은 채 식탁에 올려주었다. 씨아란이 자기 국을 먼저 푸고는 세 사람에게 차례로 국을 퍼주었다. 청이는 국그릇째로 들고 한 모금 마시다가 둘러보고는 씨아란에게 물었다.

"링링은 안 일어났어요?"

"카오와 링링은 아무리 불러도 일어나지 않는구나."

씨아란의 말에 유메이가 다시 물었다.

"샤오웨는요?"

"좀 이따 나타나겠지 뭐. 그앤 언제나 동작이 느리지 않니?"

색시 장사의 대목을 치른 이튿날이라 반찬도 가짓수가 많아서 생선은 맛있고 비싼 참돔찜과 새우와 게 튀김이며 돼지고기와 야채들이 식탁에 올라 있었다. 해물을 못 먹는 슈티안 같은 산골 출신 아이들을 위해서 돼지고기와 오리고기도 따로 놓았다. 씨아란이 말했다.

"아무래도 링링이 걱정이다."

"카오는요?"

유메이가 물으니 씨아란이 흥, 하는 콧소리를 냈다.

"카오란 년 장사에 싫증이 나서 그런 줄 내가 다 알아. 링링은 몸이 못 견디는 것 같고."

청이 반쯤 남은 밥공기를 내려놓고 젓가락도 그 옆에 가지런히 놓았다.

"한 사람에 열세 명은 너무했어요."

"뭐가 너무해?"

씨아란이 청이를 빤히 쳐다보며 되묻고는 화는 내지 않고 그냥 아무렇지도 않게 중얼거렸다.

"유메이와 슈티안은 열다섯을 상대했어. 얘, 유메이 너희들 작년 연말에 일본 배 들어왔을 때 몇명을 상대했는지 말해봐."

"몇이었더라…… 서른두울……"

유메이는 튀긴 게 다리를 아삭아삭 씹어 먹으며 천천히 말했다. 샤오웨가 반소매 아래 드러난 두 팔을 엇갈려서 잔뜩 그러쥐고 움츠린 자세로 부엌으로 들어섰다.

"아유 추워. 아줌마 나 뜨거운 국물 좀 줘요."

"춥긴 뭐가 춥다구 그래. 벌거벗구 자니까 그렇지. 밤에는 축축하니까 꼭 홑이불을 덮구 자야 해."

아줌마가 정이 담긴 소리로 말했고, 씨아란은 청이를 향하여 말했다.

"나는 잔소리를 많이 하지 않겠다만, 아저씨는 달라. 이제 벌이가 시원치 않으면 빚 독촉이 심해질 거야."

청이는 일어서며 아줌마에게 부탁했다.

"국 한 그릇 퍼주세요. 링링 갖다주게요."

"늦으면 자기가 나와서 차려 먹도록 해야 돼. 버릇 들어. 각기 저 살아갈 생각을 하지 않으면 이 골목에서 못 빠져나가."

아줌마의 말에 청이는 부뚜막 앞에 멍하니 서 있었다.

"국이라두 한 사발 먹으면 잠이 깨겠지. 링링 갖다준다며?"

말은 그렇게 해놓고도 안 되었던지 아줌마가 국을 퍼서 청이에게 내밀어주었다. 청이는 사기 숟가락을 국그릇에 담가서 바깥방으로 갔다. 링링이 잠들어 있던 게 아니었는지 홑이불을 아랫도리에 감고 벽을 향해 돌아누워 있다가 고개를 돌렸다.

"깨어 있었으면 밥이나 먹으러 나올 것이지."

청이의 말에 링링은 다시 벽 쪽으로 고개를 돌리면서 말했다.

"어젯밤 그 일을 치르고도 씩씩거리며 밥 먹기가 너무 뻔뻔해."

청이는 국그릇을 든 채로 잠자코 기다렸다. 링링이 다시 말했다.

"다시는 그 짓을 못할 거 같애. 아랫도리가 너무 아파. 차라리 밤이 오기 전에 잠자다 죽었으면 좋겠어."

"그래, 죽을 땐 죽더라도 먼저 국이나 한 그릇 먹어둬라."

링링의 등뒤에 국그릇을 가까이 대주니까 먹음직한 냄새가 났던지 그네는 고개를 돌려 국을 들여다보았다. 링링은 눈물이 번진 얼굴을 쳐들고 그릇을 받아들더니 숟가락으로 퍼먹기 시작했다. 청이 말했다.

"내가 너한테 약속하마. 우리 부지런히 빚을 갚구 여길 빠져나가는 거야. 내가 널 고향에 꼭 데려다주겠다구 약속할게."

링링이 바닥에 남은 국을 단숨에 마시고 나서 그릇을 내려놓았다.

"언니야, 슈티안두 그러더라. 나는 여기 와서 쌀밥을 처음 먹어보았어. 사오싱 우리 동네는 산골이라 쌀밥은 명절 때 노인들에게나 드려. 난 동생들이 여섯이나 된다구. 엄마와 나는 그것들 치다꺼리 하느라구 수수나 밀 전병두 제대루 차례가 안 왔어."

링링은 뒤늦게 젖은 뺨을 손등으로 닦았다.

"기왕 이렇게 된 김에 돈 벌지 않구는 절대루 고향에 못 가."

청이 링링의 머리카락을 두 손으로 쓸어주었다.

"잘 하면 두 해 안에 빚은 갚는다더라."

234

링링이 갑자기 눈을 빛내더니 목소리를 낮추어 말했다.

"나에게두 좋은 사람이 생길까? 이런 데서두 말이야."

청이는 쓸쓸하게 대답했다.

"좋은 사람 따위는…… 없어. 온 세상이 돈에 미쳐 있다구."

링링이 베개 밑으로 손을 넣더니 양은화 두 닢을 꺼내어 청이에게 보여주었다.

"이것 봐. 내가 자꾸 우니까 어떤 사내가 이걸 주고 갔어."

청이는 방 안을 두리번거리다가 깔려 있는 돗자리 자락을 들쳤다. 쥐며느리 새끼들이 부리나케 사방으로 흩어진다. 그네는 침상 아래쪽의 끝자락을 들쳐주며 링링에게 말했다.

"너 그거 여기다 감춰둬라. 아퉁 아저씨가 보면 빚 제한다고 빼앗을 거야. 나두 감춰두었어."

청이는 링링의 은화를 자리 밑에 감춰두었다. 링링이 턱을 괴고 침상 위에 앉아서 중얼거렸다.

"그런데 사내들이 하두 많아서 누가 주었는지 생각이 안 나. 간밤의 남자들 아무도 생각이 안 나는 거야."

"우리는 꿈을 꾼 거야. 그 남자들 모두 꿈에 찾아온 허깨비나 마찬가지였어."

　　우항(雨港)에 오늘도 비가 내리네
　　바다 위에 내리는 비는 안개가 되어
　　님 떠난 뱃길을 지워버리네
　　처마 끝에 떨어지는 빗물이여
　　마셔버린 빈 술병을 채우네

그것은 유메이가 취하면 언제나 부르는 지룽의 수야오(俗謠)였다. 청이는 남풍 여자들 중에 가장 나이가 많은 유메이와 속마음이 맞는다고 생각했다. 그네는 지룽에서 어떻게 처신해야 살아남기에 유리한가를 잘 알고 있었지만 자신은 그것을 실천하려 하지 않았다. 손님이 들어서 가욋돈이 생기면 자기가 가르쳐준 대로 감춰두지 않고 술을 받아다 먹든지 아편을 태웠다. 아퉁의 잔소리가 심해지면 부수입에서 얼마를 뱉어놓기도 하고 술과 안주를 받아다 상납하기도 했다.

"삼 년 전에 내가 여기 왔을 때 씨아란까지 합해서 네 사람이 손님을 받았다. 둘이 죽어 나갔어. 카오는 나중에 왔지. 우리가 번 돈으로 집을 늘리고 너희를 사온 거야."

둘 중에 한 여자는 이런 생활을 못 견디고 달아나려고 했다. 지룽 창가의 여자들은 몇 해가 지나도 이자 때문에 빚을 갚을 가망이 없어지면, 바깥세계에서 들어오는 배를 동경하게 된다. 여기서 나가려면 배를 타고 바다를 건너는 길밖에 없기 때문이다. 하지만 도항증인 차오단이 없기 때문에 분부 순검서의 병사들이 지키는 부두를 빠져나가 배를 탈 수가 없다. 그렇다면 두 가지 방법밖에는 없었다. 하나는 선원을 잘 사귀어서 돈푼이라도 주고 배에 몰래 숨어 타든가 아니면 그의 정인이 되는 방법이 있었다. 또다른 하나는 지룽 항구의 이웃인 단수이나 더욱 멀리는 타이난으로 달아나는 길도 있었다. 그렇지만 배를 타고 바다로 나가는 길에 비해 다른 고장으로 달아나는 일은 더욱 위험했다. 단수이나 타이난의 항구에도 창가가 있고 포주들과 따거의 조직은 서로 연결되어 있어서, 통문을 보내면 잡아다주고 보상금을 받아내던 것이다. 아니, 마지막 하나의 길이 더 있기는 했다. 그것은 사내들만 있는 개간농장을 피하여 원주민 부락으로 달아나는 길이었지만, 흙집에서 살며 척박한 산지를 화전갈이해서 겨우 굶주림을 면하는 생활을 창녀는 그 누구도 감당해내지 못했다.

"일단 잡혀오면 따거의 부하들인 키자오들에게 죽지 않을 정도로 맞고 나서 창녀를 잡아온 사람들에게 지불한 보상금은 다시 빚이 되는 거야. 팔려오던 날로 되돌아가 처음부터 다시 시작이지."

외롭고 희망이 없으니까 팔려오던 첫해에 누구나 정인을 만든다. 여기서는 육지와 달리 기둥서방 후화가 따로 없으니 정인은 곧 단골 손님인 셈이라 포주 쪽에서도 모르는 척 눈감아준다.

"그런데 여기 오는 사내들이 누구더냐. 우리보다 형편이 나을 게 없는 선원이나 농장 인부들하구 광부 같은 사람들이야. 그치들 노임 받아서 술 마시고 오입질하고 노름하고 그러다가 병 들면 일도 못 하고 굶어 죽든지 뭍으로 돌아가든지 하겠지."

이야기 도중에 유메이는 술에 취한 눈동자가 젖어가더니 희미하게 미소를 떠올렸다.

"오늘같이 비 내리는 밤에…… 남편처럼 만두를 사가지고 찾아온 손님을 어떻게 잊겠니?"

유메이와 함께 일하던 여자 중의 하나는 어떻게 정인을 삼아 타이난까지 달아났다가 잡혀왔다. 그네는 죽도록 얻어맞고 나서 타이난 뒷골목에서 헤어진 정인이 그리웠는지 다시는 일도 못 하고 시름시름 앓더니 독주를 억병으로 마시고 바다에 뛰어들었다. 선창에 엎어진 채로 둥둥 떠다니던 시체를 순검서의 병사들이 건졌더니 방파제의 돌게떼들이 얼굴과 가슴을 거의 다 뜯어먹었더란다.

또다른 여자는 성병에 걸렸다. 성병은 대개 외국 배가 들어왔다 나간 뒤에 퍼지곤 했는데, 지룽에 의원이 두 군데나 있기는 했지만 탕약이나 달여 먹어서는 잘 낫지를 않았다. 농이 나오고 오줌을 눌 때마다 아픈 린빙(淋病)은 소독수로 세척하고 약을 꾸준히 달여 먹으면 떨어졌지만 메이두(梅毒)는 무서운 병이었다. 가래톳과 부스럼이 돋았다가 머리카락이 빠지고, 심해지면 코나 손가락이 떨어지고 온몸이 썩어들어가며 오랫동안 잠복해서 겉으로는 멀쩡해 보이기도 했다. 어느 날 돌연 머릿속이나 몸의 급소 부분에 침투하면 얼이 빠지고 전신이 마비되어 죽는다고 했다. 메이두는 그 무렵에 이미 광저우와 마카오의 기루에서 종종 발견되곤 했다. 메이두에는 서양 배에서 들어온 소독약과 한방 세척제를 번갈아 사용했는데 가장 좋은 예방은 창녀 스스로 손님을 받을 때마다 점검을 하는 수밖에 없었다. 창녀들은 경험 많은 동료나 포주들로부터 상대가 병이 있는지 없는지를 가려내는 방법을 배웠다. 먼저 상대의 남근을 넣기 전에 두 손으로 잡아 훑어내리는 것으로 린빙의 유무를 판단할 수가 있었고, 메이두는 남자의 알몸을 눈으로 직접 살피고 미심쩍으면 세척제로 닦게 하면 병에 걸린 자는 고통 때문에 비명을 지르게 마련이었다. 그래도 여러 명을 한꺼번에 상대하다보면 소홀해지게 마련이고 운이 나쁘면 병에 걸릴 수밖에 없었다. 대륙에서도 유곽에 병이 돌면 관문에서 의원을 직접 보내어 검진한 뒤에 성병에 걸린 기녀는 축출했다. 메이두는 무서운 병이었지만 린빙은 한 보름만 열심히 치료를 받으면 나을 수가 있었다. 남풍에서 죽어 나간 두번째의 창녀는 메이두에 걸린 사실이 발각되어 순검서에서 끌고 갔는데 그뒤로는 아무도 그네를 만날 수가 없었다. 물론 세척하고 약을 복용하며 치료를 하면 악화되지는 않고 여러 해를 끌 수가 있었지만 그 동안에 아무도 그네를 먹여살리고 치료해줄 사람은 없었을 것이다. 사자령을 넘어가면 양지바른 남향받이 언덕에 공동묘지가 있었고 그곳에는 팻말도 없는 작은 무덤들도 많았다. 혈육 없이 죽은 쿠리 인부들이나 항구의 창녀 같은 이들이 그런 곳에 묻혔다. 유메이는 말했다.

"그래두 인기가 오르면 서로 정인이 되려고 사내들이 먹살잡이를 하며 다투지. 하지만 그건 아주 잠깐이야……"

사내와 일을 끝내고 떨어지자마자 질 속에 박아두었던 끈 달린 해면을 뽑아내면 피임을 할 수가 있었다. 그러고도 안심이 안 되면 명반을 물에 타서 꼼꼼히 씻어냈다. 그러나 사랑하는 사람에게는 그의 모든 것이 소중해져서 결국은 자신의 몸이 무의식중에 받아들이고 만다. 월경이 끊기고 헛구역질이 생기면 포주는 완강하게 낙태할 것을 요구하고 독한 한방약을 달여 마시도록 한다. 그러나 정인의 아기를 밴 창녀는 어떻게 해서든 육 개월을 넘기려 하며 그맘때에 배가 불러오면 포주도 차마 낙태를 권고할 수가 없게 된다. 자칫하면 생명이 위태롭기 때문이었다. 유메이는 그런 식으로 자신의 아기에 대해서 처음으로 얘기를 꺼냈다.

"그이는 뱃사람이었어. 요즘 같은 우계에 찾아왔지."

바타비아를 오가는 남방 무역선의 선원이었던 남자는 아퉁처럼 네덜란드인 혼혈의 짜중(雜種)이었다. 그는 차와 흑설탕을 배에 싣는 동안 사나흘씩을 지룽에 머물다가 갔고 한 철에 한 번씩은 자바의 바타비아와 지룽 단수이를 내왕했다. 그의 이름은 서양인 아버지의 이름을 따서 카론이라 했는데, 부두의 사람들은 키가 크다고 하여 모두 중국 이름으로 씨가오(細高)라고 불렀다. 유메이와 씨가오는 처음 만나서 하룻밤을 지내자마자 서로 눈이 맞았다. 사창에서는 일정 기간의 화대 매상을 지불하면 지목된 창녀에게는 다른 손님을 받지 않게 해주었는데 이를 바오쭈(包租)라 했다. 씨가오는 지룽에 올 때마다 사나흘이건 열흘이건 유메이가 다른 손님을 받지 않고 둘이서만 지낼 수 있도록 바오쭈를 물어냈다. 지룽의 창녀는 보통날에도 하루에 대여섯의 손님은 받아야 일당을 계산할 수가 있었는데 할

당량에 모자라면 그것은 빚이 되었다. 대개는 빚이 늘어가다가 단체 손님이 한꺼번에 몰려와야 간신히 탕감이 되곤 했다.

"바오쭈 덕분에 우리는 헤핑 섬에도 놀러가고 시구링 너머 지룽 강에두 가보았어. 아, 장사 안 하구 밤늦게까지 부두의 주루에 가서 맛있는 안주에 곡주를 마시는 기분이 얼마나 좋은지. 우리를 방해할 사람은 지룽에 아무도 없었지."

유메이의 몸에 이상이 생긴 것은 그들이 만난 지 두 계절이나 지난 뒤였다. 입덧이 나고 배가 불러올 때까지 유메이는 설마 하면서 살이 찌는 줄로만 알고 끼니도 거르고 하면서 대수롭지 않게 여겼다는 것이다. 드디어 씨아란이 먼저 눈치를 채고 아퉁도 알게 되자 아기를 낙태시키라고 날마다 성화였다. 유메이는 나중에 씨가오가 와서 바오쭈를 물어낼 것이니 한 번만 봐주십사고 애원했지만 낙태는 안 하더라도 장사는 계속해야 된다는 선에서 임신은 묵인이 되었다. 그네는 부른 배를 천으로 감싸고 아홉 달째가 되도록 장사를 계속했지만 씨가오가 탄 배는 입항하지 않았다. 유메이는 드디어 아이를 낳았는데, 딸이었다. 제 아비를 닮아 갈색 머리에 따스한 갈색 눈에 다리가 날씬한 계집아이였다. 그뒤 네덜란드의 동인도회사측과 푸젠 성 관부 사이에 말썽이 벌어져서 바타비아와의 교역이 수년간 끊겼고, 씨가오는 다시 지룽에 돌아오지 못했다. 유메이는 장사를 시작했고 아기는 비번인 창녀들이 서로 돌아가며 보살폈다. 관례대로 반년이 지났을 즈음에 씨아란이 달래어 아기를 다른 고장에 보내기로 했다. 그래도 사내아이보다는 계집아이가 수양자식으로 보내기에 훨씬 수월했다. 걷기 시작하자마자 잔심부름을 곧잘 해낼 수 있었고 조금 더 장성하면 팔아먹을 수도 있었기 때문이다. 유메이는 그뒤로 돈 벌어서 이곳을 빠져나가겠다던 생각을 아예 접고 말았다.

아퉁은 빚 독촉을 심하게 하지도 않았는데, 유메이가 아편을 피우고 널브러져 있거나 술에 취해 있을 때만 욕지거리를 몇 번 하다가 그만두었다. 그만큼 유메이는 이 집에 오래 있었으며 한 식구나 매한가지였기 때문이다.

청이는 힘 있는 자가 아니면 절대로 정인을 삼지 않으리라 벌써부터 작정하고 있었다. 아니 오히려 자기 쪽에서 지룽 사창가 포주들의 엄격한 관리를 벗어나게 해줄 수 있는 상대를 찾아야만 한다고 생각했다.

그네는 진장 복락루의 마마 키우에게서 배운 기녀의 품격을 지키는 것이 생존에 도움이 되리라는 걸 알았다. 청이는 유메이에게 부탁하여 소리통이 좋은 호금(胡琴)을 샀다. 호금은 대륙에서는 비파라고 하는 그것이었는데, 연주하는 법은 비파와 거의 같았고 뱀가죽으로 씌운 소리통이 비파보다는 훨씬 작았다. 지룽의 따거를 렌화가 한 번 모신 적이 있었지만 이는 포주가 창가에 처음 나온 꾸냥을 장사시키기 전에 상납하던 관례에 의한 것이었다. 따거는 청이를 한 번 지나갔을 뿐 수많은 부두의 창녀들을 일일이 기억하지 못했을 것이다. 그에게는 살림집에 처자식과 첩까지 있었고 내키면 아무 여자나 자기의 것으로 할 수가 있었다.

청이는 손님이 끊긴 한가한 날 저녁이면 선뵈는 방의 창가에 앉아 호금을 뜯었다. 부두의 중개상인들 사이에는 남풍 집에 절색의 기녀가 창녀로 팔려왔다는 소문이 돌았고, 아퉁은 좋은 단골을 확보하려고 렌화가 한때는 난징에서 날리던 예기라고 떠들어댔다. 청이는 사내들의 술자리에 가끔 불려나가 호금을 연주하며 노래를 했다. 아퉁도 청이에게 질 좋은 단골이 생겨나자 자연스럽게 남풍의 화지아라고 내세워주었다.

우계가 끝날 무렵이 되자 습기 먹은 무더운 바람이 불어오기 시작했는데, 이 골목에서 낯익은 키자오 사내 하나가 남풍에 찾아왔다. 그는 대뜸 현관을 지키고 앉아 있던 아퉁에게 물었다.

"이 집에 렌화란 아이가 있다며?"

"있는데…… 웬일인가."

"우리 구토우(股頭)께서 그애를 데려오라네."

아퉁이 불평을 했다.

"아무리 따거라지만, 요즘 장사두 잘 안 되는데 초저녁부터 우리 집 화지아를 데려가면 어쩌누?"

키자오는 이 골목을 맡은 자라, 육지에서라면 후화 기둥서방의 조장쯤 되는 격이어서 아퉁의 엄살을 간단히 묵살했다.

"아예 당분간 장사를 못 하도록 깃대를 꽂아줄까?"

깃대는 따거 패들이 지역의 다른 사람들에게 경고하는 의미로 세우는 것이라서, 일단 기가 집 앞에 꽂히면 모두들 피해버리니 장사는 저절로 망해버렸다. 아퉁의 불만스런 침묵에 키자오가 달래면서 말했다.

"이봐, 특별히 렌화라는 아이를 지목하셨으니 체면상 바오쭈를 내지 않겠나. 오늘 단수이에서 온 손님들과 연회 자리가 있는데, 그애가 호금을 잘 탄다고 하여 특별히 부르시는 걸세."

그들의 주고받는 소리를 듣고 벌써 청이는 안에서 주렴을 들치고 나와 인사를 공손히 올렸다.

"잠시 틈을 주시면 단장하고 옷 갈아입고 곧 나오겠습니다."

아퉁은 바오쭈를 내겠다는 소리에 두말하지 않고 고개를 끄덕이더니 키자오에게 은근히 권한다.

"렌화 하나 가지구 되겠나. 다른 아이들도 두엇 데려가지."

키자오는 손을 내저었다.

"글쎄, 내가 받은 전갈은 렌화를 데려오란 얘기뿐이여."

잠시 후에 청이가 치포 대신 분홍색 명주 바지저고리에 하늘하늘한 소매 없는 배자를 걸치고 분단장에 연지 곱게 바르고 나타났고, 그 뒤에 치포에다 남색 마고자를 걸친 유메이가 따라나섰다. 키자오가 모처럼 단장을 한 나들이 차림의 두 창녀를 보더니 조금 놀란 모양이었다.

"허, 유메이두 그렇게 차리구 나서니 몰라보겠구나. 그렇지만 렌화만 부르던데……"

"음악이 있으면 노래가 따라야지. 유메이의 노래는 지룽에서 다 알아준다네."

아퉁의 말에 키자오는 자기도 생각이 같다는 듯이 고개를 끄덕이고는 두 여자를 데리고 밖으로 나섰다. 그들은 뒷골목을 벗어나 항구의 정면 쪽에 있는 상행의 상가들 가까이로 돌아나갔다. 그곳은 시장과 음식점이며 번듯한 주루가 모여 있는 거리였다. 바다가 훤히 내다보이는 언덕바지에 돌축대를 쌓고 그 위에 하얗게 회칠을 올린 돌집이 서 있었다. 황혼 무렵이라 이미 땅거미가 내려앉아 주위는 어둑어둑한데 먼바다는 컴컴하고 하늘도 진보라색으로 어두워지고 수평선 끝에 가느다란 노을의 띠만 겹겹으로 번져 있었다. 계단을 오르니 잎이 무성한 종려와 소철이며 대나무와 모란꽃에 난초들이 무리지어 피었다. 화원이 있는 가운데에 등을 줄지어 매달아 밝혀놓은 방의 앞은 누각 같은 마루였고 안쪽에 육지의 대갓집에서나 보던 객청이 있었다.

객청 가운데 원탁에는 술과 음식이 차려져 있는데, 중앙에 낯익은 지룽의 따거 롱싼(龍三)이 앉았고 주위로 잘 차려입은 사내들이 둘러앉았다. 롱싼이 단수이 상행에서 온 무역상들과 지룽 분부의 순검서 동지를 초청하여 체면을 세우는 자리였다. 방 두 칸 사이에 병풍처럼 접고 펴는 칸막이가 있었지만 지금은 우계가 끝난 철이라 모든 문을 활짝 열어두었다. 지대가 높아서 시원한 저녁바람이 불어들어왔다. 연회가 벌어진 객청에 붙은 바깥방이 이를테면 청이와 유메이에게 허락된 공간이었다. 그네들을 데려간 키자오가 공수를 올리며 아뢰었다.

"구토우 어른, 연주하는 아이와 노래하는 아이를 데려왔습니다."

따거 롱싼이 술잔을 쳐들어 보이며 말했다.

"좋다 좋아. 너는 물러가고 어디 한번 놀아보아라."

키자오가 물러가자 청이는 호금을 안은 채, 유메이는 두 손을 모으고 공손히 서서 절하며 문안인사를 올렸다. 그리고 각자 렌화, 유메이라고 이름을 밝혀올리고는 서로 눈을 한 번 마주치고 나서 잔잔하게 호금 뜯는 소리와 함께 유메이의 노래가 먼저 나온다.

구름 걷힌 저녁하늘 청까치 날아가고
어제 없던 달님은 다시금 그 자리에
이지러지고 차오르고 어제 오늘 일이던가
오늘도 또 하루 월등을 밝히는데
님 소식 담긴 편지 하마 벌써 바래었네

유메이의 낮고 굵직한 음성에 실린 수야오와 렌화의 화려한 호금소리는 좌중을 대번에 조용하게 만들었다. 노래가 후렴에 이르니 어떤 사람은 눈을 감고 손바닥으로 무릎을 가볍게 두드린다. 노래가

244

끝나자 따거 롱싼이 손을 들어 청이와 유메이를 불렀다.

"너희들 이리 와서 내 술잔을 받아라."

청이는 따거 롱싼이 내밀어준 잔을 받아들고 고개를 숙인 채 기다렸다. 유메이도 잇달아 잔을 받고서 청의 곁에 서 있었다. 롱싼이 청이에게 다시 술을 따라주었고 옆자리의 상인은 유메이의 술잔을 또 채워준다. 기울였던 주전자를 내려놓으며 롱싼은 청이에게 물었다.

"너를 본 듯한데……"

청이는 죽엽주를 단숨에 마시고 나서 고개를 들어 사내의 눈을 똑바로 응시하면서 말했다.

"제가 지룽에 처음 오던 날, 어르신을 하룻밤 모신 적이 있습니다."

"허, 그랬던가!"

롱싼이 당황하여 그렇게 대꾸하는데 관복 차림의 동지가 끼어든다.

"봄동산의 나비가 날아앉았던 꽃을 모두 기억할 수야 있나."

둘러앉았던 상인들이 모두 소리를 내어 웃었다. 따거 롱싼은 뒤늦게 빙긋 웃음을 머금는다.

"렌화가 누구인가 했더니 자네였구먼. 부두에 소문이 났길래 내 한번 불러보았다. 어느 집이던가?"

유메이가 얼른 대답했다.

"예, 난펑(南風)입니다."

롱싼이 말했다.

"오늘은 즐거운 날이다. 너희 두 사람은 바오쭈를 낼 것이니 염려 말고 놀도록 하여라."

밤이 이슥하도록 따거 롱싼의 연회는 계속되었다. 유메이는 단수이에서 온 상인 한 사람을 모셨고, 청이는 시장 거리에 있는 롱싼의 팡차오(幇巢)에 가서 그와 다시 하룻밤을 보냈다. 팡차오는 따거와 그의 부하 키자오들이 모여 있는 사무실이었는데, 아래층은 객청이고 위층에 그와 부하들의 숙소가 있었다. 롱싼의 살림집은 사자령 언덕의 주택가에 있었다. 아래층에서 숙직을 하던 키자오 몇 명이 마작을 놀다가 밤늦게 여자와 함께 찾아온 따거의 출현에 몹시 당황한 듯했다. 그의 방은 이층 맨 구석에 있었는데, 바다를 향한 곳에 탁자와 의자가 있고 안쪽 구석에 여기에는 어울리지 않게 화려한 휘장을 두르고 붉은색 옻칠을 올린 아늑한 침상이 있었다. 아마도 어느 여각이나 반점에서 옮겨온 물건 같았다. 키자오 사내 둘이서 쟁반에다 차와 과일과 아편을 담은 작은 종지와 곰방대 두 대를 받쳐 들고 들어왔다. 또 한 사내는 나무물통에 더운물이며 대야를 들고 커다란 수건을 가지고 있었다. 그들은 탁자에 그것들을 차려놓고 대야에 물을 담아 침상 아래 내려놓고 기다렸다.

"따거, 발 씻어드리겠습니다."

롱싼이 침상머리에 앉아 가죽신을 벗으려는데 청이가 얼른 나선다.

"제가 하겠습니다."

키자오들이 롱싼의 얼굴을 살피니 그는 손을 들어 나가라는 시늉으로 흔들어 보였다. 청이 그의 신을 벗기고 버선마저 벗기고는 차례로 대야의 물 속에 담갔다. 손으로 발등과 발바닥을 문질러주니 롱싼은 눈을 지그시 감고 흡족해한다. 다시 새 물로 얼굴과 손을 차례로 씻은 뒤에 청이도 세수를 하고 나서 두 사람은 뜨거운 차를 마셨다. 롱싼이 새삼 취기가 오르는지 게슴츠레해진 얼굴로 청이에게 물었다.

"너 같은 아이가 어쩌다가 이 골에 빠지게 되었는고?"

"항저우에서 뢰마이꾼들의 속임수에 걸려 슈마지아로 팔려왔습니다."

청이의 말에 따거는 고개를 끄덕였다.

"그렇겠지. 여기 꾸냥들 사연은 모두 비슷하니까. 네가 원하는 것이 무어냐?"

청이는 재빠르게 자기가 할말을 몇 가지 생각했고, 그중에 한 가지만 고르기로 한다.

"저는 다른 소원은 별로 없습니다. 구토우 어른만 모시게 해주셔요."

롱싼이 청이의 말에 어느 정도 감동을 받은 눈치였지만 받아주지는 않는다.

"허허, 나는 식구가 많단다."

"적적하실 때마다 불러주시면 됩니다."

청이 아편을 구리접시에 담아 기름 램프에 불을 붙여 데우고는 알맞춤할 때에 젓가락으로 집어서 곰방대에 담아 두 손으로 올렸다. 그네는 예전에 첸 대인의 흡연 시중을 들어서 잘 알고 있었다. 그는 곰방대를 들고 두어 번 빨더니 흡족한 표정이 되어 청이에게 말했다.

"너도 한 대 하려무나. 아이들이 다 알아서 두 대를 준비해오지 않았느냐."

청이는 진장 시절에 구앙과 함께 목욕 뒤에 몇 번 빨아본 적이 있어서 자기도 한 대를 담아 피웠다. 온몸이 녹아내리는 것 같더니 사지에서 힘이 빠져나간다. 두 사람은 침상에 들었다. 그들은 옆으로 누워서 곰방대를 빨다가 어느 결에 서로의 옷자락을 벗겨내린다. 따거가 청이와 한 차례 어울리는데 서두르지 않고 천천히 진행한다. 청이는 일부러 소리를 지르고 다리와 둔부를 움직여 그를 자극했다.

롱싼과 청이는 이튿날 늦게서야 잠이 깼는데 아래층에 모여든 키자오들의 인기척 때문이었다. 청이 먼저 침상에서 빠져나와 옷을 걸치는데 롱싼이 비스듬히 누운 채로 휘장 너머로 그네를 바라보면서 말했다.

"거기 저고리 좀 가져오너라."

청이 의자 위에 걸린 그의 상의를 갖다주자 그가 마고자를 뒤지더니 끈 달린 가죽 주머니를 꺼냈다. 룽싼은 주머니째로 청이에게 내주며 말했다.

"이거면 한 열흘치 바오쭈는 되겠구나."

청이 화대를 받고 돌아서서 나오려는데 룽싼이 다시 불러세웠다.

"너 창기를 면하고 싶으냐?"

청이의 눈에서는 기다렸다는 듯이 눈물이 뚝뚝 흘러내린다. 룽싼이 말했다.

"내가 너희들 맘을 잘 아느니라. 허나 나는 따거로서 이 지역의 장사치나 포주 모두를 보호해주어야 한다. 내가 너에게 기회를 줄 수는 있겠구나."

룽싼은 문 앞에 섰는 청이를 바라보며 잠시 생각하더니 말을 이었다.

"너에게 단수이 출장을 자주 시켜주마. 그뒤는 네가 알아서 할 일이지."

청이는 허리를 깊숙이 숙여 절하고는 이층 계단을 내려왔다. 따거의 팡차오를 나서니 이미 때가 점심 무렵이었다.

청이 남풍에 돌아가자 아퉁은 현관 앞에서 기다리고 있다가 화를 버럭 냈다.

"아니 유메이는 벌써 와서 단장을 끝내고 장사할 준비를 마쳤는데, 넌 뭘 하다가 인제사 기어오는 게야?"

청이 소매 속에서 따거의 돈주머니를 꺼내어 탁자 위에 탁 소리가 나도록 내놓았다.

"따거가 열흘치 바오쭈를 주었어요. 너무 들볶지 말아요."

아퉁이 돈주머니를 열어 은화를 세어보는데 씨아란도 나와서 들여다보고는 청이에게 한마디했다.

"어쩌면, 따거가 네 후화 노릇을 하시려나보다."

아퉁이 볼멘 소리로 받았다.

"계산은 나중에 다시 하지. 어서 장사 준비나 하란 말야. 오늘 루손에서 배가 들어왔다구."

청이는 주렴을 들치고 안으로 들어가면서 말했다.

"바오쭈를 받아왔으니까 오늘은 장사 안 할 거예요."

그네가 자기 방으로 들어가 겉옷인 배자를 벗고 바지와 상의까지 벗고는 속옷을 갈아입는데, 아퉁이 휘장을 확 들치며 들어섰다. 그는 다짜고짜로 소리를 버럭 질렀다.

"오늘 장사를 안 한다구? 누구 맘대루 그따위 소리를 하는 거야. 너희들 몸값루 진 빚이 얼만 줄이나 알아? 네까짓 것들 당장에 남방으루 팔아버릴 수도 있다. 산 설구 물 설은 데 끌려가서 메이두에 걸려 썩어지구 싶으냐, 내가 그렇게 못 할 것 같아?"

청이는 아랫도리에만 짧은 속곳을 걸치고 위는 젖가슴을 내놓은 채로 아퉁에게 돌아섰다.

"몸값? 누가 누구에게 준 몸값인데 그 돈이…… 나는 강제루 잡혀왔어. 슈마지아에서 당신들끼리 얼마를 주고받았는지 내가 알 게 뭐야. 나는 따거에게서 열흘치의 바오쭈를 받아왔다구. 그렇게 우격다짐으로 장사를 시키면 나는 절대루 안 할 거야. 다시 말해두지만 나는 산골에서 철 모르고 끌려온 애들과는 달라. 요따위 밑바닥 사창가에서 짓밟혀 살 줄 알아?"

두 손을 내저어 흔들며 소리를 바락바락 질러대는 청이를 멍하니 보고 섰더니 아퉁은 갑자기 기침을 터뜨리며 뒷걸음질로 물러섰다. 그네는 침상 위에 무너지듯 주저앉으며 스스로의 분통을 주체하지 못하고 울음을 터뜨렸다. 누군가 들어오더니 상의를 집어 그네의 등에 씌워준다.

"그만 해…… 아퉁이 잘못한 거야. 링링두 바오쭈 받았다구 쥐꼬리만큼 내놓고 장사 안 하겠다잖아. 그래서 화가 났던 거야. 바쁠 때에는 주인 사정을 좀 봐줘야 하지 않니?"

씨아란이 청이의 어깨를 토닥이면서 말했다. 청이는 금방 울음을 그쳤다. 오래 울어봤자 눈이나 퉁퉁 붓고 상한 가슴이 진정되려면 며칠 동안 밥맛도 없게 마련이었다. 이래봤자 내 손해지. 그네는 한숨을 길게 내쉬어 답답했던 가슴속을 확 비워내고는 저고리를 대충 걸치고 빨랫감을 싸들고 일어섰다.

"아저씨한테 미안하다구 그래요. 내 성질 잘 아실 테니까……"

아퉁이 현관 앞에서 터뜨리는 기침 소리가 아직도 들려오고 있었다. 씨아란은 우선 그쪽이 염려되었는지 바쁜 걸음으로 주렴 바깥으로 나갔고, 청이는 안마당 쪽으로 나가려다가 링링의 방을 기웃이 들여다보았다. 링링은 언제나 그랬듯이 몸을 꼬부리고 벽을 향하여 돌아누워 있었다.

"링링……"

부르는 청이의 목소리에 그네가 천천히 돌아누웠다.

"렌화 언니 왔구나."

청이 그네의 옆에 가서 앉자 링링은 누운 채로 물었다.

"언니, 아퉁 아저씨랑 싸웠어?"

"아니, 소리를 좀 질렀지. 너 장사를 안 하겠다구 그랬다며?"

"응, 사흘짜리 바오쭈를 받았거든."

링링은 작은 입을 조금 벌려 행복한 웃음을 웃었다. 그네가 그런 웃음을 보인 것은 정말 흔치 않은 일이었다. 푸저우에서 지룽에 온 이래로 하루에 한 번씩은 눈물 바람이었고 늘 홍역에 걸린 강아지처럼 보였다. 청이 링링에게 물었다.

"누구야…… 네게 바오쭈를 낸 사람은?"

링링은 눈에 눈물이 고이면서도 웃는 얼굴로 대답했다.

"언니, 나 좋은 사람 생겼어."

링링은 며칠 전에 카지아 촌에서 왔던 여러 명의 인부들 가운데 하나라고 말했고, 청이는 그를 어렴풋이 기억할 수가 있었다. 변발을 하지 않고 기른 머리를 뒤로 넘겨 묶고는 머리에 무명끈을 동이고 있던 청년이었다. 몸집이 크고 손발이 모두 큼직해서 곰 같다고 생각했다. 웃을 때에는 작은 눈이 더욱 작아져서 가죽에 금을 그어 놓은 주름살처럼 보였다.

"카지아 촌의 인부가 무슨 돈이 생긴다구 바오쭈를 냈을까?"

"그이는 차밭 농원의 십장조야. 힘으론 당할 사람이 없다나. 인부들보다는 많이 받는대."

"너두 그 사람 좋아?"

청이의 물음에 링링은 대답 대신 고개를 여러 번 끄덕였다.

"아까 와서 잠깐 놀다 갔어. 저녁때 부둣가 시장에서 다시 만나기루 했는데 아저씨가 오늘은 안 된다는 거야."

청이는 빨랫감을 들고 일어서며 말했다.

"걱정 마라. 언니가 너 외출하도록 해줄게."

청이는 부엌 옆의 세탁간으로 가서 먼저 빨래를 하고는 옷을 훌훌 벗고 물통의 찬물을 끼얹었다. 그네는 방으로 돌아와 알몸에 속곳을 입지 않은 채 새 치포로 갈아입고 화장을 했다. 현관으로 나오니 아퉁은 아직도 화가 풀리지 않았는지 잔뜩 부어서 바깥을 내다보는 척 했다. 선뵈는 방에 앉았던 씨아란이 기웃이 넘겨다보더니 호들갑을 떨며 말했다.

"저 고운 자태를 좀 봐. 손님 받을 준비를 하구 나왔잖아요."

청이는 아퉁에게 공손하게 말했다.

"저 오늘 장사 할 거예요. 그 대신에 링링은 바오쭈를 냈다니까 외출하게 해주셔요."

아퉁이 청이의 차림새를 아래위로 한 번 쓱 훑어보더니 못마땅하다는 듯 입맛을 몇 번 다시고는 말했다.

"맘대루 해. 돈 벌기 싫은 것들은 빚만 늘어날 테니까. 이 집에서 공짜 밥은 못 먹여준다."

낮에는 후덥지근하더니 밤이 되자 열기가 식고 시원한 바닷바람이 불어왔다. 링링은 다른 여염집 꾸냥처럼 상의와 바지 차림으로 외출을 했고, 다른 아이들은 모두 화장을 하고 현관 옆방으로 나와서 앉아 있었다.

아퉁이 오늘 장사를 기대하고 있는 것은 서양인 선원들이 상륙할 예정이기 때문이었다. 대륙에서는 난징 조약 이후에 개항장이 열리고 영국 군대가 지키는 조차지도 생겼지만, 타이완은 오래 전부터 포르투갈과 스페인과 네덜란드가 차례로 점령했던 적이 있어서 아직 개항이 허락되지 않고 있었다. 그러나 지룽과 단수이에서는 충돌을 피하기도 하고 상업적 이익이 있는 만큼 외항에서 거룻배를 이용한 무역은 허용하고 있었다. 짐을 싣고 내리는 동안에 선원들은 밤에만 상륙이 허락되었고 그것은 순검서 동지의 재량권에 속한 일이

252

기도 했다. 서양인들은 뭍에 올라 창가에 오면 긴밤 화대로 열 배의 돈을 냈다.

"온다, 와!"

밖을 내다보고 있던 아퉁이 얼른 골목길로 나갔다. 씨아란은 아이들에게 선뵈는 방의 너른 창을 향하여 나란히 앉도록 하고 자신도 그들의 곁에 앉았다. 청이 곁에 앉은 유메이에게 속삭였다.

"마마도 손님을 받을 모양이지?"

"양귀들은 나이가 많구 적은 건 알아보지두 못하구 따지지두 않아. 서양 배가 들어오면 저 여잔 신이 나서 장사를 해."

사창가가 있는 골목으로 선원들이 몰려오고 있었다. 아퉁이 골목길에 서서 그들에게 알아들을 수 없는 서양 말로 떠들어댔다. 그들은 각자 창 안을 들여다보며 걸어왔다. 남풍 집에도 다섯 명이 들어섰다. 씨아란은 그들에게 서양 말로 뭐라고 말을 걸었다. 그들은 백인이었지만 햇볕에 그을려 검붉은 얼굴이었고 콧수염이나 턱수염을 기르고 있었다. 풀어헤친 상의 안으로 가슴 털이 시커멓게 보였고 어떤 사람은 귀고리를 하고 있었다. 머리카락과 턱수염이 붉은 사내가 청이에게 뭐라고 말을 걸었지만 그네는 알아듣지 못했다.

"네가 좋대."

유메이가 말해주었다. 청이는 그 사내를 향하여 웃어 보였다. 다른 사내들도 각자 마음에 드는 아이들을 지목했는데 씨아란은 말이 통해서였는지 두 명이 서로 다투는 눈치였다. 아퉁은 그들에게 잠깐도 되고 긴밤은 한 사람만 된다고 말해주었다. 세 사람이 더 들어왔지만 남풍 집에 씨아란까지 여섯 여자밖에 없어서 나머지는 다른 집으로 빼앗길 수밖에 없었다. 어쨌든 아퉁은 그들이 한 여자씩 지목해서 안으로 들어가기 전에 미리 화대를 받았다. 어떤 자는 은화로

냈고 또 어떤 녀석은 유지에 싼 아편을 내밀기도 했다. 사실 아편으로 받는 것이 훨씬 이문이 많이 남아서 포주들은 그쪽을 더 좋아했다. 아편은 대륙에서도 현찰이나 마찬가지였다. 그들이 배에 싣고 온 화물도 대부분 아편이나 면직물이었다.

청이는 붉은 머리털의 사내를 데리고 자기 방으로 들어갔다. 그들은 열 배의 화대를 내고 긴밤을 샀으므로 서두를 필요가 없었지만 유메이가 미리 주의를 주기로는 잘못 걸리면 밤새도록 괴롭히는 자도 있다는 것이다. 사내가 침상에 털썩 주저앉더니 뭔가 마시는 시늉을 하면서 은화를 내밀었다. 청이는 은화를 받아쥐고 밖으로 나와 두리번거렸다. 그네는 주렴 사이로 혼자 현관의 탁자 앞에 앉아 있는 아퉁의 어딘가 외로운 얼굴을 훔쳐보았다. 안에서는 사내와 여자들의 웃음소리며 벌써 일을 벌이기 시작했는지 고양이 울음 같은 소리도 들려왔다.

"술을 달라는 것 같아요."

아퉁이 잠깐 멍하니 청이를 올려다보다가 얼른 손을 들어 안쪽을 가리키며 말했다.

"그럴 줄 알구 부엌에다 술과 안주를 준비해두었다. 지룽 사람들에게는 창가에서 술을 파는 건 금지되어 있지만 양인들에게야 누가 뭐랄 사람이 있나."

청이는 돌아서서 안으로 들어가려다가 아퉁에게 약을 올리는 투로 말했다.

"돈두 좋지만, 마마한테까지 장사를 시켜요?"

아퉁은 청이를 힐끗 바라보고는 간단히 대답했다.

"그게 이 바닥 법도야. 네 걱정이나 해라."

청이는 부엌에 가서 죽엽주와 안주 두 접시를 쟁반에 받쳐들고 방으로 돌아갔다. 서양 사내는 잔 두 개에 술을 따르고는 청이에게도 권했다. 선원이 자기 가슴을 두드리며 베크, 베크, 라고 말했다. 청이는 이내 눈치채고 자기 가슴을 손가락으로 찌르며 중얼거렸다.

"내 이름 렌화, 렌화."

베크라는 선원은 방 안이 후덥지근해서였는지 마직 셔츠를 벗어버렸다. 그의 등판에 이제는 드물어진 돛대 네 개가 달린 중형 범선의 문신이 붉고 푸른 물감으로 새겨져 있었고, 울퉁불퉁한 팔뚝에는 날이 휜 아랍식 단도가 그려져 있었다. 가슴팍은 온통 붉은 털로 뒤덮였는데 땀내와 섞여서 비 맞은 개 비린내와 흡사한 노린내가 났다. 그는 청이의 외로 땋아 틀어올린 머리를 손으로 흐트러뜨렸다. 청이가 눈치를 채고 머리끈을 풀며 흔들자 긴 머리가 어깨를 덮고 흘러내렸다. 사내는 그 머리카락을 쥐고 두툼한 손가락으로 만지작거리며 뭐라고 끊임없이 중얼거렸다. 청이는 그의 말을 알아들을 수는 없어서 건성으로 고개를 끄덕여주었다. 그는 몸에 꼭 끼는 밝은색 바지를 입고 둥근 버클이 달린 넓적한 허리띠를 매고 군인처럼 정강이에 올라온 헐렁한 장화를 신고 있었다. 청이 무릎을 구부리고 사내의 발치에 앉아 장화를 잡고 말했다.

"신발을 벗어요."

사내가 껄껄 웃더니 침상 위로 넘어져서 한쪽 다리를 쳐들어주었다. 청이는 장화를 두 손으로 잡고 당겼는데 잘 빠지질 않는다. 그가 발을 움직여주자 청이는 뽑혀나온 장화를 안고 궁둥방아를 찧으며 뒤로 벌러덩 자빠졌다. 얼결에 울상을 짓고 주저앉아 있는 청이를 손가락질하면서 사내가 웃자 그녀도 덩달아 웃음을 터뜨렸다. 사내가 뭐라고 지껄이면서 다시 다른 한쪽 다리를 쳐들어준다. 청이는 이번에는 뒤로 돌아서서 사내의 장화를 옆구리에 단단히 끼우고 앞으로 달려나갈 듯 힘을 주어 잡아뽑았다. 이번에는 앞으로 몇 발짝 헛디뎠을 뿐 넘어지지는 않았다. 그는 면직 양말을 신고 있었는데 고약한 냄새가 났다. 청이 양말까지 벗겨서는 구석에 내동댕이치고 일어서자 서양 사내가 그네에게 술잔을 건네주며 웃어댔다. 그들은 술 한 병을 다 비우고 나서 사이좋게 옷을 벗었다. 청이는 옷이라야 치포를 알몸 위에 입고 있었던지라 늘 하던 대로 아래에서부터 머리 위로 벗겨올렸다. 사내는 침상 위에 앉아서 그네를 달랑 안아올려 자기 무릎 위에 올려놓았다. 그는 털도 많고 냄새가 고약해서 짐승처럼 보였지만 의외로 손길은 거칠지 않았다. 청이는 유메이에게서 주의를 받았으므로 슬며시 가려린 손을 꼼지락거리며 사내의 무릎 위에 이미 성이 나서 불끈 솟아올라 있는 남근을 잡아보았다. 손으로 꽉 움켜쥐고는 잡아당겨보는데 사내가 다시 큰 소리로 웃더니 자기의 그것을 아래 위로 흔들어 보이면서 뭐라고 떠들었다. 아마도 괜찮다는 소리겠지. 청이는 그가 하는 대로 맡기면서 몸을 스르르 침상 위에 던져버린다. 어찌나 물건이 큰지 마치 팔뚝이 온몸을 찢을 것처럼 몸 속으로 들어오는 것만 같았다.

몇 차례나 그런 고통이 지나가고 나서 사내가 곯아떨어진 뒤에 청이는 몸을 씻으러 치포를 걸치고 밖으로 나왔다. 통로에서 누군가가 쪼그리고 앉아 숨죽여 흐느끼는 소리가 들려왔다. 청이는 다른 방에 들릴까봐 발돋움으로 걸어서 가까이 가보았다. 그것은 언제나 우울한 카오였다. 청이 그네 옆에 함께 쪼그리고 앉아서 늘어뜨린 머리카락을 올려주며 물었다.

"카오, 왜 그러니, 무슨 일 있었어?"

"하아, 너무 아파서 더이상 못 하겠는데 저 자식이 잠두 안 자구 괴롭혀."

과연 안에서 취한 목소리로 뭐라고 중얼대는 서양 말 소리가 들려왔다. 다른 방에서 휘장을 들치며 씨아란이 나타났다.

"뭣 때문에 또 청승이야?"

"카오가 너무 아프대요."

씨아란이 콧방귀를 뀌었다.

"아파두 조금 참으면 잠깐이야. 내일 세척제루 씻구 푹 쉬면 붓기가 금방 가라앉아."

갑자기 고함 소리가 들리더니 취한 사내가 벌거벗은 채로 휘장을 들치고 나왔다. 그는 알 수 없는 말로 소리를 지르면서 카오의 머리끄덩이를 잡고 질질 끌어가려고 했다. 카오가 비명을 지르자 사내가 그네의 얼굴과 몸을 함부로 때렸다. 카오는 소리를 지르며 옆으로 앞으로 버둥거렸다. 방에서 유메이와 슈티안이며 샤오웨까지도 우르르 몰려나왔다. 청이는 카오의 머리카락을 움켜쥔 사내의 손목을 힘껏 물어뜯었는데 씨아란이 말릴 틈도 없었다. 유메이가 서양 말로 욕지거리를 내뱉으며 달려들어 사내의 물건을 두 손으로 움켜쥐었고, 슈티안과 샤오웨는 사내의 목과 다른 한쪽 팔을 붙잡고 늘어졌다. 사내는 버둥거리며 뒤로 넘어졌지만 여자들은 찰거머리처럼 달라붙어 떨어지지를 않는다. 드디어 어느 방에선가 서양인 동료 선원이 나와 여자들을 떼어냈다. 유메이는 분이 풀리지 않는지 계속해서 손가락질을 하며 떠들었다. 동료의 만류로 행패를 부렸던 사내는 풀이 죽어서 휘장 안으로 비칠비칠 들어가버린다. 여자들은 가쁜 숨을 헐떡이며 통로에 주저앉아 있는데 유메이가 먼저 말했다.

"이것 봐, 카오가 맞아 죽을 뻔했잖아. 오늘 장사 이걸루 끝이야. 전부 날 따라와라."

여자들은 우르르 몰려서 특실 앞을 지나고 살림방 앞을 지나서 부엌으로 몰려갔다. 씨아란이 다급하게 불러대어 아퉁도 안으로 들어왔다. 여자들은 모두 식탁 앞에 둘러앉았고, 청이 입술과 코에서 피를 흘리고 있는 카오를 보살폈다. 그네는 물에 축인 수건으로 카오의 상처 주위를 닦아주었다. 유메이가 말했다.

"너희들 다들 몇 번씩 해주었지?"

여자들은 고개를 끄덕였고 유메이가 다시 말했다.

"카오에게 보상비를 주지 않으면 방으로 돌아가지 않을 거야."

씨아란과 아퉁이 식탁 주위에 앉지도 못하고 여자들의 주위를 맴돌면서 차례로 달랬다.

"술 취한 놈 개라고 그러잖아. 이제 다신 난폭하게 굴지 못할 거야."

"이봐 너희들, 긴밤 돈 받고 모두 나와버리면 어떡해."

유메이가 아퉁 부부에게 소리를 바락 질렀다.

"아저씨가 말이 통하니까 직접 가서 알려요. 그 자식, 카오를 때렸으니 긴밤 값을 다시 물어내지 않으면 들어갈 수 없다구요."

아퉁은 유메이의 기세에 아무 말도 못 하고 물러났다. 그가 바깥으로 나가보니 각 방에서 나온 선원들이 통로에 웅성거리며 모여 있었다. 아퉁은 그들에게 여자들의 말을 그대로 전했다. 선원들은 술에 취한 자기들 동료에게 욕지거리를 퍼부었다. 그들은 이미 만취한 사내를 살피고는 제각기 돈을 추렴하여 아퉁에게 주고는 다시 투덜거리며 제각기 방으로 흩어져 들어간다. 아퉁이 빠른 걸음으로 부엌으로 돌아가보니 이미 씨아란을 빼고는 모두가 술잔을 들고 한 잔씩 하고 있었다.

"어서 손님들한테 돌아가. 이럴 줄 알았으면 겹치기 장사를 하는 건데…… 공연히 딴집에 손님들 뺏겼잖아."

아퉁이 투덜거려보았지만 여자들은 핑계 김에 아예 오늘밤 장사를 폐할 모양이었다. 청이 술잔을 높이 들어 보이며 아퉁에게 조잘 거렸다.

"아저씨두 이리 와서 한잔해요. 오늘밤 돈 많이 벌었으니까."

그때에 누군가 부엌으로 들어오는 휘장 사이로 머리만 살짝 내밀었다가 사라졌다. 씨아란이 입을 비죽거렸다.

"링링, 거기 있는 거 다 안다. 어디서 싸돌아댕기다가 이제사 들어오는 거야."

아퉁은 화가 잔뜩 나서 휘장을 들치며 나가다가 고개를 숙이고 섰던 링링을 잠시 노려보고는 발을 크게 구르며 현관 쪽으로 나갔다. 청이는 얼른 식탁에서 일어나 링링의 손을 잡고 비어 있는 특실 방으로 들어갔다. 둘은 발을 걸고 앞마당 쪽을 향하여 나란히 앉았다.

"재미있었어?"

청이 묻자 링링은 가슴에 두 손을 얹으며 행복하게 말했다.

"응, 저녁도 함께 먹고 시장 구경도 하고 원숭이 놀리는 것까지 구경했어."

"왜 같이 데려오지 그랬니?"

"주인 아저씨가 싫어할까봐 못 데려왔어. 자기는 부둣가 빈 배에 가서 자겠대. 낼 아침에 데리러 온다구 그랬어."

청이는 링링의 손을 잡아주며 말했다.

"넌 사흘치 바오쭈를 냈다구. 그 사람은 사흘 동안 네 남편이나 한가지야. 내일은 꼭 집으루 데려와서 같이 자거라."

링링은 시무룩해졌다.

"사흘만 남편은 싫어. 그이가 내 몸값을 내주고 데려가면 어디든 가서 같이 살 거야."

며칠 동안 지룽 사창가 골목은 밤마다 서양 선원들로 성황을 이루었다. 날씨는 차츰 무덥다 못해서 찜통 속처럼 숨이 콱콱 막힐 정도였다. 서양 배들은 차와 사탕을 싣고 나서 모두 떠났다.

남풍의 창기들은 하루에도 몇 번씩 물을 끼얹고 오히려 열기가 덜한 방구석에 처박혀서 헐떡거리다가는 지쳐서 잠들곤 했다. 이런 철은 낮에는 아무도 나다니질 않아서 골목 안은 쥐죽은듯했고 저녁나절이 되어서야 술꾼들이나 몇 명 나타났다. 밤이 깊어지면 동네 남자들은 의자를 들고 바닷가 쪽으로 나아가 마작판을 벌이거나 술을 마셨다. 그맘때면 저녁마다 열기가 식으면서 끈끈한 바람이 불어왔다. 열대야의 끈끈한 바람이 이상하게 그 짓을 하고 싶도록 자극하는 모양이었다. 남자들은 밤늦게야 찾아와 헐떡이고 철벅거리며 두 몸을 땀으로 먹감게 만들고는 혀를 길게 뺀 수캐들처럼 지쳐서 돌아갔다.

청이는 남자와 자기의 땀이 뒤섞여서 흥건해진 알몸에 물을 끼얹다가 아랫배에 찰싹 달라붙어 있는 꼬부라진 낯선 음모를 손가락 끝으로 집어내곤 했다.

아아, 그이는 어디 가서 무얼 하며 살까.

그네는 이제 윤곽조차 희미해진 동유의 얼굴을 떠올리다가 손가락으로 수면을 흩뜨려 달 그림자를 지우듯 마음속에 가라앉혀버리곤 했다.

링링과 카지아 청년은 한 달에 사나흘씩은 바오쭈를 물어내며 함께 지냈다. 그는 이젠 다른 꾸냥들과도 이물이 없어져서 버젓하게 부엌으로 따라 나와 밥까지 먹게 되었다. 청년이 아퉁의 잔소리에서 벗어난 것은 중산간 마을에서 돼지보다도 흔하다는 사슴을 덫을 놓아 잡아왔기 때문이었다. 그가 올 때마다 송아지만한 사슴을 어깨에 걸어메고 나타났던 것이다. 사슴고기를 먹다가 남으면 소금에 절여

260

그늘에 말려서 포를 만들었다. 링링의 말에 의하면 청년은 그네의 몸값을 벌기 위해 녹피를 모으고 있다고 했다. 지룽의 녹피는 일본 무역선에서 가장 좋아하는 상품이기도 했다.

　단수이 항구가 가장 붐비는 10월에 청이는 처음으로 출장을 나가게 되었다. 지룽 창가의 키자오가 아퉁과 다른 포주들에게 연락하여 열다섯 명의 창녀들을 지목했다. 아퉁의 남풍 집에서는 청이와 유메이와 링링이 가기로 정해졌다. 지룽의 따거 롱싼과 단수이의 따거는 젊었을 적에 한 따거 아래에서 키자오 노릇을 하던 동무들로, 각자 분가하여 있었지만 서로 굳게 연결되어 있었다. 이들 따거의 조직은 타이난에까지 연결되어 서로의 이익을 위하여 협동하고 있었다. 특히 단수이와 지룽은 타이완 섬의 북쪽 끝에 나란히 이웃한 항구라 한 구역이나 마찬가지였다. 지룽과 단수이에는 무역품의 구입과 수출을 전담하는 상인 조합인 지아오(郊)가 있었는데 이들은 인부의 관리와 공급을 따거 조직에 의존하고 있었다. 따거 조직은 창가, 주점, 도박장, 흡연소, 항구의 지아오 등에 이권을 가지고 있었고 백여 명의 병력에 지나지 않는 분부의 관리들도 치안의 일정 부분을 그들에게 맡겨두는 형편이었다. 단수이의 상인 지아오와 따거 조직은 무역선들이 모여드는 차 수확기에 창가를 점검하고 부족한 여자들을 지룽에서 데려와 영업을 시키다가 바쁜 시기가 끝나면 돌려보내곤 했다.

　지룽에서 단수이 항으로 넘어가는 길은 두 방향이 있었다. 부두에서 배를 타고 북쪽 곶을 돌아서 가는 길과, 지룽의 뒷산인 사구령을 넘어가 지룽 강에서 나룻배를 타고 내려가다가 광대한 차밭이 전개된 타이베이 들판을 지나서, 다시 단수이 강으로 하여 하류로 내려가는 길이었다. 대개 지룽에서 단수이로 갈 적에는 먼저 육지의 수로를 통해서 갔다가 돌아올 때에는 바다로 오곤 했다. 바로 지척이라 한나절도 걸리지 않았다. 창가마다 손님을 끌 만한 예쁘고 능숙한 창녀들을 뽑아서 보냈는데 무역선 상대의 장사는 개인 화대만 해도 열 배가 되었기 때문이다. 지룽 포주들은 기꺼이 자기네 창녀들을 단수이 출장에 내보냈지만 수입은 단수이 포주측과 반분했다.

단수이에서 온 키자오들이 여자들을 인수받아 사자령을 넘어가 배에 태웠는데, 여자들은 갑갑한 사창가의 방 안에서만 지내다가 무슨 소풍이라도 가는 기분으로 들떠 있었다. 창녀들은 나룻배의 뱃전에 열지어 앉아 서로 재깔거리고 웃으며 떠들었다. 청이는 호금을 가지고 갔다. 사창가에서 손님을 받기도 했지만 지난번 롱싼의 연회 자리에서처럼 술자리에 불려가 고급 손님을 모시는 것이 더 나았기 때문이다. 그런 사정은 유메이와 씨아란이 귀뜸해준 것이기도 했다.

배가 지룽 강에서 단수이 강으로 접어들어 바다로 나가는 어구에 나루터가 있었고 무역선들의 부두는 조금 더 위쪽에 있었다. 복우궁(福佑宮) 묘(廟) 근처에 부두가 형성되어 있었는데, 이곳을 묘 앞의 마토우(碼頭)라고 불렀다. 마토우의 광장에는 시장이 열려 있었고 광장을 중심으로 사방으로 좁은 골목이 뻗어나갔는데 물가에서부터 뒤편 언덕에 이르기까지 붉은 벽돌집들이 촘촘히 붙어 있었다. 물가에 붙어 있는 집들은 대개가 반점이나 주점이며 상가들은 그 안쪽으로 있고 여숙과 창가들은 제일 안쪽의 골목에 있었다. 마토우 광장 앞의 배터에는 세 돛짜리 정크선들이 대어져 있고 작은 지붕을 올린 살림배나 거룻배가 드나들었다. 하구 쪽의 무역선 항구에는 범선과 증기선들이 섞여서 닻을 내리고 떠 있었다.

마토우에 배가 닿자 키자오들은 먼저 자기네 광차오로 여자들을 데리고 갔다. 팡차오는 저자 골목 가운데에 있는 이층의 벽돌 건물이었다. 들어서자마자 다른 여염의 부잣집처럼 너른 객청과 난간을 두른 이층 계단이 보였다. 건장한 키자오들이 둘러선 가운데 따거는 포주들과 함께 정면 의자에 앉아서 차를 마시던 중이었다. 여자들을 지룽에서 인솔해온 키자오가 명단을 따거에게 올렸다. 따거는 포주들과 의논하고 나서 다시 자기측 키자오에게 명단을 내주었다.

"한 집에 다섯 명씩 배치하면 되겠구나."

따거의 말에 키자오가 대답했다.

"이들 중에 몇몇은 반점의 연회를 위해서 뽑아두어야 합니다."

따거가 고개를 끄덕이며 말했다.

"집집마다 화지아가 있을 게 아닌가."

머리가 희끗한 초로의 부인이 앉았다가 참견했다.

"그럴 거 없어요. 화지아를 모두 보냈을 리두 없구요. 내가 직접 뽑겠어요."

부인이 의자에서 일어나 앞으로 나서더니 두 줄로 늘어선 여자들 사이로 다니면서 얼굴과 몸매를 살펴보았다. 그네는 모두 살펴보고 점을 찍어놓은 듯 다시 앞줄로 가더니 한 사람씩 지목하여 앞으로 나오게 했다. 그네는 모두 여섯 명을 골라냈다. 남풍 집에서는 청이 한 사람만이 뽑혔다. 부인이 청의 앞에 서자 다시 한번 찬찬히 살펴보고 나서 물었다.

"네가 호금을 가지고 왔는데 연주할 수 있느냐?"

청이는 고개를 숙여 절하고 명랑하게 대꾸했다.

"예, 난징에서 예기로 화지아를 지냈습니다."

따거가 의자에 앉아 뽑힌 아이들을 바라보다가 청이에게 물었다.

"네가 롱싼 아우를 아느냐?"

"예, 평소에 종종 연회에 가서 모시곤 합니다."

따거가 키자오에게 말했다.

"롱싼이 부탁한 아이가 저애인가?"

키자오가 말했다.

"그렇습니다. 난펑 집의 렌화입니다."

부인은 그들의 오가는 말을 들으며 청이를 똑바로 바라보았다. 부인이 비단 부채를 살랑거릴 때마다 시원한 솔새 향내가 풍겼다. 그네는 오십대 초반쯤으로 보였고 눈가에만 잔주름이 있을 뿐 젊었을 적에는 대단한 미인이었을 것 같았다. 저녁 바다와 같은 짙은 남색의 치포를 입고 연한 푸른색 눈화장에 입술에도 분홍빛 연지를 엷게 발랐다. 그네는 머리를 틀어올려 꽃 모양으로 깎은 검은 물소뿔 빗으로 질러두고, 귓불에 옥이 달린 귀고리를 달고 있었다. 부인은 청이와 눈을 마주치더니 빙긋 웃음을 짓는다.

"난징에서 화지아를 지낸 예기란 말이지……"

부인은 청이 했던 말을 다시 되뇌고는 다정하게 물었다.

"그래, 어쩌다가 예까지 팔려왔는고?"

"정인이 생겨서 먼길을 떠났다가 뢰마이들의 속임수에 걸려서……"

청이 고개를 숙이자 부인이 고개를 끄덕인다.

"슈마지아를 거쳐 어쩔 수 없이 이리로 왔을 테지."

부인이 그네들 중에서 한 사람을 골라 돌려세우고 다섯만을 뽑아냈을 때 청이 용기를 내어 말을 꺼냈다.

"노래 잘하는 제 짝이 있습니다. 같이 가도록 해주셔요."

"노래를 잘한다면 내가 필요한 아이로구나. 그게 누구냐?"

여자들을 향하여 묻자 유메이가 앞으로 나섰다. 부인이 부채를 흔들어 유메이를 가까이 오게 하고는 물었다.

"나이가 좀 들었구먼. 노래 재간이 있다고?"

유메이가 고개를 숙여 인사를 올리고 말했다.

"손님들이 청하면 수야오를 불러드립니다."

부인은 뽑아놓은 다섯 중에서 다시 한 여자를 지목하여 열 가운데로 돌려보내고는 따거에게 목례를 했다.

"그럼 나는 볼일이 끝났으니 얘들 데리고 가보겠어요. 종종 놀러들 오시고, 계산은 나중에 키자오 아이들 보내세요."

따거가 의자에서 일어나 인사를 하자, 부인은 받는 둥 마는 둥 하며 여자들에게 한마디했다.

"자, 너희는 날 따라오너라."

청이 일행을 따라가면서 돌아보니 링링이 안타까운 표정으로 손을 흔들었다. 청이는 눈짓과 손짓으로만 아쉬움을 전하고 돌아섰다. 부인은 창기들을 이끌고 골목을 나서서 마토우 광장의 저잣거리를 지나 물가에 이어진 너른 길로 들어섰다. 길바닥에도 수레나 마차가 다니기 좋게 전 벽돌이 끼끗하게 깔려 있고 좌우에는 옥호를 알리는 간판과 등이 걸려 있었다. 거의 모두가 이층인데 길 바깥쪽으로 난간이 달린 노대가 있고 위에서 차를 마시며 떠드는 남자들 목소리가 들려왔다. 그들은 부인과 창기의 일행이 거리에 나타나자 모두들 고개를 빼고 아래를 내려다보며 인물 선을 보았다. 여자들은 평소에 하던 대로 남정네들에게 추파를 던지거나 웃어주면서 거리를 지나갔다.

그네들이 당도한 집도 노대에 난간이 달린 이층 벽돌집이었는데 죽원반관(竹園飯館)이라는 붉은색 간판이 걸려 있었다. 객청이 제법 넓은데 아래층은 식당 겸 주점이요 위층에 칸막이의 연회장과 숙박하는 방들이 붙어 있었다. 죽원반관은 진장의 복락루보다는 규모도 작고 일꾼도 별로 많지 않았지만 단수이 항구의 다른 집들처럼 양식을 본떠서 그런지 깨끗하고 밝아 보였다. 더운 지방이라 이층에도 바깥쪽은 노대를 따라서 처마가 높직하고 둥근 반원형의 툭 터진 창으로 하구가 내다보였다.

부인은 이층 북편에 있는 량팡으로 여자들을 데리고 갔는데, 반점을 총괄하는 디안토우가 기다리고 있었다. 그는 짧은 소매의 흰색 상의에 검정색 비단 바지를 입은 중년 사내였다. 아래 윗방에 작은 미닫이가 있을 뿐 객청처럼 널찍한 방이었다. 옆방에서는 한창 옷을 갈아입고 분단장을 하던 여자들이 새로 온 동료들을 넘겨다보았다. 마룻방 위에 그들이 둘러앉자 디안토우가 한 사람 앞에 옷 세 벌씩을 나누어주었다. 그것은 화려한 색깔과 무늬의 치포와 비단 바지저고리와 예의를 갖출 때에 걸치는 자락이 길고 소매가 없는 더그레였다.

"샹유안(香原) 부인께서 디엔추(店主)이시니, 우리집에는 링지아도 화지아도 없다. 너희는 단장을 하고 기다리고 있다가 손님들이 접대하는 꾸냥을 찾으면 지목하는 대로 자리에 나가면 된다. 다만 손님 잠자리를 모실 경우에는 미리 알려줄 것이다. 화대는 출장 기간이 끝나면 지룽에서 오는 키자오를 통하여 한꺼번에 계산할 것이다. 손님에게서 따로 홍리(紅利)를 받을 경우에는 그 방을 담당한 일꾼들의 복무비를 제하고 본인이 가질 수 있다. 비싼 옷이니까 조심해서 입고 더러워지면 세탁을 맡기고 나중에 돌아갈 때에 반납하면 된다. 화장품 일습은 여기 량팡에 구비되어 있으니 아껴 쓰도록 해라. 저 아래 뒤편 계단으로 내려가면 뒷간과 목욕실이 있는데 각자 알아서 몸을 청결히 간수하도록 하고 손님들에게 불쾌감을 주어서는 안 된다. 잠은 이 방과 옆방에서 자고 아래층 주방 뒤에 식구들의 식당도 따로 있으니 끼니마다 때를 맞추어 함께 먹도록 해라."

디안토우가 모두 이르자 부인이 고갯짓으로 나가보라는 시늉을 했다.

"나더러는 마마라고 부르지 말고 그저 샹 부인이라고 하면 된다. 오늘 저녁부터 당장 장사를 해야 할 판이다. 먼저 있던 아이들 일곱에 너희들이 와서 모두 열두 명이 되었으니 서로 합심해서 이 바쁜 철을 별 탈 없이 지내야 한다."

샹 부인이 옆방에서 이쪽을 넘겨다보던 여자들 쪽으로 고개를 돌렸다.

"잉후아(櫻花), 네가 새로 온 아이들 불편 없도록 이모저모 가르쳐주어라."

"예, 샹 부인."

유메이 또래로 보이는 얼굴이 동그랗고 눈도 커다란 작은 몸집의 여자가 방글방글 웃으면서 문지방을 넘어왔다.

"얘들 오늘 지룽에서 하루내 땀 흘리고 왔으니 목욕부터 시키고 밥을 먹여두어라. 저물자마자 손님들이 몰려올테니……"

"잘 알겠습니다."

모두들 잉후아를 따라나서려는데 부인이 청이를 불러세웠다.

"이름이 뭐라고 했지?"

"롄화입니다."

부인은 청이의 얼굴에 손을 뻗더니 볼을 쓸어내렸다.

"지금 한창때인데…… 아깝구나. 너를 보니 내 젊을 적 생각이 나서 어찌 이 몹쓸 곳까지 끌려왔나 물었다. 예기로서 화지아를 했다니 더 일러줄 말도 없겠지. 지아오항(郊行)의 부자 상인들이 오는 자리에 네가 나가서 잘 해줘야겠다."

"열심히 하겠어요."

단수이는 지룽 강과 단수이 강이 합치는 하구에 있었으며 뒤로 대둔산이 막고 있어 북동 계절풍을 막아주었고, 앞에는 관음산이 막고 있어서 배를 대기에 적합했다. 하구 안은 수심이 깊고 넓어서 천연의 항구였다. 하구 안으로 들어오려면 길게 뻗은 관음산의 서북 자락을 옆에 끼고 들어와야 하는데 이곳 팔리(八里)에는 포대가 자리 잡고 있었다. 옛적 스페인과 네덜란드가 차례로 점령해서 쓰던 홍모성(紅毛城)은 정성공(鄭成功) 이래 폐허가 되어 있더니 청조에 들어와서 중건하여 단수이 분부의 분방천총을 두게 되었다. 이들 중에 지룽 분부까지 두 곳을 합쳐서 병력이 백이십 명이라, 지룽 분부로 나가 있는 동지 아래 오십 명을 제하고 나면 이곳은 한 명의 천총과 함께 칠십 명에 지나지 않았다. 평원이 있고 땅이 비옥해서 주변에는 많은 개간농장과 논이며 광활한 차밭이 있었다. 또한 우룽차 홍차와 흑사탕과 함께 화약의 원료가 되는 유황 광산이 있어서 주요 교역품의 하나였다. 배터가 있는 마토우(碼頭) 저자와 킹수이(淸水) 저자는 점포가 연이어 있는 번화가였고 총지안(重建) 거리와 뒷거리 아랫거리 등은 주택가와 큰 상회가 모여 있는 곳이었다.

죽원반관에서 청이의 일상은 진장에서와 별 차이가 없었다. 손님이 들면 불려나가는데 청이는 다른 꾸냥들처럼 차례를 기다리지 않고 예약된 손님만을 기다렸다가 자리에 나갔다. 그래서 어떤 때에는 초저녁부터 연주와 노래와 술시중을 들기도 했고 어떤 날에는 밤늦게까지 량팡에서 예약 손님을 기다렸다가 나가기도 했다. 유메이는 이를테면 청이의 짝이라 덩달아 돈 많은 무역상들과 자리를 함께하여 홍리도 많이 받았다.

샹 부인은 다른 사창가의 포주들과는 달리 너그럽고 수완이 있는 디엔추여서 다른 반점들보다 손님들에게 인기가 더욱 많았다. 그네는 기녀들에게도 딸자식처럼 대하여 손님을 받지 않을 때에는 술을 마시거나 동료들끼리 투전도 못 하게 단속했다. 일이 없는 대낮에는 자유롭게 외출도 허락해주었다. 지난밤의 술이 덜 깼거나 잠이 모자라서 저녁때의 영업에 지장을 주지만 않는다면 오후에는 저녁 먹기 전까지 나돌아다녀도 별로 참견하지 않았다. 그러나 혼자서는 외출을 허락하지 않았는데, 무슨 일이 생기면 하나가 달려와서 알려야 한다는 것이었다. 청이는 샹 부인이 일러준 대로 놀란 토끼처럼 동그란 눈에 얼굴도 동그랗고 키도 작달막한 잉후아와 가까이 지내게 되었다. 잉후아는 생김새대로 어찌나 영리한지 샹 부인의 그날 기분을 목소리만 듣고도 알아챘다. 잉후아의 귀띔에 의하면, 샹 부인도 광저우에서 예기 노릇을 하다가 젊을 때 끌려와 타이난에서부터 창녀 노릇을 하다가 따거의 눈에 들어 돈 벌어 자립했다고 한다. 그네가 자립한 데에는 따거의 후원으로 바타비아에 양인 첩으로 십 년을 나가서 살았던 덕이라고도 했다. 양인이 본국으로 귀국하면서 돈과 집을 물려주었고, 샹 부인은 십오 년 전에 이곳에 돌아와 반점을 냈다고 한다. 샹 부인은 옛날 창기 시절을 생각해서인지 불쌍한 처지에 빠진 사람들을 보면 돈을 주고 음식을 주어 도와준다고 했다. 뒷골목의 남자 우두머리를 일컬어 따거라고 한다면 샹 부인은 창기들의 말대로 단수이의 예라이샹이었다.

링링의 임신이 알려지게 된 것은 단수이 출장 기간이 절반쯤 남았을 무렵이었다. 그날 렌화는 잉후아와 함께 복우궁 묘를 돌아서 총지안 거리로 크게 찜을 먹으러 갔다. 둘은 줄을 꿴 나막신에 그냥 바지와 반소매 상의 차림이었고 화장도 하지 않아서 여염의 소저들과 같았다. 다리 하나가 팔뚝 길이만한 큰게 한 마리를 단둘이서 먹고 나니 배가 터질 것처럼 부르고 느끼해서 샹 부인께 야단맞을 생각도 잊고 죽엽주도 몇 잔 마셨다. 그리고는 묘의 뒷거리로 내려오다가 후미진 곳에서 무심결에 사창가 골목으로 들어서게 되었다. 잉후아가 제 또래의 여자아이들이 길가에 등 없는 동그란 나무의자를 내다 놓고 앉아서 수야오를 흥얼거리는 모양을 보고 속삭였다.

"아이쿠, 잘못 들어왔다. 저애들 우리한테 시비 걸 텐데……"

두 사람이 고개를 숙이고 걸음을 빨리해서 지나려는데, 골목에 나와 앉아 있던 여자아이들 틈에서 누군가가 청이의 팔을 붙잡는다.

"너 렌화 아니니?"

청이가 불안한 얼굴로 돌아보니 그네는 지룽 창가의 바로 옆집에서 뽑혀 함께 출장 나온 아이였다.

"링링 소식을 듣고 왔어?"

청이는 그네에게 되물었다.

"링링이 왜…… 무슨 일이 생겼어?"

"그애가 애를 가졌대. 배에다 천을 친친 감구 있었지 뭐야. 자꾸 헛구역질을 하구 손님들두 얘기해서 알았대. 어제 키자오들이 데려갔어. 아마 애를 떼어서 지룽으로 돌려보낼 거래."

"알려줘서 고마워."

청이는 잉후아와 함께 죽원반관으로 돌아오자마자 샹 부인에게 사정을 이야기했다. 샹 부인은 차근차근 묻고 나서 침통하게 말했다.

"그건 여러 사람에게 손해를 끼친 짓이로구나. 약을 먹여서 애를 떼게 할 거다. 그게 벌인 셈이지. 애초에 속이지 말구 원 포주에게 사정을 했어야지, 출장에까지 따라나서면 어쩌느냐?"

청이는 눈물을 글썽이며 말했다.

270

"링링은 사오싱 산촌에서 하녀 자리를 구하러 도회지로 나왔다가 슈마지아에 빠졌습니다. 저와 링링은 어려운 때에 만나서 서로 위로하며 지냈어요. 제 동생과도 같습니다. 저의 화대와 술자리에서 받는 홍리로 어떻게든 링링이 끼친 손해를 업주에게 물어내겠습니다."

잠시 침묵하고 앉았던 샹 부인이 끙, 하면서 일어났다.

"따라나서거라. 내가 가서 한번 얘기해보자꾸나."

샹 부인이 청이를 데리고 찾아간 곳은 단수이에 도착한 첫날 선을 뵈러 갔던 따거의 팡차오였다. 객청을 지키고 있던 키자오에게 이르니 두 여자에게 차를 한 잔씩 내주고는 기다리게 했다. 한참 있다가 평상복 차림으로 헐렁한 포만 걸친 따거가 눈자위가 풀린 표정으로 안에서 나왔다. 아마 흡연중이었던 모양이다. 샹 부인이 청이에게 소곤댔다.

"잘됐구나, 한 대 피우구 있었나봐."

샹 부인이 링링에 대해서 말하고 자기가 배상을 하고 데려가서 책임을 지겠다고 말했지만 그는 아직 보고받지 못한 듯했다. 그가 측근에 서 있던 키자오에게 물었다.

"이게 무슨 소리야?"

"예, 구토우께 보고드릴 일이 아니라서……"

따거가 잔잔하지만 약간의 짜증을 싣고서 내뱉는다.

"형수님께서 직접 오시지 않았는가. 어서 데려와!"

키자오들의 동작이 빨라지더니 바깥마당으로 돌아 나갔다가 머리가 헝클어지고 옷이 다 구겨진 링링을 데리고 객청으로 들어왔다. 샹 부인은 링링을 힐끗 살피고 나서 청이를 돌아다보았다. 청이 맞다고 고개를 한 번 끄덕이자 샹 부인이 작은 가죽 주머니를 다탁 위에다 가만히 내려놓는다.

"이건 배상금이에요. 팡차오 측과 포주 양편이 알아서 하세요."

청이 두 팔을 내밀자 링링은 무너지듯이 그네에게로 기대어왔다. 청이는 링링을 옆구리에 끼고서 한 손으로 등을 토닥여주었다. 링링은 고개를 파묻고 울음을 터뜨렸다. 샹 부인과 청이는 링링을 데리고 마토우 저잣거리의 죽원반관으로 돌아왔다. 청이 링링을 목욕실로 데려가 씻게 하고는 샹 부인이 내준 치맛자락이 길고 헐렁한 포를 입게 했다. 창문도 없는 광에 갇혀 하룻밤내 땀을 흘리다가 목욕도 하고 새옷을 갈아입은 링링은 겨우 제정신이 돌아온 듯했다. 청이 말했다.

"아이를 가졌으면 내게 말해줬어야지…… 누구니?"

링링이 수줍게 웃으면서 말했다.

"언니들에겐 미안해서 말 못 했어. 아퉁 아저씨가 눈치채면 떼라고 할까봐 두려웠어."

"글쎄 누구냐니까, 애 아버지가?"

"누구긴, 란(藍)이지."

란이라면 한 달에 며칠씩 바오쭈를 내고 링링과 같이 지내던 카지아 청년이었다. 청이는 새삼스럽게 링링의 배에 손을 갖다댔다. 정말 아랫배가 밥을 많이 먹었을 때처럼 탱탱했다.

"바오쭈 갖다바치고 사랑놀음 하더니 아기를 만들었구나. 얼마나 됐어?"

링링이 청이의 손을 밀치고 자기도 배를 매만져보더니 말했다.

"잘 몰라, 아마 다섯 달쯤 되었나?"

"란의 아기인지 어떻게 알아?"

링링은 청이 무심코 던진 소리에 표정이 변하더니 성큼 떨어져 앉았다.

"그게 무슨 소리야? 지난번 더위가 시작될 무렵이었으니까, 란이 세번째 바오쭈를 물고 나하구 같이 지낼 때 걸린 거야."

청이는 뒤늦게 자기가 말을 잘못 꺼냈다는 걸 알고는 링링을 달랬다.

"아, 미안해. 언니가 샘이 나서 그랬나봐. 여자는 누구 애인지 저절로 알게 된다구 키우가 말한 적이 있다."

"키우가 누구야?"

청이는 진장의 링지아였던 키우를 떠올렸다가 구앙과 복락루를 생각했고 헤어진 남편 동유 생각이 났다. 청이 멍한 시선이 되어 단수이 만을 내다보고 앉았는데 뒤에서 인기척이 들렸다.

"그렇지, 여자는 애 아버지가 누군지 저절로 안단다."

아마도 샹 부인은 이층 계단을 올라오며 두 여자가 주고받는 말을 들었던 모양이다. 그네가 링링의 앞에 앉더니 손을 배 위에 얹어보았다. 링링은 뿌리치지도 못하고 배를 맡기고는 고개만 돌리고 앉아 있었다. 두 손바닥으로 링링의 배를 어루만지며 가늠해보던 샹 부인이 고개를 끄덕이며 말했다.

"여섯 달 가까이 되었겠다. 앞으로는 정말 조심해야 돼."

"장사를 하면 안 되나요?"

링링이 샹 부인에게 물었고 그네는 희미하게 웃음을 지었다.

"그건 포주가 아니라 애 아버지에게 물어봐라. 그 사람이 몸값을 물어내고 너를 데려가면 되겠지."

링링은 그 말을 듣고 맥없이 고개를 숙였다.

"란은 이제 겨우 개간농장의 십장조인데…… 내 몸값은 무리예요."

샹 부인이 일어서면서 말했다.

"아무튼 출장 기간이 보름이나 남았구나. 링링은 주방일이나 도와주며 있다가 렌화와 유메이가 돌아갈 때 가거라."

청이와 링링은 두 손을 마룻바닥에 짚고 엎드려 절하면서 말했다.

"고맙습니다, 부인."

링링은 이제는 배에 헝겊을 친친 감고 지내지 않아도 되었고 손님을 받지도 않게 되어 살 판이 난 듯했다. 죽원반관의 색시들이 끼니때마다 아래층 식당으로 내려가면 링링은 아주머니들과 함께 앞치마를 두르고 식기를 닦거나 음식을 나르며 콧노래를 부르고 있었다. 사실 주방일이란 게 고된 노동이었지만 링링은 배가 부른데다 이것저것 주워먹고 살이 올라서 두 볼과 팔뚝이 팽팽해졌다. 그래도 청이나 유메이는 창가가 아니라 기루에서 일하게 된 것이 운이 좋은 편이었다. 손님을 따라 술을 좀 마셔서 속이 불편해지긴 했지만, 자리에 나가면 책정되는 화대 이외에 손님들 기분에 따라 받는 홍리로 돈을 제법 벌 수 있었다.

단수이 출장 기간이 끝나고 내일이면 지룽의 키자오들이 데리러 오기 바로 전날에, 샹 부인은 청이 유메이 링링과 지룽에서 함께 왔던 다른 두 아이들을 위해서 술자리를 마련해주었다. 반관에 있던 일곱 아가씨들도 모두 그날은 장사를 폐하고 자리를 함께했다. 돌아가며 수야오도 부르고 청이와 다른 아가씨가 호금과 생황을 연주하며 춤도 추고 놀았다. 그날 밤에 청이는 먼저 침실로 돌아간 샹 부인을 찾아갔다. 샹 부인은 술을 몇 잔 하지 않았는데도 노곤했던지 부채를 쥔 채로 창가의 침상에 비스듬히 누워서 잠들어 있었다. 청이 문을 살그머니 열고 들여다보았다가 다시 돌아서서 발끝 걸음으로 되돌아서는데 부인의 목소리가 등뒤에서 들렸다.

"렌화, 무슨 일이냐?"

"아, 내일이면 돌아가니까…… 인사 올리려구요."

274

"그렇구나. 이리 좀 앉거라."

샹 부인이 침상에서 일어나 벽에 기대면서 비켜주었다. 청이는 침상에 가서 앉았다.

"유메이 링링 저는요, 부인의 신세를 많이 졌습니다."

"너두 지룽에 가기 싫지?"

"그렇지만…… 아직은 몸값을 못 벌었어요."

샹 부인이 한참 생각해보다가 말했다.

"거기서 빠져나와야겠지. 반년만 참아라. 그때에 다시 출장 나올 기일이 되면 내가 너를 다시 부르마. 미리 단수이와 지룽의 따거들에게 얘기해두었다가, 너를 내 집에서 아주 일하게 해줄 테다."

청이는 더이상 말을 잇지 못했다. 이튿날 이른 아침에 지룽의 키자오들이 단수이의 마토우 배터로 정크선을 타고 왔다. 그들은 단수이 따거의 팡차오에서 인원 점검을 받고는 배에 올랐다.

7. 비의 아이

지룽은 다시 물과 비의 계절이 되었다.

농장과 탄광의 폐업기였으므로 화대는 적지만 사내들이 무리를 이루어 창가에 찾아오는 철이었다.

링링은 남풍 집의 천덕꾸러기가 되어 있었다. 단수이 출장에서 돌아오자마자 링링의 임신은 더이상 숨길 수 없는 사실이 되었다. 씨아란도 아퉁도 차마 여섯 달이 넘은 아기를 떼라고는 하지 못했다. 링링은 곧 카지아 마을에 소식을 보냈고 란 총각이 달려왔지만 그에게는 아직 링링을 자유롭게 해줄 몸값이 준비되어 있지 못했다. 그는 큰 덩치에 어울리지 않게 링링의 곁에 풀 죽은 모양으로 쪼그리고 앉아서 눈이 벌게지도록 소리없이 울었다. 남풍 집의 여자들은 일부러 못 본 척하며 통로를 쿵쾅거리고 지나다녔다. 아퉁은 자기 잘못은 아니라는 투로 란 총각에게 오금을 박았다.

"언제든지 몸값만 가져오면 자넨 색시를 데려갈 수가 있어. 지금은 빚이 더 늘어났다구. 나가서 길을 막구 물어봐라. 어느 창가에서 애 밴 창녀라고 장사 시키지 않는 집이 있나."

란은 어깨를 축 늘어뜨리고 빗속을 걸어나가더니 한동안 나타나지 못했다. 링링은 품이 헐렁한 무명포를 걸치고 선뵈는 방에 밤늦게까지 앉아 있곤 했다. 다들 손님이 들고 뒤늦게 찾아온 술꾼이나 나이 지긋한 사내가 링링을 지목하면 하는 수 없이 일어나 잠깐 손님을 받곤 했다. 임신한 여자와 그 짓을 하는 게 색다르고 자극적이었던지 오히려 링링만을 줄곧 찾아오는 사내도 있었다. 씨아란은 그런 꼴을 보고 키득거리며 말했다.

"그 왜 느끼한 것만 먹다가 집엣밥 먹구 싶은 때가 있잖아. 아마 그 녀석 남의 아내 후리는 기분으로 그럴 게야."

그사이에 란은 전처럼 간신히 바오쭈 값만 장만하여 링링을 쉬게 하러 찾아와 사나흘씩 묵다가 갔다. 청이가 손님을 받고 나서 뒤늦은 저녁밥을 얻어먹으려고 부엌에 갔더니 일하는 아줌마는 없고, 난데없이 란 총각이 혼자서 작은 고량주 병을 기울이고 있었다. 앞에는 삶은 땅콩 한 접시가 놓여 있었다. 청이 식탁에 마주 앉으며 한마디했다.

"링링은 어디 가구, 아줌마는?"

란이 반쯤 남은 잔을 들어 홀짝 입 안에 털어넣더니 느릿느릿 대답했다.

"링링이 저어…… 피가 나온다구 아줌마가 저자에…… 의원 뵈러 갔어요."

청이는 속으로 좀 놀랐지만 란에게 명랑한 어조로 말했다.

"힘내요, 별일 아닐 거야. 이젠 손님 받을 때가 아니란 신호를 보내는 거예요. 내가 아저씨와 마마한테 따져야겠어."

란이 술잔을 식탁에 슬그머니 내려놓더니 팔뚝을 들어 눈가를 훔쳤다.

"내가…… 두 해는 더 일해야…… 몸값을 갚을 텐데. 또 아기는 누가 어디서…… 키우나요."

"염려 말아요. 다들 그러는데 여기서 색시들이 번갈아 키워준대. 그 동안 당신은 열심히 돈 벌어서 링링을 풀어주면 되잖아."

청이 다시 목소리를 낮추어 란에게 말했다.

"아니면 애를 낳자마자 데리구 도망가든지."

란이 가느다란 눈을 번쩍 떠 보이면서 청이에게 물었다.

"어디루요?"

"그야 내가 알 게 뭐야. 댁이 생각해내야지."

란의 눈알이 좌우로 열심히 움직이는데 아마도 어디로 데리고 달아날 것인가를 바삐 생각해보는 것 같더니, 이내 눈이 다시 작아지며 고개를 숙였다.

"갈 데가 없어요. 우리 마을은 개간농장이라 남정네들뿐이고 여자는 하나두 없어요. 거기선 살림두 못 하게 되어 있지요. 아니면 산 속으루……"

하다가 그의 눈이 다시 커졌다.

"아아, 원주민 부락으루 가면 되겠지요."

"거기선 먹구살기가 힘들다구 하던데. 집도 풀로 지은 오두막뿐이고."

청이 걱정하는 말을 했지만 란은 큰 소리로 대꾸했다.

"링링과 나는 사람 사는 데라면 어디서나 살 수 있소."

청이는 입가에 손가락을 대고 다시 속삭였다.

"쉿, 누가 들을라. 도망가두 지금은 안 돼요."

"그럼 언제요?"

"아이를 낳구 나서 한 달쯤 있다가……"

아줌마의 큰 목소리가 현관 쪽에서 들려왔다.

"씨아란, 이리 좀 나와봐."

청이와 란은 부엌에서 뛰어나와 통로로 나갔다. 뒤에서 씨아란도 빠른 걸음으로 현관 앞으로 쫓아나왔다. 아줌마는 유지 우산을 펼쳐 든 채로 옆구리에는 축 늘어진 링링을 껴안고 있었다. 란과 청이가 얼른 다가가서 링링을 양쪽에서 부축했다. 청이 아줌마에게 물었다.

"어떻게 됐대요, 아기는 괜찮대요?"

아줌마가 고개를 끄덕이며 씩 웃어 보이고는 주렴을 들치고 섰던 씨아란에게 소리를 질렀다.

"이제 얘한테 장사는 더 못 시켜. 손님을 받으면 아기와 어미 둘 다 죽인대. 참 자네들 인정머리하군…… 옛날 생각을 해봐."

씨아란이 팔짱을 끼고 서서 못마땅한 얼굴로 말했다.

"애 뱄다구 장사 안 하는 데가 어딨어. 걔가 워낙 몸이 약골이라 그런 거야."

란이 가느다란 눈을 더욱 찡그리며 씨아란을 노려보았고, 아줌마가 젖은 치맛자락을 쥐어짜면서 말했다.

"하여튼 죽이나 쑤어 먹이고 푹 쉬게 해야겠어. 한 달 사이에 곧 아기가 나올 모양이래. 아퉁 주인장께는 자네가 잘 얘기해."

씨아란은 그들이 링링을 방에 데려다 눕힌다, 뜨거운 차를 끓여서 갖다준다, 하는 소란을 팔짱 끼고 건너다보다가, 부엌으로 가는 아줌마를 따라갔다. 아줌마가 화로에 불을 피우다가 말없이 식탁 앞에 앉아 있는 씨아란을 돌아보고 한마디 던진다.

"어찌 오늘은 하루 종일 주인장이 안 보이네?"

씨아란이 한숨을 폭 내쉬더니 얼굴을 두 손으로 감싸며 말했다.

"아프다구 누워 있어. 언니두 잘 알잖아, 저 사람 가슴이 안 좋다는걸. 아마 얼마 못 살 거야."

아줌마가 부채질을 멈추고 씨아란에게 물었다.

"아니 그게 무슨 소리야?"

"어젯밤에두 입에서 피가 많이 나왔어. 오래된 병이야."

씨아란은 말했다.

"저이가 죽으면 나두 이 장사 때려치울 거야."

의원을 보이고 온 뒤부터 씨아란은 링링에게 장사를 시키지 않았다. 비는 계속해서 굵어졌다 가늘어졌다를 반복하며 줄기차게 내렸고, 어쩌다가 비가 그치는 날에도 안개가 온 항구를 뒤덮어 오후 늦게나 외항에 정박한 배들이 희미하게 보일 지경이었다. 그래도 날씨가 무덥지는 않아서 색시 장사에는 우계가 훨씬 낫다고들 했다. 술집에는 뱃사람들과 상인들이 언제나 가득했고 술자리가 파하면 취한 사내들은 곧이어서 창가를 찾곤 했기 때문이다. 낮 손님도 제법 많았는데 실내에는 언제나 촛불이나 남포를 켜두어야 할 정도로 어둠침침했다. 흡연소에서도 아편의 깊은 잠에서 깨어난 이들이 차를 한잔 마시고는 사창가를 찾아왔다.

언제나 태풍은 우계의 마무리와도 같았다. 비가 추적추적 내리다가 하늘의 구름이 짙어지고 검은색이 되면서 먼저 우레와 번개가 지룽 항구 전체를 찢어발길 것처럼 하늘에서 난리를 쳤다. 빗발이 굵어지고 바람이 불어오기 시작하면 사람들은 간판과 등을 떼고 현관도 굳게 걸쇠를 질러두고 덧창도 내리고는 바람의 신이 지나가기를 기다렸다. 그리고 아무 탈이 없이 무사히 지나가도록 집집마다 모셔둔 불단에 향을 피웠다. 지붕이 들썩이고 집의 모든 기둥과 서까래와 창문 틀이 괴롭다는 듯이 삐걱대고 바깥바람이 주전자의 물 끓는 소리를 내면서 새어들었다. 나무판자가 들떠서 우웅 하는 묵직하고 음산한 소리도 들렸다. 앞마당의 종려나무는 거의 부러질 것처럼 휘어져서 아래위로 춤을 추었고 파초는 이미 두터운 잎사귀가 찢겨져 걸레쪽처럼 나부꼈다.

링링은 입을 악물고 진통을 참다가 간간이 거세고 강렬한 통증이 밀려오면 하는 수 없이 입을 벌리고 소리를 지르곤 했다. 링링의 곁에서 아줌마와 청이 붙어앉아 아기가 나올 때를 기다렸다. 양수가 비치자 링링의 아랫도리를 맡은 아줌마가 다리를 벌려주고는 무명수건을 청이에게 건넸다.

"이거 물구 있으라구 그래."

청이는 땀으로 젖은 링링의 얼굴을 닦아주며 침상 곁에 쪼그리고 앉아 그네의 손을 꼭 쥐고 있었다. 청이 무명수건을 링링의 입에 물려주자 그네는 앞니로 꼭 물고는 비명을 목구멍 속으로 삼켰다.

"그래 그래 나온다. 힘을 줘, 숨을 내쉬었다가 가득 들이마시고 멈춰서 힘을 주라구."

아줌마가 아래에서 연신 소리를 질러댔다. 드디어 못 견디겠는지 링링이 입을 크게 벌리며 비명을 마음껏 질러댔다. 통로에서 쿵쾅대는 발자국 소리가 들리더니 남풍 집 여자들과 씨아란이 휘장을 젖히며 고개를 들이밀었다. 씨아란 혼자 안으로 들어섰다. 모두들 굳게 입을 다물고 그 순간이 마치 각자의 것이기라도 한 듯이 상을 찌푸렸다가 입을 벌렸다가 하면서 지켜보았다. 유메이는 차마 들여다보지 못하고 통로의 벽에 기대서서 소리없이 울었다. 옛날 일이 생각나서였을까. 유메이는 한참을 그러고 섰더니 안에서 갑자기 터지는 아기의 울음소리와 와아, 하고 일어나는 여자들의 환성을 듣고는 그 대로 자기 방으로 뛰어가버렸다. 청이는 자기 손 안에서 링링의 삭 정이 같은 손가락들이 맥없이 빠져나가버린 것을 보았다. 링링은 입 을 벌린 채 머리를 옆으로 돌리고 늘어져 있었다. 베개는 그네가 흘 린 땀과 침으로 흥건하게 젖어 있었다. 아줌마가 아가의 태를 끊어 냈다. 그네는 피에 젖은 두 손으로 발가숭이의 작은 살덩이를 쳐들 고 뒷전에 섰던 씨아란과 여자들에게 보여주었다.

"이것 봐, 얼마나 예쁜가."

아기가 눈을 꼭 감은 채 가녀린 팔과 다리를 꼬무락거리며 울어대 고 있었다. 아기는 딸이었다. 청이 링링의 손을 잡고 흔들며 말했다.

"링링, 정신 차려!"

링링은 간신히 실눈을 뜨더니 청이를 향하여 맥없이 웃어 보이고 는 눈동자를 천천히 움직였다. 아기를 찾는 것이 분명한지라 청이는 아줌마를 불렀다.

"아줌마, 링링에게 아기를 보여줘요."

아줌마가 여전히 팔다리를 움직이며 울어대는 아기를 두 손에 쳐 들고는 링링의 얼굴 위로 가져갔다. 샤오웨 슈티안 카오 등도 문 앞 에 섰다가 안으로 몰려들어와 누워 있는 링링을 에워쌌다. 아줌마는 아기를 내려놓지는 않고 링링의 머리 옆에 숙여 보였다.

"딸이다 딸. 깨끗이 씻겨갖구 데려올 테니까 그때 자세히 봐라."

청이 링링의 손가락을 잡아 가볍게 몇 번 흔들어주며 말했다.

"내가 아기 목욕시켜서 데려올게."

돌아서는 청이의 등뒤에서 제각기 위로의 말들을 해주는 소리들 이 들렸다.

"고생했다, 링링!"

"아기가 정말 예뻐."

"발가락에 발톱도 있더라구."

아줌마는 부엌에 들어서자 불기가 남은 화로 위에 얹어둔 쇠솥의 뚜껑을 열어보고 서두르기 시작했다.

"가만있어, 내가 세탁실에서 함지를 들여올 테니 너는 가서 수건이랑 포대깃감이랑 찾아와봐라."

청이는 아줌마가 넘겨주는 아기를 조심스럽게 안아보았다. 아기의 연한 살갗이며 오르내리는 아랫배와 맥박 뛰는 느낌까지 손바닥에 전해져서 그네는 저도 모르게 눈물이 핑 돌았다. 씨아란이 들여다보다가 얼른 살림방으로 돌아가더니 곧 수건이며 포대깃감의 헌옷가지들을 찾아갖고 나타났다. 아줌마가 뒷마당으로 나갔다가 비를 흠씬 맞고는 함지를 들고 부엌으로 들어왔다. 그네는 더운물을 붓는다 찬물을 섞어 온도를 맞춘다 법석댔다. 아줌마가 굵은 빗발에 흠빡 젖은 머리카락을 쓸어넘기며 중얼거렸다.

"에이 이년…… 누가 창기 새끼 아니랄까봐, 궂은 날 기어나와서 이 고생을 시킨담."

"애 듣겠네. 부모가 뻔히 눈뜨구 살아 있는데 뭐가 걱정이우."

목욕을 대충 끝내려는데 유메이가 아기 옷 몇 벌을 들고 부엌 출입구 쪽에 고개를 내민다.

"이거 입혀요."

부드러운 무명으로 만든 아기 옷이 세 벌이나 되었다. 청이는 수건으로 아기를 닦아주고 헌 옷 위에 눕혀놓고는 앙증맞지만 버젓한 아기 옷을 입혀주다가 감탄을 했다.

"이거 새옷이나 마찬가지네."

유메이가 기분이 조금 나아졌는지 아기의 손가락을 쥐고 가볍게 흔들며 말했다.

"버리지 않기를 정말 잘 했네. 우리 애기가 입던 거야."

청이는 유메이의 아기가 태어난 지 몇 달 만에 남의 수양자식으로 보내졌다는 걸 알고 있어서 아무런 대꾸도 하지 않았다. 갑자기 바깥채 쪽에서 여자들이 크게 떠드는 소리가 들려왔다.

"어서 이리 좀 와봐요."

"큰일났어요!"

씨아란과 유메이가 먼저 통로로 달려가고 뒤따라 청이와 아줌마도 달려갔다. 링링의 방 앞에서 슈티안과 카오가 그들을 찾고 있었다. 씨아란이 달려들며 물었다.

"뭐야, 무슨 일이야?"

침상 옆에 붙어앉아 있던 샤오웨가 링링의 다리 사이에 처박아두었던 이불자락을 펼쳐 보였다.

"하혈이 너무 심해요. 링링이 방금 까무러쳤어요."

여자들은 침상에 둘러서서 이불이 피로 펑 젖어 있는 꼴을 내려다보았다. 씨아란이 중얼거렸다.

"어서 들쳐업구 의원에게 가야 해."

아줌마가 말했다.

"안 되겠다, 내가 얼른 가서 의원을 모셔올게."

아줌마는 두리번거리다가 유지 우산 대신에 띠풀로 엮은 도롱이를 걸치고 머리에는 대나무 삿갓을 쓰고 비바람 치는 골목으로 뛰어나갔다. 청이는 새옷에다 포대기까지 두른 아기를 안고 앞마당이 내다뵈는 안채의 통로에서 서성거렸다. 아기는 가끔 입술을 옴찔거리며 잠들어 있었다. 아직도 마당의 나무들은 바람에 휘청거렸고 빗줄기는 비스듬하게 날려서 벽을 때리며 쏟아지고 있었다. 아귀가 잘

맞지 않는 덧문짝이 끊임없이 덜컹거렸다.

의원이 왔지만 링링을 살려내지는 못했다. 가는 숨결이 남아 있던 링링은 한밤중에 바람이 잦은 뒤에 촛불이 사그라지듯 소리도 없이 숨이 끊어졌다. 아기는 아직도 깊은 잠에 떨어져 있었는데 이제 깨어나면 어미의 젖을 찾아 울어댈 것이다. 란에게는 기별도 못 했는데 그쪽에서는 아직도 출산 기일이 며칠 남았다고 생각하는지 낮도 보이지 않았다. 남방에서는 무더위와 습기로 시신이 대번에 부패하여 거의 화장을 하거나 풍장을 하는데, 때가 우계라 남은 사람들이 골치를 앓게 되었다. 아퉁은 그맘때에 아예 드러눕게 되어 바깥출입을 못 하고 있었고, 씨아란이 사금터의 인부를 사서 곡물을 말리는 삼 멍석에 둘둘 말아 사구령 너머 공동묘지에 갖다 묻게 했다. 비는 아직도 그치지 않고 있었다. 남풍 집 여자들은 따라가려 했지만 씨아란과 아줌마가 반대를 했다. 아줌마는 말했다.

"팔자 센 년들이 그런 건 봐두었다가 뭘 할려구 그래. 꿈자리나 사납지. 귀신 붙어서 따라오지 않게 아예 여기서 작별들 해여."

씨아란은 송장이 나간 뒤에 집 안 곳곳에다 소금을 뿌렸다. 아기에게는 암죽을 만들어 먹여보았지만 받질 않았던지 얼마 안 가서 모두 되뱉거나 토하고 말았다. 마침 저자에 양젖으로 타락죽을 만들어 파는 집이 있어서 양젖을 대어 먹이기로 했다. 란은 링링이 죽은 지 열흘이나 지나서 남풍에 얼굴을 내밀었다. 그는 현관으로 들어서다가 마침 선뵈는 방에서 아기를 어르며 앉았던 청이와 눈길이 마주쳤다. 청이도 아기를 안고 위아래로 얼러주던 동작을 멈추었고, 란도 현관 문을 닫지 않은 채 멀뚱히 섰다. 곁에 앉았던 유메이가 고개를 돌리며 혀를 찼다.

"뭘 하다가 인제사 나타나요……"

란은 마음이 급해졌는지 평소처럼 말을 더듬었다.

"저, 그…… 아기는 뉘…… 아기요?"

청이 아무 대답 없이 아기를 안고 란에게로 다가섰다. 란은 고개를 기웃이 빼어 청이와 함께 아기를 들여다보았다.

"아빠 왔네요."

청이 아기를 향하여 조그맣게 일러주는데 란은 벌써부터 입을 일그러뜨리며 웃을 준비를 했다.

"얘가 우, 우리…… 아기요? 링링은 어디…… 갔어요?"

란이 주렴을 들치고 안으로 들어서려는데 벌써 그의 목소리를 듣고 씨아란이 밖으로 나오다가 그와 정면으로 부딪칠 뻔했다.

"에그, 깜짝이야."

씨아란은 고개를 숙여 인사하는 란을 찬찬히 올려다보았다.

"덩치는 커가지구, 제 계집 하나 건사할 줄을 모른단 말야?"

"바오쭈…… 마련해……왔습니다."

씨아란이 야멸차게 대꾸했다.

"이젠 억만금의 바오쭈도 소용없어. 링링은 떠났다구!"

란이 깜짝 놀라 얼결에 씨아란의 두 손목을 움켜쥐며 물었다.

"링링이 팔려갔소?"

"애 낳다 죽었어. 장사 지낸 지가 열흘이 넘었단 말야."

란이 허둥지둥 링링의 방에 들어갔다가 허청거리며 현관 앞으로 걸어나왔다. 그는 두리번거리다가 청이의 곁에 와서 아기를 들여다보더니 소리를 죽여 흐느꼈다. 모두 아무 말이 없다. 한참 후에 란이 한숨을 길게 내쉬고는 천장을 한참이나 올려다보다가 씨아란에게 말했다.

"내 애기…… 데려가겠소."

씨아란은 콧소리를 세게 내질렀다.

"흥, 말 같잖은 소리 집어쳐. 링링의 몸값이며 남겨논 빚이 얼만지나 알아? 몸값은 그렇다 치구, 아기를 데려가려면 에미가 남긴 빚이라두 갚구 데려가."

란이 간이의자에 털썩 주저앉았다. 씨아란은 그를 흘겨보더니 주렴을 들치고 안으로 들어가버린다. 유메이가 란의 어깨를 토닥이며 말했다.

"개간농장에 아기를 데려가서 어떻게 기르겠다는 거예요. 카지아촌에는 남정네들뿐이라던데."

청이 아기를 그에게 내밀어주니 그는 멍청히 내려다보다가 빼앗듯이 아기를 안았다. 청이도 옆에서 유메이의 말을 거들었다.

"거긴 돌봐줄 사람도 젖 먹여줄 사람도 없잖아요. 우리가 여기서 키우면 며칠에 한 번씩 딸을 보러 올 수 있겠지요."

란은 바오쭈로 마련해왔던 돈을 털어내고 나갔다. 그는 아마도 속을 달랠 술 한잔 마실 돈도 없었을 것이다.

그렇듯 지겹던 비도 철이 지나자 어쩔 수 없이 그쳤다. 남풍의 여자들은 일이 없는 오전나절에 모두들 모여 앉으면 아기를 가운데 두고 눈을 맞추거나 옹알이를 시키면서 왁자하게 웃고 떠들었다. 아퉁은 습기 가득 찬 철이 지나자 원기가 조금 회복되었는지 현관에 나와 앉아 있기도 했다. 그는 연신 기침을 하면서 아내 씨아란이 달여주는 약사발을 입에 달고 살았다. 아퉁이 통로를 지나다가 아기를 가운데 두고 떠들썩한 여자들을 바라보더니 말참견을 했다.

"그애 이름이 뭐냐?"

여자들은 그 말에 모두들 약속이나 한 듯이 바로 입을 다물었다.

아기 이름이 아직도 없었던 탓이었다. 청이 말했다.

"비 맞은 파초요. 태어난 날 그랬으니까."

아퉁은 잠깐 생각해보더니 아무렇게나 툭 던지듯 말한다.

"그럼 유자오(雨蕉)라구 해라."

아퉁이 지나간 뒤에 여자들은 제각기 유자오라고 발음을 해보고는 틀렸다는 둥 이름이 그럴듯하다는 둥 서로 엇갈린 의견으로 한참이나 말다툼을 했다. 끝내는 다른 이름도 떠오르지 않아 아기의 이름은 유자오로 정해졌다. 청이는 손님이 없을 때면 언제나 유자오를 데리고 잤다. 태어나서부터 어머니 얼굴도 모르고 눈먼 아버지에게서 동냥젖을 얻어먹으며 자라난 심청은 그애가 바로 자신의 어릴 적 모양인 것만 같았다.

> 아가 아가 우지 마라
> 햅쌀 범벅 해가지고
> 우리 엄마 마중 가자
> 산 높아서 못 간단다
> 산 높으면 기어가지
> 물 깊어서 못 간단다
> 물 깊으면 헴쳐가지

청이가 복사골 건넛마을에 애보기로 갔을 적이면 부르던 노래가 신통하게 한 구절도 빠짐없이 떠올랐다. 노래 곡조는 두 소절이었는데, 안고 흔들며 서성이는 걸음걸이에 꼭 맞아떨어졌다. 남풍 집 여자들은 알아들을 수 없는 말과 어쩐지 처량한 곡조에 처음에는 멍하니 듣고 있더니 렌화가 거듭해서 불러대자 곡조를 대번에 외워버렸다. 수야오를 잘하는 유메이가 거기다 제 말을 붙여서 따라 부르곤 했다.

우리 아기 이름은
비 맞은 파초래요
우리 엄마 이름은
안녕한 링링인데
엄마는 바람에 가고
아가는 비 따라 오고

어느 틈에 비의 계절이 끝나자마자 찻잎 따는 철이 돌아오고 무더위가 시작되었다. 다시 작년 이맘때의 단수이 출장 기일이 가까워오고 있었다. 날씨가 무더워지면서 아퉁이 쓰러졌다. 아퉁은 이제는 소문이 다 나버렸지만 돌이킬 수 없는 폐병 말기라고 알려져 있었다. 씨아란은 진작부터 사창가 골목의 키자오를 통하여 남풍이 문을 닫을 것이며 색시들도 빚 청산을 해야겠다는 결정을 지룽의 따거에게 알려두고 있었다. 아퉁이 머리맡에 피를 두어 사발이나 쏟아놓고 숨지던 날 밤에 청이는 지룽 따거의 팡차오로 찾아갔다. 청이 객청을 지키고 섰던 낯익은 키자오에게 말하니 그는 직접 그네를 데리고 이층으로 올라갔다. 따거는 마침 비스듬히 누워서 식후 흡연을 하던 중이었다. 청이는 공손히 두 손을 모으고 인사를 올렸다.

"렌화, 문안 올립니다."

따거는 게슴츠레한 눈으로 청이를 바라보더니 그제사 알아보았는지 손짓하여 불렀다.

"네가 여긴 웬일이냐. 이리 가까이 와서 다리 좀 주물러라."

청이가 침상에 걸터앉아 따거의 다리를 종아리에서 허벅지에 이
르기까지 주무르고 토닥이고 하면서 말했다.

"구토우 어른, 저희 난평 집이 빚 청산을 한답니다. 저와 유메이는
단수이 죽원반관의 샹 부인께서 기녀로 쓰신다고 하셨으니 옮겨가
고 싶습니다."

따거는 나른한 목소리로 물었다.

"몸값은 준비되었느냐?"

"예, 저희가 모은 돈에서 모자란 것은 샹 부인께서 대납을 해주실
것입니다."

따거가 곰방대를 물고 몇 모금 깊이 빨았다가 받침대 위에 올려놓
으며 손을 머리맡으로 뻗었다. 청이는 얼른 알아채고 차게 식힌 우
룽차를 잔에 따라서 따거의 입술에 갖다대주었다. 따거는 냉차를 달
게 마시고는 가보라는 시늉으로 손을 바깥쪽으로 흔들어 보였다.

"내 잘 알았다. 아침에 이리 오면 한 사람 붙여서 보내줄 터이다.
단수이로 갈 차비를 해오너라."

청이는 말이 떨어지자마자 얼른 일어나 절을 하고는 이층 계단을
내려왔다. 남풍 집에 돌아가니 이미 아퉁이 숨을 거두고 씨아란의
곡성이 낭자한 판이었다. 자정이 되기도 전에 시장 거리의 장의사에
서 사람들이 몰려와 염습과 입관을 끝냈고, 사창가 골목의 포주들이
며 낯익은 키자오 몇 사람도 찾아왔다. 대개 창가에서 초상이 나면
온 동네가 그날 밤은 의리상 모두 손님을 받지 않는다. 이웃집의 창
녀들도 추렴들을 하여 술이나 음식을 장만하여 찾아와 여자들끼리
의 조촐한 술자리를 벌였다. 바깥채의 선뵈는 방에 불단도 있으니
관을 그 앞에 모시고 병풍으로 가려놓고는 매운 향을 무더기로 피웠
다. 남자들은 현관 앞과 선뵈는 방에서 색시들 대신 의자에 나란히

앉아서 연신 부채질을 해대고 있었다. 그들은 탁자에 벌여놓은 술과 안주를 앉거나 서서 먹고 마시며 점잖게 담화를 나누었다. 여자들은 장사하는 방은 비워두고 안채의 긴밤 자는 방에 대여섯씩 모여서 쪼그리고 앉아 마음놓고 술잔을 돌렸다. 씨아란과 부엌 아줌마가 부지런히 오가며 남자들 치다꺼리를 할지언정 색시들은 내다보지도 않았다. 슈티안과 카오가 서로 술잔을 돌리면서 키득거렸다.

"저 말거머리 같은 아퉁이 저승 가서 우릴 빨아먹지두 못하게 되었네."

"아이구 잘코사니야. 씨아란 마마가 쫄쫄 짜는 꼴이라니."

청이는 그들에게 눈을 흘기는 유메이의 옆구리를 쿡 지르고는 방에서 나왔다. 유메이가 무슨 일인가 하여 두리번거리며 따라 나오자 청이는 두말 없이 통로를 지나 부엌으로 나갔다. 유메이가 눈을 휘둥그렇게 뜨며 물었다.

"렌화, 무슨 일이니?"

청이는 마음이 안 놓여서 뒷마당으로 나갔고 유메이 역시 따라 나왔다. 청이 작은 소리로 소곤거렸다.

"유메이 언니, 날이 밝으면 우리 단수이로 떠나자."

"뭐야, 도망가겠다는 거냐?"

청이는 고개를 끄덕였다.

"따거에게 가서 사정했지. 샹 부인이 우리 몸값의 나머지를 물어내는 조건이라면 허락을 하겠대. 우리가 돈만 갚는다면 씨아란이 무슨 할말이 있겠어."

유메이는 거의 울음을 터뜨릴 것 같은 얼굴이 되었다.

"아아, 이렇게 뒤늦게야 지룽을 빠져나갈 수 있게 되다니!"

청이는 유메이의 손을 마주 잡아주며 결연하게 중얼거렸다.

"언니, 나는 유자오를 꼭 데려갈 거야. 내 딸처럼 키울 거야."

청이와 유메이는 단단히 약속을 하고는 집 안으로 돌아갔다. 새벽녘이 되자 손님들은 거의 돌아갔고 이웃의 포주들도 아침에 화장터로 떠날 때 다시 올 것이라며 모두 자리를 떴다. 색시들도 씨아란과 아줌마를 도와 남은 음식이며 그릇들을 정리해주고는 모두들 제 방으로 흩어져 가서 곯아떨어졌다. 씨아란과 부엌 아줌마 둘만이 현관 옆의 선뵈는 방에서 아퉁의 관을 지키며 의자 위에서 졸고 앉아 있었다. 주위가 완전히 조용해진 뒤에 청이는 침상 아래에서 미리 꾸려놓았던 보퉁이를 꺼냈다. 침상 위에 쌔근대며 잠들어 있는 유자오를 가만히 안아올려 등뒤로 돌리고는 띠를 어깨 좌우로 엇갈려 매고 다시 한번 허리에 질끈 동였다. 청이는 허리를 약간 숙이고 발걸음 소리를 죽이며 통로를 지나다가 유메이의 방을 들여다보았다. 유메이는 침상에 앉아서 기다리다가 청이 휘장을 들치자 자기 봇짐을 가슴에 안고는 얼른 따라 나왔다.

유메이와 청이는 서로 아무 말도 하지 않았다. 그네들이 따거의 팡차오에 찾아갔지만 아직 이른 아침이라 문은 굳게 닫혀 있었다. 유메이가 걱정을 했다.

"우리가 없어진 걸 알면 씨아란이 이리로 달려와서 행역질을 할 텐데…… 다시 끌려가면 어떡해?"

"따거가 보증을 해줄 거야. 그가 허락을 했는데 어느 누가 거역을 하겠어. 근처에서 문이 열리기를 기다리자."

그들은 비어 있는 시장의 좌판에 가서 걸터앉아 처음으로 지룽 만의 바다가 오른쪽부터 붉은 아침 노을에 젖어들기 시작하는 걸 보았다. 거룻배들이 부지런히 노를 저으며 지나갔고 돛을 내리고 닻도 내린 높다란 정크선들은 파도에 아래 위로 조금씩 흔들거리고 있었

292

다. 유자오가 바깥공기를 느껴서 그랬는지 청이의 등뒤에서 깨어나 보채며 울기 시작했다. 청이는 얼른 띠를 풀고 아기를 가슴에 품어 안았다. 청이 유자오의 부드럽고 가녀린 머리카락을 쓰다듬으며 가만히 말했다.

"오라, 우리 아기 깼어? 맘마를 먹어야 할 텐데……"

청이 두리번거리다가 시장 골목의 모퉁이에 음식 냄새며 김이 나오고 있는 집을 발견하고는 유메이에게는 아무 말도 없이 그쪽으로 걸어갔다.

"렌화, 어디 가는 거야?"

청이 뒤를 돌아보더니 고갯짓으로 따라오라는 시늉을 했다. 비좁은 가게 안쪽은 그대로 조리장인데 바깥을 향하여 좌판을 길게 내밀어 음식을 먹도록 해두고 그 앞 거리 쪽으로 긴 나무의자를 내놓은 집이었다. 위로는 처마를 빼어 비나 바람이 들이치지 않도록 차양을 늘어뜨렸다. 청이는 두리번거리더니 유메이에게 말했다.

"우리 아침으로 국수 먹을까?"

"아니, 난 밥을 먹구 싶어."

유메이의 말에 청이 조리대 앞에서 내다보던 아저씨에게 주문했다.

"여기 국수하구 생선국밥 주세요. 그리구 미안하지만 이것두 더운 물에 좀 데워주시구요."

청이는 보퉁이에서 주둥이가 길다란 사기병을 꺼내어 내밀어주었다. 아저씨가 말없이 병을 받아 이리저리 살펴보다가 물이 끓는 냄비 속에 질러두었다. 유메이는 저게 뭐냐고 묻자 청이 환하게 웃으며 말했다.

"양젖을 담아왔지."

병이 뜨거워지자 청이는 다시 아저씨에게 그릇을 달라고 해서 도

자기 숟가락으로 양젖을 떠서 입으로 후후 불고는 혀를 대어보았다가 아기의 입술에 흘려넣어주었다. 아기는 입맛을 다시며 젖을 넘겼다. 유메이가 탄식을 한다.

"어쩌면 링링이 살았대두 그렇겐 못 하겠다. 넌 정말 유자오의 엄마야."

주문한 음식이 나왔지만 청이는 젓가락을 담가놓은 채 한 입도 먹을 새가 없었다. 유메이가 국밥을 거의 먹었을 즈음에야 젖 먹이기가 겨우 끝났고, 청이는 아기를 유메이에게 맡겨놓고서야 퉁퉁 불은 국수를 먹었다.

그들이 팡차오 앞에 가보니 키자오가 문을 열어놓고 길 앞에까지 나와서 청소중이었다. 청이 고개를 까닥여 알은체를 했다. 키자오는 건성으로 자기도 고개를 숙여 보였고, 청이와 유메이는 객청으로 들어갔다. 안에서는 두 사람의 키자오들이 탁자와 의자를 닦고 돌이 깔린 바닥에 비질을 하고 있던 중이었다.

"구토우 어른 일어나셨어요?"

청이의 물음에 키자오가 되물었다.

"너희들 난펑에서 왔느냐?"

그렇다고 하니까 키자오가 말했다.

"구토우께서는 어제 집에 들어가셨다. 오늘 내가 너희들을 단수이에 데려다주기로 했거든. 아침들은 먹었겠지?"

청이와 유메이가 끄덕이자 키자오는 고개를 빼어 그녀가 업고 있던 아이를 넘겨다보았다.

"이 갓난애는 또 뭐냐. 애기 말은 없었는데."

청이 머리를 똑바로 쳐들고 말했다.

"애는 내 딸입니다. 당연히 엄마를 따라서 가야겠지요."

청이와 유메이는 키자오들이 청소를 마치고 아침을 먹고 차까지 마실 때까지 조마조마하며 기다렸다. 남풍에서는 장례로 정신들이 없었는지 아무도 찾아오지 않았다. 그들은 지난번과는 달리 작은 돛배로 지룽 외항을 돌아서 이웃 항구인 단수이로 갔다. 키자오와 함께 마토우 배터에 내리자 유메이와 청이는 고향에 돌아온 것처럼 마음이 놓였다.

샹 부인은 뜻밖이었지만 청이와 다시 만나게 된 것을 몹시 기뻐했다. 유메이와 청이는 각자 보퉁이에서 지난달에 계산해두었던 남은 빚과 그네들이 까나간 화대의 내역이 적힌 종이쪽지를 내놓았다. 그리고 다시 각자가 홍리로 받은 돈이나 서양은화 사금 따위를 내놓았다. 청이는 손톱 크기의 흑진주 한 알을 저고리 솔기 틈에서 빼내기도 했다. 그것은 언젠가 남방 뱃사람에게서 홍리로 받았는데 샹 부인에게 드리려고 깊숙이 감춰두었던 것이다. 샹 부인은 두 여자가 내놓은 돈과 물건들을 따지고 남은 빚을 계산하여 지룽에서 따라온 키자오에게 목돈을 내주었다. 어차피 지룽 팡차오에서는 구전을 떼고 남풍의 주인집에 몸값을 낼 판이라 돈을 받은 키자오는 곧 돌아갔다.

유메이와 청이는 낯익은 이층의 량팡으로 올라갔고 잉후아를 비롯한 기루의 여자들이 서로 반가워했다. 아기를 방 안에 풀어놓자 여자들은 서로 안아보고 쳐들어보고 법석들이었다. 샹 부인이 올라와서 웃으며 그런 모양을 보다가 말했다.

"오늘은 그냥 지내고 내일부터는 아기를 맡겨야겠다."

청이 놀라서 샹 부인을 돌아다보았다.

"링링은 죽었어요. 제가 이 아기의 엄마예요."

"그래, 링링이 죽었구나. 가엾기도 해라."

샹 부인은 금방 눈이 젖더니 손수건을 내어 코를 풀었다.

"렌화, 기루에서 아기를 낳으면 규칙이 있단다. 살림 나가는 동무가 데리고 가서 길러주거나 아마(乳母)에게 맡기는 거야. 너무 걱정하지 마라. 바로 이웃집에 맡길 테니까 틈틈이 데려다 보살필 수 있을 거야."

청이는 얼결에 샹 부인을 얼싸안으며 외쳤다.

"고마워요, 엄마!"

청이와 유메이는 죽원반관에서 대번 유명한 짝이 되었다. 지아오항의 상인들 사이에는 청이의 호금 솜씨와 유메이의 수야오가 널리 알려지기 시작했고 반관에서 크고 작은 술자리가 있을 적마다 자리에 불려나갔다. 청이는 잉후아가 춤사위를 몇 가지 알고 있는 것을 보고는 서로 연습하면서 춤까지 끼워넣기로 했다. 먼저 반관에 있던 기녀들 가운데 춤과 노래를 하고 악기를 다룰 줄 아는 창기는 링후아 말고도 두어 명이 더 있었다. 다행히 그중에 피리를 제법 부는 창기가 있어 그애를 끼워넣기로 했다. 노래와 춤과 연주로 몇 곡의 연습이 진행되어 자리에 나가 제법 연주할 수 있게 되자 샹 부인은 뒤늦게 이들의 재간에 깜짝 놀라게 되었다. 청이 샹 부인과 디안토우를 앞에 앉히고 노래와 춤과 연주를 해내자 디안토우는 깊은 인상을 받은 모양이었다.

"단수이에 이런 예기들이 있다는 소리는 들어본 적이 없습니다. 우리 아이들 솜씨는 광저우의 예기들에 절대로 뒤지지 않겠습니다."

지배인 격인 디안토우가 말하자 샹 부인이 고개를 저었다.

"제법 비슷하게 할 뿐이지 아직 멀었다네. 나도 옛날엔 춤도 추고 노래도 했어. 이젠 다 잊어버렸지만 볼 줄은 알아. 내가 한번 선생을 구해보겠네."

며칠 뒤에 샹 부인이 점심 무렵에 초라한 차림의 늙은 여자를 데리고 왔다. 모두들 간밤의 숙취 때문에 퉁퉁 부은 채로 늦잠에서 깨어날 무렵이었다. 청이는 바깥손님이 있어서 다른 여각에 가서 손님을 받고 막 돌아온 뒤였다. 샹 부인이 량팡으로 올라와 옷매무새와 얼굴이 엉망인 꾸냥들을 손뼉을 쳐서 불러모았다. 샹 부인보다 나이가 훨씬 위로 뵈는 반백의 여인은 무심한 표정으로 단정하게 무릎을 꿇고 앉아서 여자들을 하나씩 훑어보고 있었다. 샹 부인이 말했다.

"이분은 내 선배 되시는 웬지(文子) 부인이야. 타이난에서 내가 어렸을 적에 많이 도와주었지. 웬지 부인은 다루지 못하는 악기가 없고 춤도 남방과 대륙 춤까지 몇 가지나 아신단다."

웬지 부인은 두 손을 무릎 앞에 대고 머리를 숙여 절을 하면서 말했다.

"여러분, 잘 부탁합니다."

자기가 이방인인지라 청이는 대번에 그 할머니도 중국인이 아니라는 걸 눈치챘다. 그러나 어떠랴. 타이완에는 온갖 잡색들이 모여들어와 살고 있는데. 단수이에는 양인들은 물론이고 혼혈들도 많았다. 웬지 부인은 먼저 창기들에게 각자의 재간을 보여달라고 일렀다. 연습해두었던 것들을 몇 가지 해 보이자 그네는 역시 무감동한 얼굴로 멀뚱히 바라보고 있더니 청이를 지목했다.

"색시는 언제 호금을 배웠누?"

"원래는 비파를 배웠지만 여기 호금과 줄이며 뜯는 법이 비슷해서 쉽게 익혔습니다."

유메이에게는 그네가 부르는 수야오의 가사가 누구의 것인가를 물었고, 그네가 노랫말을 직접 지어서 바꾼 것이라고 말하자 고개를 끄덕였다. 잉후아의 춤에 대해서는 몇 가지의 춤사위를 앉은 채 두 손짓으로만 해 보이며 아느냐고 묻자 잉후아는 모른다고 대답했다.

"그냥 술자리에서 손님들을 즐겁게 하려는 것만으로는 기예가 늘지 않아요. 무엇보다도 자기가 좋아해야 합니다. 춤추고 노래하며 연주를 하는 동안에 자기 피를 통해서 몸과 마음이 즐거워야 하지요."

타이난에서 왔다는 웬지 부인은 그날부터 죽원반관의 색시들에게 춤과 노래와 연주를 가르쳤다. 맨 처음에 대륙의 민요와 잡극에 나오는 유명한 대목을 수없이 따라 부르게 하면서 한 사람씩 음정과 박자를 잡아나갔다. 그리고 노래가 어지간히 되는가 싶자 발 떼기부터 시작하여 춤을 가르쳤다. 웬지 부인은 어쩌다가 손발의 놀림이 경쾌하고 몸동작이 유연한 낯선 춤을 보여준 적도 있었는데, 고향의 춤이라고만 말하고 지나갔다.

웬지 부인의 솜씨는 무엇보다도 호금 연주에 있었다. 물소뿔의 발목으로 긁으면서 가늘고 현란한 마찰음을 내거나 손가락 끝에 뿔손톱을 끼우고 줄을 일일이 뜯어 섬세하고 슬픈 소리를 내는 느낌이 서로 달랐다. 부인은 청이와 단둘이서 서로 높낮이가 다른 음으로 합주를 할 때에 가장 즐거워했다. 웬지 부인은 아래층 식당 옆의 작은 방에서 혼자 지냈는데 일이 없을 적에 옆집에서 아마가 유자오를 데려오면 아기를 쫓아서 이층까지 올라왔다. 청이 아기를 눕혀놓고 발가락을 물거나 손가락을 빨아주면 웬지 부인은 이가 빠져서 호물대는 가느다란 입술을 일그러뜨리며 끝없이 웃어댔다. 샹 부인은 어쩌다가 곁에 사람들이 없을 때면 무심결에 웬지 부인에게 후미코 언니라고 불렀다. 청이는 그제서야 부인을 처음 보았을 때 중국인이 아닐 거라는 자기 느낌이 맞았다는 걸 알았다. 청이 유자오를 부인에게 넘겨주었고, 그네는 가슴에 꼭 붙안고 아기의 볼에 자기 볼을 조심스럽게 갖다대어보더니 갑자기 울컥, 하고는 울음을 터뜨렸다. 청이 아기를 얼른 받아안으며 물었다.

"왜 그러세요?"

"아, 아니야. 옛날 생각이 나서 그래. 우리네 나이쯤 되면 별의별 기억들이 많으니까……"

청이는 웬지 부인이 자기네와 같은 창기였다는 것을 처음부터 알고 있었다.

"고향이 어디세요? 저는 꺼우리에서 왔는데……"

"류큐(琉球)라구 아니?"

청이가 고개를 흔들자 웬지 부인이 말했다.

"저 바다 한가운데 있는 아름다운 나라야. 나는 열 살 때 대륙으로 팔려갔어."

샹 부인이 가끔씩 흘려준 얘기로는 후미코 부인은 푸저우의 류큐 상관(商館)에서 하녀 노릇을 했다고 한다. 청이처럼 잡극에 출연하던 광대와 만나 푸젠 성 일대와 광저우 일대를 떠돌다가 기루에 팔려 예기 노릇을 했다. 스무 살이 넘어서 타이난으로 왔고, 퇴기가 되는 스물여섯 나이에 창가의 화지아로 내려앉았는데, 거기서 나이가 아래인 샹 부인을 만났다고 했다. 청이는 세상이 얼마나 넓은지 거의 끝도 없겠다는 생각이 들었다. 별처럼 많은 고장에 티끌처럼 수많은 사람들이 살고 있지 않은가.

죽원반관의 색시들은 웬지 부인에게서 춤과 노래를 배워서 모두들 술자리에서 손님이 청하면 몇 가지씩의 기예를 보여줄 수가 있게 되었다. 호금의 렌화와 피리의 타오화, 춤의 잉후아, 그리고 노래의 유메이를 웬지 부인이 뽑아서 집중적으로 가르쳤다. 여섯 달쯤 지나자 이들은 누가 보더라도 훌륭한 예기가 되어 있었다. 죽원반관에는 단수이 지아오항의 점잖은 무역상들이 단골로 찾아왔다. 타이난에 서도 거래차 단수이에 온 상인들은 으레 죽원반관에서 상담을 하고 연회를 가졌다. 지룽을 거쳐온 일본 선상들도 단수이까지 와서 죽원 반관에 들를 정도였다.

외항에 정박한 서양 배들은 바타비아와 루손과 싱가포르에서 대 륙으로 가는 길에 들른 배들이 많았는데, 네덜란드와 미국 그리고 영국 배들이었다. 공식적인 상륙은 허가되지 않았지만 그들은 서투 른 피진 잉글리시를 하는 통역이나 대륙에서 나온 마이판들을 태우 고 다녔고, 그들과 함께 중국인 복장을 하고서 항구에 상륙했다. 서 양 배들은 팔리 언덕의 포대가 보이는 단수이 강 하구에 멀찍이 닻 을 내리고 거룻배를 통해서만 짐을 싣거나 하역했다. 단수이 분부에 서도 양인들과의 교역을 비공식적으로 허락했기 때문에 서양 상인 들의 상륙을 지룽에서처럼 모른 척했다. 다만 양인들의 상륙은 하루 이상 육지에 체류할 수 없다는 원칙만 적용되었다.

단수이는 우계에도 지룽에서처럼 비바람이 음산하거나 심하게 몰 아치지는 않았다. 대둔산이 북동쪽을 가로막고 있으며 앞은 관음산 이 감싸주고 있었기 때문이다. 초겨울이 되면 날씨도 선선해지고 구 름이 산마루에 걸려 비를 조금씩 뿌리다가 안개로 변하여 바다로 흩 어져갔다.

귀한 손님들이 오신다고 아침부터 지아오항에서 서기가 나와 연 회가 열릴 방을 둘러보고 샹 부인에게 당부도 하고 갔다. 모두들 단 수이 만이 한눈에 내려다보이는 노대가 달린 이층의 특실은 물론이 고 계단과 아래층 객청까지 말끔하게 청소를 했다. 디안토우의 지휘 아래 화분의 나뭇잎에 앉은 먼지까지 일일이 닦아내고, 꽃을 피운

화분을 입구와 객청에 내놓아 분위기를 바꾸었다. 객청 가운데에 있는 대리석의 연못도 물을 갈아주고 수련과 옥잠 주위에 어린 물때도 말끔히 씻어냈다. 줄줄이 달린 월등에 전부 불을 붙여서 죽원반관은 마치 설날을 맞은 듯했다. 먼저 지아오항의 상인들이 탄 가마가 당도했고 연이어 말 두 마리가 끄는 마차가 왔다. 손님은 모두 여섯 사람이었다. 디안토우와 샹 부인이 객청에서 그들을 직접 맞이했는데, 네 사람은 단순이 지아오항의 낯익은 상인들이었고 다른 두 사람은 헐렁한 포를 걸친 서양 사람이었다. 그들은 집 안에 들어오자 치렁치렁한 포를 머리 위로 벗어서 그들을 안내했던 상인에게 내주었다. 두 사람은 안에다 서양 옷을 그대로 입고 있었던 것이다. 다리에 꼭 끼는 바지를 입었는데, 긴 바짓가랑이 끝으로 굽 높은 가죽구두가 보였다. 상의는 짧고 몸에 꼭 끼었으며 목에는 비단띠를 두르고 있었다. 자세히 보니 한 사람은 반백의 머리를 짧게 깎고 서양 복장을 입었을 뿐 중국 사람인 듯했고 한 사람만이 진짜 서양 사람이었다.

서양 남자는 구레나룻과 콧수염을 기르고 갈색 머리를 말끔하게 기름을 발라 뒤로 넘겼다. 수염을 기르고는 있었지만 반짝이는 눈과 마른 몸매가 젊은 사람이라는 것을 눈치챌 수 있었다. 그들은 이층의 남쪽에 있는 특실로 안내되었다. 반원형의 창이 있고 노대가 달린 방이었다. 노대 위에는 월등이 밝혀져 있었다. 노대 앞에 나가면 관음산 아랫녘 마을의 불빛들과 푸르스름한 어둠 가운데 바다 위의 배에서 비추는 등불이 점점이 떠 있는 게 보였다.

요리가 들어오고 술이 몇 순배 돌아가고 나서 웬지 부인의 자랑인 네 사람의 예기들이 자리에 나갔고, 다른 색시들은 교대로 손님들 옆자리에 앉기도 하고 들락거리며 시중을 들기도 했다. 네 사람의 예기들은 노대 쪽으로 나가 방을 향해 나란히 서더니 손님들에게 인사를 올렸다. 청이와 타오화가 호금과 피리를 불자 잉후아는 방 가운데서 춤을 추었고 유메이가 수야오를 불렀다.

꽃잎이 가을비에 흩날려 떨어지니
님 주신 비단 잠옷 갈아입지 못했네
어디서 비파 소리 나를 일깨워
독수공방 찬 자리로 돌아갈 수 없구나

갯가에 홀로 앉은 따오기 한 마리
옛처럼 갈숲에는 저녁 안개 끼었어라
새도 사람도 제 집 찾아갔건만
누굴 부르는지 가끔씩 따옥

유메이의 노래가 몇 곡 지나가고 나서 청이와 타오화가 호금과 피리로 시냇물에서 호수의 물로 그리고 비 오는 고즈넉한 산천의 소리로 손님들을 이끌었다. 그들은 밤늦게까지 만취하도록 마셨고 청이는 손님을 모시라는 디안토우의 지시를 받았다. 청이 동쪽의 침실로 가서 침상머리에 향을 피워놓는다 물도 떠놓는다 준비를 하고 있었더니 문이 열리며 그 키 큰 서양 사내가 들어섰다. 청이는 침상에 앉았다가 일어나며 두 손을 모아 인사를 올렸다.

"나는, 렌화."

청이가 지룽에서 배웠던 몇 마디의 서양 말이 있어서 그렇게 말했다.

"나는 제임스야. 짐이라고 불러도 된다."

사내는 상의를 벗고 셔츠를 풀어헤치고는 궐련을 한 대 꺼내어 붙여물었다. 그가 다시 더듬거리며 말했다.

"나, 너 좋다."

청이 그의 구두를 벗기고 양말까지 벗기자 그는 익숙한 태도로 내 맡기고 앉아 있었다. 청이 물통에서 물을 퍼서 대야에 담고는 그의 발을 씻겨주었다. 양인들은 이것이 동방 창가의 오랜 예의라는 걸 알게 되고는 집에 가서도 인종이 다른 하녀들에게 부탁을 했다고 한다. 청이는 또한 무명수건을 적셔서 사내의 얼굴과 목덜미를 말끔하게 닦아주었다. 청이는 서양 사내들이 동양인 여자의 풀어헤친 긴 머리를 좋아한다는 걸 알고 있어서 외로 땋아 틀어올렸던 머리에서 물소뿔 핀을 뽑고는 머리를 좌우로 흔들었다. 머리카락이 흐트러졌다. 그네는 치포의 목단추부터 가슴에 이르기까지 천천히 하나씩 풀었다. 치포 안은 맨살이었다. 미처 옷을 다 벗기도 전에 사내가 양손으로 청이의 좁은 어깨를 꽉 움켜쥐더니 그네의 가슴속으로 얼굴을 들이밀었다. 그는 봉긋한 청이의 젖을 입으로 물고는 으깰 것처럼 거칠게 부벼대기도 하고 빨기도 했다. 청이는 짐짓 아아, 하는 신음 소리를 내주면서 침상 위로 스르르 넘어졌다.

새벽 동이 터오를 무렵에 제임스는 청이의 입술과 목덜미 그리고 손가락 사이에 입을 맞추고 일어섰다. 그는 서양 은화를 열 개나 주고 갔다. 제임스가 방문 앞에서 나가기 전에 청이를 손가락으로 가리키면서 말했다.

"나, 너 다시 본다."

그는 반관을 찾아올 때처럼 지아오항 상인들의 안내를 받아 날이 밝기 전에 거룻배를 타고 외항에 정박한 자기네 배로 돌아갈 것이다. 그 대신에 같이 왔던 서양 옷 차림의 마이판이 남아서 거래의 뒷마무리를 했다. 청이는 늦게 일어나 아래층 식당 옆의 웬지 부인 방에 내려갔는데 유자오를 벌써 데려다놓았는지 아기를 어르는 소리가 들려왔다. 청이 들여다보니 샹 부인과 웬지 부인이 유자오를 향하여 손뼉을 두드리고 있었다. 유자오는 그네들의 웃음소리를 따라 함께 깔깔대면서 방 안을 기어다니고 있었다. 청이 문지방에 서서 웃음을 머금고 내려다보다가 그네들에게 물었다.

"우리 아기 밥 먹였어요?"

"응, 벌써 먹였다. 트림두 하구 지금 아주 기분이 좋아."

청이 유자오에게 달려들었다.

"엄마가 왔네요! 우리 유자오 꼬까 입자아."

청이 먼저 아기의 아랫도리를 만져보니 새 기저귀가 벌써 채워져 있었다.

"먹자마자 한바탕 쌌어. 내가 갈아줬다."

웬지 부인이 방바닥에 누워서 버둥대는 아기의 발가락을 입에 물고 흔들면서 말했다. 청이는 등나무 농에서 유자오의 옷을 꺼내어 머리에서부터 씌워주었다. 샹 부인이 방을 나서며 청이에게 말했다.

"렌화, 나하구 얘기 좀 할까?"

청이 유자오에게 정신이 팔려 건성으로 대답하고는 돌아보니 샹 부인이 통로에 그대로 서서 기다리고 있었다. 청이는 얼른 아기를 웬지 부인에게 넘겨주고 방을 나섰다. 샹 부인은 아래층 객청의 칸막이가 된 구석자리에 가서 앉았다. 앞쪽으로는 벌써 점심을 먹거나 차를 마시는 손님들이 새장을 노대의 처마 끝에 걸어놓고 떠들썩하게 얘기를 나누는 소리가 들려왔다. 대륙에서 들여온 구관조가 연신 종알거렸다. 식사하셨어요, 처음 뵙겠습니다.

"너 남방에 가보구 싶지 않니?"

샹 부인은 청이 자리에 마주 앉자마자 그렇게 얘기를 꺼냈다. 청이는 바타비아라든가 루손이나 싱가포르에 관해서 하도 여러 번 들어서 별로 놀라지는 않았다.

"남방 어디요?"

"아까 영국 배의 마이판이 내게 그러더라. 자기 고객이 네가 마음에 든다구 그랬대."

샹 부인이 웃으면서 말했고 청이도 조금 쑥스러워서 웃음이 나왔다.

"나두 그런 식으로 인연이 되어서 바타비아에 가서 십 년이나 살았지. 양인 첩이라는 건 기루나 창가에서 허송하는 것보다는 그래두 낫다. 다달이 여기서 벌 수 있는 화대의 열 배는 받으니까. 그리고 기회를 잡으면 본처가 된 여자들도 많아. 무엇보다도 너는 이제부터 자유야⋯⋯"

서양인들이 아편과 차와 비단을 무역해서 어마어마한 돈을 번다는 것을, 창가의 여자들은 귀에 누구보다도 못이 박이도록 들어왔다. 청이는 고개를 숙이고 찻잔을 내려다보았다. 샹 부인이 말했다.

"그들은 싱가포르에서 왔대. 서양 사내는 영국 동인도회사의 직원이래."

"그게 뭐예요?"

"응, 그건 말하자면 영국의 지아오항인 셈이야."

샹 부인이 말하자 청이는 그저 막연하게 대답했다.

"서양 부자로군요. 그래서 절 데려가겠대요?"

"다음달에 배가 광저우를 들렀다가 돌아가는 길에 너를 데려갔으면 한다더라."

청이는 지금까지 흘러온 행로를 머릿속에서 그림처럼 한 장면씩 떠올려보았다. 까짓거, 이젠 낯선 곳은 하나두 두렵지 않아. 알고 보면 다 사람 사는 세상이었어. 지룽 사창가라는 맨 밑바닥에서 간신히 기어올라왔는데, 더이상 어떤 험한 곳에 떨어지랴 싶었다.

"그럼…… 우리 유자오는요. 제가 데려가서 키울 수 있겠죠?"

"그건 아직 모르겠다. 양인들도 아이를 좋아하는 사람이 있고 귀찮아하는 이도 있거든."

샹 부인이 잠시 망설이는 듯하다가 다시 얘기를 꺼냈다.

"유자오는 네 아이두 아니잖아. 언젠가는 보내주어야 한다. 너에게 짐이 될 테니까."

"유자오의 아버지는 애를 데려다 키울 수가 없어요. 사내들만 사는 개간농장에 살거든요. 링링이 죽으면서 그앨 내게 맡긴 거예요. 저 어렸을 때 눈먼 아버지가 동냥젖으로 절 키워준 것처럼 나두 유자오를 돈 주고 남의 젖으로 키웠어요."

청이의 애원이 섞인 간절한 말을 듣고 나서 샹 부인은 말했다.

"나두 그렇구 웬지 부인두 그랬어. 우리는 아이를 둘씩이나 낳았단다. 저희 아버지가 데려가기도 하구, 병들어 죽기두 하구, 제일 못 견딜 일이 남에게 주는 일이긴 하더라."

한 달이 성큼 지나가고 나서 어느 날 저녁때에 서양 옷을 입은 중국인 마이판이 혼자서 반관을 찾아왔다. 그는 샹 부인과 청이에 대하여 한참을 얘기했다. 샹 부인이 량팡에서 기다리고 있던 청이를 찾아 이층으로 올라왔다.

"저 사람 주인이 자기를 보냈다는구나. 네게 남은 몸값이나 빚은 한꺼번에 모두 갚아준대. 그 서양인은 아직 혼인을 안 했단다. 너를 아내와 똑같이 대해줄 뿐 아니라 다달이 월급을 주겠다는구나. 물론 이런 곳에서의 화대와 홍리를 합친 돈의 열 배가 넘을 게다. 집에는 요리사와 하인들도 있대요."

샹 부인의 설명을 듣고 청이는 물었다.

"아이는요…… 데려가두 된대요?"

"그건 얘기 안 했어. 사내들은 아이까지 낳은 엄마보다는 꾸냥을 좋아할 테니까."

"저는 안 가겠어요. 엄마하구 웬지 이모하구 사는 게 훨씬 좋아요."

샹 부인이 청이의 손을 꼭 잡으며 말했다.

"넌 아직 젊다. 이건 네게 아주 좋은 기회란다. 네가 반년마다 배편으로 유자오의 양육비를 보내주렴. 그럼 웬지 부인은 타이난으로 돌아가지 않구 여기서 유자오를 키우며 살 수 있을 게다. 또 너두 그래. 살기 싫으면 언제든지 배를 타구 단수이로 돌아오면 우리하구 유자오가 기다리구 있지 않겠어?"

청이는 웬지 부인과 얘기해보기로 했다. 샹 부인이 이층 계단에서 아래층을 향하여 불렀다.

"후미코, 후미코 언니!"

웬지 부인은 유자오를 안고 이층으로 올라왔고, 세 여자는 비어 있는 남쪽 노대의 등나무 의자로 몰려가서 둘러앉았다. 청이 먼저 얘기를 꺼냈다.

"웬지 이모, 저에게 엄마가 양인 첩으로 남방에 가지 않겠냐구 그러셔요. 우리 유자오를 제가 돌아올 때까지 키워주실 수 있겠어요?"

웬지 부인은 샹 부인에게서 미리 들어 알고 있는 듯한 눈치였다.

"샹 아우도 예전에 그랬으니까. 창기들에게 양인 첩은 자유를 얻을 수 있는 큰 기회야. 누가 마다하겠어. 나두 젊어서는 가구 싶었지만 인연이 닿질 않았다. 어떤 일이 있어도 렌화는 가야 해."

웬지 부인이 고개를 여러 번 끄덕이며 말했다.

"재간 많고 예쁘고 아직 젊은데…… 기루의 창기로는 너무 아깝잖아, 가라구! 돈 벌어서 자립할 수 있잖아. 유자오는 내가 길러줄

게. 나두 여기서 샹과 살구 싶었지만 공밥 먹기가 싫었어."

청이는 두 늙은 여자를 번갈아 바라보며 말했다.

"그럼…… 가죠 뭐."

샹 부인은 청이를 끌어안았다. 그네는 얼결에 흘러나온 눈물을 훔치고 말했다.

"잘 생각했다. 나는 널 내 곁에 붙들어두고 싶었지만…… 옛날의 내 생각이 나서. 네 빚두 거의 다 까버려서 얼마 남지 않았단다. 여기 걱정은 마라. 우리가 유자오를 건강하게 키워놓을 테야."

청이는 웬지 부인의 팔에 안겨 있는 유자오 쪽으로 두 팔을 뻗었다.

"유자오 내 딸, 엄마가 좀 안아보자."

아기는 좋은지 키득거리며 청이의 품속에서 다리를 버둥거렸다. 웬지 부인이 말했다.

"그래, 몇 년이고 잘 지내다가 돌아오는 거야. 그때에는 유자오도 말하고 걷고 하겠지. 돌아와서 우리 류큐 고향으로 같이 가자."

샹 부인이 자리에서 일어났다.

"후미코 언니, 너무 먼 얘기는 그만둬요. 아기 넘겨드리고 너는 마이판을 만나러 가자."

샹 부인은 청이를 데리고 아래층 객청으로 내려갔다. 마이판 사내는 노대 앞의 창가에 앉아서 차를 마시고 있었다. 두 사람이 다가가자 마이판 사내는 일어나서 기다렸다가 그네들이 앉자 다시 맞은편에 앉았다. 그는 상의 호주머니에서 금줄이 달린 동그랗고 작은 물건을 꺼내어 뚜껑을 열고는 슬쩍 곁눈질로 들여다보았다.

"나는 허푸(何福)라고 합니다. 이제 점심시간인데 식사를 안 했으면 같이 하십시다."

샹 부인이 말했다.

"아니, 저희들은 연회 자리가 아니면 손님과 사적인 식사는 하지 않습니다. 렌화 본인이 싱가포르에 가겠다고 응낙을 했어요."

허푸가 두 손을 부비면서 큰소리로 웃었다.

"허허, 참 잘된 일입니다. 우리 배는 짐을 싣고 사흘 뒤에 떠나니까 시간은 좀 있는 셈이지요. 뭐, 별로 준비할 건 없습니다. 거긴 여기보다 훨씬 문물이 개화된 대처라서 별의별 것이 다 있습니다."

문학동네 장편소설

심청·상

ⓒ 황석영 2003

초판인쇄	2003년 11월 27일
초판발행	2003년 12월 3일

지 은 이	황석영
책임편집	차창룡 조연주 이상술
펴 낸 이	강병선
펴 낸 곳	(주)문학동네
출판등록	1993년 10월 22일 제22-188호

주 소	413-834 경기도 파주시 교하읍 문발리 출판문화정보산업단지 513-8
전자우편	editor@munhak.com
전화번호	031) 955-8888
팩 스	031) 955-8855

ISBN 89-8281-773-5 04810
      89-8281-772-7 (세트)

www.munhak.com